KB269534

# 타인의 방

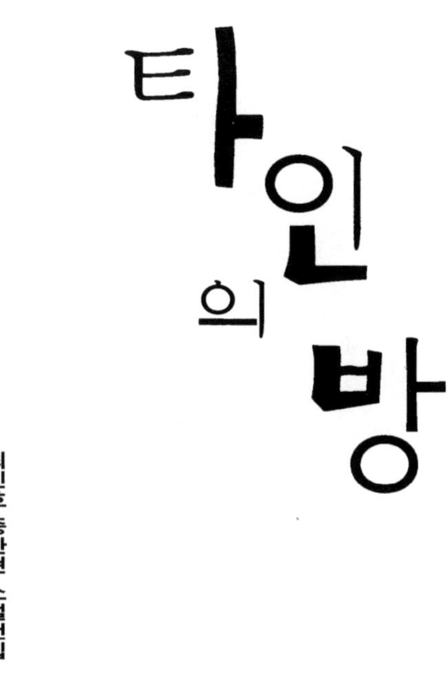

최인호 중단편 소설전집

**1**

문학동네

# 작가의 말

　오래 전에 들은 이야기인데 백 미터를 달리는 스프린터들은 한 번도 쉬지 않고 달린다고 한다. 0.01초를 다투는 단거리에서는 숨을 쉬는 행위가 힘을 분산시키는 요인이 될 수 있기 때문이다.

　문단에 데뷔한 것이 1963년 고등학교 이학년 때였으니, 사십 년에 가까운 세월이 흘렀는데 처음으로 중단편 문학전집을 상재(上梓)하면서 까마득히 잊어버리고 있었던 지난날의 중단편들을 읽으며 떠오른 생각이 바로 스프린터들이 숨을 한 번도 쉬지 않고 단숨에 백 미터를 달린다는 이야기였던 것이다.

　일찍이 수천 곡을 작곡했던 모차르트에게는 다음과 같은 일화가 있다. 어느 날 역에서 기차를 타다 말고 흘러나오는 곡을 듣고는 무심코 "아, 그 음악 참 좋다"고 말하자 옆에서 듣고 있던 사람이 이렇게 대답했다고 한다.

　"저 음악은 바로 선생님이 작곡한 것입니다."

　나 역시 일단 쓴 작품은 벗어놓은 허물처럼 기억조차 하지 않는 습성을 갖고 있어 이번 기회에 지난 수십 년 동안 쓴 작품을 읽으면서 과연 이 작품이 내가 쓴 작품인가 아닌가 하는 모차르트적 착각에 빠졌다. 그럼에도 불구하고 비교적 초기 작품이었던 「술꾼」과 「타인의 방」과 같은 작품을 읽으면서 나는 새삼스러운 감회를 느낄 수 있었던 것이다.

　내 기억이 정확하다면 「술꾼」은 두 시간에 걸쳐 단숨에 쓴 작품이다. 누나네 집에 놀러 갔다가 시간이 남아 배를 깔고 엎드려서 펜촉에 잉크를 묻히고 그야말로 백 미터를 달리듯 단숨에 쓴 작품이며, 「타인의 방」 역시 『문학과지성』 창간호에 의뢰를 받고 하룻밤 사이에 완성했던 단편소설이었던 것이다.

　대부분의 중단편들은 이처럼 백 미터를 단숨에 달리듯 탄생되었다. 그렇게 백 미터 단거리 선수로 출발하였던 나는 그 동안 일만 미터의 중거리 주자를 걸쳐 주로 호흡이 긴 장편소설에 주력함으로써 마라톤 코스를 달려온 마라토너로 작가생활을 계속해온 것 같다.

　마라톤은 숨 한 번 쉬지 않고 단숨에 백 미터를 달리고 0.01초를 다투는 스프린터의 피 말리는 고통과는 또다른 주법(走法)이 필요한 운동이겠지만 어느 것이 작가에게 최선의 선택인지는 정확한 판단은 내릴 수 없을 것이다.

　한 작곡가가 평생을 통해 어떨 때는 달콤한 세레나데를, 어떨 때는 웅장한 심포니를, 때로는 실내악과 협주곡을, 어떨 때는 오페라 등 다양한 음악을 작곡하듯이 한 작가가 장편소설이든, 대하소설이든, 중편소설이든, 아니면 희곡이든, 시나리오든, 그 무엇이든 한곳에만 매달리는 것은 자유로운 작가정신에 스스로 자물쇠를 잠그는 구속 행위라고 나는 줄곧 생각해왔던 것이다.

　그러나 이번 기회에 과거에 쓴 중단편을 새삼스럽게 읽어보는 동안 나는 문득 작가로서의 남은 인생을 또다시 숨 한 번 쉬지 않고 단숨에 백 미터를 달려가는 치열한 스프린터로 살아가고 싶다는 느낌을 강하게 받게 되었다.

특히 5권에 게재된 「산문」이나 「몽유도원도」 같은 중단편들과 「이별 없는 이별」과 같은 작품들은 그 어떤 작품집에도 수록된 적이 없는 신작이므로 다시 사백 미터 계주에서 배턴을 이어받아 달리는 최후의 주자처럼 남은 인생코스를 눈부신 속도의 스프린터로 다시 뛰고 싶다는 욕망을 지울 수가 없었던 것이었다.

그런 의미에서 이번 중단편 전집의 발간은 소위 최인호 문학의 정리가 아니라 새로운 출발을 알리는 신호탄이라고 말할 수 있을 것이다.

그렇다.

나는 마지막 주자로서 스타트 라인에 서 있다. 헐떡이면서 달려오는 지친 내 모습을 나는 고개를 돌려 지켜보며 기다리고 있다. 그는 내게 조금이라도 빨리 배턴을 넘겨주려고 필사적으로 달려오고 있다. 나는 이 순간 손을 뻗어 그 배턴을 마악 받으려고 하고 있다.

이제 내게 남은 것은 오직 결승점일 뿐, 0.01초를 단축하려는 기록도, 1등이라는 등수도 이젠 내게 상관이 없다. 결승점을 통과하여 테이프를 끊을 때까지 심장이 파열되어 찢어질 것 같은 치열함 속에서 달리는 것. 그 문학의 비등점(沸騰點)을 향해 나는 다만 끓어오를 것이다. 타오를 것이다. 그리고 마침내 날아오를 것이다.

2002년 봄 해인당에서
최인호

차
례

# 견습환자

참으로 이상한 일이다. 나는 지금껏 그 사람들에게서 웃음을 본 일이 없다.

이 병원에 입원하고 오늘로 꼭 열닷새가 되는 날인데, 잰 걸음으로 층계를 오르내리는 의사들이나 체온계를 가지고 부산스레 복도를 왕래하는 간호원들에게서 웃음을 본 적이 없다는 것은 정말 이상한 일임에 틀림이 없다.

나는 거의 쓰러질 듯한 고열에 들떠 이 병원에 입원을 했었다. 환절기에 흔히 있는 감기로만 알았던 증세가 연 닷새를 계속해서 맹렬한 기세로 덤벼들었기 때문에 나는 어째 남양지방에서 밀수입한 열병에 걸린 거라고 제법 농담까지 해가며 이 병원을 찾았고, 진찰 받을 때까지도 내과 과장을 보고 뱃심 좋게 웃어 보일 용기도 있었다. 그리고 뢴트겐 결과가 판명된 후 내가 그 동안 앓았던 병이 단순한 몸살 감기가 아니라 습성(濕性) 늑막염이었다는 사실을 알았을 때도 별로 놀라지 않았고, 병동을 안내하며 병실을 정해주는 간호학교 학생과 농담까지 나누었을 정도였다.

그러나 내가 정말로 아프기 시작한 것은 늙은 간호원이 병실 앞에 내 이름이 새겨진 문패를 걸어준 후, 수의(囚衣) 같은 환자복을 주었을 때였다. 누가 입던 환자복이었는지 몰라도 체구에 맞지 않는 환자복을 입고 우두커니 서 있는 꼬락서니는 평소에 생각하던 자기의 이미지를 완전히 깨뜨려버리기에 충분하였으며, 내 얼굴엔 완연히 병색이 드러나 보이기 시작했다. 누구의 부축 없이는 변소에도 가지 않았고, 의사만 보면 공연히 매어달리고픈 충동을 받곤 했다.

입원한 다음날, 한 떼의 의사들이 병실로 몰려와, 겁에 질려 있는 나를 전범(戰犯) 다루듯 사납게 벽 쪽을 향하게 한 다음, 주사 바늘로 옆구리를 찔러 굉장한 양의 노르께한 액체를 빼내었고, 나는 집행을 기다리는 죄수처럼 유난히 하얀 병실 벽을 마주 바라보며 그들의 작업이 끝날 때까지 약간 울고 있었다.

그리고 작업을 끝마치고 사라져가는 그 집행인들의 흰 가운에서 병실 벽처럼 차디찬 체온을 절감했다.

나는 이렇게 입원생활을 시작했으며, 어느 틈엔가 아침이면 체온계를 입에 물고 사탕을 깨물세라 조심스럽게 녹이는 유아처럼 체온을 재는 모범환자가 되고 말았다. 그러나 입원한 지 일 주일쯤 후부터는 어느 정도 병이 차도를 보이기 시작해서 열도 정상으로 내려갔고, 더욱이 내 병은 가벼운 폐결핵에서 기인된 늑막염으로 까짓 폐결핵이야 요새 약들이 좋으니까 감기 정도로 생각해두면 틀림없다는 의사의 말투에, 한편은 불안도 하고 한편 위안도 되어, 언제는 반쯤 남기던 죽을 꾸역꾸역 모조리 긁어 먹게 되었던 것이다. 그러면서도 차츰차츰 결핵에 걸린 자신이 실감되어오고, 아무리 약이 좋다고 하나 앞으로는 긴 시간 창백한 얼굴로 낙엽 구르는 소리에도 눈물을 흘려야 하는 폐병 환자 노릇을 해야 한다는 사실이 억울해져서, 나는 몇 번이고 세면대 긴 체경 앞에 서서 메기처럼 눈을 껌벅껌벅이며 혼자 울었다.

그러나 도대체 병이라면 어디를 만지면 통증이 오고, 어디를 움직이면 감지할 수 있는 감각이 와야 할 텐데, 이건 어디를 만져도 아프지 않고, 그저 오후만 되면 끈적끈적한 늪지대에 빠져버린 듯한 미열만 오는 것으로, 좀 후에는 에잇 모르겠다는 안이한 체념으로 시간 맞추어 밥을 먹고, 빈 시간이면 잠을 자는 입원생활에 만족하게 되어버렸다.

입원생활은 금붕어 같은 생활이었다. 모든 환자들은 양순한 민물고기처럼 조용히 지느러미로 미동을 하면서 병원을 부유하고 있었다. 나는 이 붕어 같은 병원생활이 무척 마음에 들었다. 오랜 방황 끝에 고향에 닻을 내린 범선처럼 나는 한가로웠고, 그리고 즐거웠다.

그즈음 나는 간호원들에게 흥미를 갖기 시작했다. 나는 각 간호원들의 주사 놓는 특징, 이를테면 K는 파리 잡기나 하듯 세게 살갗을 때리며 주사 바늘을 꽂는다거나, L은 약솜으로 어르듯이 슬슬 문지르다가 기회를 봐서 기습하듯이, Y는 파충류처럼 유난히 찬 손길로 사뭇 애무라도 하는 양 살갗을 어루만지다가 주사를 놓는다는 식의 개개인의 하찮은 특징에도 어느 틈엔가 친숙해져 있었다.

그러나 이러한 관심은 그녀들에게 무슨 연정을 품어보겠다는 우스꽝스러운 속셈에서 출발된 것은 아니었다. 단지 그중에서 내가 생각하는 이미지에 가장 부합된 여인을 선택해서 그 여인이 약을 갖다주는 시간을 기다리는 것으로 길고 긴 하루를 보내자는 생각 때문이었다.

그래서 나는 기대하는 마음으로 칫솔을 물고 오가면서 흘금흘금 간호원실을 기웃거렸다. 허나 나는 이내 그 작업에 권태를 느끼게 되었다. 왜냐하면 간호원들의 얼굴은 지극히, 지극히 사무적으로 뻣뻣해 있었고, 그녀들의 얼굴에선 웬일인지 잘 소독한 통조림 깡통 같은 쇠녹 냄새가 나는 듯한 착각을 받았기 때문이었다. 그녀들은 전염병이 휩쓰는 우기(雨期)에 마스크를 하고 무표정한 얼굴로 골목골목을 돌아다니며 소독약을 살포하는 방역원 같은 모습으로 층계를 오르내리고 있었다. 그녀들에게 필요 이상의 관심을 쏟으려는 생각은 확실히 어리석은 짓이었다. 때문에 좀 후에는 그녀들 왼쪽 가슴 위에 붙은 명찰을 보는 것으로 나의 권태를 메워갈 수밖에 없었다.

그러다가 나의 관심대상을 의사들에게로 돌려버렸다. 그들은 모두 수염을 바싹 깎아서 동안(童顔) 같은 얼굴을 하고 있었고, 언제나 가운 주머니에 손을 찌르고 육상 선수처럼 복도를 뛰어다니고 있었다. 나는 그들을 햇볕 잘 드는 마당에다 일렬 횡대로 늘어세우면 그들의 얼굴이 모두 알루미늄 식기처럼 반짝반짝거릴 게라는 생각을 하고 있었다. 그들은 빛깔 없는 테를 두른 안경 밑으로 눈빛을 번득이면서 병동을 오가고 있었다. 병원 전체는 실상 어항 속처럼 권태로웠으나, 그들 몇 명의 부산스러운 행동으로 말미암아, 어딘지 모르게 어색하고 시취(屍臭)가 나는 병원 분위기가 융해되고 있는 것이었다.

언제나 그들의 곁에선 약품 냄새가 나고 있었고, 그들의 희고 투명한 손가락은 햇살 속에서 메스처럼 번득이곤 했다. 그들의 깨끗이 세탁한 가운을 보노라면 주사액이 통 안에 가지런히 놓여 있는 정밀성 같은 것을 느껴야 했다. 때문에 나는 어느 의사의 가운 앞소매쯤에 머큐롬 한 방울이 얼룩진 흔적을 보았을 때, 지독한 쾌감을 맛보았다. 굉장히 예쁘고 성장한 여인의 옷차림 어딘가에서 가느다란 실밥을 발견했을 때와 같은 아슬아슬한 승리감이 가슴에 충만되기 시작했다.

오전 아홉시. 서너 명의 담당 의사들이 환자들을 회진하게 되어 있었다. 의사들에게 흥미를 느낀 후부터는, 나는 오전 아홉시만 오기를 기다리는 것으로 아침을 끝마쳤고, 이윽고 그들의 발소리가 낭하를 울린 후, 병동 전체가 나지막한 정숙에 빠져버리면 나는 팽팽한 긴장상태에서 헛기침을 반복하면서 그들을 기다리는 것이었다. 그리고 가장 나이 들어 뵈는 의사가, 옆구리가 뜨끔거리지 않는가, 가래침은 받아두었는가, 영양가 많은 음식을 먹는가 따위의 의례적인 질문을 보낸 뒤, 나이 젊은 인턴이 옆에 서서 간호원들이 기재한 체온표를 들여다보며 확인한 다음, 드디어 세금을 징수한 수금원처럼 너무도 빠른 시간에 하나 둘 병실을 빠져나가고 나면, 나는 동정(童貞)을 잃은 소년처럼 쓸쓸한 얼굴로 무릎을 세우고 한참 동안이나 그들이 사라져가는 발소리에 귀를 기울이는 것이었다.

종합병원은 하나의 살아 있는 동물이었다. 병동에 밤이 오면 많은 환자들이 그러하듯, 느릿느릿한 걸음걸이로 옥상 휴게실에서 제라늄 화분들에 둘러싸여 네온이 반짝이는 야경을 바라보노라면 나는 불균형적인 우울한 희열에 빠져버리는 것이었다. 어떤 환자는 손수레에 앉아서, 어떤 환자들은 무장한 군인처럼 가슴에 온통 깁스를 대고, 어떤 환자는 가족에게 부축되어 한결같이 어두운 모습으로 조용히 시내 쪽을 내려다보고 있었으며 묵묵히 로터리를 향해 달려가는 자동차와 전차의 경적 소리를 듣고 있었다. 그러면서 그들은 옆 병동에 입원했던 사내가 오늘 아침에 죽었다는 얘기를 나지막한 소리로 중얼거렸으며, 몇몇 여자 환자들은 소리 죽여 울어주었다. 그것은 마치 정숙한 제전 같았다. 저들은 자기들이 깁스를 풀 때까지 붕대를 끄를 때까지, 목발을 던져버릴 때까지 언제든 밤이 오면 이런 제전을 벌일 것이다.

그러다가 반대편에 서서 어둠에 웅크리고 있는 병동을 바라보면 참으로 기괴한 감격에 싸여버리는 것이었다. 병동은 파도가 밀려오는 철 지난 해변에 서 있는 방갈로처럼 우울하게 해감 냄새를 피우고 있었다. 모든 병실엔 형광등 불빛이 차갑게 빛나고 있었으며 그 유리창 너머로 환자들의 움직이는 모습이 내다뵈는 것이었다. 마치 우리가 투명한 바닷물 속을 들여다볼 때, 그 속에 수많은 해초와 생물이 수런거리고 있는 것처럼 모든 병실이 제각기 움직이고 있는 것이었다. 그들은 보육기 속에서 생명을 키워가는 유아와 같은 행동을 하고 있었다. 그것은 정말 생생한 경이였다.

일층, 이층, 삼층, 사층, 모든 병동은 밤에도 환히 눈을 뜨고 있었다. 간호원들은 병실과 병실 사이를 부산스레 헤매고 있었고, 간혹 의사들은 '비상'을 알리는 주번 하사 같은 기민한 동작으로 층계를 오르내리고 있었다. 나는 그들이 균을 잡아먹는 백혈구와 같다고 생각했다. 그리고 그들의 무표정하고 뻣뻣한 얼굴에서, 균을 거부하는 강력한 항생제의 효능을 느껴야 했다.

그즈음, 나는 새로운 사실을 발견했다. 입원한 이후 저들의 얼굴에서 웃음을 발견치 못했다는 중대한 사실이었다. 그런 생각은 참으로 불쑥 일어난 느낌이었다.

언젠가 나는 외국 잡지에서 잘 인쇄된 화장품 광고를 본 일이 있었다. 그 광고는 남자들이 면도 후에 바르는 미안수를 선전하고 있었는데, 나는 지금도 그리스 조각처럼 잘생긴 그 남자가 유난히 파르스레 빛나는 턱 위에 지극히 자연스럽고도 세련된 웃음을 띠고 있는 모습을 기억해낼 수 있다. 그것은 일종의 심리적인 광고여서, 그 잘 깎은 턱과 웃음을 쳐다보고 있노라면 누구라도 그 미안수를 사지 않고는 못 배길 그런 것이었다. 그런데 만일 그 사내가 그 최면술 거는 듯한 매혹적인 웃음을 제거하고 무표정하게 서 있었다면, 나는 그 화보가 미안수 선전 광고라고는 생각지 않았을 것이다.

그 병원 의사들은 미안수 선전 광고에 나올 만한 사내들이 미소를 결여하였음으로 하여, 자기 병원 왕래를 권장하는 무표정한 히포크라테스의 모델로 아깝게 전락해버린 듯 보였다. 그들은 일 초의 주저함도 없이 내장을 자르고, 뼈를 긁을 수 있는 권위를 보여주는 모델로서 만족하고 있는 것 같았다. 저들이 만약 외무사원처럼 웃으며 환자의 증세를 물어본다면, 그 환자는 얼마나 심리적인 위안을 받을 것인가.

이리하여 나는 그들을 웃기기 위해서 고용된 사설 코미디언 같은 무거운 책임의식을 갖게 되었고, 밤낮으로 그들이 무엇을 원하고 있는가를 알아내려 애를 썼다. 나는 스스로의 청진기를 들고 그들을 진단하기 시작했고, 웃음을 불러일으킬 수 있는 소인(素因)이 그들의 어느 부분에서 강하게 생겨나는가 하는, 임상 실험의 과정에 굉장한 열의를 기울이게 되었다. 그러나 가령 어느 한 곳이 가려울 때, 정확히 그곳을 집어서 긁어주는 쾌감이라든지, 어린애가 사과를 먹고 싶어할 때는 직접 사과를 사다주면 충족한 웃음을 볼 수 있다는 프로이트의 가장 기본적인 이드(Id)와 에고(Ego) 학설을 응용해서 그들을 웃겨보려던 나의 첫번째 시도는 곧 좌절되고 말았다. 왜냐하면 그들은 유난히 가려운 곳도 없었고, 무언가 가지고 싶은 욕구본능도 퇴화되어버린 것 같았기 때문이었다.

그들은 잠을 자야 할 땐 수면제를 먹었으며, 배가 고플 땐 의사 전용식당에서 영양이 풍부한 햄버거 스테이크를 뜯었다. 소화가 안 될 땐 소화제를 먹었으며, 음악이 듣고 싶으면 환등실에서 발랄한 간호학교 학생들과 구운 토스트를 씹으며 음악을 들었다. 피로할 땐 가루 비타민 C를 물에 타 먹었으며, 성욕이 고개를 들면 간단히 진통제로 말살해버렸다. 도대체가 그들은 충분한 영양을 취하고 있는 온상 속의 귀족 식물이었던 것이다. 며칠이 지나도 나는 그들이 가려워하는 곳을 발견하지 못하였다.

별수 없이 나는 오전 아홉시, 그들이 회진을 하는 시각이면 일부러 병색을 완연히 나타내려고 상을 찌푸리며 허리를 꾸부리고는 급성 카타르성 인두염으로 입원한 5호실의 중학교 교사처럼 더듬더듬 기어들어가는 목소리로 병세를 과장해서 호소했던 것이다.

"굉장히 아픕니다."

나는 믿어달라는 표정으로 말했다.

"옆구리가 굉장히 아프단 말입니다. 열도 올라서 밤이면 갈증을 느껴야 합니다. 정말입니다."

순간 의사들은 난감한 표정으로 나를 내려다보았다.

"언제부텁니까?"

우두머리로 생각되는 반백의 의사가 은단을 주머니에서 꺼내 두서너 알 입에 넣고 그것을 굴리면서 거짓말을 하는 절도범을 취조하는 민완 형사 같은 소리를 내었다.

"어제부텁니다. 아니, 정확하게 말해서 저녁 여덟시부텁니다."

"닥터 김."

갑자기 그 의사는 신경질적으로 그의 몰모트를 잠시 내려다보고 나서, 뒤에 선 의사들 중의 어느 누구를 불렀다.

"이틀 전의 엑스레이 검사는?"

"이상 없습니다."

"체온은?"

"이상 없는데요."

간호원들이 기재해놓은 도표를 들여다보고 있던 인턴이 계산기 같은 입놀림을 했다.

"정상입니다."

나는 순간 그 인턴을 저주했다. 차라리 나는 지금 이 순간 원인 모를 고열이라도 엄습해서 자신 있게 단정하는 그 잘생긴 인턴의 얼굴을 당황하게 만들어놓고 싶을 정도였다.

"당장 간호원을 불러주게."

그 의사는 가운에 손을 찌르며 사탕이라도 꺼내줄 듯이 의미심장한 몸놀림을 했다. 나는 내장을 자르고 실로 꿰매는 일에 수십 년을 보낸 그 의사의 손가락이 마치 거짓말 탐지기 같은 착각이 들었고, 학교 가기 싫어 꾀병 부린 막내둥이처럼 불안하게 아픔을 과장해서 앉아 있었다. 나는 정말 열이 나기 시작하는 것 같았다. 간호원은 금방 뛰어왔다.

"처방약들의 투입량은 정확한가?"

"틀림없습니다."

"체온은?"

"보시다시피 정상입니다."

"환자 자신은 열이 굉장히 심하다는데."

순간 간호원은 나를 보았다. 나는 그녀의 낯에 장난꾸러기 웃음을 터뜨리고 싶었다.

"체온을 다시 재보기로 하지."

나는 내 몸에서 갑자기 열이 상승되어 그 온도계의 수은주가 비등점까지라도 도달해주었으면 하는 기원으로 포로처럼 앉아 체온계를 받아 물었다. 그러다가 나는 인턴이 무심코 하품을 하는 모습을 보았다. 나는 그가 이미 내게서 흥미를 잃은 것이라고 생각했다.

나는 갑자기 그 체온계를 깨물어버렸으면 하는 충동을 받았다.

"정상입니다."

인턴이 체온계를 들여다보며 그것이 자기의 의무인 것처럼 대답했다.

"삼십칠 도입니다."

나는 그 인턴의 반짝거리는 구두와 넥타이 핀을 번갈아 바라보았다. 나는 심한 굴욕을 느끼며 몇 가지의 상투적인 주의말과 더불어 사라져가는 백혈구들의 뒷모습을 노려보았다. 그들의 뒷등은 영원히 거부하겠노라는 강한 의지를 담은 뼈라 조각처럼 생경해 보였다.

다음에 내가 취한 행동은 그 젊은 인턴에 대한 관찰이었다. 그는 병동 지하실, 인턴과 레지던트의 합숙소 B의 2호실에서 지내고 있었다. 요 며칠간은 산부인과 야근이었는지 복도에서 만났을 때, 그는 동료 인턴에게 이틀 동안 눈 한 번 붙여보지 못했다네라며 약간 신경질적인 목소리를 내고 있었다. 그는 굉장히 잘생긴 사내였다. 모든 잘생긴 남자에게서 볼 수 있는 여유만만한 몸짓과 어딘지 우수에 찬 듯한 눈썹과 어깨, 그러면서도 눈에서 빛나는 의욕.

나는 그 눈을 보며 이 인턴이 분명 이제 곧 우수한 성적으로 인턴과 레지던트 과정을 마치고 해외유학을 해 박사학위를 따고, 고국에 돌아와 종합병원 외과 과장쯤의 관록으로, 점점 그 알맞게 균형 잡힌 몸매는 당연한 듯이 체중이 늘어, 드디어는 환자로 하여금 그 몸매만 보아도 병이 나아버릴 만큼 권위를 보이는 의사가 되리라는 것을 예감할 수 있었다. 그리고 그 의사가 여성잡지 화보, '행복한 부부상' 난에 곱게 늙어 제 나이의 절반으로밖에 안 보이는 아내와 비타민 공급상태가 원활한 이남 일녀를 거느리고 화단에 물을 주고 있는 모습으로 등장할 수 있으리라는 것도 믿어 의심치 않았다. 어쨌든 그의 태도와 눈빛은 자신의 성공을 미리부터 확신하고 있는 것 같았다.

나는 그 인턴이 정원 휴게실의 비치 파라솔 밑에 앉아, 혼자서 우유를 마시고 있는 모습을 본 적이 있다. 어둑어둑한 저녁이었는데 그는 한 차례의 수술을 끝내고 왔는지, 잔뜩 늙은 표정을 하고 있었다. 그는 방금 썩은 내장을 잘라내는 모습을 보았을지도 모른다. 백열 전구 밑에서 음영이 없어서 마침내 하얀 가면을 쓴 피에로처럼 마취상태에 빠져 있는 환자의 모습도 보았을 것이다. 그는 숱한 수술을 보았을 것이며, 앞으로도 그보다 더 많은 수술을 보고, 또한 자신이 집도를 해야 할 것이다.

그리고 짧은 시일 내에 거리의 수많은 사람들이 모두 환자로 보일 것이며, 실제 사람들이 약간의 부종과 약간의 노이로제를 가지고 있다는 사실을 알고는 스스로 소외되어버릴 것이다. 그는 비치 파라솔 밑에서 홀로 우유를 마시듯, 언제나 강한 고독을 느껴야 할 것이다. 실상 자기 자신도 메말라 파삭파삭이는 정결한 소독환경 속에서 병리학 사전에도 없는 묘한 병을 가지고 있는 건조성 환자라는 것을 의식하지 못한 채.

'나는 그를 웃겨야 한다. 이 병동 15호실의 환자, 습성 늑막염 환자인 나는 그 건조성 환자를 웃겨야 할 의무를 가지고 있는 것이다.'

어느 날, 나는 옥상 휴게실에서 그 인턴을 만난 적이 있다. 그는 석간 신문을 펴고 비스듬히 제라늄 화분에 둘러싸여 건포도를 씹으며 신문을 읽고 있었다. 나는 그에게 얘기를 걸고 싶은 강렬한 기대를 안고 맞은편에서 그를 쳐다보고 있었다. 거리에서 방금 켜진 네온사인이 그의 잘생긴 얼굴에서 너울너울 춤을 추어 그의 얼굴을 몇 번이고 현란하게 채색시켰다. 이윽고 나는 내가 알고 있는 한도 내에서 가장 그럴듯한 유머를 생각해내었고, 곧 그 인턴에게로 다가갔다.

"수고하십니다."

"아, 예."

인턴은 의무인 것처럼 대답했다. 나는 그가 보고 있는 석간을 같이 들여다보았다. 거기엔 현미경을 통해 본 세균 같은 작은 활자로 실상 진부해져버린 사건, 사건들이 신문 전면을 깨알처럼 메우고 있었다. 나는 그 의사가 무엇을 보고 있는가를 알아냈다. 그것은 토요일판 부록으로 나온 어린이용 만화였다. 나도 그 내용을 알고 있는, 어린이

들간에 선풍을 불러일으키고 있는 만화였다. 내용은 한국의 과학 박사가 로봇을 만들어 가상 적국과 싸움을 벌인다는 것으로 제법 색도 인쇄까지 했으나, 채 이가 맞지 않아 투박한 물감이 번진 덤핑책 표지 같은 만화였다. 한국의 로봇이 적국의 과학자가 발명한 살인 광선 때문에 위협을 받게 된다는 서투른 데생의 만화를 젊은 의학도가 초가을의 바람이 불어오는 병동 휴게실에서 우두커니 보고 있다는 사실은 묘한 뉘앙스를 불러일으켜 나를 즐겁게 했다.

"그 만화가 재미있습니까?"

"아, 예. 아주 재미있는데요."

"물론 우리나라의 로봇이 살인 광선쯤에 끄떡할 리 있겠습니까?"

"그렇지요. 아! 그런데 제법 아슬아슬한 데서 다음 호로 미루었군요."

"그건 만화가들의 상투 수단이죠."

나는 즐거워서 쿡쿡 웃었다.

"다음 호를 기다리십니까?"

"아, 아니에요. 실상 저는 말입니다. 달력을 보며 세월을 의식하는 게 아니라 이 만화를 보면서 일 주일이라는 공간을 의식하는 것뿐입니다."

"하하하."

웃어야 할 듯싶은데도 인턴은 웃지도 않았고, 웃은 것은 나 혼자였다. 만화가 연재되는 이십삼 회 동안, 이 의사는 옥상 휴게실에서 무표정하게 만화를 보면서 백육십일 일을 보냈을 것이다.

나는 담배를 피워물었다. 날이 어두워져 주의해서 들여다보지 않으면 글씨가 안 보일 때까지 인턴은 신문을 놓지 않았고 우리는 쓸데없는 얘기를 간간이 나누며 시간을 보냈다.

"제가 재미있는 얘기를 하나 할까요?"

나는 적당한 기회를 노려 그를 유혹했다.

"아, 예."

"병원에 입원하고 며칠 후였지요. 눈을 감으면 공상만 늘고, 도무지 잠을 잘 수가 없었답니다. 웬 망할 놈의 공상이 그리 많던지, 그래 별수 없이 저는 어느 날 간호원에게 열시쯤에 수면제를 갖다달라고 했습니다."

나는 일단 말을 끊고 피우던 담배를 던졌다. 담배는 긴 포물선을 그리며 어둠 속으로 사라져버렸다.

"그런데 그날은 제법 피로했던 모양으로 저녁밥을 끝낸 후, 곧 운수 좋게 베드 위에서 잠을 잘 수가 있었지요. 그래 다행히 며칠간의 불면이 겹쳐 나는 꿈도 꾸지 않고 깊은 잠에 들었습니다. 그때였습니다. 간호원이 제 병실로 들이닥쳤던 것입니다."

나는 다시 말을 끊고 상대편의 눈치를 살폈다. 나는 남을 웃기려 할 땐, 적당한 기회에서 숨을 돌려야 하는 법을 알고 있었기 때문이었다.

"그리고 제 이름을 부르며 황급히 깨우는 것이었습니다. 나는 놀란 나머지, 그렇습니다. 제가 만일 1병동의 애를 밴 아낙네였다면 분명히 유산을 했을 겝니다만, 벌떡 일어나서 베드 위에 앉았지요. 핫하, 그러자 그 간호원은 약봉지를 내밀며 '수면제 잡수실 시간입니다' 라고 속삭이는 것이었습니다. 핫하, 핫하하."

인턴은 웃지 않았다. 상식 정도의 에티켓을 지키는 의미로서도 그는 약간의 반응을 보였어야 할 텐데 웃지 않았다. 마치 웃는 방법을 잊어버린 사내처럼 그는 어리둥절해서 서 있었다.

오히려 웃는 쪽은 내 쪽이었다. 허나 내 웃음은 자신의 무안을 감추기 위한 과장의 폭소로서 곧 어색하게 사라져버렸고, 이내 묘한 수치 같은 것이 덤벼들었다. 우리는 무책임하게 지껄인 유머가 주고 간

뻣뻣하고 불유쾌한 여운 속에서 무슨 말을 꺼내야 할까 하는 식의 끈적끈적한 침묵을 동시에 응시했다. 우리는 서로의 약점을 알고 있는 사내들처럼 멍하니 상대편의 어두운 얼굴을 쳐다보며 이상하게 굳어버린 침묵 속에서 헤어나려고 결사적으로 애를 썼다. 그때 다행인 것은 어색한 침묵을 깨뜨리며 간호원이 뛰어온 것이었다.

"어머나 김 선생님, 여기 계셨군요. 한참을 찾았는데, 아래층에서 부르세요."

그러자 인턴은 비로소 비상구를 발견했다는 듯, 잰 걸음으로 문 앞으로 다가섰고, 잠시 그것도 의무인 듯한 몸짓으로 나를 돌아보았다.

"참 몸은 괜찮으시오?"

"정상, 정상입니다."

나는 거수경례하는 훈련병처럼 큰 소리를 냈다. 그리곤 한기가 스미는 휴게실에서 새로운 담배를 피워물었다.

그즈음 내 몸은 적이 쾌조를 보이고 있었다. 원래 늑막염이야 일이 개월이면 완쾌될 수 있는 병으로 문제는 폐결핵인데, 결핵이 나을 때까지의 긴 세월을 팔자 좋게 입원생활을 하며 지낼 수는 없는 형편이었기 때문에, 나는 불원간 퇴원을 해야 할 판이었다. 허나 나는 그네들이 진단을 하고, 뢴트겐을 찍고, 가래 검사를 한 후, 이제는 퇴원해도 좋습니다라는 확인을 주고 나서도 약간의 미열에 들떠 있어야 했다. 그것은 물론 결핵의 증세인, 그후에 상승하는 미열 때문이기도 하지만, 그 인턴을 웃길 수 없다는 초조감 때문이었다. 사실 나는 그즈음 아침에 일어나서부터 자리에 들 때까지 상한 짐승처럼 끙끙거리며 나의 거대한 작업을 완성시키려고 애를 썼고, 토요일 오후, 퇴원하기로 작정한 날이 다가올수록 그를 아직 웃기지 못했다는 불안과 초조로 봄닭처럼 안절부절못하고 있었던 것이다.

나는 복도 한가운데 붙어 있는 일직 당번 칠판에 그 젊은 인턴의 이름이 분필로 적혀 있는 것을 발견할 때마다 주위의 눈을 피해, 그 것을 지우고 대신 그곳에 '망아지'라는 동물 이름을 쓰고 싶은 충동을 받곤 했다. 그렇다면 그는 무심코 자기의 이름 대신 '망아지'라는 동물이 씌어진 것을 보고는 얼핏 웃을지도 모르는 일이었기 때문이었다. 어떻게 운수 좋으면, 재재거리기 좋아하는 간호학교 학생들이 그것을 발견한 다음, 그에게 '망아지'라는 닉네임을 선사할는지도 모른다. 도대체 한 인간에게 '망아지'와 같이 좀 얼빠진 별명이 붙는다는 사실은 얼마나 유쾌한 일인가.

아니면 나는 가장 못생긴 간호원의 이름을 도용해서 그 인턴에게 연애편지를 써 보낼까도 생각했다. 그러면 그 인턴은 쉽사리 마음이 풀어져 정구 치는 사내처럼 유연한 몸짓으로 가끔 웃음을 뿌리며 다니게 될지도 모른다.

아니면 그에게 독한 술을 두어 병 먹여볼 수는 없을까. 그러면 그 사내의 오랫동안 누적되고 억제된 유희본능이 해빙되어 어쩌면 병동 한복판에서 〈노란 샤쓰 입은 사나이〉를 큰 소리로 부르게 될지도 모르는 일이었다.

아니면 의사들은 모두 발달되고, 때묻은 인간과의 유머에 권태를 느꼈기 때문에 단순히 원시적인 행동에서 순수한 카타르시스를 느낄지도 모르는 일이었다.

가령 어떤 나이 어린 여자애가 병동 한복판에서 배설을 하고 있는 모습을 보았다면 그들은 엉거주춤한 모습에서 통쾌한 희열을 느낄지도 모르는 일이었으며, 변소에 누군가가 유치한 내용으로 낙서를 하고 거기다가 춘화까지 대담무쌍하게 그려놓았다면, 의사들은 별로 변의(便意)를 느끼지 않으면서도 그 수세식 변소에 틀어박혀 치졸한 나상(裸像)을 쳐다보며 마구 문명을 비웃어주고 싶은 통쾌한 해학을 느낄지도 모르는 일이었다.

나는 퇴원하기 하루 전, 휴게실에서 어두워져가는 병동을 바라보며 그런 생각을 했고 형광등이 환히 빛나는 병동이 흡사 여러 갈래로 유리된 미로와 같다고 생각했다. 그때 내게 떠오른 것은 강의 시간에 미로에 빠진 채, 강렬한 먹이의 유혹을 몸부림치며 반추하던 실험용 쥐의 모습이었다. 교수는 엄숙하게 '이 쥐는 미로에 빠져버린 것이다'라고 말을 했지만, 내겐 그렇게 생각되지 않았다. 새로운 방황이 그 쥐에게 열린 것이다. 반복, 반복으로 터득한 안이한 먹이로의 길보다는 충분한 포식을 즐길 수 있는 새로운 미로가 쥐 앞에 전개된 것이다. 나는 그 쥐에 대해 열렬한 성원을 보냈다.

나는 이 철근 콘크리트로 격리한 견고한 미로 속에 쥐 대신 그 젊은 인턴을 삽입해보자고 생각했다. 그리하여 그날 밤, 나는 병동이 잠들기를 기다려 간호원의 눈을 피해 1병동에 있는 문패와 2병동에 있는 문패를 모조리 바꿔버렸다. 나는 그 거창한 작업에 거의 온밤을 새워야 했을 정도였다. 가을밤, 환자복만을 입고 층계를 수십 번 오르내린 피로와 추위 끝에 나는 둔한 통증을 느끼며, 그러나 유쾌한 마음으로 잠자리에 들었다. 내 병실 앞에 걸려 있는 이름은 해산일을 앞둔 여인의 문패였으니까 나는 그날 밤만은 늑막염 환자가 아니라 만삭의 여인이 된 셈인 것이다. 자, 이 병동의 의사와 간호원들은 어떤 방황을 시작할 것인가. 나는 나의 인턴이 새로운 방황의 길로 떠나주기를 기원했다. 뛰어라, 미로에 빠진 나의 투사여.

다음날 나는 늦잠을 잤다. 나는 잠을 자면서도 병동 전체가 달라질 것임을 의심치 않았다.

오전 여덟시경. 나는 칫솔을 들고 병실 복도를 어슬렁거리며 무언가 달라진 낌새가 있는가를 관찰하였다. 하지만 섭섭하게도 아무것도 달라진 것이 없었다. 언제나 그러하듯 간호원들은 잰 걸음으로 복도를 뛰어다니고 있었고, 의사들은 알루미늄 식기 같은 얼굴을 반짝거리며 이층 계단을 오르내리고 있었다.

아침을 치우는 작업부들은 엘리베이터로 식기를 부산스럽게 운반하고 있었고, 병동은 그대로 어항처럼 투명한 건물 속에서 끓고 있었다. 나는 어젯밤 내가 기를 쓰며 가까스로 바꾸어놓았던 병실 문패가 제각기 제자리에 놓여 있는 것을 보았다. 어느 틈엔가 고등동물인 그들은 제 스스로 미로를 제거할 줄 알게 사육된 것이다. 나의 마지막 시도는 그들 앞에서 완전히 좌절되고 만 것이었다.

오전 아홉시. 의사들은 동물원에서 갓 수입한 열대동물처럼 떼를 지어 회진을 시작했다. 간밤에 수면을 잘 취했는지 그들은 더욱 정결해 보였다.

"오늘 퇴원이시죠?"

우두머리 의사가 가운에 손을 찌르며 여전히 사탕이라도 꺼내줄 듯한 몸짓으로 물었다.

"그렇습니다."

나는 정확하게 대답했다.

"몸은 어떻습니까?"

"정상입니다."

"퇴원하실 때 간호원에게 약을 받아 가십시오."

"알겠습니다."

이윽고 젊은 인턴이 나를 쳐다보았다.

"어젯밤 뭐 잃으신 물건은 없는지요?"

"글쎄요. 없는 것 같은데요. 뭐 도둑이라도 들었나요?"

"아, 예. 다행이군요. 어젯밤에 굉장히 장난꾸러기 소질을 지닌 도둑놈이 들었습니다."

"핫하하."

나는 유쾌하게 웃었다.

"병원에 피해라도 있습니까?"

"글쎄요. 아직까진 발견 못 하고 있습니다만 오전중으로는 판명이 되겠지요. 저, 그럼 항상 건강하시길 빕니다."

그들이 제각기 무어라고 주의말을 주면서 사라져버리자, 젊은 의사는 내게 악수를 청했다. 나는 그의 손을 마주 잡았다.

그날 오후, 나는 퇴원했다. 병원 앞뜰까지 택시를 불러다놓고, 나는 동생과 더불어 짐을 날랐다. 병실에서 죽어가고 있던 국화꽃 두어 송이를 가슴에 꽂고, 우리 형제는 결혼식장에 들어간 귀빈처럼 즐거웠다. 동생은 내게 축하한다는 의미로 시내를 한 바퀴 드라이브하자고 했다.

우리는 곧 차에 탔고 차는 발동을 걸기 시작했다. 그때 나는 차창 너머로 그 젊은 인턴이 어떤 아름다운 여인과 파라솔 밑에서 콜라를 마시고 있는 모습을 발견했다. 그 모습은 한 폭의 그림처럼 인상적이었다. 그 순간 차는 급커브를 틀었고, 나는 온몸에 돋친 비늘이 반짝이는 것처럼 병원 창문마다 비낀 햇살의 반사를 무표정한 자세로 반추하고 있는 병원 자신을 쳐다보았다.

그리고 나는 점점 멀어져가는 병원 한구석 코스모스 피기 시작하는 병원에서 방금 그 젊은 인턴이 웃음을 띤 것 같은 환영을 보았다. 나는 그것이 사실인가를 확인하기 위해서 바짝 차창에 눈을 밀착시키고 무어라고 손짓을 해가며 애기를 나누고 있는 나의 사랑스러운 환자를 쳐다보았다. 하지만 내가 보았던 것이 한 개의 착각이었을까, 아니면 찰나적인 웃음에 틀림없었는가 하는 문제는 이미 별스런 의미를 가질 수 없었다. 왜냐하면 이제 우리는 상대적으로 환자가 아니기 때문이었다. 나는 그에게서 퇴원을 했고, 또 그는 내게서 퇴원을 한 셈이었던 것이다. 그러나 나의 환자였던 사내가, 초추의 햇살이 분수처럼 떨어져 쌓이는 뜨락에서 언젠가 내가 보았던 것처럼 고독하게 홀로가 아니라 예쁜 여인과 둘이서 콜라를 마시고 있다는 사실이 나를 감격하게 만들었다. 나는 마음속으로 그 여인이 그를 잘 요양시켜주기를 기원했다.

어느새 차는 로터리 신호등에 걸려 있었고, 이제 나는 통행금지 시간을 걱정하고, 신호등에 위반되지 않으려 걱정하고, 시민증을 꼭꼭 가지고 다녀야 하는 새로운 소시민으로서 파스와 나이드라지드를 하루에 꼭꼭 세 번씩 복용하며, 낙엽 떨어지는 소리에도 슬퍼해야 하는 길고 긴 방황의 생활과 서서히 마주하고 있는 것이다.

동생은 내게 유혹하는 목소리로 자기가 최근에 발견한, 술값이 싼 술집과 재미있는 영화를 하는 극장이 어디인가를 알려주었다.

(1967년)

# 2와 1/2

아무래도 그 주사만큼은 맞지 않았어야 했다. 다른 사람들처럼 잘 봐줍쇼라고 담배나 권하며 슬슬 우물쭈물 꽁무니 뺄 것을 무슨 큰 영웅이나 된 듯이 팔뚝을 걷어붙이고, 예방주사를 맞아버린 것은 아무래도 틀려먹은 짓이었다. 그 따위 주사를 맞아야 꼭 장티푸스가 예방된다면 지금껏 난 매해 여름이면 소위 염병에 걸려 머리털이 빠졌어야 했을 것이다. 그렇다고 이번 여름은 유독 덥고, 어딘가 몸 한구석이 망가져버린 듯 피로하니, 그런 예방주사쯤 맞아두어 만일을 예비하자는 뚜렷한 목적의식하에 방역원 앞에 팔을 내민 것은 아니었다. 그 이유는 나도 잘 모른다.

아, 아, 이 따분한 토요일 오후, 다른 회사 사람들은 이미 퇴근해서 껄껄거리며 술을 마시며, 여인을 유혹하며, 오줌을 질질 흘리며, 제 시간을 즐기고 있을 시간에, 특근이랍시고 사무실에 붙잡아두고, 덜컹이는 윤전기 소리와 활자공들의 고함 소리 속에서 권태롭기 짝이

없는 사무를 보아야 한다는 사실에 잔뜩 분노를 느끼고 있을 때였으니까, 사실 그것이 장티푸스 예방주사가 아니고 비소(砒素) 주사였더라도 나는 맞았을 것이다. 하지만 권태로운 것보다는 차라리 그 예방주사로 가벼운 장티푸스를 앓으며 따분한 주말의 오후를 보내자는 나의 막연한 기대는 완전히 오산이었다.

오후 세시부터 굉장히, 굉장히 아파오기 시작했다. 주사를 맞은 오른팔은 꼼짝도 할 수 없을 정도로 무거워왔고, 확확 달아올라, 깁스를 댄 사람처럼 오후 내내 나는 왼손으로만 오자(誤字)를 골라내고, 왼손으로만 전화를 받아야 했다. 그뿐인가. 덥기도 하고 몹시 춥기도 한 사뭇 미묘한 열 때문에 나는 마치 기름독에 빠진 곤충처럼 필사적으로 땀을 흘리며 허우적거려야 했다.

이러한 때 오후 아홉시까지의 근무는 무리였다. 하지만 나는 참을 수 있을 때까지 참기로 했다. 저 아우성치는 기계 소리와 타이프 소리, 외무사원들의 농지거리, 전화벨 소리, 부장의 하품, 이상하게 더운 화학섬유로 만들어진 남방 밑으로 끈적이는 땀―이 모든 것을 참기로 했다.

나는 실로 이를 악물고 망할 놈의 소(小)장티푸스와 타협해보려고 노력하였다. 오후 일곱시까지는 그래도 용케 참을 수 있었다.

유리창 밖으로 어둑어둑 밤이 깃들이고 사나운 거리가 값싼 화장품 냄새로 점점 익숙해지고 노골화돼가자, 나는 더이상 참는 것은 무모한 짓이라고 결심을 하고는 불쑥 부장 앞으로 갔다.

"이런 말씀을 드린다면 기분이 어떠실지 모르겠지만 전 지금 굉장히 아픕니다. 저……"

나는 그것이 나의 책임인 것처럼 비굴해져 있었고, 속마음은 꾀병이 아니라는 것을 어떻게 표현하는 것이 가장 실감나는 것일까라는 어처구니없는 문제로 갈팡질팡하고 있었다.

"정말입니다. 전 지금……"

"아, 알겠네. 그만 퇴근해도 좋겠네."

부장은 웬일일까, 선뜻 응낙을 했다. 나는 밀린 초교 한 뭉치를 서랍 속에 집어넣고, 경리과로 내려갔다.

"기분 어떠실지 모르지만……"

경리과에선 언제든 전당포 냄새가 났다.

"돈을 좀 가불할까 하는데요."

주판을 튀기던 못생긴 여인이 나를 올려다보았다. 그 눈빛엔 도대체 이 녀석 어딘가에 흠잡을 곳이 없는가, 일테면 전당포 창구에 밀려진 철 지난 외투처럼, 좀먹은 데는 없는가, 속으로 빵꾸가 나지는 않았는가, 과연 철이 지나긴 했지만 저당 잡아도 좋을 만큼 천이나 디자인이 괜찮은가 하는 기막힌 가치판단의 예지가 번득이고 있었다. 나는 그녀에게 내 인생을 맡겨버리고 싶었다.

"아까 오전에 과장님에게 말씀드렸었고, 어느 정도 응낙을……"

"알고 있어요."

"이런 말을 해야 할지는 모르겠습니다만 내일 아버지 산소에 가야 하기 때문에 적어도……"

"얼마라고 하셨지요?"

"일천원입니다."

"차용증을 써주십시오."

나는 빠닥이는 돈을 받았다. 그리고 토요일이 교회당의 비둘기처럼 자글자글 끓어대는 거리로 나섰다.

거리는 은밀하게 타오르고 있었다. 사람들은 담배를 짓씹으며 불한당처럼 여인들을 유혹하고 있었고, 젊은 축들은 침을 퉤퉤 뱉으며 거리를 방황하고 있었다. 아무 곳에도 갈 곳이 없고 누구와 만나기로 한 약속도 없었지만 나는 일 주일이 쓰레기통 속에 버려지는 토요일 저녁을 사랑하고 있었다. 나는 즐거운 마음으로 사람들 사이를 헤엄쳐 다니기도 했고, 어느 술집에서 술을 마셨고, 중국 검술 영화 하는 극장 앞에서 집에 들르지 말고 낯익은 창녀애와 하룻밤을 잘까, 잠시 궁리하다가 버스를 타고 집으로 돌아왔다. 좀더 돌아다닐 수 있었지만 일요일 아침 일찍부터 내게 할 일이 있었기 때문이었다. 며칠 전 아침신문 아래칸에서 서울시장 명의로 된 분묘이장 공고를 보았는데, 바로 아버님 산소 있는 곳에 새로 주택단지가 들어서기 때문에 절반 너머나 이장된다는 것이었다. 때문에 나는 일요일 아침에 시외버스를 타고 아버님의 산소는 그 커트 라인에 들어가는가, 제외되는가를 알아봐야 하는 스케줄이 있는 것이다.

버스에서 내리자 또 몸이 아파왔고, 완전히 오른쪽 팔목이 마비상태에 빠져 있었다. 망할 놈의 예방주사. 나는 뻔뻔스럽게 생긴 보건소 직원과 그의 주사약을 원망했다.

갑자기 이슬비가 내리기 시작했다. 끈끈한 비의 감촉이 술 몇 잔에 달아오른 목덜미를 핥아대고 있었다.

이상하게도 어디선가 시금치 끓이는 냄새가 났다. 나는 단골 약방에서 진통제 몇 알을 샀고, 삼십 분가량이나 약방 주인과 같이 텔레비전을 보았다. 텔레비전에서는 권투 중계방송을 하고 있었다.

"우리는 이길 겁니다."

아나운서가 흥분해서 소리를 질렀다. 나는 다시 약방을 나와 집으로 가는 골목으로 들어섰다. 눅눅한 습기 냄새가 골목골목에서 음산하게 풍겨왔고, 애 우는 소리와 그릇 달그락대는 소리 같은 것이 뒤범벅되어 내리는 빗속에 가라앉아 있었다. 대문은 그냥 열려 있었다. 나는 천천히 어두운 집 안으로 들어섰다.

"이씨유?"

문간방 문이 예기치 않게 드르륵 열렸다. 그 계집애였다.

"담배 있으면 한 대 주고 가요."

"그거야 어렵지 않지."

나는 후줄그레 젖은 상의 포켓에서 담배를 하나 꺼내주었다.

나이답지 않게 근육, 근육이 비상하게 발달된 계집애. 검은 살결 밑에 풍만하고도 거대한 갈색 정욕을 비장하고 있는 계집애. 저 노골적이고, 피로에 젖은 눈매로 담배를 뿜어대는 귀엽고도 작은 입술을 보라. 슈미즈 속으로 알 밴 게처럼 터져나올 듯한 유방과, 육감적인 어깨의 선. 기대감을 불러일으키는, 범람하는 강처럼 엄청난 둔부, 짧은 다리 위에 저처럼 무르익은 과일들을 지탱하고 있는 질기디질 긴 본능. 동물적인, 너무나 동물적인 음탕하게 빛나는 눈.

나는 강한 갈증을 느꼈다. 갑자기 계집애가 내 옆으로 다가왔다. 살찐 그녀의 유방이 마비된 나의 오른팔 위에서 꿈틀거리고 있었다. 차라리 그것은 통렬한 쾌감이었다.

"이씨, 오늘밤에 우리 방에 오지 않을라우? 내 밤에 문 따놓구 잘 게. 밤 한시쯤 살짝 와요."

그 계집애의 입에선 술 냄새가 났다. 나는 제법 공범자처럼 낄낄 웃었다. 내 머릿속에 한 편의 영화처럼 완전히 구상된 이 계집애와의 정사. 어두운 밤 꿈결처럼 이 방문을 열고 들어서서 옷깃 스치는 소리를 내가며 차례차례 아주 수일을 두고 생각했던 대로 그녀의 몸을 정복하는 계획. 그 치밀하고도 완전한 여름밤의 정사. 나는 상상만 으로도 적이 피로해졌다.

"이씬 꼭 우리 오빠 같애."

"못 하는 소리가 없다니까."

"오빠 같은 사람하고 하룻밤 자봤으면."

계집애의 몸에선 썩은 땀냄새가 났다. 나는 식인종처럼 그녀의 몸 에 상상의 칼을 대었다.

"보는 사람 없다니까요. 자, 뽀뽀 한번 해줘요. 오빠."

나는 멍청하니 서 있었다. 아, 아, 망할 놈의 토요일 저녁에, 망할 놈의 예방주사다. 순간 계집애의 입술이 번쩍이며 내 얼굴을 날쌔게 문지르더니 웃음소리와 함께 덜컹 문이 닫혔다.

"내 문 따놓고 잘게요. 깔깔."

나는 순간적인 그녀의 입술이 주고 간 끈적끈적한 타액을 혀끝으로 핥으며 서 있었다. 내 머릿속으로는 어둡게 빛나는 칼날의 번득임 같은 것과 보지는 않았지만 말은 들어본 남양지방의 이상한 식물 — 날아가는 곤충이 꽃잎에 앉으면 주머니 같은 꽃잎이 오므라들어 곤충을 체액으로 융해하여 흡수해버린다는 식물 — 같은 것이 뒤범벅 되어 떠올라 새로운 아픔이 나를 괴롭히기 시작했다. 나는 바깥채로 들어서서 이층 내 방으로 들어왔다. 열쇠를 따고 문을 여니 동생에게서 편지가 와 있었다. 보나마나 그 내용은 뻔할 테지. 형님. 우리 집안은 지금 결속해야 할 때입니다, 형님. 오냐, 결속해야 할 때고말고.

나는 진통제를 두 알이나 먹고 자리에 들었다. 곧 잠이 들었다.

다음날 새벽 나는 잠이 깨었다. 무언가 왁자지껄한 소음이 아래층에서 들려오고 있었다. 호루라기 소리도 들려왔고, 비명소리 같은 것도 들려왔다. 나는 어렴풋이 잠결 속에서 그 소리를 듣고 있었다. 바로 그때 이층 내 방으로 누군가 쿵쾅거리며 올라섰다. 그리고 문이 부서질 듯이 방문을 두드렸다. 나는 벌거벗은 채로 일어섰다. 제기랄, 나는 툴툴거리며 방문을 땄다.

"당신이 이서영씨요?"

"그렇습니다."

나는 맥 빠진 하품을 했다. 비, 비가 자욱이 내리고 있었다. 조용히, 비가 퇴색해가는 어둠 속에서 내리고 있었다. 플래시가 갑자기 내 얼굴을 비춰왔다.

"옷 입고 나오쇼."

"아니, 저, 도대체 무슨 일입니까?"

"어쨌든 나와보쇼."

아직까지 잠에서 덜 깨어났던 나는 그제서야 그들이 경찰이라는 것을 알았다. 플래시를 든 경찰의 우의에선 물방울이 함부로 튀고 있었다. 나는 공연히 떨리는 손으로 옷을 주워입었다. 아, 오른손이, 오른손이 칼로 에이는 듯한 통증을 주어왔다. 망할 놈의 예방주사. 애당초 그놈의 주사를 맞지 않았어야 했는데……

먼동이 빗줄기 속에서 터오고 있었다.

"이런 말씀 드리면 기분 나쁘시겠지만 도대체 뭡니까?"

"살인사건입니다."

경찰은 무표정하게 뇌까렸다.

"예? 살인사건이라고요? 아니 그럼 누가 죽었다는 겁니까?"

그러자 내 머릿속엔 그 갈색 피부의 계집애가 직감적으로 떠올랐고, 나는 갑자기 온몸의 힘이 빠져나가는 것을 느꼈다. 아래층 마당엔 이 집 가족들 모두가 나와 있었다. 몇 명의 여자들은 소리 죽여 울고 있었고, 남자들은 멍하니 하품을 하고 있었다. 새벽 잔영이 쓸쓸히 머무른 퇴락한 집 안으로 이상하게 여느 때에는 느낄 수 없던 술렁이는 생활 냄새가 느껴지기도 했다. 나는 사람들 어깨 너머로 그 계집애의 방을 넘겨다보았다. 계집애는 벌거벗은 채로 침대 위에 넘어져 있었다. 평소엔 볼 수 없던 몇 개의 유치한 문신이 계집애의 배 위에 새겨져 있었다. 사방에서 터지는 플래시 속에서 통통하고 온통 매니큐어를 칠해버린 듯한 비로드 색깔의 계집애 몸뚱어리는 영원한 포즈를 취하고 있는가 움직이질 않았다. 매우 서투른 화가가 아무렇게나 데생해버린 구도처럼 계집애는 쓰러져 있었다. 슈미즈가 찢겨 있었고, 목에는 브래지어가 감겨 있었다. 아아, 무엇을 보았을까, 저 계집애는. 죽는 순간에 바로 무엇을 보았을까. 탐스러운 갈색 유방은 핑크색 조명을 받고 올리브 유를 바른 것처럼 번쩍이고 있었다.

우리는 비를 맞으며 마당에 서 있었다. 집 뒤에 서 있는 교회당에선 순간 맹렬히 거룩한 일요일을 알리는 종소리가 들려왔고, 우리는 완전히 잠이 깨었다. 나는 오슬오슬 한기를 느끼며 부산스레 왔다갔다하고 있는 순경에게, 이층에 가서 스웨터를 입고 와도 괜찮은가고 물었다. 그러자 갑자기 신경질적으로 안 된다고 고함을 질렀다. 별수 없이 나는 추위를 참기로 작정해야만 했다.

"자살이 아닐까요?"

뒤에 서 있던 아낙네가 은밀한 목소리로 내게 물었다.

"글쎄요."

"아닙니다. 분명히 타살입니다."

연극 같은 것에서 조명을 맡아보고 있는 사내가 단호하게 말을 뱉었다. 그리고 그는 나지막한 소리로 불운한 동료들에게 물었다.

"누구 혹시 간밤에 이상한 소리 못 들었나요?"

"못 들었는데요."

"저두요."

"간밤에 비가 내렸잖아요."

"난행당한 흔적이 있다던데요."

"몇시에 발견됐대요?"

"두시라던데요. 왜 주인집 둘째아들 있잖아요? 그 사람이 발견했다던데요."

"그런데 왜 그 사람은 두시에 그 여자 방을 들여다봤담."

누군가 약간 장난기 어린 소리로 말을 했고 여러 아낙네가 이번엔 숨죽여 웃었다.

"원래 바람기가 있는 애 아녜요. 열아홉 살 아이치곤 못 하는 짓이 없었잖아요?"

"맙소사. 난 그래도 스물대여섯 살은 더 먹은 줄 알았는데."

"그런데 난 일 년 가까이 같이 있었는데도 그애가 뭘 해서 먹고사는지 모르겠다니까요."

"뻔하지요."

한 여인이 눈을 반짝이었다.

"아무렴요. 그거야 뻔하지요."

모두들 한마디씩은 동조를 했다. 나는 한기와 더불어 굉장한 몸살을 느끼고 있었다. 이번엔 그냥 막연한 아픔이 아니었고, 온 관절이, 온 부분이 그냥 내리 콱콱 쑤시는 아픔이었다. 나는 이를 악물고 진땀을 흘리고 있었다. 정말이지 이럴 바엔 차라리 장티푸스를 그대로 앓아버리는 게 나을 성싶었다.

마당 아래로 게딱지 같은 지붕들이 내다보였고, 부우연 빗줄기 속에서 지붕들은 어깨를 이고 침전해 있었다.

날이 완전히 밝자 우의를 입은 경찰관이 우리를 이끌고 작은 드리쿼터에 태웠다. 우리는 피난민 시절 배급을 기다리는 사람들처럼 피로한 표정으로 차례차례 올라탔고, 무언가 불안한 마음으로 차 속에서 서로의 얼굴을 쳐다보고 있었다. 차는 흙탕물을 튀기며 달리기 시작했다. 차 후미 빠끔히 열린 아가리로 비 오는 일요일 아침이 전개되고 있었다. 일요일은 편물기 속에서 실들이 직조되듯 가로로, 세로로 질서정연하게 엉키기도 하고 풀리기도 하고 있었다. 나는 어두운 얼굴 가운데서 주인집 둘째아들의 얼굴을 찾아내었다. 그는 침착하게 담배를 피우고 있었다. 평소에는 별로 같이 말을 나눈 적은 없었지만 동리 어귀 술집에서는 몇 번 술을 같이 했던 청년이었다. 그는 언제나 술을 혼자 먹었다. 그렇다고 유별나게 많이 먹는 것도 아니었고 꼭 제 주량만큼만 비우곤 했다. 나는 언제든 그 청년을 별로 좋아하지 않았다. 그 청년의 몸에선, 이상하게도 암울한 곳에 떨어진 동전 한 닢이 일순 반짝거리는 것과 같은, 안간힘을 쓰고 진땀 흘리는 조바심 같은 것이 엿보였기 때문이었다. 생활에 찌들어가는 냄새라든가 어린애가 앙앙거리며 우는 생활 같은 것에 초연하여 청년의 몸가짐은 마치 온몸에 스스로의 방부액으로 밀초를 칠해놓은 사내처럼 유독 돋보이곤 했다.

"도대체 우리는 어디로 가는 것일까요?"

한 아낙네가 내게 물었다. 그 여인의 입에서는 일요일 아침에 늑장 부리는 여편네들 입에서 흔히 나는 단호박 냄새가 났다.

"글쎄요."

나는 그제서야 주머니 속에 어제 저녁때 사둔 진통제가 있음을 알았다. 나는 두 알을 꺼내 천천히 침으로 녹이었다. 차는 로터리에서 급커브를 틀더니 쿨럭이며 정지했다. 운전대 옆에 앉았던 우의 입은 경찰이 뒤쪽으로 와서 우리에게 내릴 것을 명령했다. 우리는 양순하게 차례차례 내렸다. 나는 게시판에서 '우리는 싸우면서 건설한다' 라는 구호를 보았다. 어린애들 두 명이 지나가면서 "간첩인가부다, 간첩" 하며 시시덕거렸다. 나는 약간 절망했다.

그래 오늘 아침엔 내게 할 일이 있었다. 존경하는 아버지의 묘지가 불도저에 싹둑 밀려나갈지도 모르는 일 아닌가. 우리는 수사계로 끌려들어갔고, 잠시 의자에 앉아 쉬고 있었다.

"이것 보세요."

조명을 맡아보고 있는 사내가 탁자 위에 아무렇게나 놓여 있는 조간신문을 펼쳐 들었다. 신문 사회면에는 토요일 밤과 일요일 아침의 틈바구니 속에서 벌어진 바로 우리집 안채의 살인사건을 취급하고 있었다.

“어쩌면. 아, 아.”

그 남자의 부인이, 우리가 일요일 아침마다 들여다보았던 신문 속의 기사가 모조리 요원하고, 딴 나라 사람 애기 같았던 전례를 깨뜨리게 해준 계집애의 사진을 들여다보며 어쩐지 의기양양하게 감탄사를 발했다. 나는 모든 여인들은 어떤 면에선 저러한 죽음과 갈색 정욕 따위 마구 부패해가는 타락 같은 것을 원하며, 은밀한 동경을 금치 못하고 있을지도 모른다는 충격을 받았다. 잠시 후 사복을 한 눈매 매서운 사내가 우리들 앞에 나타났다.

“여러분들 아주 죄송하게 됐습니다.”

사내는 별로 죄송하지 않은 표정으로 서두를 꺼냈다. 그리고는 여러분들을 이곳에 모셔온 것은 어떤 참고될 만한 단서를 얻을까 해서 그런 거니까 마음을 푸욱 놓으셔도 괜찮겠고, 묻는 말엔 솔직담백하게 대답해주길 바라며, 사실 죽은 사람이 별로 반항한 흔적이 없는 것으로 보아 여러분들 중에 한 명이 범인일지도, 핫하하, 이 말은 농담이지만, 모르니까 지시사항 이외에 함부로 자리를 이탈하지 말아줄 것과 조금 후부터 진지한 토론이 있을 예정이니 배가 고픈 사람들은 경찰서 뒤쪽에서 음식을 시켜다 먹어줄 것을 당부하고는 사라져버렸다. 우리는 각각 주머니를 털어 맹물처럼 허연 곰탕을 한 그릇씩 먹은 후 다들 의자에 몸을 기대고, 부족한 아침잠을 충당하려고 작정했다. 서민적인 것들은 어디서든지 잘 먹고, 또 어디서든지 잘 잘 수 있다. 비록 의자가 나무의자로 딱딱하고 수사계 안이 어딘지 모르게 식민지 냄새를 음산하고 차갑게 풍긴다 할지라도 그들은 의좋게 하나 둘, 어깨를 기대고, 머리를 기대고 잠을 잘 수 있는 것이다.

소위 그들이 말하는 진지한 토론은 오전 열시부터 시작되었다. 한 사람, 한 사람 따로 불리어서 옆방으로 끌려들어갔다. 아, 아, 나는 또다시 지독한 아픔과 싸워야 했다. 그것은 정말 무지막지한 통증이었다. 사실 나는 오래 전부터 아주 적은 시간 이외엔 끊임없이 혹사당하고 있었던 것이다. 토요일 오후까지, 어떤 때는 일요일까지도 나는 근무를 해야 했고, 그것은 이번주만이 아니었다. 어제도, 그제도 내가 기억하는 내 인생 저 깊은 곳에서부터 나는 줄곧 부림을 당하고 있었다. 그리고 이렇게 예방주사를 맞은 것과 같은 본의 아닌 아픔도 이번이 처음이 아니었다. 집단적인 이웃과 이웃 사이에서 따스한 체온을 나누려면, 그저 세금을 꼬박꼬박 낸다거나, 시민증을 꼭꼭 가지고 다니거나, 국민의 의무인 통행금지 시간을 엄수하고, 군복무를 필한다는 자격 이외에도, 예방주사처럼 합리화된 독소에 몸을 떨어야 했다. 사회를 움직이는 것은 모두 우리네 생활과는 동떨어진 것이었다. 가령 투표를 한다는 최대의 권리 밖에서 사회는 움직여지고 있었고, 그저 나는 언제나 아픈 곳이라고는 없이 생이빨을 빼야 하는 듯한 본의 아닌 아픔 속에서 양순하게 사육되어온 것이다. 그것은 아버지의 시대에도 그러하였다. 내가 신화처럼 존경하는 아버님은 일제시대 때 아무런 이유도 없이 일본놈들에게 처형된 사람이었다. 마치 헤엄도 칠 줄 모르면서 물에 빠진 사람을 구하러 물에 뛰어든 어처구니없는 사람처럼 아버지에겐 아주 서민적인 퇴폐한 도덕이 있었을 것이다. 아버지나 내게 끊임없이 요구되고 있는 것은 바로 그처럼 서민적인 희생 같은 것뿐이었다. 우리는 모두 약간의 돈을 가지고 있으면서도 도박판에 끼어들지 못하고 그저 단지 내가 이 판에 끼어들어 이 돈을 잃어버리면 어쩌나 하는 막연한 불안의식과 체념 같은 것을 가지고 있기만을 강요받아왔던 것이다. 돈을 따고 잃는 것은 그들의 권리요, 훈장을 나눠 달고 마침내 열쇠장수처럼 온몸에 훈장을 달고 쩔그렁거리는 분열식(分列式)을 올리는 것은 모두 그들의 것이었다.

이처럼 멍청하게 이상한 곳에 있어야 하는 경우도 이번이 처음은 아니었다. 분명히 예매권을 사두었는데도 미리 예약된 다른 사람이 앉아 있는 것과 같은 수없는 착오 속에서 나는 살아온 것이다. 그것은 스스로 걸어온 상태가 아니라, 탁한 물 밑에 가라앉은 앙금처럼 밀려온 상태였다. 그곳이 어딘가 돌아보려면 나는 또다시 다른 곳에 밀려와 있었다.

아, 원칙적으로 내가 있어야 할 곳은 이곳이 아니었다. 바로 아버님의 산소였던 것이다. 이 음울한 일요일 아침, 아버님 산소에서 부드러운 풀을 뜯으며 약간의 우수 속에 잠겨야 했을 것이다. 그런데 망할 것, 아버님의 산소도 재수 없으면 본의 아니게 이장될 우려가 있는 것이다. 새로운 서울이 무덤 위에 건설되는 것이다. 말하자면 죽은 자 위에 산 자가 솟아오르는 것이다.

"이서영."

누군가 나를 불렀다. 호출되는 상태. 어릴 때부터 나는 호출되는 상태 속에서 자라왔다. 얼마나 많은 입들에서 나의 이미지가 반짝이었는가.

나는 그 방으로 들어섰다. 아까의 사복 입은 사내와 정복 경찰들이 나무의자에 앉아 있었다. 밝은 백열전등이 얼굴의 음영을 벗겨, 그들은 마치 가면을 쓴 것처럼 뻣뻣하고 무기미해 보였다.

"앉으시오."

그들은 낮게 그러나 명령하는 투로 말을 뱉었다. 나는 덩그러니 방 한복판에 놓여 있는 의자 위에 앉았다.

"내 묻는 말에 솔직히 대답해주시오. 아, 뭐 그렇게 딱딱해하실 필요는 없구, 담배 피우시나요?"

"죄송하지만 피웁니다."

"태우십시오."

사복 입은 사내가 신탄진 한 개비를 권했다. 나는 담배를 받아 물었다.

"올해 몇입니까?"

"서른입니다. 본의 아니게 나이만……"

"결혼은?"

"아직 못 했습니다."

나는 좀 씁쓸해져서 웃었다.

"뭘 하고 계십니까?"

"뭘 하다니요?"

"아, 저 직업 말씀이죠."

"어떠실지 모르겠지만 아주 자그마한 출판사에 나가고 있습니다."

"어제 몇시에 퇴근하셨습니까?"

"오후 일곱시입니다."

"정확한 시간입니까?"

"제가 기억하는 한으로는 맞을 겝니다."

"집에 들어오셨을 때까지의 경위를 말씀해주십시오."

"퇴근하고 나서 술을 한잔 마셨지요."

"어디서요?"

"이름이야 어디 기억할 수 있습니까?"

그런 식이었다. 천주교 교리문답처럼 나의 소재는 이렇게 간단히 정의되는 것이다. 간추리고 보면 나의 몸무게는 몇 온스나 나갈 것인가, 나는 면접하는 생도처럼 정확한 발음으로 모조리 대꾸했다. 허나 이상한 것은 열심히 대꾸하다보니, 내가 기억하는 어제의 기억이 그 이전의 기억과 자꾸 혼동되는 것이었다.

이를테면 어제 저녁 술을 마셨던 술집은 무교동에 있는 술집이 아니었고, 혹시 우리 동리 어귀에 있는 대폿집인지도 모른다는 착각에 진땀을 흘려야 했다. 나에 대한 진지한 토론은 이십여 분 동안에 모두 끝이 났다. 그러나 그 동안에 그들은 나에 관한 거의 모든 것을 캐치해버렸다. 내 주량까지도, 내 버릇까지도, 학벌도, 출생지도, 예방 주사 맞은 것도, 내가 왼손잡이라는 것도, 성병에 걸려 있다는 것도, 잠을 잘 땐 약간의 몽유병이 있다는 것도, 광장공포증이 있다는 것도, 군에 있을 때 연락병 노릇을 했다는 것도 모조리 알아버렸다. 그리고 마지막엔 정복한 사내가 내민 종이 위에 푸줏간 정육 위에 검정 필을 낙인하듯 나의 왼손과 오른손 열 손가락을 모두 인장 찍고 나와버렸다.

우리는 모두 매우 피로하고 쓸쓸해서 아무런 말도 하지 않았다. 우리 모두가 가엾게도 실험대에 놓여 어떠한 반응을 실험하고 있는 게라고 의과대학생이 불평했다. 그는 이름 있는 대학의 의과대학 본과 졸업반으로, 집은 전라도 어디라던데, 안경을 끼고 언제나 수면에 취해 있는 듯이 보이던 학생이었다. 어느 날 그는 내가 지나가는 말 비슷이 내 건강을 진단해달라고 요구하자, 대뜸 비타민 C가 부족하다고 사뭇 비장한 표정으로 선언을 했던 학생으로 그후로 나는 그를 어느 정도 존경하게 되었다. 그는 비단 나 혼자뿐 아니고 온 집안의 건강 담당 카운셀러였다. 나는 그 갈색의 계집애가 이 안경 낀 대학생에게 비상한 관심을 가지고 있었음을 알고 있다. 걸핏하면 그녀는 아프다고 능청을 떨었고, 대학생은 그 밀실에 들어가 슈미즈 바람의 계집애에게 유혹을 당하곤 했다. 표본보다 더 현실적이요, 차가운 이지보다 더 뜨거운 계집애의 관능 앞에서 저 사내는 얼마만큼 진땀을 흘렸을까. 언젠가 그 계집애가 장난삼아 배가 아프다고 엄살해서 그 대학생을 당황하게 만든 것을 기억한다. 그때 그는 계집애의 몸과 맥을 짚어보더니, 옆에서 어리둥절해서 서 있는 내게 "임신입니다. 아저씨, 임신이에요"라고 쩔쩔매던 사내였는데, 그의 말이 맞았다면 그 계집애는 벌써 애어머니가 되어 있어야 했을 것이다. 엉터리. 그 자식도 엉터리인 것이다. 돌팔이 의사 후보생.

"우리 같은 선량한 사람을……"

그는 손 마디를 꺾었다.

"이처럼 푸대접한다는 것은 너무한 일인데요."

작은 밀실에서 자기를 몽땅 털어놓고 나왔을 때 우리들 마음에 충만이 되는 것은, 파장이 되고 만 듯한 공허감과 엄청난 고독감이었다.

"글쎄 내게 그 여인과 한번 관계해본 적이 있는가 묻잖아요."

그는 분개한 듯이 침을 퉤퉤 뱉었다.

"그건 제게도 물었지요."

이번엔 머리가 까지고, 고등학교 수학 선생을 하고 있는 사내가 말을 받았다.

"그래 없다고 했더니 그걸 어떻게 보증하나, 그래도 최소한 관계는 하고야 싶었겠지 하고 웃는단 말이에요, 망할."

갑자기 나는 뜨거운 침을 꿀꺽 삼켰다. 그래, 관계야 맺고 싶었지. 시치미 떼고 있지만 남자라면 모두 그랬을 게다. 그 작은 계집애의 슈미즈를 난폭하게 찢어내리고 유방을 이빨로 씹어버리며, 수천만 개의 세포로 깔깔거리는 계집애를 태워버리고도 싶었지. 우리 모두가 그랬다.

"그래서요?"

아무런 말도 하지 않고 있던 주인집 둘째아들이 물었다.

"그 질문에 무어라고 대답하셨습니까, 김선생?"

"에끼, 여보슈. 난 두 애와 마누라가 있는 몸이외다. 헛허허."

그는 난감한 표정으로 사람 좋은 웃음을 웃었다. 한 사람씩 묻는 심문이 끝나자 경찰측에서는 아낙네 축들을 미리 귀가시켜버렸다. 그녀들은 재재거리며 나가버렸고, 남은 축들은 다섯 명의 남자들뿐이었다.

"우리는……"

조명하는 사내가 하품을 했다.

"남아 있으랍니다. 아, 아."


오후부터 잠시 끊겼던 비가 다시 뿌리고 있었다. 일요일의 서울거리는 무참하게 던져진 채 비를 맞고 있었다. 머리가 까진 고등학교 선생은 심심풀이로 일본 군대에 있었던 얘기를 했고 우리들은 듣고 있거나 딴 생각을 하고 있었다. 나는 창 밖으로 끽끽거리며 달리는 전차를 보고 있었다. 전차에 탄 사람들과 내 시선이 마주 닿을 때도 있었지만 대부분 그들은 멍하니 흐르는 빗줄기를 바라보고 있었다. 나는 이제 너무 아프고, 또 아파서 감각을 잃어버리고 있었다.

"오늘밤에 우리 방에 오지 않을라우? 내 문 따놓고 잘게. 뽀뽀 한 번 해줘요. 깔깔."

나는 수많은 밤을 그 계집애와 정사하는 꿈을 꾸었다. 이상하게도 그 정사는 정상적인 정사는 아니었고, 언제나 강간이었다. 나는 난폭하게 그 계집애의 모든 것을 갈가리 찢어버리는 것이었다. 내가 창녀집에 갔을 때, 진딧물의 꽁무니를 노리는 개미인 양 냄새나는 요강을 핥는 것처럼, 그 계집애의 몸에서는 평상시에도 어딘지 모르게 절박한 그 무엇이 번득이고 있었다. 말하자면 쌓고 조립하는 쾌감이 아니라, 빨랫줄에서 한 방울 두 방울이 낙수하듯 허물어져가는 썩은 향내가 물씬거리는 섹스였던 것이었다.

"내가 알기로는……"

선생의 얘기는 계속되고 있었다.

"중국 여자애들이 최고요, 최고."

나는 마지막 남은 두 알의 진통제를 침으로 녹이었다. 진통제를 먹어서 조금도 차도가 있는 것은 아니었지만 나는 그것이라도 먹어야 할 것 같았다. 기묘하게도 어제 저녁부터 나는 줄곧 땀을 흘리고 있었는데 누구 하나 그것을 물어준 사람은 없었다. 텔레비전을 켜고 볼륨을 죽였을 때 그 맥빠진 아나운서의 유희를 보듯, 우리 모두에게 칸막이 쳐진 이 일요일 오후의 유리상태 속에서 아, 아, 망할 놈의 나는 도무지 남에게는 전염되지 않는 장티푸스를 혼자서만 끙끙 앓고 있는 것이 아닌가.

오후 세시부터 다시 심문이 계속되었다. 나는 굉장한 땀을 흘리며 그들 앞에 섰다.

"피차 편견은 제거되어야 합니다."

사복 입은 사내가 흰 이빨을 보였다.

"어제 저녁, 우리가 알기로는 이서영씨와 죽은 여인과의 정사관계가 사전 합의된 것으로 알고 있습니다. 다시 말하면 이서영씨는 죽은 여인과 한시쯤 정사를 나누리라 미리 약속이 되어 있었단 말입니다."

"이런 말씀을 드려서 어떠실지는 모르겠습니다만 그런 따위의 얘기라면 토요일 저녁이면 누구나 흔히 나눌 수 있는 그런 음담패설 같은 게 아닐까요?"

"피차 물론 편견은 제거되어야 합니다."

사내는 희게 웃었다. 나는 무언가 거대하고 신비로운 힘에 의해서 타의로 소용돌이 속으로 빠져들어가는 듯한 환각을 보았다. 사내는 다시 여인의 난행당한 성기에서 임균을 검출해냈다는 것과 그것은 이서영씨도 지금 현재 가지고 있는 것이라는 것, 이서영씨에게 몽유병이 있어 가끔 한밤중에 죽은 여인의 방 앞을 서성이는 것이 발견되었다는 것, 꿈이라는 것은 현실생활의 연장이요 내심의 세계가 녹을 벗기면 그런 무의식적인 증세로 돌출된다는 것 등을 미리 외워두었던 것처럼 분명하게 얘기했다. 나는 기묘한 충격을 받았다. 아주 재미있기도 해서 쿡쿡 웃을 뻔도 하였다. 또하나의 나의 부분이 나 아닌 그들에 의해서 질서 있게 정리되고, 껍질이 벗겨지고 있는 것이다. 저들의 얘기는 도대체 무엇을 의미하고 있는가. 내가 어떠한 위치에 서 있기를 바라는 것일까. 과연 저 얘기는 내가 범인이기를 바라는 의미일까. 아, 아, 내가 한 일이 있었다면 상상으로만 그 계집애를 강간했다는 것뿐이고 그것이 도대체 이 살인사건과 무슨 관련이 있는 것일까. 내 주머니 속에 얌전하게 접혀 있는 또하나의 내가 그럼 그 계집애를 죽였다는 것일까. 대한민국, 본의 아니게 나이만 서른 살 이상 먹어버린 사람들이 주머니 속에 으레 스페어로 가지고 다니는 또하나의 나. 열 걸음 이상은 굳이 택시를 타고, 예쁜 영화배우에게 몹쓸 병을 옮겨놓고, 일류 레스토랑에서 점심을 먹는 또하나의 나. 햇볕 부서지는 밀림 속에서 방금 뛰쳐나온 듯한 싱싱하고 씩씩한 또하나의 내가, 그 통통한 계집애를 죽였다는 것은 사실일지도 모른다. 그를 자유롭게 하라. 친구여, 밤마다 휘발유로 때를 벗기고, 브러시로 먼지를 털고, 버릇이라고는 눈곱만치도 없어, 기분 나쁜 말을 하는 놈에겐 철권을 휘두르는, 또하나의 나를 사랑하라. 마음대로 그를 방목하여 그의 자존심에 조금도 금가지 않게 하라. 우리가 적어도 백원짜리를 내고 파고다 한 갑을 샀을 때 어처구니없게도 사백육십원을 거슬러 받았을 때와 같이 거리에서 벌어지고 있는 방화와 살인. 그것을 그의 책임으로만 돌리지 마라.

심문은 다섯시쯤 끝났다. 우리는 딱딱한 나무의자에 앉아서 뜨개질을 하고 있는 아낙네처럼 차디찬 콘크리트 바닥을 궁상맞게 바라보고 있었다. 꽤 오랜 시간이 경과한 끝에 조명 하는 사내와 학교 선생이 먼저 불리어 나갔고 그들은 "우린 먼저 갑니다. 뒤차로 오쇼"라고 껄껄거리며 사라져버렸다. 남은 세 사람은 무거운 여름옷을 윗단추까지 꼭꼭 채우고 도사리는 자세로 땀을 흘리고 있었다.

"결국엔 우리 세 명뿐이군."

주인집 둘째아들이 조용히 속삭였다. 나머지 대학생은 어디서 사
왔는지 양갱을 얌전히 까서 먹고 있었다.

"이 선생."

무슨 생각이 났는지, 주인집 아들이 침묵 끝에 은밀하게 나를 불렀
다. 나는 그를 쳐다보았다.

"우리 여기서 나가지 않겠습니까?"

"나가다니요? 이런 말을 물어본다고 어떠실지 모르겠습니다만,
누가 우리를 내보내주기나 한답니까?"

"그러니까……"

그는 잠시 주위를 살폈다.

"도망가잔 말입니다. 이거 어디 사람이 할 노릇입니까?"

"……"

나는 잠시 망설였다.

"변소로 도망가는 길을 봐두었습니다. 아무래도 며칠 후면 진범이
잡힐 테고 전 그 동안 마침 약간의 돈이 있으니, 남해지방으로 여행
이나 떠날 텝니다."

"그럼 나는, 아니 당신도 모두 무죄란 말입니까? 죄송합니다."

나는 의아스러워 열쩍은 목소리로 얼빠진 소리를 냈다.

"이 선생, 농담을 할 때가 아닙니다. 우린 지금 고놈의 망할 년 때
문에 이렇게 무더운 여름날 오후에 욕을 보고 있는 것입니다. 학생은
어쩔 테요?"

"잡히지 않을까요?"

대학생은 겁먹은 소리로 말을 했다.

"나만 따라오면 안전해요. 설사 잡힌다고 해도 우리가 무슨 겁날
게 있습니까? 자 나갑시다."

그는 나를 돌아보았다. 그 눈에 어떤 우수와 비애 같은 것이 있었

다. 나는 대학생을 쳐다보았다.

"이런 말 물어본다고 어떠실지 모르겠습니다만 학생은 어쩔 테요?"

"저도 도망갈 텝니다. 고향에 내려갈랍니다."

"난……"

나는 무언가 즐거운 마음이 들었다. 서른의 나이에 내가 배운 바로는 저들이 놓아준 자리에 박물관에 진열된 자기처럼 앉아 있어야만 된다는 확신, 그 순종하는 희열 같은 것에 나는 이미 친숙해져 있었던 것이다.

"난 그냥 있을랍니다. 난 아주 재미있어요. 내일이면 또 월요일 아닙니까? 선생들."

"그럼."

사내는 주위를 보았다. 수사계실엔 두어 사람들이 오가고 있을 뿐, 아무도 그들을 아랑곳하지 않았다.

"저희들은 갑니다. 안녕히 계십시오."

그들은 뒤도 안 보고 변소 쪽으로 사라져버렸다. 나는 그들이 가버린 방향을 한참이나 쳐다보았다. 장티푸스 예방주사는 끈질기게도 나를 괴롭히고 있었다. 아무래도 그놈의 예방주사는 맞지 않았어야 했다.

나는 갑자기 심한 고독을 느꼈다. 내 눈앞엔 홀로 죽어간 그 갈색의 계집애가 떠올랐고, 나는 그것이 나의, 우리의 책임인 것 같은 생각이 들었다. 그것은 실로 불쑥 일어난 느낌이었다.

일요일 저녁. 차창으로 어둠이 몰려들어 차창에 맺힌 수많은 물방울들이 전등불을 받아 일순 반짝이기 시작했다. 나는 아버님 산소에 가려던 계획이 휴지 조각처럼 던져진 일요일의 절정에서 그들이 나를 부를 때까지 얌전하게 앉아 있을 계획이었다. 아침 한 끼밖에 안

먹은 배고픔과, 주사 덕분의 아픔 그리고 가슴을 저미는 듯한 고독감
으로 나는 천천히 울고 있었다. 차라리 이만한 아픔이라면 아예 꾀병
을 앓아버리는 게 나을 성싶다는 체념과 같이 차라리 이만한 고독과
슬픔 같은 것이라면 아예 그들에게 내가 범인이라고, 당신들이 원하
는 것처럼 내가 범인이라고, 그 갈색의 계집애는 지금 우리 시대, 나
이 서른 이상 먹은 자식들이라면 내가 아니더라도 누구든 망가뜨리
고, 학대하고, 울리고, 때리고, 죽일 수 있는 여인이라고 고백하는 편
이 더 홀가분하리라 생각들었다. 그러면 그들이 잘 해결해주리라 믿
고 싶었다. 그래서 나는 어제 비 오는 토요일 밤 한시, 통통하고 귀여
운 갈색 유방을 가진 계집애를 죽였노라고, 나 아닌 딴 사람이 죽이
기 전에 내가 먼저 죽여버렸노라 고백하리라 작정했다. 그러자 나는
무척 홀가분해졌다.

(1967년)

# 무너지지 않는 집

“우리는……”

그 사내는 담배꽁초를 버렸다.

“지금 집을 부수고 있습니다.”

늙은 기녀의 분첩에서 분가루가 날리듯 햇볕이 흩어져 쌓이는 초여름의 오후였다.

“아, 예.”

나는 그 집을 쳐다보았다.

방금 언덕 위로는 노오란 크레인이 그 큰 이빨로 지붕을 뜯고 있었다.

“이틀이면 결딴이 나버리지요.”

사내는 눈을 가느다랗게 뜨고 실뱀처럼 웃었다. 그리고는 미녀의 나체가 새겨진 문신 가득한 팔뚝으로 그 집을 가리켰다.

나는 멍하니 서 있었다. 굵은 철책 사이로 장미들이 엿보였고 싱싱한 초하의 수목이 정원 가득히 자라고 있었다.

그는 내게 자주 말하고 싶어하는 듯 관심을 가지고 말을 이었다.

"집주인이 망해버렸지요."

"저두 알고 있습니다."

든든하게 생긴 그 사내는 파괴자들에게서 일반적으로 느낄 수 있는 허무의 냄새를 풍겼다.

"집 짓는 일은 여러 번 맡아보았지만 집 부수는 일은 이번이 처음입죠. 헛헛헛."

"그래서요."

"역시 짓는 것보다는 부수는 게 쉽지요. 헛헛 헛허허, 한참 때려부수다보면 저절로 힘이 나지요. 우리는 밤에두 부숩니다. 모조리 모조리 부수구 뭉개버릴 겁니다."

그는 갑자기 이를 악물고 그 집 대문 위에 붙어 있는 문패를 노려보았다.

'김성근.'

그 이름을 알고 있었다.

"건 왭니까?"

"왕초가,"

그는 엄지손가락을 들었다.

"빨리 결판을 내고 싶어서 그렇습니다. 이 집 새 소유자는 전 소유자에게 많은 빚을 주었었거든요. 그런데 망할 놈의 자식이 빚만 안고 쓰러져버렸거든요. 별수 없이 왕초가 이 집을 차압했지요. 그리고 이 집에 큰 음식점을 짓는답디다요. 다행히 우리는 부수는 작업과 다시 짓는 작업을 둘 다 청부 맡았지요. 헛허허."

나는 대꾸 없이 하나하나 무너져내리는 그 집을 쳐다보았다.

방금 그 집의 지붕은 게의 그것과 같은 이빨에 절반이나 사라져 있었다. 그것은 기계충에 반쯤 머리털이 빠져버린 빈민의 아들처럼 볼썽사나웠다. 이제 그 집은 모두 사라져버릴 것이다. 지붕도, 벽도, 나무도, 또한 과거의 영화와 저 썰렁하고도 비릿한 인간의 때, 수십 년을 두고 내려온 기쁨과 슬픔.

이런 것들도 함께 모두 허물어져갈 것이다. 그리고 새로운 집이 건축될 것이다.

무너져버린 죽은 자의 슬픔 위에 새 기쁨이 설 것이다. 나는 안다. 그리고 수차 보았다. 무너져가는 것과 솟아오르는 것을. 내 어렸을 때 아끼고 아끼던 앞니가 빠져버린 후 또 새로운 이빨이 솟아나왔다. 빠진 이빨을 달도 없는 한밤중 저 집의 지붕을 향해 힘차게 던졌었다.

한때 나는 저 집에서 살고 있었다. 나는 모조리 기억하고 있다. 적어도 우리 집안이 저 집에서 밀려나오기 전까지의 일들을 모조리 기억할 수 있다.

저 바깥 유리방에서 누이는 피아노를 치고 있었다. 며칠 후면 누이는 시공관에서 피아노 연주회를 가질 것이다. 눈보다 흰 드레스도 준비되었고, 누이를 가르치고 있는 선생님의 기막힌 추천사가 깃들인 프로그램도 준비되었다. 아버지는 헛허 허허허 웃으시며 귀여운 누이의 놀라운 재능을 애무하며 꺼칠꺼칠한 수염의 감촉을 누이에게 선사했다. 그래, 그때의 아버지는 그럴 만한 자격이 있었다.

나는 그때 정원에서 물놀이를 하고 있었다. 수도꼭지에 호스를 끼우고 가득한 장미나무 위에 물을 주고 있었다. 강하게 뿜어져나오는 차가운 물은 손가락 사이에서 빠져나간다. 힘차게 뻗어올라가는 물줄기를 보라. 나는 이곳에서 그 물줄기를 저 먼 곳의 오동나무 위까지 올려보낼 수가 있다. 내겐 그저 씽씽하게 팽팽한 호스를 들고 그것을 교묘히 운전할 수 있는 힘만이 필요할 뿐. 물줄기는 하얗게 푸른 하늘을 향해 비상하고 그리고 어느 지점에서 낙하한다. 푸드득 떨어지는 물방울은 잔디를 적시고, 장미를 적시고, 꽃잎을 적시고, 내가 좀더 짓궂었다면 밥 하는 아주머니까지 적실 수 있었을 것이다.

그날은 내가 이상하게도 학교에 가기 싫어 꾀병을 부리고 누워 있던 초여름의 오후였다.

유리처럼 투명하고도 싱그럽던 초하의 오후, 어딘가 몸 한구석이 이상하게도 아파오던 그 하얀 식탁보 위에 떨어진 포도즙액처럼 얼룩진 여름을 나는 잊을 수 없다.

"저 집은 참 튼튼하지요?"

나는 비탈길에서 내려오는 차를 피하며 그를 쳐다보았다.

"잘 지은 집이지요. 저만하면 날림집과는 비교두 안 되리만치 참 잘 지었지요. 허기야 살려고 지었던 집이니깐."

인부 한 명이 집 뒤꼍으로 돌아가서 오줌을 싸기 시작했다.


집 부수는 작업은 이상하게도 질질 연기되었다. 내가 그 성북동 언덕길을 연 일 주일을 두고 오르락내리락거렸는데도 좀처럼 진전의 빛이 보이지 않았다.

인부 두목쯤 되어 보이는 사내는 여전히 나를 보면 껄껄거리며 알은체를 했고 그리고 묻지도 않은 변명을 했다.

"아무래두 일 주일은 더 걸릴 것 같습니다. 제기랄 것. 어제는 인부녀석 한 명이 벽 제거작업을 하다 그만 깔려버렸지 뭡니까. 뭐 대단한 상처는 아닙니다만……"

사내는 귓가에 꽂아두었던 비상용 담배를 피워물었다.

"할 수 없이 입원시켰지요."

"제가 알기로는……"

나는 이 사내가 약간은 놀라리라고 기대하면서 진지한 낯짝을 했다.

"저 집이 본디 도깨비가 있는 집인 줄로 알고 있는데요……"

"허허 헛허허. 학생."

사내는 도깨비가 붙어먹으려도 도무지 건덕지가 없는 듯한 건조한 목소리로 크게 웃었다.

"그렇지 않아두 방금 그 얘길 하려는 중이었소."

"예?"

"우리 공사가 지연되는 것도 그놈의 도깨비 덕분이지. 거참."

나는 자기가 부린 꾀에 되속아넘어간 장난꾸러기처럼 순간 어이가 없어졌다. 허기야 이 좋은 초여름, 무더운 오후에 낮잠을 잔뜩 자고 났을 때 부어오른 편도선과 훅훅 끼치는 땡볕 냄새 같은 것을 잔뜩 이고 이놈의 비탈길을 허이허이 오르내리는 작업 자체도 권태스러운 일이거늘. 그래 그 통 성적이라고는 오르지 않는 부잣집 둘째아들에게 도깨비의 존재를 긍정시키는 데 실랑이를 해야 할 계기가 생겼단 말인가.

"이상하게도 그게 말이요, 분명 측면 벽을 부수고 그 돌 잔해까지 두 가지런히 쌓아놓았는데 어제 아침에 보니 그게 글쎄 스카치 테이프로 말짱히 붙여놓은 것처럼 도로 세워져 있더란 말이오."

스카치 테이프, 도깨비의 스카치 테이프, 나는 알고 있다. 어린 기억이 충만한 그 서랍 속을……

넘어뜨려도 넘어뜨려도 발딱 서는 오뚝이와 던져도 던져도 튀어오르는 공.

케이크 조각으로 숲속에 집을 짓고 나그네를 유인하는 마귀 할멈.

태엽만 주면 달리는 기차, 그의 기적 소리.

언젠가 대낮, 나는 그 집에서 유령을 보았다. 그날 오후엔 집에 아무도 없었다. 너무나 조용하여 바깥채 내 방에서도 거실의 벽시계 소리가 심장 소리만큼이나 가깝게 들렸었고, 한 시간마다 뻐꾸기가 그

시계 속에서 쉰 소리로 울었다.

나는 그때 오래된 잡지 구석에서 만화를 잘라 길게 이어 하나의 영사기를 만들고 있었다.

부엌의 수도꼭지에선 한 방울 두 방울 듣는 물방울의 퐁퐁이는 소리가 선명히 들려오고 있었다. 갑자기 이층으로 누군가 쿵쿵거리며 올라가는 소리가 났다. 곧이어 유리문이 드르륵 열리는 소리가 났고 이윽고 누군가가 정원 뜰로 내려섰다.

나는 숨죽이고 유리창 너머로 고개를 빼어올렸다. 벌거벗은 한 여인이 비눗방울을 날리고 있었다. 태양을 향하여 오색찬연한 색종이를 뿌리고 있었다. 불나방의 비늘이 흩날리듯이 햇볕이 튀고 있었다.

나는 그 비눗방울보다도 그 여인을 바라보고 있었다.

내 작은 심장은 미친 듯한 흥분과 휘발유를 굉장히 마셔버린 듯한 뜨거움에 파열될 듯이 뛰고 있었다.

나는 상상의 손으로 풍선 거죽을 훑듯 그 이미지만으로도 팽창된 여인의 몸을 어루만졌고, 그리고 풍선처럼 사그라지는 긴장상태 속에서 식은땀을 흘리고 있었다.

나의 충만된 서랍 속엔 양초와 실패로 만들어진 탱크와 제법 큰 성인여자 인형이 벌거벗긴 채 담겨 있었다.

"흔히 큰 집을 부술 땐 터줏뱀이 나온다곤 하지만 이거야 어디 모골이 송연해서, 허허 헛허허."

"고사를 드려야겠는데요."

나는 제법 의미심장한 목소리로 그를 유혹했다.

이 바보야. 너는 모르지만 이 세상엔 이스트보다도 빵을 더욱 부풀게 할 수 있는 효소가 있단다.

나는 그를 비웃었다.

집은 더이상 헐벗지 않았다. 매우 중대한 결심을 내린 듯한 표정으로 단호하게 서 있었다. 언제나 크레인이 잉잉거리며 벽을 뜯어도 집은 도사리는 자세로 단추를 잠그고 지퍼를 잠갔다.

그리고 언제나 다정하고 또한 품위가 있어 보였다. 그에 비하면 그 자신만만하던 인부들 모두가 날이 갈수록 초췌해지고 있었다.

그들은 점점 초조한 빛이 역력한 꼬락서니를 하고 도무지 되어먹지 못한 욕지거리를 해가며 쉴새없이 손톱으로 벽을 긁는 모양이었다. 그들은 도대체가 자그마한 풍뎅이처럼 미약해 뵈기까지 했다.

그날은 안개 같은 이슬비가 뿌리고 있었다.

나는 제 시간에 피로한 몸을 이끌고 성북동 고갯길을 올라가고 있었다. 여름감기에 걸려버린 탓에 며칠을 두고 앓고 방금 일어난 후였다.

나는 틀림없이 그 부잣집 사모님이 한 달의 봉급에서 내가 앓아누웠던 이틀치의 공백을 제외하고 나머지 돈을 주며 이제 우리는 다른 가정교사를 둘까 해요라는 따위의 은근한 거절선언을 하리라 기대하고 있었고, 또 한 가지 언덕 위의 양옥집 부수는 작업이 이틀 동안 도대체 얼마만큼 진전이 되어 있을까, 해부실에 걸려 있는 인체 골격 구조 표본처럼 앙상하고 볼품없게 뼈다귀를 드러내고 있을까라는 기대도 아울러 품고 있었다.

때문에 그 성북동 길고 긴 언덕길을 올라가는 나의 걸음은 열쇠구멍으로 다가서는 듯한 아슬아슬한 전율과 흥분으로 휘청이고 있었다.

비는 참으로 뜨겁고 또한 독한 스카치 술모양 달았다.

종로 구석진 중국집에서 혼자 배갈을 마신 탓일까. 나는 무언가 살아가는 것이 매우 지리한 작업이구나 하는 비애를 느끼고 있었다.

그 집은 여전히 우울한 빗속에서 그로테스크하게 서 있었다.

수염 잘 깎은 어딘지 모르게 몸에 꼭 붙는 프록 코트를 입은 소년처럼 그 양옥집에선 순수의 냄새가 났다.

“이런 제기랄.”

사내는 내게 알은체 인사를 했다. 며칠새 그는 놀랍게도 남루해져 있었다. 허지만 그의 눈매 어디에선가 도금한 면이 벗겨진 질그릇이 번쩍이는 것처럼 동심과 장난기 같은 것이 번뜩이었다.

“엉망진창이랍니다. 망할 것, 보세요.”

그는 손을 들어 집을 가리켰다.

“아아……”

나는 놀라고 말했다.

한 개의 분수였다. 거대한 물줄기가 집 한복판에서부터 하늘로 치솟고 있었다.

아주 깊고도 깊은, 인간의 손으로는 도무지 미치지 못할 저 집 내부에서부터 어린 날의 기억을 그대로 솟구쳐버리는 듯한 네 갈래의 물줄기가 은어의 비늘처럼 반짝이고 있었다.

“그렇지요. 헛허, 허허허, 분수올시다. 수도관이 터져버렸던 모양이오. 그뿐인 줄 아시오. 어제는 말이오, 밤새도록 저 집에서 노랫소리가 들려왔답디다. 허허허.”

“그 노래를 누가 부르고 있는 줄 아세요?”

나는 큰 비밀을 알고 있는 사람처럼 나지막이 그를 쳐다보았다.

“아니 그럼 그 소리가 정말이었다는 겝니까. 에끼 여보슈.”

“저 집엔, 아주 작은 난쟁이 도깨비가 있는데 그것이 노래를 부르는 거랍니다.”

“허허, 학생은 기발난 공상을 하고 있구면…… 그럼 그 도깨비가 지금 분수놀이를 하고 있단 말이오?”

“그럼요.”

나는 어깨를 으쓱거렸다. 어딘지 모르게 순간 섬뜩한 느낌을 받았는지 몸이 큰 그 사내는 매우 난감한 표정을 짓더니 이윽고 퉤퉤거리며 침을 뱉었다.

"여보슈. 나두 두 아들이 있는 놈이외다. 그 따위 얘기는 우리 아들들에게나 해주쇼. 우리 같은 늙은이야 어디."

그는 하얗게 웃었다. 나는 그때 분홍색 우의를 입은 여인이 장화를 신고 언덕길을 올라오는 것을 보았다. 어두운 날, 빛마저 희부연히 빗줄기에 가라앉아버리고 하늘 틈새틈새에서 몇 방울의 물기가 후둑거리는 습기진 언덕길을 고개를 숙이고 올라오는 여인의 밝은 색조는 선명하고 그리고 밝았다.

나는 관심 이상의 시선으로 그 여인을 주시하고 있었다. 내가 시선을 고정시키고 있자 사내는 고개를 돌려 그 여인을 돌아보더니 마음 좋은 사람들에게 흔히 있는 그런 다변을 늘어놓았다.

"누군지 아시오?"

"글쎄요."

나는 애매한 대답을 했다.

"이 집 전주인 김성근씨의 딸이죠."

"아, 예."

나는 그 여인을 알고 있었다.

언젠가 어두운 밤 한 대의 검은 세단이 그 집 앞에 서더니 하늘빛 원피스를 입고, 벨트로 잔뜩 상체에 악센트 준 여인이 뛰어내렸다. 차 속에서는 수염자리가 파란 잘생긴 남자 하나가 그 여인에게 차창 밖으로 손을 내밀어 악수를 청했다. 여인은 이윽고 흰 장갑 낀 손으로 악수에 응하고 나풀거리는 나비모양 되돌아서서 초인종을 눌렀다.

나는 그때 피로해서 잔뜩 주름살을 한 채 한 달분의 월급을 받아쥐고 그 집 앞에 서 있었다.

나는 이 봉급에서 얼마만큼 떼어내어 명동 구석진 술집에서 혼자 술을 마시려고 작정하고 있었다. 세단이 좁은 길에서 후진을 하려고 몇 번 롤링을 하는 동안 나는 열린 대문 사이로 사라져버리는 그 여인을 쳐다보고 있었다.

차가 사라지고, 이 무르익은 여름밤, 차곡차곡 잘 정리된 생활들이 점점 질서 속에서 풍요의 등불을 밝히고 커튼을 걷고 있을 때 나는 그 집에서 흘러나오는 피아노 소리를 들어가며 몇 시간이고 그 집을 노려보고 있었다. 아픈 곳도 없이 그냥 몇 달이고 입원하고 싶다던 동생에게 나는 이 한 달분 봉급이 허락하는 한도 내에서 어떠한 꿈을 사다줄 수 있을 것인가.

"생기기야 약하게 생겼지만, 저게 그래두 매우 독한 년이랍니다."

사내는 음흉하게 웃었다.

"저 계집애 덕분에 왕초가 골머리깨나 썩였지요. 집을 뺏기게 되자 고소를 건다, 진정을 한다, 왕초에게 달려와서 따진다, 별짓을 다 했지요. 허허허."

"그래서요?"

"이젠 속수무책이지요. 발버둥쳐봐야 석가여래 손바닥 안이지. 학생 마음 있다면 잘해보슈."

나는 그와 공범자처럼 낄낄거리며 웃었다.

"장미 묘목 몇 개 가져가겠다는 거예요. 보슈, 손에 삽을 들고 오지 않소."

여인은 집 어귀에서 잠시 섰다. 그리고 무언가 망설이는 것처럼 입술을 깨물었다. 유난히 흰 얼굴에 몇 개의 검은 기미가 끼어 있었다. 가는 팔엔 강인스럽게 작은 휴대용 삽이 들려 있었고, 그것을 여인은 힘껏 쥐고 있었다.

"안녕하슈. 아가씨."

사내는 공허하게 큰 소리로 인사를 했다. 여인은 그 사내에게 아랑곳하지 않았고, 오히려 나를 쳐다보았다.

나는 잠자코 그녀에게 고개를 숙여 보였다. 여인의 눈은 조용히 내 눈 속을 뚫고 나의 마음까지 꿰뚫어보려는 듯, 나의 시선에서 떼어지질 않았다.

나는 심한 굴욕을 느꼈다.

"여보세요. 저 도와주지 않으실 테에요? 전 장미 묘목을 몇 개 가져가려 왔어요."

마침내 여인이 내게로 다가와서는 일방적으로 내 손에 부삽을 들려주었다. 그녀의 손과 내 손은 무의식적으로 부딪치고 우리는 무의식적으로 악수를 한 셈이었다.

유난히 차가운 그녀의 손 감촉에서 그녀의 내부를 보는 것 같아 나는 섬짓거렸다. 그녀는 익숙하고도 노련한 눈빛으로 나를 재촉했다. 그 눈빛에선 이미 나라는 사람을 알고 있는 듯한 낌새가 엿보였다. 나는 죄인처럼 그 여인을 따라 그 집 안으로 들어섰다.


그날 오후 우리는 온종일 비를 맞으며 장미를 캐내었다. 무너진 잔해 속에서 옛 기억을 끄집어내듯 소중하게도 우리는 열심히 일을 하였다. 우리는 서로 아무런 말도 하지 않았다. 그 여인은 이미 그 어두웠던 밤, 세단에 앉았던 남자와 악수를 하던 그때 벽 뒤에 숨어 있던 내 눈빛을 눈치채고 있었음에 틀림없었다.

장미 묘목의 뿌리를 캐어내는 작업은 단순히 장미 묘목을 들어 나르는 작업에 그치지 않는다. 그것은 어린 날의 기억이 자라고 있는 토양을 파내어서 아직 채 사라지지 못한 어린 기억을 파헤치는 작업인 것이다.

우리는 서로 아무런 말도 하지 않았다. 그래, 이 나이에 무너지고 닳아빠진 기억 속에서 사금파리처럼 반짝이는 순수를 찾아내려는 여인의 행동 앞에 어떠한 대화가 필요하단 말인가.

집을 보아라. 무너뜨려도, 부숴도, 까뭉개도 집은 도로 건축된다. 스카치 테이프로 붙인 것처럼 말짱하게 건축된다.

우리의 기억은, 어린 날의 기적 소리는, 어린 날의 물놀이는, 어린 날의 유령은 모조리 모자이크 조각처럼 생생히 부활할 것이다. 우리들이 거짓말을 하고, 술을 마시고, 속이고, 남을 살인하고 있을 때도 집은 다시 이룩되고 있다.

저 장미 묘목을 캐는 여인의 가냘픈 팔뚝을 보아라.

우리는 어둑어둑해질 때 일을 끝마쳤다. 그리고 캐낸 묘목들을 가지런히 묶어 구석에 놓았다. 그 묘목들은 갓 시장에 오른 생선처럼 싱싱했다.

우리는 천천히 그 집을 떠났다. 시내로 나설 때까지도 아무런 말도 하지 않았다.

간혹 여인은 연인처럼 내 어깨에 고개를 기대기도 하고 그리고 혼자서 나지막하게 웃기도 했다.

거리는 술렁이고 있었다. 전차가 달리고, 버스가 달리고, 지프가 달렸다. 네온이 춤을 추고, 거리가 흥청거렸다.

"나 배가 고파요. 저녁 좀 사주세요."

최초로 그녀가 내게 말을 걸었다.

"돈이 없는걸."

나는 유쾌하게 대답했다.

"하지만 사줄 수야 있지. 내겐 시계가 있다."

우리는 씻지도 않은 손으로 저녁식사를 했다. 그녀는 가난한 농부의 아내처럼 잘도 먹었다.

"나 당신을 알고 있어요. 나쁜 사람."

식사를 끝내자 여인은 내 코를 살짝 쥐고 흔들었다.

"나도 너를 알고 있지."

"그래 지금 어떠세요, 제가 아직도 필요하세요?"

"싫어졌어. 당신은 지금 가난해."

"그래도……"

여인은 갑자기 유혹하는 눈빛으로 나를 보았다. 나를 빨아들일 듯이 달아오르기 시작했다.

"당신은 절 망가뜨릴 수 없어요."

"천만에, 넌 이미 망가졌어. 언젠가 어두운 밤 그 차 속에 앉았던 그 자식이 널 부숴놓았지. 난 그것을 알고 있어."

"거짓말이에요. 거짓말."

순간 여인이 소리를 질렀다. 음식점에 앉아 있던 많은 사람들이 우리를 쳐다보았다.

"그래 제게 복수를 할 셈인가요?"

여인은 나를 쳐다보았다. 나는 그 여인을 노려보았다. 맹렬한 성욕이 고개를 들기 시작했다. 나는 잠자코 여인을 이끌고 밖으로 나왔다.

거리 끝, 막다른 골목 뒤 빨간 외등이 비치고 있는 여관에 우리는 들었다. 여관문에 들어설 때까지 우리는 거친 숨을 몰아쉬고 있었다. 우리는 육호실을 얻었다. 여인은 발을 씻고 오겠다고 했다. 나는 그녀가 발을 씻고 올 때까지 담배를 피우며 천장을 올려다보고 있었다. 어디선가 풍금 소리가 났다. 어디선가 라디오 시보 소리가 났다. 여인은 얼굴까지 씻고 화사하게 웃으며 방으로 들어섰다. 정육점에서 쇠고기 싸주는 얇은 종이 같은 육향(肉香)의 냄새가 그녀의 웃음에서 피어올랐다. 우리는 서로 껴안고, 봄볕의 강아지처럼 즐거웠다. 과일의 표피를 벗기듯 서로의 옷을 벗기고 우리는 깔깔거렸다.

"당신에겐,"

때묻은 이부자리 속에서 여인은 조용히 내 얼굴을 쥐었다.

"악마가 있어요. 굉장히 고집 센 악마가 있어요."

"그것은 비단 나만이 가지고 있는 게 아니야."

나는 그녀의 눈 위에 입을 맞추며 속삭였다.

"우리 나이의 젊은이들은 다 가지고 있는 악마다. 아, 아."

외롭고 괴로워서 홀로 혀를 빼물며 수음을 한 후에 그 허탈감에 눈물 흘리던 젊은 날의 내 친구들이여, 그대 가슴속에 숨어 있는 악마를 해방하라.

"내가 동숭동에 있는 무용연구소에 다닐 때 육 개월 동안 당신은 하루도 빠짐없이 내 뒤를 따라다녔었지요?"

"오래 전 얘기지."

"처음에 저는 당신의 존재를 의식하지 못했어요. 꼭 여섯시쯤이면 나타나서 내가 나올 때까지 주머니에 손을 찌르고 기다리다가 내가 나오면 길 건너편에서 내 뒤를 밟곤 했으니까요. 제 말이 맞지요?"

"그래. 당신은 모두 기억하고 있군."

"벌써 까마득한 옛날이지요. 우리가 갓 고등학교 입학했을 때니까. 제가 당신을 의식했던 것이 언젠 줄 아세요?"

"잘 모르겠어."

나는 그녀의 몸을 더듬기 시작했다. 그녀의 몸은 이상하게도 딱딱하고 그리고 녹슨 것처럼 뻣뻣했다.

"언젠가 추운 겨울날 내가 무용소에서 나왔을 때 웬 교복차림의 남학생 하나가 매우 추운 모습으로 건너편 책방 앞에서 나를 쳐다보고 있는 것을 발견했어요. 그것은 정말 무의식중에 발견한 것이에요. 그런데도 나는 무언가 섬짓한 느낌이 들었어요. 왜 그랬는 줄 아세요?"

"모르겠어."

내 어렸을 때 아버님이 사다준 부엉이 시계 하나가 있었다. 시계가 갈 땐 제법 눈알까지 또렷또렷하게 움직이던 시계였는데, 시계가 죽으면 태엽을 감는 일은 으레 내가 맡곤 했었다. 나는 정지된 부엉이 시계의 눈알이 태엽을 감기 시작하면 뚜렷뚜렷 움직이던 그런 모습을 기억할 수 있다. 그런데 이 여인의 태엽은 어디 있을까.

"당신의 눈엔 기가 막힌 저주가 있었어요. 알겠어요? 저주예요."

"무슨 소린지 잘 모르겠군."

"당신의 눈엔 오랜 세월 저주의 신념으로만 살아온 사람들의 그것과 같은 소름끼치는 저주가 들어 있어요. 당신은 그 시선으로 지금까지 나를 보아온 것이에요. 나의 행복 같은 것은 당신의 눈빛으로 무위에 그치곤 했어요. 밤에 잠이 들려 해도 당신의 눈빛은 조용히 내 가슴에 타고, 당신의 입은 제게 저주의 주문을 외우고 있었던 거예요. 제가 무용소에 나가지 않는 날은 당신은 언제든 제가 나타날 때까지 그 입구에 서 있었어요."

"그러면 당신은 목에 붕대를 감고 기침을 하면서도 늦게라도 나오곤 했지."

어느 틈엔가 여인은 창부처럼 입을 벌리며 말을 했다.

"나는 당신을 사랑하고 있었던 거예요. 비록 서로 한마디 말을 하지 않았지만 나는 그런 눈짓으로만 이야기하는 사랑놀이에 빠져버린 거예요."

"그것이 당신을 망하게 했다. 당신의 집을 망하게 하고, 당신의 아버님을 일찍 죽게 하고 당신의 약혼을 파혼으로 이끌어갔다."

나는 쿡쿡 웃었다.

"당신은 지금까지 언제나 어디서나 날 노려보고 감시하고 있어요. 어두운 밤, 이층 창 밖을 내다보면 당신은 전신주 밑에서 이쪽을 쳐다보고 있었어요. 제가 약혼자와 영화구경을 하거나 음식을 먹을 때도 당신은 언제나 날 쳐다보고 그리고 저주하고 있었어요. 무슨 표시 같은 것도 없이 당신은 나를 방목해두고 있었지만 그러나 광범위한

울타리를 쳐놓은 것이라는 걸 알아차리게 만들었어요. 차라리 당신
이 내게 말 한마디 걸어주었던들, 내게 편지 한 장 해주었던들 차라
리 나를 맹목적으로 파렴치한처럼 껴안아주었던들 나는 안심했을
거예요."
"지금 나는 이렇게 당신을 껴안고 있다."
"잔인한 사람."
여인은 나를 껴안았다. 순간 나는 그녀에게 모조리 얘기해줄까도
생각했다. 날아가는 담요를 가지고 있다는 사실을, 아니면 내 주머
니 속에 마귀 할멈이 가지고 있던 마술을 불러일으키는 지팡이가 있
다는 사실을, 그리고 마법의 램프도 가지고 있다는 사실을…… 그뿐
인가, 내 아주 어렸을 때 조용히 그 동화가 가득 찬 집을 쫓겨나오던
전날 밤 내 스스로의 부적을 그 집 구석구석에 붙여놓고, 식은땀을
흘려가며 저주의 주문을 외웠던 이야기를……
허나 나는 이야기해주지 않았다. 왜냐하면 우리 아버지 시대에 벌
어진 일을 이제 와서 이야기할 필요가 없었으므로. 일테면 그녀의 아
버지가 채무 때문에 그 집을 내놓고 나와야 했듯이 우리 아버지도 채
무 때문에 그녀 아버지에게 쫓겨나와야 했다는, 근본적인 그녀와 나
사이의 깊은 심원을 이루고 있는 일들은 모두 우리의 일들이 아니기
때문이었다. 내가 수년 동안 이를 악물고 아르바이트를 하고, 버스
비를 아껴 노트를 사고, 그 나이에 걱정하지 않아도 좋을 학비 걱정
을 했던 것을 구태여 나의 아버님과 혹은 그녀의 아버님 탓으로 돌려
버릴 필요성이 있는 것일까?
아, 아, 아무런 적의도 없으면서 나의 눈빛은 빛나고 있었던 것이
다. 이러한 곤경, 슬픔, 궁핍 따위는 아무런 이유도 되지 않으면서도
내 가슴엔 무언가 긁어내리고, 까뭉개고, 허물어뜨리고, 때로는 부
수는 파괴의식이 불타고 있었던 것이다. 마치 그 사나운 노무자들

이, 버릇없이 껌을 찍찍 씹어삼키는 노동자들이 내 어린 기억이 충만한 그 집을 까뭉개고 허물어뜨리고 때려부수려는 것처럼.

그날 밤 나는 그 여인을 망가뜨렸다. 나는 상한 짐승처럼 그 여인으로 상기된 또다른 하나의 나와 긴 씨름을 하고 있었다. 그리하여 우리는 서로 그 여인으로 상기된 또다른 하나의 나와 나로 상기된 또하나의 그녀와 어두운 여관방, 주간지에서 즐겨 취급하는 그런 정사를 나누고 우리는 하품을 했다. 그녀는 순수한 처녀였다.


그 다음날 나는 편도선이 부은 채로 성북동 언덕길을 올라가고 있었다.

"학생, 학생."

우두머리 인부가, 약간 권태로운 목소리로 나를 불렀다.

"겨우 다 부쉈소이다."

"알고 있습니다."

나는 명확히 대답하며 그 집을 쳐다보았는데 그 집은 허물어져 있었다. 형체도 없이, 뼈다귀도 없이 모조리 주저앉아 있었고, 어제 그녀와 내가 뽑아놓았던 장미 묘목은 아직도 그곳에 누워 있었다.

"이상하게 끈질기던 녀석이 갑자기 무너지기 시작했단 말입니다. 헛허."

나는 그 인부를 쳐다보았다.

"왜 그랬는가 가르쳐드릴까요?"

"글쎄요."

인부는 애매하게 대답했다.

"그것은 말입니다. 제가 점점 나이 먹어가고 있기 때문입니다. 아시겠어요?"

어리둥절해하는 인부를 뒤에 두고 나는 이제 미련 없이 그 집과 결

별하기로 작정했다. 이상한 요술쟁이들. 까뭉개졌다가도 다시 스카
치 테이프로 붙인 것처럼 말짱하게 도로 일어서게 하던 나의 요술쟁
이들과도 결별하기로 작정했다.


(1968년, 미발표)

# 순례자


## 1

지금 어머니와 나에게 맡겨진 거룩한 사명은 '집구경하기'다. 우리집이 복덕방 할아범의 말마따나 '두 장'에 팔렸기 때문이다. 말하자면 이백만원에 팔린 셈인데 아직도 우리는 우리집을 산 작자의 얼굴을 보지 못했다.

우리 형제들은 장마철엔 뒷담으로 물이 소용돌이쳐서, 잠을 잘 때에도 산매장을 당하는 게 아닌가 하는 불안으로 그 값싼 수면까지에누리당해야 하는 이 집을, 허울만 보고, 일테면 대들보가 굵다든가 뼈대가 반반하다는 이유만으로 집을 사겠다고 덤벼드는 작자야, 꽝장한 멍텅구리 아니면 바보일 게라고 놀리며 낄낄거리기도 했었다. 막내동생은 점잖게 '그 바보에게 은총이 있기를' 해가며 수선을 피웠고, 직장에 다니는 누님은 성호를 그었다. 그것은 우리집 식구가 가톨릭 신자여서라기보다 시가로 봐서도 '두 장'이면 절대 손해는 아닌 금액으로 이 집을 팔면서도 어째 너무 싸게 판 게 아닐까 하는 걱정에 잠을 못 자고 가슴 태우는 어머니를 위로하기 위한 그럴듯한 연기였었다.

집을 팔 때마다 사실 어머니는 언제나 주름살이 두어 개씩 늘곤 하셨다. 아버님이 돌아가신 후 오늘날까지 십오륙 년 동안, 벌이 하나 없이 우리에겐 오직 집을 줄이는 것만이 가장 큰 수입이었기 때문이었다. 큰형이 대학교 들어갈 때엔 아랫방에 세를 주었고, 내가 대학교에 들어갈 때는 집을 팔았다. 말하자면 우리가 이사가는 집은 으레 방이 서너 개 있는 것이 보통인데, 안방을 제외한 문간방은 막내아들 중학교 등록금용이요, 사랑채는 비싸만 가는 내 대학교 이학기 등록금용이요, 그러다가 더이상 세를 줄 방이 없으면 어머님은 비장한 표정으로 집을 내놓았고 우리는 이사를 가야 했던 것이다. 그런데 이상한 것은 이사를 갈 때마다 언덕 하나를 넘어야 했고, 나중엔 둘, 다음엔 네 개, 학교에 가려면 처음엔 도보로 십 분 내로면 충분하던 것이 버스 다섯 정거장, 처음엔 수돗물이 좔좔 나오다가도, 다음엔 공동 수도에서 몇 시간을 기다려 한 바께쓰의 수돗물을 날라와야 했고, 후엔 숫제 저 언덕길 아래에서 허이허이 땀을 흘려가며 펌프물을 길어와야 했던 법칙에 이미 익숙해 있어서 이번엔 적어도 언덕 다섯 개 이상과 시내로 내려가려면 버스 정류장 열다섯 개, 우물물을 먹고 배탈이 날 게라는 각오쯤은 하고 있었다.

그래 아예 멀리 갈 바에야 '두 장'에서 문간방과 건넌방의 전셋돈, 복덕방비와 잡비를 제외하고 남은 '한 장 반'의 우수리도, 아예 뚝 떨어진 교외에 싼값으로 아담한 집을 사고, 나머지 돈으로는 우리가 기껏 집 팔아 공부해서 얻은, 무형의 재산인 '문화인'답게 텔레비전도 놓고, 전화도 놓고, 막내동생 소원인 전축과 재즈 판, 나의 소원인 아담한 내 서재와 맘껏 게으름을 피울 수 있는 독방, 그리고 은밀한 눈빛으로 책상 위를 비추는 갓 스탠드, 이런 것도 장만해놓자고 우리들은 결의했다. 다행인 것은 하루도 학비 걱정 안 할 수 없던 우리집 식구 중에서 올해로 두 사람이 그 지긋지긋하고도 몸서리쳐지게 긴 학교전선에서 제대하였고, 더욱이 형은 은행에 거짓말인지 모르지만 첫째로 합격되어 한 달에 제 용돈 빼고 몇천원씩 가져오고, 누이는 웬 소속이 수상한 제약회사에서 그래도 제 파마값이라도 벌어오게 되었으니, 우선 당장은 밥걱정 안 해도 괜찮게 되었다는 것이다.

그런데 이번에 우리가 집을 내놓았던 이유는 학비 때문이 아니었다. 그 이유는 학비보다도 더 절박하고 현실적인 누이의 결혼─결혼 비용이란 것은 등록금처럼 어디서 이자 주고 꿀 데도 없고, 생활비처럼 절약할 수도 없다─때문이었다.

사실 아들들이야 제 밥 주워먹게끔 키워주면 어디든 나가서, 고인이 된 변호사 아들답게 거짓말로 여자들을 유혹해, 다행히 어디서 부잣집 무남독녀라도 유혹해오면 되는 것이나, 여자인 우리의 누이에겐 이는 좀 곤란한 문제였던 것이다. 이 누이는 어렸을 때부터 몸이 약해 가뜩이나 딴 데 골치 아픈 판에 몸 같은 것은 어쩌면 그대로 놔두어도 저절로 나아버릴 수 있다는 막연하고도 어쩔 수 없는 기대로 대충 간단한 치료만 했을 뿐 방치해두었던 것인데, 커갈수록 기적인지 나아가긴 했으나, 아직도 조그만 병 몇 가지를 갖고 있는 것이다. 때문에 어머니는 막내딸이 아프다고 할 때마다 무슨 죄책감을 느끼는 양 십자가 앞에 꿇어앉아 묵주를 들고 '내 탓이오, 내 탓이오, 내 큰 탓이로소이다'를 외었고, 언제든 막내딸의 신변을 걱정해왔던 것이다. 그런데 그 막내딸이 제 첫째 형부에게 이끌려 어떤 클래식 음악이 울려나오는 다방에서 선을 보았고, 비를 맞아가며 길을 걷다가 '내 몫까지 살아주'라는 협박조의 제명의 영화도 보았고, 우리 누이가 영화를 보며 흘렸던 눈물 때문에 도무지 잠을 이룰 수가 없다는, 그 역시 가난한 집의 맏아들 공군 중위의 사모님으로 성혼시키려는 얘기가 오가는 터이라, 이번 작은딸의 결혼식만큼은 성대하게 거행하자는 어머님의 눈물겨운 배려 아래 집을 내놓을 수밖에 없는, 그야말로 멜로 드라마틱한 이유가 '집구경하기' 이면에 잠재하고 있는 것이다.

그래 어머니는 아들들의 '이번엔 조선집을 사지 말고 양옥집을 삽시다' 라는 애원에 결국 져서, 새로 주택단지가 마구 들어서고, '한 장 반' 정도면 아들들이 원하는 정원이 있고, 장미가 있고, 이층 베란다로 올라가는 계단이 있고, 산뜻한 타일이 깔린 목욕탕이 있는 집을 살 수 있다는, 저 수유리 쪽으로 '집구경' 을 가자고, 마침 강의가 비어서 빈둥빈둥 누워 꽁초를 태우며 철 지난 문학지들을 들여다보면서 '전부 비양심적인 자식들이다' 라고 알아주지 않는 기염을 토하고 있던 둘째아들, 즉 나를 불러세웠던 것이다.

그리고 우리는 출발하였다. 아, 아, 그 길고도 먼 수유리까지의 순례를, 신촌 어귀에 있는 가난한 두 모자가 햇빛이 영롱이는 토요일 아침, 먼 여행을 떠나는 사람들처럼 단단한 복장을 하고 출발했던 것이다. 허나 막상 출발하려 하자 어머니는 공연히 청명한 날인데도 장독을 덮지 않았다느니, 구공탄 마개를 열어놓고 나온 것 같다느니, 쓸데없는 걱정을 했기 때문에 나는 한길까지 나갔다가도 다시 집으로 돌아오곤 했다.

그래 별수 없이 어머님의 부탁에 따라 헐떡이며 집까지 달려가서는 뒤창문을 꼭꼭 잠그고, 구공탄 마개도 세차게 틀어막은 다음, 아무리 어머니가 건망증이 심하기로소니 이젠 더이상 잊어버리고 나온 것은 없을 게라는 홀가분한 마음이 되자, 나는 '어머님, 가십시다' 라고 기세 좋게 말했다.

이래서 우리는 다시 출발하였다.


2


　아들은 급행버스를 타자고 했으나 어머니는 막무가내로 일반버스를 고집했다. 별수 없이 아들은 시장에서 한푼을 깎기 위해서 악을 써야 했던 어머니의 십여 년간의 버릇에 굴복하고 말았다. 우리는 둘이서 이십원을 투자했다.
　버스는 마침 모처럼의 주말, 도봉산으로 등산을 가는 사람들로 가득가득 찼다. 어떤 성급한 녀석은 출발서부터 기타로 트위스트 곡을 연주하기 시작했다. 나는 차창에 머리를 기대고 물색 슬랙스 차림으로 그 요란한 음악에 마춰되어버린 듯 흔들어대는 형이하학적으로 생긴 여인의 다리 율동을 가만히 내려다보고 있었다. 그러다가 나는 아주 재미있는 사실을 발견했다. 차 안에 있는 젊은 군(群)들의 다리가 모두 그 음악에 맞추어 마치 신경의 조절을 받지 않고 제 스스로 움직이는 불수의근처럼 흔들리고 있다는 사실이었다. 거리거리에서 나는 히피족처럼 머리를 기르고, 머리통은 주먹만큼이나 작고, 다리는 유난히 긴데다가, 내의처럼 꼭 붙은 바지를 입은 허리 꾸부정한 녀석들이 필요 이상으로 주머니에 양손을 찌르고, 침샘이 발달해버린 환자처럼 하루종일 침만 퉤퉤 뱉고 다니는 것을 숱해 본 일이 있었다. 언제든지 저런 녀석들을 주인공으로 해서 소설을 하나 써보려고 작정하고 있었으므로, 나는 멍하니 막연한 작품구상을 하기 시작했다.
　내 머리엔 으레 대여섯 가지의 소재가 비장되어 있다. 일테면 유난히 밤에 오줌을 잘 싸는 말단 공무원 이야기라든가 유난히 머리통이 큰 소년의 우울한 휘파람 소리, 눈 오는 날 새벽 중앙청 앞길에서 잡힌 순(純)노루, 그의 죽음, 이러한 단상들이 마치 잔 종이들이 들어 있는 서랍처럼 내 머릿속에 언제든지 도사리고 있는 것이다. 그리하여 나는 무료한 시간을 보낼 때면 내 내부에서 생동하는 공무원과 소년과 노루에게 생명을 주고, 혼자서 녀석들의 팬터마임을 쳐다보며 즐거워하는, 좀 몰상식한 버릇이 있는 것이다.

하기야 나나 어머니나 형이나, 모두 생활을 살아가고 있는 것이 아니라 생활에 자기 자신을 두들겨 맞추고, 못질을 하고, 가위로 자르고, 마치 주형에 납을 부어 자기 자신의 본을 뜨듯 생활에 자기를 액체처럼 던지는 것이다.

혜화동을 넘어서부터 차 안은 한결 조용해졌고, 이윽고 어머니는 내 어깨에 머리를 기대고 졸기 시작했다. 버스는 꿈결처럼 아득하게 차장의 목쉰 소리와 함께 섰다가는 다시 출발하곤 했다. 차가 미아리 고개를 넘어갈 때부터 나는 지치고 말았다. 굉장한 경사였다. 버스는 숨통 막힌 비명을 지르고 헐떡이면서 언덕길을 오르기 시작했다. 그러자 만일 우리가 수유리 쪽으로 이사를 갔을 경우 매일같이 이놈의 미아리고개, '한 많은 미아리고개'의 언덕길을 오르내려야 한다는 사실이 눈앞에 환히 보였고, 나는 그만 화를 내고 말았다. 우리 형제들은 으레 술에 취해서 집으로 돌아오는 것인데, 하루 종일 간사하게 웃으며 재롱을 떨다가, 허둥지둥 막차를 타고 이 해소병 걸린 늙은이의 등허리 같은 언덕길을 넘어올 술취한 나의 꼬락서니를 생각해보라. 더욱이 차창에 비긴 범죄형의 쓸쓸한 나의 얼굴 너머로 저 나와는 무관히 반짝이는 서울의 불빛, 행복해서 못 견디겠다는 사람들이 살아가고 있는 도심의 불빛을 외면하면서 넘어가는 미아리고개의 비애를 생각해보라.

미아리고개를 넘어서부터 거리의 풍경은 일변하였다. 거리에는 자전거를 타고 다니는 사람들이 한결 늘었고, 많은 아낙네들이 머리에 꽃을 이고 언덕길을 내려가고 있었다. 갓 쓴 노인이 염소 세 마리를 이끌고 느릿느릿한 걸음으로 걷고 있었고, 빈 공터엔 곡마단의 울긋불긋한 깃발이 나부끼면서, 녹슨 쇳소리가 식민지 냄새 나는 옛 노래를 연주하고 있었다.

어깨에 책가방을 멘 아이들이 염소 뒤를 따라가며 종이를 먹이고 있었다. 또 몇몇 아이들은 곡마단 앞에서 솜사탕을 사먹으며 깔깔거리고 있었고, 제분소에서는 덜컥덜컥이며 흰 밀가루 연기를 내뿜고 있었다. 웃통 벗은 사내가 제분소 앞 의자에 앉아 버스 안의 한 여자에게 밀가루를 뒤집어쓴 얼굴로 야릇하게 웃었다. 갑자기 방금 정거한 버스 정류장 앞, 목책으로 얼기설기하니 담을 쌓아놓은 집, 거기서 샐비어 꽃잎을 쪼고 있던 낮닭이 기를 쓰며 울었다. 언덕길 밑에서는 한 소년이 조그만 공을 던졌는데, 반짝이는 그의 작은 육체가 스쳐 지나가는 차창에 얼핏 흰 꽃잎처럼 번득이었다.

버스는 아슬아슬할 정도로 장애물 경기나 하듯 그 자전거 탄 사람들을, 꽃을 인 아낙네를, 염소 새끼를, 곡마단의 원숭이를, 제분소의 사내를, 그의 웃음을, 유혹을, 단조롭게 덜컹이는 기계 소리를, 태양을 피하여 달리고 있었다.

버스가 달릴 때마다 양 옆으로 갈라지는 가로수 저 너머로, 우리가 바라던 것이 그곳에 있었다. 창문에 걸린 이집트풍의 커튼이 바람에 날리고, 동리 놀이터에서 목마를 타는 어린애들의 고함소리가 낮잠을 재촉하는 그곳이 바로 거기에 있었다. 하늘로는 둔한 소리를 내며 가로지르는 비행기 소리, 맨드라미 모가지 밑으로 고추잠자리가 맴도는 한낮의 땡볕, 저 소음이 피는 도시가 사장을 핥는 파도처럼 아득히 먼 그러한 곳. 동생에게는 흑인들이 부른 재즈 판, 내겐 세계단편집들이 총망라된 서재, 누이에겐 바람이 불어오는 베란다, 유리의 성, 어머니에게는 천주교 믿는 이웃과 그 집의 다듬이질 소리. 이런 우리 가족의 염원이 묻혀 있는 곳은 마침 타기 시작한 성하(盛夏)의 햇볕 속에 광산처럼 조용히 잠자고 있었다.

　어머니는 벌써 잠이 깨어 있었고, 우리는 종점 못 미쳐 내렸다. 우리는 벌써 그 버스여행만으로도 잔뜩 지쳐 있었다.


3


　버스는 우리 둘만을 남기고 먼지를 풍기며 물방개처럼 달려가버렸다. 우리는 한참이나 지열이 훅훅 끼치는 도로 위에서 사라져가는 버스를 쳐다보았다. 버스가 길을 돌아 완전히 우리의 시야에서 떠나버리자 우리는 이윽고, 아는 사람이라곤 만날 수 없는 미지의 거리에 던져져버린 사실을 새삼스럽게 의식했다.

　우리는 천천히 걷기 시작했다. 맨 처음에 우리가 만난 복덕방 할아범은 주독이 올라 코끝이 빨간 노인으로 복덕방이라는 현수막이 바람에 날리는 플라타너스 그늘에 앉아 바둑을 두고 있었다. 귀밑에는 커다란 혹이 축 늘어져 있었고, 흔히 우리가 길거리에서 마주치는 복덕방 할아범의 모범적인 표정과 몸짓을 구비하고 있는 노인이었다. 내가 정중하게 노인에게 인사를 드리자 노인은 한쪽 눈은 바둑판을, 한쪽 눈은 나를 동시에 응시하면서 무슨 일이냐고 눈짓으로만 물어왔다.

　"집을 보러 왔습니다."

　나는 될 수 있는 한 점잖게 말을 했다. 그러자 노인의 얼굴이 순간 포장지처럼 뻣뻣해지면서 백치 같은 표정으로 앞에서 같이 바둑을 두고 있던 빡빡머리 중학생을 쳐다보았다. 어머니와 나는 나의 첫번째 시도가 엇바뀌는 듯한 태세에 가벼운 불안을 금치 못하고 그 빡빡머리 중학생에게 구원이나 청하듯 눈길을 주었는데, 더욱 놀란 것은 이 중학생이 별안간 벌떡 일어서더니 발성법 연습하는 테너 가수 초년병처럼 눈을 부릅뜨고 "할아버지! 이분들이 집을 보러 오셨다는데요"라고 악을 쓰는 것이었다. 그러면서 내게 추파를 보내는 것처럼 한쪽 눈을 찡그리며 나지막하게, 사뭇 불한당 같은 소리를 내었다.

"이 치는 가는귀를 먹었답니다. 크게 소리질러야 해요."

별수 없이 나는 반나절 이 할아범의 뒤를 쫓아다니며 서너 채의 집을 보는 동안 울 줄밖에 모르는 매미처럼 빽빽 소리를 질러야 했으며, 금세 목이 쉬는 고역까지도 치러야 했다.

도대체가 이 할아범은 틀려먹은 복덕방 노인이었다. 윗옷에는 막걸리 흔적이 있고, 목가에는 때가 끼었고, 바지는 치마폭처럼 널찍하고, 코끝은 주기에 빨간 그 꼴이야말로 흔히 담 밑에 쭈그리고 앉아 끄덕끄덕 졸기도 하고 입맛을 쩍쩍 다시는 복덕방 노인의 전형과 크게는 틀림이 없으나, 느릿느릿한 걸음걸이, 길 가다가도 동리사람들에게 하는 쓸데없고 굉장히 지리한 참견, 일테면 개를 개울가에 데리고 가서 목욕 좀 시키라는 둥, 댁의 나뭇가지는 밑을 좀 잘라주어야겠다라는 둥의 잔소리까지 지껄이는 노인일 바에야 차라리 동리 반장 노릇이나 할 것이지 뭣 때문에 복덕방 영감 노릇을 해야 하는지 나로서는 이해할 수 없는 일이었다. 더구나 집을 구할 사람이 무슨 애원이나 하듯이 열기가 훅훅 끼치는 한길가에서 악을 쓰듯 소리를 빽빽 질러야 하는 꼬락서니를 생각해보라. 그러다가도 일단 매가(賣家)에 들어서서는 그 아둔하고 도통한 듯한 몸짓은 일순 사라져버리고 모든 복덕방 노인들이 그러하듯 침을 튀기며 이 집은 남향집이요 길갓집이라 상점을 내도 좋을 것이요, 지대가 높아 장마철엔 물이 잘 빠질 것이라는 둥, 일장 PR을 하는 판이니, 이 할아범이야말로 되어

먹지 못한 복덕방 할아범임엔 틀림없었다. 아마도 이 할아범이 어머니와 내가 지금 한창 꿈에 취해서 그저 플라스코의 소설 「제8요일」처럼 먹지 않아도 단꿈을 꿀 수 있는 사면만의 보금자리에 혈안이 되어 있는 신혼부부들처럼 어수룩한 안목이나, 오랫동안 전세방 신세를 면하려는 사람들처럼 미열에 들뜬 안목을 가졌을 게라고 생각했을지도 모르는 일이긴 하지만, 가사 그렇게 여겼다면 천만의 말씀, 굉장히 송구스러운 지레짐작이었다.

우리 집안 식구들을 속인다는 것은 말도 안 되는 황당무계한 소리인 것이다. 대체로 헌 만년필 하나 살 때에도, 남대문시장과 동대문시장을 두루두루 돌아서 가장 값싸고 가장 견고한 돼지발톱을 사는 최가(崔哥)인 나를 속이려 든다는 것은 정말 넌센스라 아니할 수 없을 것이요, 어머니로 볼 때에는 길거리에서 친절하게 짐을 들어주겠다는 사람도 사기꾼이요, 보수도 없이 무슨 일이든 해주려는 놈들 모두를 도둑놈으로 믿는 판인데, 까짓 복덕방 할아범이 아무리 기골이 장대하고 언변이 좋다고는 하나, 가난한 세월을 의심과 의심으로 살아온 이 변호사집 후예, 우리 모자를 당할 수야 있겠는가.

우리는 그 할아범과 결별하고 다시 새로운 주택지를 향해 출발하였다. 우리는 우리의 이상이 꿈으로 그쳐버릴지도 모른다는 사실이 슬퍼져서 묵묵히, 전생에 몹쓸 죄를 진 죄수처럼 땅만 보고 걸었다. 우리가 염원했던 조그만 장미밭이, 조그만 베란다가, 조그만 분수가, 조그만 안락의자가 있는 집은 '한 장 반' 짜리와는 너무나 거리가 멀었기 때문이었다.

어느 틈엔가 이 세상엔 약삭빠른 사람들로 가득 차버린 것이다. 우리보다 더욱 약삭빠른 사람들이 빨리빨리 승진하고, 빨리빨리 돈을 벌고, 그리고 우리를 껄껄거리며 내려다보고 있는 것이다. 어느 틈엔가, 사람이 살지 않았고 그저 시냇물이나 흐르며, 가까운 국민학교에서 소풍나와 도시락을 까먹던 교외의 수유리도 이제는 버젓이 땅값을 올리고, 하루의 일과인 양 재건체조 하듯이 집값을 올리는 것에서 희열을 느끼는 별 괴상한 취미를 가진 사람들로 가득가득 차버린 모양이었다. 세금을 꼬박꼬박 내는 신혼 사관학교 일기생들이, 자기들이 이루어놓았던 황량한 벌판의 보금자리가 차츰차츰 비싸진다는 사실이, 김장을 담그고, 구공탄을 사들이는 소꿉장난보다도 더 신나는 것임을 일찌감치 터득한 모양이었는지 그저 벽돌로나 집을 짓고, 인조대리석을 몇 개 붙이고, 변소보다 작은 가스 사형실 같은 목욕탕이 있는 집이면 무조건 '두 장'이었다. 그러니 이 납작 가라앉은 집에서 바람이 불어오는 베란다나, 이층에 드러누워 제임스 조이스의 소설을 읽으며 우수에 잠겨보겠다는 생각은 아예 격에도 맞지 않는 공상일 뿐이었다. 그렇다고 우리집 식구들이 무슨 원시족(原始族)들이라서 그래 그 답답한 목욕탕에 드러누워, 우리집에 목욕탕이 있으니, 하루에도 몇 번씩 공짜로 샤워할 수 있다는 감격을 몇 년이고 되새겨나가는 것으로, 베란다를, 화판을 기대어놓을 수 있는 옥상을 체념하고, 자위해나가야 옳단 말인가.

우리는 오후 나절 집을 보았다. 우리는 피난민처럼 어깨를 늘어뜨리고 수많은 집을 보았다. 축대 위에 텔레비전처럼 납작하게 누운 집을, 서부 개척 시대에나 있었을, 건축학도가 설계했다는 간이술집 같은 집을, 국민학교 학생이 그린 크레용 도화지처럼 이 색깔 저 색깔로 치장해놓은 집을, 집을, 집을.

그 동안의 소득은 어머니가 길거리 냉차 장수에게 가루 칼피스를 석 잔, 내가 물감 들인 오렌지 주스를 넉 잔이나 시켜 마셨다는, 도합 오십원의 투자를 했다는 사실밖에 없었다. 어머니는 볶아대는 지열에 얼굴이 발갛게 탔고, 내 혈색 나쁜 얼굴도 제법 발갛게 상기되었다. 어머니는 더위를 잡수신 모양이었고, 굉장히 피로해하셨다. 우리는 밀림을 기어가는 두 곤충처럼 허우적거리며 교외를 헤매었다.

오후 세시가 되어서야 우리는 우리가 점심을 굶고 있었음을 의식했다. 그것을 의식한 순간 나는 굉장한 식욕을 느꼈고, 우리는 먼지를 먹고 있는 길가 중국집으로 들어갔다. 우리는 이층으로 올라가서 바람이 부는 창가에 앉아 금속 부분처럼 반짝이는 수유리의 주택들을 내려다보았다.

잘 익은 감 색깔로 지붕들은 음흉하게 추파를 던지고 있었다. 텔레비전 안테나들이 집집마다 꼿꼿이 올라가 있는 것으로 보아, 제법 여기 있는 '문화인' 들이 월부로나마 〈도망자〉라든가 워커힐 댄서의 쇼는 봐야겠다는, 저 문명적인 검은 속셈을 간직한 대학 출신의 신혼부부들임엔 틀림없을 것 같았다.

밤마다 보건시간에 배운 합리적인 성 강의, 피임제를 착실히 실행할, 대학을 갓 졸업한 그의 사모님들은 손수레에 아기를 잠재우고 사뭇 외국풍의 거드름을 피우면서, 영원히 늙지 않겠지, 라는 안이한 행복감에 휩싸여 그늘을 오르락내리락할 것이다.

그 순간, 나는 또하나 번득이는 영감과 함께 재미있는 소설 소재를 생각해냈다. 만일 이 양지로 오글오글 몰리는 올챙이떼들 같은 단조로운 삶 속에 고춧가루보다도 매운 최루탄을 뿌린다면 이 귀여운 사람들은 어떤 변화를 보일 것인가. 한 어린애가 한밤중에 혼자서 단꿈을 꾸고 있는 문화주택 초인종에 모조리 반창고를 붙여놓고, 혼자서 대야를 두드리며 "데모다! 데모!"라고 악을 쓴다면 이 사모님들은 어떤 변화를 보일 것인가.

나는 만족해하며 물수건으로 먼지가 낀 얼굴을 닦았다. 보이는 며칠 만에 손님을 보았다는 듯, 감개무량한 표정으로 옆에 서 있었다. 나는 벽에 걸린 메뉴를 보았다. 나는 될 수 있는 한 조금쯤은 값비싼 것을 시키리라 작정했고 그것은 보이 녀석에 대한 나의 우월감 때문이었다.

어머니는 벌써 내 어깨에 기대어 앓는 소리를 내고 계셨다.

"이번엔 어디가 아프십니까?"

나는 주머니에서 꽁초를 꺼내 들고, 자연(紫煙)을 뿜어가며 어머니를 내려다보았다.

"다리가 아프구나, 다리가."

사실 가만히 맡아보면 어머니의 몸 전체에서는 파 냄새가 나고 있는 것이다. 내 손가락 끝이 안마장이의 그것처럼 제법 촉수가 달린 듯 아픈 곳을 골고루 찾아내는 모양인지 어머니는 다리가 아플 때면 으레 나를 불러세우는 것이었다. 그럴 때마다, 나는 즙액을 짜내는 것과 같은 강렬한 파 냄새를 맡곤 했다. 그것은 성냥을 탁 그었을 때 비릿하게 풍기는 황 냄새와도 같다.

음식은 조금 후에 들어왔다. 보이는 김이 모락모락 나는 대륙성 음식을 들고 솜씨 좋게 배치했다. 나는 허겁지겁 성호를 긋고 먹기 시작했다. 나의 식욕은 가난한 사람답게 강렬했으며 내 위장은 닭의 그것처럼 튼튼했다. 그것은 고마운 아버지의 유산이었다.

어머니는 반쯤 드셨고, 돈 주고 산 것은 남겨서는 안 된다는 철칙 아래 나는 좀 무리해서 어머니 몫까지 먹어냈다. 그리고 우리는 비대한 중국집 주인에게 일백사십원을 투자했다.

얼마 후 우리는 또다시 한길가로 나와 있었다.


4


제법 배도 불렀으니 원기왕성하게 우리들의 집을, 보금자리를 찾아서 우리 모자는 또다시 출발하였다.

햇살은 이제 능숙하게 타오르고 있었다. 동리에는 더위에 지쳐버린 아낙네들이 그늘에 앉아 애깃거리를 만들어내는 중이었고, 뛰어놀고 있는 것은 아이들뿐이었다. 어떤 아이들은 굴렁쇠를 굴리고 있었고, 어떤 아이들은 비눗방울을 민물게처럼 만들어내고 있었다. 집집마다에선 어린애가 울었고, 나는 세상에 존재하는 것은 어린애 울음소리뿐이라는 강렬한 인상을 받았다. 거리는 진공상태인 것처럼 맥빠져 있었다.

우리가 제일 나은 집을 발견한 것은 그즈음이었다. 그 집은 비탈길에 우뚝 서 있었다. 양 옆에는 숲이 그득히 밀립해 있었고, 거기서는 굉장한 기세로 매미가 울고 있었다.

나는 좋은 물건을 봤을 때 더욱 무표정해야 한다는 나의 신념 아래 공연히 양미간을 잔뜩 찌푸리고 있었다.

그 집은 네 개의 방과, 우리들이 원했던 옥상과 베란다를 가지고 있었다. 다행인 것은 이층 베란다로 내다뵈는 광경이 그럴듯해서 가끔 서투른 솜씨로 내가 화판을 기대고 그림을 그릴 수도 있겠다는 것이요, 마루방이 크니 한겨울 난로를 피우고 친구녀석에게서 파이프를 빌려다가 맥아더 사촌쯤 되는 모습으로 담배를 피우며 숲에 쌓이는 하얀 눈을 바라보는 운치도 그럴듯하겠다는 것이요, 정원이 넓으니 내가 키우고 싶어하는 용설란을 키울 수 있겠다는 것이요, 그놈들 가지 쳐가는 모습을 바라보며 제법 늙은이처럼 뒷짐을 지고 살아갈 수도 있겠다는 것이다. 더구나 어머니로서는 장독대가 크고, 펌프가 부엌 옆에 있으니 물을 길어오지 않아도 십상이겠고, 집은 빨간 벽돌로 단단하게 지어서 집수리 걱정은 안 해도 될 것 같으니 이 집은 우리 모자에게 완전한 합격품이었다. 허나 우리 모자는 절대 그런 내색을 하지 않았고, 그런 요령쯤 상식 정도의 묵계인 것이다. 가장 튼튼한 만년필을 샀을 때 튜브가 녹아버린 것을 발견한 적이 있는 나로서

는 샅샅이 집 안팎을 구경할 필요가 있어서 사뭇 눈을 부라리고 돌아
보았던 것이다. 집은 몇 가지의 약점을 가지고 있었다. 일테면 뒷담
이 산비탈에 면해 있어 장마철에 위험할지도 모르겠다는 것과, 시장
과 버스 정류장이 비교적 멀다는 것인데, 우리는 그런 약점을 끝까지
물고 늘어져 일단 유사시엔 내 능란한 묘사력을 총동원해서 주인집
마누라와 복덕방 영감을 녹여버리겠다, 라고 결심했다. 그래 우리는
과히 마음에 있지는 않으나 인사치레로 값 정도는 물어야지 않겠냐
는 듯이 천천히 집값을 물었는데 집값도 '한 장'을 약간 넘는 금액이
라는 바람에 우리는 어째 꿈을 꾸고 있지 않나 하는 착각이 들었다.

그러나 주인 아주머니는 유난히 친절하였고, 더구나 문패 옆에서
예수 믿는다는 패찰도 보았고 복덕방 할아범이, 은행 같은 데 저당이
라도 잡히지 않았느냐는 물음에, 설레설레 고개를 가로 흔드는 품으
로 보아, 아마도 이 집 주인은 눈뜬장님이 아니면 멍텅구리, 그것도
아니면 선량한 바보, 셋 중에 하나일 것이라고 생각되었다. 어머님
과 나는 눈짓으로 추진해보자는 데 의견을 일치하였다. 그래 내일 오
전중에 큰아들을 데리고 다시 한번 오겠다는 어머니의 선약을 남기
고 그 집을 물러나왔다.

나는 몇 번이고 이제는 거의 우리들의 집이 틀림없어진 그 집을 돌
아다보았다. 마침 햇살이 비낀 유리창에선 찬란한 인광이 빛나고 있
었고, 내가 좋아하는 옥색 페인트가 산뜻하게 칠해진 그 집은 마치
영원히 미소하겠다, 라는 표정으로 설레설레 손을 흔들고 있는 것 같
았다.

─이층으로 올라가는 계단에 루오의 그림을 붙이자. 내 서재엔 헌
양주병이라도 얻어다 보리찻물로 채워서 장식해놓고, 베란다에는
선인장을 가지런히 놓아두자. 동생은 재즈를, 나는 〈전람회의 그림〉
을 듣자. 마당에는 자그마하게 연못을 파자. 분수도 만들고 금붕어

도 풀어놓자. 마당 한가득히 샐비어를 심고 화분엔 가득가득 제라늄을 심자. 그리고 목책을 박아놓고 하얀 페인트칠을 한 후, 포도나무를 심자. 늙은 부엉이 시계는 던져버리고, 반 시간마다 웨스트민스터의 종을 치는 괘종시계를 마루에 걸자.

그리고 새로운 연애를 하자. 목이 길고 순종밖에 모르는, 오로지 날 위해서만 태어난 듯한 여인과 연애를 걸자. 우리는 구태여 복잡한 시내, 어둑신한 다방에 앉아 쓴 커피 몇 잔에 도통한 표정으로 거짓말을 하지 않아도 좋다. 나는 그 여인을 위한 소설을 쓰고, 그녀는 유일한 독자가 될 것이다.

아, 아, 저것이 우리집이다. 우리의 보금자리다. 동리 아낙네끼리의 싸움 소리. 손님을 부르는 장사치 소리. 앞집의 전화벨 소리. 우물 물처럼 탁한 인정. 그 모든 것이 없는 우리들만의 집이다.

어머니와 나는 묵묵히 걸었다. 혹시 그 여인이 뛰어나와 '아까 한 말 취소해요. 난 그것을 모르고 있었어요. 백이십만원이 아니라, 이백이십만원이더군요. 죄송해요' 할지도 모른다는 생각에 우리는 걸음을 빨리했다. 나는 버스를 타고 집으로 돌아가고 싶어졌다. 그리고 빨리 짐을 정리한 다음 누이와 함께 가구상에 가서 예쁜 캐비닛 가격을 물어보고 싶었다.

허나 어머니는 일단 온 길을 다시 돌아가기 시작했다. 나는 의아한 나머지 일백이십만원에 사는 것도 어째 비싸게 사는 게 아닐까 해서 화를 내었다.

"아니다. 집을 사려면 동리 사람들에게 물어봐야 한다."

어머니는 침착하게 치마를 땅에 끌리지 않도록 받쳐들고는 잰 걸음으로 숲이 우거진 그곳으로 다시 걸어가고 있었다. 하늘은 갑자기 어두워지고, 어째 소낙비가 한 차례 올 것같이 눅눅한 바람이 불었다. 어머님의 치마폭이 갑작스러운 바람에 수려하게 펄럭이었다.

우리가 맨 처음 붙든 사람은 어머니 나이 또래의 아낙네였는데 방금 집에서 구공탄재를 들고 나와 길가에다 버리려던 참이었다. 어머니는 정중하게 손가락으로 그 집을 가리키며 저 집에 무슨 결함이 없느냐고 물었다. 그 순간, 그 여인은 아이구 말도 마십쇼, 라는 과장된 표정으로 허리를 펴며 아주 큰 비밀을 우리에게만 들려준다는 듯 필요 이상의 제스처와 함께 말문을 열었다. 저 집은 원래 무덤 자리에 집을 지었는데, 저 집에 든 사람은 으레 한 해에 한 명씩은 불구가 된다거나 정신병자가 된다거나 상을 치러야만 하는 흉가라는 것이었다. 무덤 자리도 보통 무덤 자리가 아니라 6·25동란 때 집단으로 시체를 묻은 곳으로 지금도 간혹 해골이 나온다는 이야기였다.

우리는 땅만 보고 다시 걸었다. 그리고 나는 괜스레 불한당처럼 주머니에 손을 찌르고 침을 뱉었다. 퉤, 퉤. 나는 미신을 믿지 않는다. 하지만 루오의 그림이, 선인장이, 장미가 있게 될 것 같은 생각은 없어진 것이었다.

비가 내리면 〈전람회의 그림〉보다 차라리 〈해골의 춤〉을 틀어놓고 소복 입은 유령들의 실연을 보는 편이 좋을지도 모른다.

"가자꾸나."

갑자기 앞서가던 어머니가 씁쓸한 표정으로 나를 돌아보셨다.

"예?"

"저 종점으로 말이다. 빨리 가자꾸나. 아, 아, 쌍것들이다."

"예, 어머님. 쌍것들투성입니다. 하마터면 빛나는 우리집 형제들이 유령에게 홀릴 뻔했습니다."

나는 될 수 있는 한 어머니를 웃기려고 재치 있게 말을 했으나 어머니는 아무런 말도 하지 않으셨다.

순간 어두운 하늘에서 비가 듣기 시작했다. 후둑후둑 굵은 빗방울이 떨어지더니 이내 쏴아, 하고 수유리 일대가 바닷속처럼 빗줄기에 막혀버렸다. 우리 모자는 낡은 자전거포 앞에서 비를 피하며 멍하니 거리를 내다보았다. 모든 풍경은 일단 변하고 말았다. 졸졸 흐르던 시냇물이 잔뜩 화가 나서 넘쳐흘렀고, 거리거리로 시뻘건 흙탕물이 소용돌이쳤다. 낮은 분지에서는 흙이 빗물에 씻겨서 흘러내려오고 있었으며 가로수잎은 푸르르 물보라를 튕겼다. 집들은 우산 받은 구부정한 모습으로 퇴락해 보였다. 거리는 벌거벗은 채 비를 맞고 있었고, 지렁이 몇 마리가 땅거죽으로 나와서 꿈틀거리고 있었다. 결코 상쾌하달 수 없는 후텁지근한 지열이 빗줄기에 밀려 슬금슬금 거리 양 옆의 점포로 기어들었다. 뛰어가는 아이들의 비명소리와 낮잠 자던 부인들의 악 쓰는 소리, 장독 덮는 소리.

생활은 이곳에서도 벌써 오염되어 냄새를 풍기고 있었다. 나는 빗줄기 사이로 껑충하게 서 있는 그 집을 노려보았다. 그 집에서 나는 얼핏 유령의 치맛자락을 본 기분이었다. 퉤, 퉤. 나는 다시 침을 뱉었다.

그때였다. 갑자기 어머님께서 앓는 소리를 내셨다. 나는 어머니의 얼굴을 바라보았는데 어머님의 얼굴은 납빛으로 창백하게 질려 있었다. 어머니는 괴로움을 참으시려는 듯, 남의 문설주에 몸을 기대고 계셨고, 식은땀을 흘리고 계셨다. 나는 어머님의 상체를 쓸어안았다.

"먹은 게 체했나부다."

나는 생각할 겨를도 없이 어머니를 등에 업었다. 그리고 빗줄기가 쏟는 한길로 뛰쳐나갔다. 어떤 아낙네가 약방은 수유리 종점 쪽으로 버스 한 정류장만큼 가야 한다고 알려주었다. 나는 무심코 농군처럼 바지를 걷어올렸다. 그리고 수유리를 향하여 내처 뛰었다. 내 가슴은 공연한 분노 같은 것에 가득 차 있었다. 와라, 이놈의 소낙비야. 비는 내 머리를 훑고 나중에는 옷 사이로 스며들었다. 허나 내겐 그 따위 비쯤이 문제가 아니었다. 이상하게도 등에 업힌 어머니의 심장

뛰는 촉감이 생생한 환희로 전해오는 것을 느꼈다.

"어머님, 어머님이 가볍습니다."

버스는 우리를 스쳐 지나갔고, 버스에 탄 등산객들이 우리 모자를 보고 휘파람을 불었다.

그때 나는 문득 번득이는 영감과 함께 또 한 가지의 소설 소재를 생각해냈다. 비를 맞으며 어머니를 업고 가는 나를 써보자. 밤에 이 부자리에 오줌을 싸는 말단 공무원 이야기는 누군가도 쓸 것이다.

약방 앞에서 비는 개었다. 거짓말이랄 정도로 금세 햇볕이 피어올랐고, 매미가 다시 울기 시작했다. 비에 맞은 플라타너스가, 지붕이 반짝이며 빛나고 있었다. 빗줄기에 막혔던 사람들이 한꺼번에 움직이기 시작했다. 어머니는 약방에서 활명수를 마셨고, 나는 우울하게 어머니의 저고리와 내 윗남방셔츠를 벗어들어 빨래하듯 쥐어짰다. 그리고 우리는 천천히 약방을 나섰다.

비 온 후의 거리는 한결 말쑥했다. 새로 단장한 것처럼 양 가로의 집들은 빛나고 있었다. 파란 하늘로는 뭉게구름이 자꾸자꾸 피어올랐고, 장바구니를 든 아낙네들이 바쁘게 종종걸음을 하고 있었다. 르누아르의 화폭처럼 밝은 색조를 띠고, 모든 것은 순간 밝아오기 시작했다. 아직 꼭 쥐어짜지 않은 물기가 있어서인지 갓 목욕한 나부처럼 투명한 플라타너스 잎새는 한결 생생해 보였다. 나는 후끈거리는 비릿한 전원 냄새를 맡으며 저 낙조를 등뒤로 한 교회당에서 방금 들려오기 시작하는 저녁 종소리를 들었다. 사람들은 비늘 돋친 물고기들처럼 환하게 웃으며 자기 이웃끼리 인사를 나누었다. 버스 정류장에서 내린 남편들은 가까운 점포에서 어린애에게 줄 사탕을 사고 있었다. 그리고 그들은 아내가 한껏 솜씨를 내보인 저녁식사가 기다리고 있다는 사실만으로도 배가 고파서 결국 시내에 있는 친구녀석들이 모처럼 주말 오후 술이나 마시자고 했던 청을 간신히 뿌리치고 온 자신에 대해 만족할 것이었다. 나와 어머니는 팔짱을 낀 채 서서히 그 거리로 다가갔다.

"얘야!"

그때 어머님은 놀란 듯이 나를 불러세웠다.

"저길 좀 보렴."

나는 어머님의 손끝을 보았다. 그리고 순간 나는 정지하고 말았다. 내가 보았던 것은 그저 한 개의 현란한 색깔더미였을 뿐. 그것이 장미꽃이 만발한 장미원이라는 것을 의식하기엔 약간의 시간이 걸렸을 만큼 나는 그 아름다움에 취하였다.

이곳에서도 들리는 꿀벌들의 닝닝거리는 소리, 짙은 꽃의 방향(芳香), 이슬 먹은 꽃잎들이 한꺼번에 햇빛을 반사할 때의 반짝거림, 싱싱하게 뻗어올라간 가지, 짙푸른 장미잎, 그 위에 크림처럼 투명하게 고개를 내민 피스. 우리는 꽃향기에 취한 곤충처럼 장미원으로 이끌려 들어갔다. 그리고 우리는 장미꽃 사이에 둘러싸여 그대로 수액이 오른 장미꽃이 되고 말았다. 꿀벌들은 우리의 얼굴을 부드럽게 스쳐 지나갔다.

노오랗게 웃고 있는 해피니스, 빨갛게 타오르는 물랭루주, 큼지막하게 덩굴을 이룬 퀸 엘리자벳, 패션, 샤르르 마르랑, 마스카렛, 박카라, 몬스주망, 콘첼토, 하이눈 그리고 어머니. 꽃에 대한 신앙을 경건한 기도로 올리고 있는 어머니. 이 세상 누구든 용서해주겠다는 듯, 눈을 가늘게 뜨시고, 조용히 꽃 하나하나를 쓰다듬고 어루만지시는 어머니. 꽃에 둘러싸여 어쩌면 화환을 온몸에 가득히 두르고 있는 듯이, 어쩌면 그대로 한 폭의 그림이 되어버린 듯이 꽃과 영혼을 나누고 계시는 어머니. 어머니는 한 떨기의 장미꽃이 되어버리는 것인가.

이윽고 어머니는 웃음 가득한 얼굴로 나를 쳐다보셨다. 그리고 나지막하게 내게만 속삭이는 것이었다.

"아아, 난 여기에 집을 짓고 싶다. 오래도록 여기서만 살고 싶구나. 내가 죽을 때까지 말이다."

(1969년)

# 술꾼

작은 아이의 머리가 술집 안으로 들이밀어졌다.

"안녕허세요."

그 작은 아이는 문가에 앉아 있는 술꾼들에게 알은체를 했다. 대부분의 술꾼들이 그를 발견하지 못했으나 그중 한 사내가 용케도 그를 보았다.

"보게. 이보게들, 저 녀석을 보게그려."

발견한 사내는 마침 떨어져가는 안주 접시 위에 풍요한 화제를 제공했다.

이미 막소주에 취한 술꾼들은 지글지글 타오르는 연탄불에 정신마저 아리숭 달아올라서 열린 문틈으로 찬 겨울 한기와 더불어 나타난 꼬마가 뭘 하는 녀석인가 알아보기엔 약간 힘이 들었다.

"저 녀석이 뭐란 말인가."

네댓 사람의 취한 눈길은 남루한 그 아이에게서 멎었다. 그 아이는 모두의 눈길이 자기에게 멎어주자, 당황해서 쓰레기통을 뒤지다 들킨 아이처럼 비실비실 별스러운 몸짓으로 물러나려 했다. 그 녀석은 지독히나 못생긴 녀석이었다.

머리는 기계총의 상흔으로 벽보판처럼 지저분했고, 중국식 소매에서 삐져나온 작은 손은 때에 절어 잘 닦은 탄피처럼 번들거렸다.

"애야. 우리 한잔하지 않으련?"

처음 그 아이를 발견했던 사내가 술병을 들고 아이를 유혹했다.

"싫어요."

갑자기 아이는 울어버릴 듯이 강하게 부르짖었다.

"난 아바질 다리러 왔시요."

"알구 있다, 애야."

여전히 그 사내가 말을 받았다.

"난 네가 아버질 모시러 온 줄 알고 있단다. 우리는 모든 것을 알고 있단다. 헛허허. 우리같이 큰 어른들은 환히 다 알고 있거든. 여보게들 그렇지 않나?"

사내가 어깨를 으쓱거리며 이 기묘한 아이에게 차츰 관심을 보이고 있는 친구들에게 동의를 구했다. 그러자 다른 한 친구가 도화역자의 얼치기 사기꾼 같은 웃음을 껄껄거리며 맞장구쳤다.

"그래 우리 나이쯤 되면은 모르는 게 없단다. 애야, 너 이 지구가 왜 도는지 아니?"

"몰라요."

"술 먹으라고 돌아간단다. 애야, 잘 기억해둬라. 이 지구는 술 먹으라고 돌아간단다. 알아듣겠냐?"

"예."

"또하나 내 가르쳐줄까, 우리 똘똘아."

처음의 그 사내가 비틀거리며 그 아이를 내려다보았다.

"너 개가 왜 한 다리 들고 오줌 싸는 줄 아니?"

"건 알아요."

아이는 비굴하게 웃었다.

"두 다리 다 들면 넘어디디요."

"맞았다. 역시 넌 똘똘이야. 한번 가르쳐준 건 잊어먹지 않는 쫄망 포시란 말이다."

"너희 아버진 뭣 하는 어른이냐?"

다른 낯선 사내가 젓가락으로 빈대떡을 잘라내며 꼬마에게 물었다.

"국승현이야요. 국승현."

갑자기 꼬마의 얼굴이 대백과사전 한 페이지처럼 충만하기 시작했다. 그것은 마치 전진하는 인형 병정 같은 몸짓이었다.

"왜 아실 거야요. 눈 우엔 커다란 사마귀가 있시요. 몸에선 언제나 양파 냄새가 나구, 뒷주머니엔 항상 마늘을 넣고 다녔시요. 그리고 술만 먹으믄 항상 울곤 했댔시요."

"너희 아버진 왜 찾냐?"

말없이 술잔을 비우던, 염색한 미군 작업복을 입은 사내가 아이의 말을 막았다.

"아, 아."

아이는 순간 극적인 표정으로 허공을 쳐다보았다.

"오마니가 죽어가고 있시요."

그 아이는 어느새 훈기가 도는 술집 안으로 기어들어와 있었다. 지독하게 못생긴 아이의 얼굴 위로 삼십 촉짜리 전등 불빛이 그럴싸한 조명 역할을 했고, 연탄불 위로 타오르는 생선의 비릿한 연기는 술집 안을 연막탄 뿌린 것처럼 부옇게 탈색했다.

"좀전에 피 토하는 걸 보구 막 뗴나왔시요. 아바지는 날 보구 오마니가 죽게 되믄 이 술집에서 술이나 퍼먹구 있갔으니, 이리로 오라구

했시요."

"너희 아버진……"

처음에 그 아이를 발견한 사내가 담배꽁초에 불을 그어대며 공허하게 웃었다.

"갔다. 아암, 갔다니까."

"갔다구요? 그러면 어디로 간다고 했나요?"

"네가 오면 저쪽 평양집으로 보내달라구 했던가."

아이의 몸구조는 스위스제 시계 부속처럼 생생하고 앙증스러웠다. 엉뚱하게도 US ARMY의 표지가 아이의 가슴팍에서 계급장처럼 반짝이고, 녀석의 얼굴은 비로드 색깔로 번들거렸다. 옷은 되는 대로 껴입어서 마치 갑각류 곤충처럼 부자연스러워 보였다.

"나 폐양집으로 가갔시요."

그 아이는 약간 주춤거렸다. 마지막 잔을 비우고 술집을 떠나는 술꾼들에게서 흔히 볼 수 있는 우울한 고독 같은 것이 순간 아이의 얼굴에서 번득이었다. 그러자 처음에 그를 불렀던 사내가 빈잔에 소주를 따르며 그 아이에게로 내어밀었다.

"한 잔만 하구 가렴, 우리 똘똘이."

"먹디 않갔시요. 난 아바질 찾아야 해요."

"네 아버진 그 술집에서 또 딴 술집으로 갔을지 모르잖니?"

"기래두 찾을 수 있시요. 밤새도록 찾아볼 테야요."

"그 동안 늬 엄마가 죽어버려두?"

"아버지만 찾으믄 만사 오케야요. 울 아바진 아즈반들하구는 달라요. 아바진 술꾼이긴 하디만, 하려구만 하믄 못 하는 게 없시요. 아, 구릴 가디구두 금을 만들었댔으니까요. 금 말이야요."

어느새 아이의 손은 허물 벗는 애벌레처럼 그 중국식 소매 속에서 슬그머니 솟아나와, 시장판 소매치기꾼들이 슬쩍해가듯 술잔을 들어 잽싸게 잔을 비웠다. 가득 채워져 있던 잔이었는데 아이는 요술 부리는 사람처럼 한 방울도 흘리지 않고 그것을 삼켰다. 작은 한 입에 그득히 채워진 충족감 때문인지 소년은 만족한 표정으로 각두기를 집어들었다.

"담배두 필 테냐?"

"놀리디 마시라우요."

아이는 잠시 옷깃을 여미고 허리를 웅크리었다. 그는 마치 배면을 섬유질 같은 탄력성 있는 물질로 꽉 조였다가 일순에 뛰쳐나가려는 노련한 단거리 선수처럼 매우 기민하고 민첩해 보였다.

"잊디 마세요. 우리 아버지 이름 말이야요. 국, 승, 현, 나중에 혹 술집에서 만나더라두 내가 술 먹더란 말 하디 마세요. 정말이야요."

압도당한 술꾼들은 멍하니 눈길로만 그를 전송했다. 새벽 잔영 같은 쓸쓸한 냉기가 그 아이의 얼굴을 순간 스치고 갔다. 술꾼들은 이제 너무 취해서 한 사람 한 사람 집을 저주하고, 마누랄 저주하고, 맏아들을 둘째아들을 저주하고, 생활을, 미래에 대한 희망을, 원수놈의 월급을, 도대체가 살아가는 그 자체를, 그리고 자기 자신을 저주하기 시작했다.


시장 골목으로 찬 겨울바람이 신문지를 날리면서 불어오고 있었다. 사막 위를 구르는 사진(沙塵)처럼 겨울바람은 얼굴 가득히 깔깔했다. 아이는 주머니에 손을 찌르고 무어라고 중얼거리며 걷고 있었다. 벌써 해질녘부터 다섯 집을 들렀고, 그는 덕분에 최소한 일곱 잔은 넘어 들이켠 셈이었다. 그는 그 동안 여러 종류의 술을 들이켰다. 막소주도 들이켰고, 부우연 막걸리도, 그리고 약주도 들이켠 것이었다. 그만하면 목구멍으로 헛헛한 온기가 올라오고, 삶이 머리에서부터 어딘가로 이전해버리기엔 충분히 마신 셈이었으나 아이는 아직

도 공복상태처럼 부족했다. 아버지를 찾을 때까지 아직도 대여섯 잔
은 더 마실 수 있을 것이었다.

시장 끝에서부터 끝까지 바람은 매웠다. 겨울은 도처에서 낄낄거
리고 있었다. 하늘로는 가등(街燈)이 투명하게 빛나고 있었고, 어디
선가 고양이가 울었다. 철수한 시장가엔 낡은 차일막이 바람에 펄럭
이며 아이의 얼굴을 유령처럼 스치곤 했다. 고맙게도 술기가 인화되
어서 아이의 작은 몸은 스위치가 잘 드는 전기풍로처럼 달아오르기
시작했다.

'아, 아, 이 망할 놈의 머리통.'

순간 아이는 제 머리통이 제 몸에 비해서 엄청나게 무거운 듯한 생
각이 들었다. 자기로서는 주체할 수 없는 머리통을 노상 이고 다녀야
한다는 사실이 갑자기 억울해졌다.

시장 끝에 평양집이 있었다. 빈 시장길로 평양집에서 내비친 달디
단 불빛이 투영되고 있었다. 아이는 숨을 죽이고 유리창 너머로 낯익
은 얼굴이 있는가 없는가를 들여다보았다. 낯익은 얼굴이 없다면 술
도 더 마실 수 없을 테고 아버지도 만날 수 없을 테니까.

다행히도 낯익은 얼굴 두 명이 술잔을 기울이고 앉아 있는 것이 보
였다. 아이는 돋움했던 발을 꺾고 바람 부는 한데에서 잠시 자신을
저주하기 시작했다.

'망할 놈의 술이다.'

익숙하고 노련한 술꾼들이 누구나 그러하듯 이번 기회로 한번쯤
절제하리라 작정했을 때, 갑자기 어정쩡해지고 늙어 뵈는 것처럼 순
간적인 절망, 슬픔, 비애가 아이의 작은 얼굴을 우울하게 스쳐 지나
갔다. 그러나 술집 창문 너머 탁자 위 투명한 유리컵이 빛나고, 껄껄
거리는 술꾼들의 떠들썩한 농지거리가 들려오자, 아이의 못생긴 얼
굴은 놀라울 정도로 변화하였다. 참회를 하는 죄수처럼 비장한 표정

으로 그는 천천히 술집 문을 잡았다. 그의 손에 익은 문고리였다.

"안녕허세요."

아이는 고개만을 들이밀고 엿보는 식의 인사를 했다. 그러나 아무도 그를 쳐다보지 않았고 술집 작부만이 그를 쳐다보았을 뿐이었다.

"얘, 늬 아버진 갔어."

"……"

"과붓집으로 갔단다."

아이는 막연하게 그녀를 올려다보았다.

"증말이란다, 얘."

그제서야 안쪽에 앉았던 술꾼들이 그 아이를 발견했다. 구레나룻 기른 사내가 껄껄거리며 웃었다. 술만 취하면 그는 늘 웃었다. 제 여편네가 피난통에 총알 맞아 배에 공기구멍이 휑하니 나서 죽어버렸다는 얘기를 하면서도 웃었고, 자기는 이제 혼자 살아갈 수밖에 없다면서도 웃었다. 나이 오십 되기 전에 자살하겠다면서도 웃었다. 도대체가 그 사내는 웃는 것밖에 모르는 모양이었다. 그는 역에 숨어들어가 연탄을 훔쳐 빼돌리는 것으로 직업을 삼았었는데, 한번은 감시원에게 걸려 얼굴 형태가 바꾸어지도록 맞았는데도, 연신 헛허허 웃으며 입이 부었으면 코로 술을 먹지 하면서 술을 마시던, 좀 모자란 사람 같기도 하고 품이 넉넉하게 남아 돌아가게 보이기도 하는 별스러운 사람이었다. 어쨌든 그들이 얼굴을 분별 못 하도록 취하기 전에 자기를 발견해주었다는 것은 아이에겐 너무나 고마운 일이었다.

"여보게, 난 조만한 애새끼를 보면 컄컄컄, 우리 죽은 애새끼 생각이 나서 말이야, 컄컄컄. 꼭 조만한 새끼였는데 말이야, 컄컄컄. 날 닮아서 잘생기구 영리한 영악쟁이였는데 말이야, 컄컄컄. 크면 한자리 할 만한 새끼였는데 말이야, 컄컄컄."

그 사람과 비교하면 또 한 사내는 아주 달랐다. 그는 술만 취하면

벙어리처럼 말이 없었다. 걷어올린 팔뚝에 문신이 거뭇거뭇한 사내로, 말없이 가만히 앉아 있다 나이프를 던지곤 했다. 아이는 그 사내의 웃음을 꼭 한 번 본 일이 있었다. 언젠가 이 평양집의 문을 열고 안녕허세요 하며 인사를 했던 순간 부웅 하고 무엇이 날랜 생선비늘처럼 공기를 가르며 자기 얼굴을 지나, 자기 머리하고는 한 뼘도 떨어지지 않은 문설주에 꽂힌 것을 아이는 보았다. 그것은 그의 나이프였다. 전쟁에서 잃은 그의 오른손의 분신이었던 것이다.

"봐라. 이 꼬마야."

그때 그 사내는 앉은자리에서 외쳤었다.

"내 오른손을 봐라. 얼마나 날카롭고 날랜지를……"

그리고 그는 거품을 흘리는 희한한 웃음을 웃었다. 그것이 바로 그 웃음이었다.

그의 직업은 나무 인형을 깎는 일이었다. 아이는 그 사내가 왼손으로만 병정 인형 깎는 것을 본 적이 있었다. 움막 밖으로 따가운 햇살이 이글거리던 성하(盛夏)의 지난 여름 한낮 벌거벗고 인형을 깎던 그는 갑자기 나이프를 들어 먼 나무 벽을 향해 던지곤 했다. 지금도 아이는 유치하게 그려진 남자의 성기 위로 혹은 심장 위로, 번득이며 달리던 나이프의 금속성 소리 그것이 허공을 가르며 나무판자 벽을 뚫었을 때의 견고하고 건조한 음향, 열린 문틈으로 내다뵈는 한낮의 중유처럼 뜨거운 땡볕, 미칠 듯한 땀냄새들로 하여 무언가 숨이 막히고 막연한 적의가 끓어오르던 그 여름을 생생하게 기억하고 있다.

하지만 그 사내가 그때 아이에게 낮은 목소리로 친근하게, 꼬마야 저 칼 좀 떼어온, 했다고 해도 아이는 그 사내가 자기를 좋아하고 있지 않다는 것을 잘 알고 있었다. 아이를 바라볼 때마다 사내의 눈에선 노골적인 경멸이 번득이었다. 얼마 전 아이가 길을 지나가고 있을 때, 사내가 그의 일터에서 고개를 내밀고, 작은 목소리로 아이를 유인했다. 그의 손엔 술병이 들려 있었고 그는 벌써 흠뻑 취해 있었다.

"얘. 우리 한잔하지 않으련. 해장술 말이다."

아이가 해죽이 웃으며 방심한 채 그 움집에 막 들어섰을 때였다. 갑자기 한 팔만 남은 사내의 왼손이 아이의 목을 조르기 시작했다. 사내의 왼손이 무서운 기세로 계속 목을 졸라오자, 아이는 혼신을 다해서 사내의 왼손을 이빨로 물어뜯었다. 그리고 사내의 손이 느슨해진 틈을 타서 큰길로 뛰쳐나갔는데, 그때 아이는 자기도 모르게 바보처럼 울고 있었던 것이다. 그후 잠시 그들은 술집에서 마주치지 못했었다. 그런데 오늘 그 일이 있은 이후 처음 상면한 것이었다.

"난 울 아바지 찾으러 왔시요."

아이의 기어들어가는 목소리는 외팔이 쪽은 보지 않고 구레나룻을 건너다보며 말했다.

"봤어, 캬캬캬, 조금 전에 내가 봤어. 그것뿐인 줄 아니? 캬캬캬, 같이 술도 마셨는걸, 캬캬캬."

"오마니가, 오마니가."

아이는 목이 멘 소리로 손짓을 했다.

"죽어가구 있시요. 피 토하는 걸 보구 막 나왔시요."

아이는 주춤주춤 탁자 쪽으로 다가갔다. 그의 작고 긴 눈은 확확 달아오른 술기운에 잔뜩 충혈되어 있었고, 눈곱이 끼기 시작했다. 탁자 위엔 투명한 막소주가 놓여 있었다. 새로 마개를 딴 꼭지까지 차 있는 술병이었다.

아이는 그 소주의 맛을 알고 있었다. 이제 한 잔 더 마신 후에 자기가 어떻게 되리라는 것도 잘 알고 있었다.

그 막소주 한 잔이 항상 미만(未滿)의 입 안을 윤택하게 적실 때, 그는 자기의 생명이 어떻게 밀도를 더해나가는가도 잘 알고 있었다.

그는 긴 걸상 끄트머리에 앉았다. 구레나룻은 긴 하품을 입에 가득히 베어물며 기지개를 켰다.

"너희 아버진 오늘밤 찾을 수 없을 게다."

"찾을 수 있시요."

그는 단호하게 단정을 내렸다.

"캴캴캴, 그래 오늘 못 찾으면 내일 찾아도 되지 않느냐?"

"아니야요. 오늘 안으로 찾아내야 해요. 오마니가 죽어가구 있시요. 방금 피 토하는 걸 보구 막 뛰나왔시요. 입으로 뻘건 피를 토하고 누워서 가느다란 목소리루 날더러 아버지를 찾아오라구 했시요. 아바지만 찾으믄 오마니는 나을 수 있시요."

아이는 가장 알맞은 기회를 잡아 제멋대로 탁자 위의 술잔을 들었다. 그리고 날렵하게 입 안에 털어넣었다.

"아바진 술꾼이긴 하지만 아즈반하구는 달라요. 아, 구리 가디구 두 금을 만들었으니까요. 금 말이야요."

그 한 잔의 술이 그를 자유롭게 했다. 헤어질 때 들이켜는 마지막 술처럼 그 한 잔의 새로운 술은 그를 기쁘게 했다. 그는 젓갈을 들고 탁자를 두들기며 노래를 부르기 시작했다.


옛날 옛날 옛적에 예쁜 딸 가진 사람이 살고 있었도다.
동리방천 언덕에 광고 냈도다.
술 잘 먹고 노래 잘하는 사윗감이면
이리로 와서 시험해보아라.


구레나룻은 별로 놀란 기색도 없이 수염 속에서 종이 먹는 양처럼 소리 없이 웃었다. 다른 사내는 어안(魚眼) 같은 눈으로 술집 안 천장만을 노려보고 있었다. 누가 방해만 하지 않는다면 그는 며칠이고 그렇게 앉아 있을 것 같았다. 아이는 기회를 보아 손을 뻗쳐 술병을 집어 다시 술을 따랐다.

"울 아바진 술만 먹으믄 항상 울었댔시요."

아무도 그의 말을 듣지 않았다. 구레나룻마저 이젠 웃지 않았다. 어디선가 밤고양이가 울었고 피로와 슬픔이 천장에서부터 무겁게 내려앉았다. 아이는 자기가 따른 술잔을 들어 눈치를 보아가며 조금씩 혀끝으로 핥았다. 술집 작부는 담배를 피우며 가끔 이쪽을 쳐다보았고, 기묘한 구성을 이루고 있는 세 사람을 훑어보았다. 이제 아이는 홍당무처럼 상기되고 딸꾹질을 시작했다.

"내 재미있는 문제 하나 낼라요. 왜 개가 오줌을 눌 때 한 다리 들고 누는 줄 알아요?"

"모른다."

"두 다리 다 들면 넘어디잖아요. 피꺽."

술은 이제 그의 온몸을 취하게 하고 아이는 지극히 만족한 상태로 술의 유희를 지켜보고 있었다. 그의 눈앞으로 모든 것이 스쳐 지나가기 시작했다. 그는 다시 젓갈을 들어 탁자를 치며 되지못한 노래를 부르기 시작했다.

어느 날 달밤에 대머리 까진 총각이 찾아왔도다.
깡깡 깡깡이 너의 깡깽이 소리는 듣기는 좋으나
너의 인물이 못나서 나는 싫도다.

파장이 다가온 술집 한구석에서 탁자를 두드리며 술을 마시는 꼬마의 체구는 비록 작긴 했지만 그의 몸짓 하나하나는 노련했고 또한 자기 몫을 다해나가겠다는 듯한 기묘한 냄새를 풍기고 있었다.

아이는 노래 부르기를 끝마치고 조용히 혀를 길게 내밀어 담뱃불을 끄기 시작했다. 따가운 담뱃불은 그의 혓바닥에서 예민한 소리를 내가며 꺼졌고, 그는 마치 요술 부리는 곡마단의 소년처럼 보였다.

그때였다. 갑자기 사내가 잠에서 깨어난 듯 흠칫하며 나이프를 꺼내들었다. 그리고 눈 깜짝할 사이에 그 나이프가 아이의 목을 겨누었다. 아이는 멍하니 그를 올려다보았다. 사내의 눈이 병적으로 빛나고 있었으며 말린 입술 아래로는 흰 웃음이 무기미하게 빛나고 있었다.

"요 술주정뱅이 꼬마 자식아."

사내는 짖었다.

"내 널 편하게 죽여주마."

아이는 무어라고 항거하려 했으나 혀를 놀리는 것이 쓸데없는 짓임을 알았다.

"꼼짝 마라, 이 꼬마야."

그의 왼손 안에서 번쩍이는 나이프는 그 아이의 목을 노리고 있었다. 아이는 목 근처에 가벼운 통증이 오는 것을 느끼었고 그는 안이한 생명의 탄식 소리를 들었다.

'망할 놈의 목이다.'

사내의 손이 출발을 알리는 체육 교사의 그것처럼 잔뜩 추켜졌다. 그의 손아귀에서 칼날은 작은 새처럼 불꽃이 튀었다. 그리고 그 칼은 순간 허공을 그어내렸다. 아이는 공기와 마찰하는 가벼운 소리와 함께 부싯돌을 긋는 것 같은 찰나적인 섬광이 그의 손에서 번쩍이는 것을 보았다. 그리고 그 사내의 손이 제 가슴을 찌르고 탁자 앞으로 꼬꾸라지는 것을 보았다. 아이는 총알처럼 술집에서 퉁겨져나왔다.


'바보 같은 자식이다.'

거리는 어두웠다. 구석구석에서 바람이 불고 하늘은 납색으로 투명했다. 그 추위는 아이에겐 굉장히 익숙한 것이었다. 언제나 어디서나 그는 이 추위를 이겨내야 했다.

　시장 거리는 이미 텅 비어 있었다. 그의 코밑으로 수증기처럼 하얀 콧김이 새어나와 어둠으로 녹아 사라지곤 했다. 딸꾹질은 아직 멎지 않았고, 그는 다행히도 아직 죽지 않았다. 술은 여느 때보다 많이 마신 셈이나 그렇다고 지나친 것은 아니었다. 그는 차가운 벽 앞에 붙어 단추를 끌렀다. 되는 대로 껴입고 있었기 때문에 그의 보온기(保溫器)를 찾기엔 힘이 들었다. 그는 오줌을 누며 기어드는 듯한 목소리로 노래를 부르기 시작했다.


　　어느 날 달밤에 대머리 까진 총각이 찾아왔도다.
　　깡, 깡, 깡깡이, 너의 깡깡이 소리는 듣기는 좋으나
　　너의 인물 못나서 나는 싫도다.


　그는 자기가 갈 곳이 어딘가를 잘 알고 있었다. 아무리 취해도 그는 자기의 노정(路程)을 잊어버린 적이 없었다.

　'오마니가 죽어가고 있는데 아바지는 뭘 하고 있을까.'

　그는 검은 물감을 풀어놓은 듯한 하늘을 쳐다보았다. 아버지를 찾을 희망은 없었지만 그렇다고 아이는 마지막 보루를 포기할 수는 없었다.

　그는 비틀대며 걷기 시작했다. 시장 거리 끝에서 술 취한 주정뱅이 하나가 길바닥에 몸을 누인 채 자고 있었다. 아이는 천천히 그리로 다가가 주정뱅이의 얼굴을 살폈다. 아이는 그 사내의 주머니를 뒤지기 시작했다. 아이는 이 사내가 날이 밝기 전에 동사해버릴 것이라고 생각하며 거리낌없이 그 작업을 계속했다. 주머니는 비어 있었다. 꽁초 몇 개와 먹다 남긴 북어가 왼쪽 주머니에서 나왔고 오른쪽 주머니에서는 전차표 두 장이 나왔을 뿐이었다.

아이는 이번엔 속주머니를 뒤지기 시작했다. 지폐의 감촉이 손끝에 느껴지자, 아이는 거친 호흡을 해가며 두 장의 지폐를 끄집어내었다. 그는 그것을 손에 든 채 다시 걷기 시작했다. 그의 가슴은 술을 더 마실 수 있으리라는 기대로 뛰기 시작했다. 그는 이 두 장의 지폐로 막소주 두 잔쯤은 더 마실 수 있으리라는 것을 알고 있었다. 그리고 비굴하지 않게 떳떳이 홀로 마시는 막소주 두 잔이 자기를 어떻게 만드리라는 것도 잘 알고 있었다. 아픔도 없이 날갯죽지가 양 옆구리에서부터 돋아나와, 자기를 새처럼 가볍게 하리라는 것도 알고 있었다.

아이는 늦게까지 문을 여는 술집을 알고 있었다. 하지만 아무리 늦게까지 문을 연다고 해도 지금은 거의 닫을 시간이므로 그는 뛰기 시작했다. 아이의 발소리는 언 땅 가득히 울려퍼졌다. 그가 기대했던 술집은 이미 문이 닫혀 있었다.

그는 불 꺼진 술집 문 앞에서 고양이처럼 숨을 죽이고 문틈으로 새어나오는 술내를 맡았다. 바람이 그의 머리칼을 날리고 그는 허리를 웅크리었다. 그는 잠시 자기가 취할 행동을 생각하다가 이윽고 결심했다는 듯 유리창을 두드리기 시작했다. 유리창은 얼음장 깨지는 소리를 냈다. 유리창엔 하얀 성에가 꽃무늬처럼 피어 있었다. 아이는 얼마만큼 두드리다가는 귀를 기울이고 얼마만큼 두드리다가는 귀를 기울이곤 했다. 그가 귀를 기울일 때마다 아득히 먼 곳 차가운 바람 소리가 들려왔다. 한참 후에 안에서 인기척이 나고 드디어는 사람 하나가 창 앞으로 다가왔다. 안쪽의 사람은 성에를 긁기 시작했다. 좀 후엔 동전닢만한 구멍이 뚫렸고 그 구멍으로 시선 하나가 다가왔다.

"안녕허세요."

아이는 공손히 인사를 했다. 그러자 봉창문이 열리고 머리를 풀어헤친 작부가 나타났다.

"없대두. 너희 애빈 안 왔다니까."

"알구 있시요."

아이는 추워하면서 두 손을 마주 비볐다.

"그런 것쯤은 알구 있시요."

"그럼 뭣 땜에 잠도 안 자고 이러지?"

"아바진 이제 필요 없시요."

소년은 짧게 그러나 분명하게 단정을 내렸다. 그리고는 얼굴의 근육을 움직였으나 그것은 우는 것처럼 뒤틀리었다. 그는 석양을 향해 우는 거위처럼 목 쉰 소리를 냈다.

"아주마니. 나 술, 술 마시러 왔시요."

그는 자기 말을 믿어달라는 듯 애원하는 시선을 보냈다.

"……이애가 미쳤나?"

"딱 두 잔만 먹갔시요. 돈두 있시요."

아이는 여인 앞에 지폐 두 장을 내어 보였다.

"정말이지 취하고 싶어요. 내 주량은 내가 잘 알고 있시요. 두 잔만, 딱 두 잔 더 먹으믄 꿈도 없이 잘 잘 수 있갔시요. 지금 이 정도에서 그치면 안 먹은 것보담 더 못하구, 잠두 잘 오딜 않으니끼니."

아이는 민물고기처럼 웃었다. 주방의 불빛이 쓸쓸히 한줌 그의 얼굴에 비끼고 있었다. 여인은 잠시 생각해보는 얼굴이더니 그런 여인들에게서 흔히 보이는 갑작스런 몸짓으로 문을 열어주었다. 아이는 비실비실 술집 안으로 들어섰고 여인은 하품을 해가며 주방으로 걸어가 술병을 날라왔다.

아이는 한기가 도는 탁자에 주저앉았다. 그녀는 술병을 들고 아이에게 술을 따라주었다. 아이는 석유내 나는 막소주잔을 앞에 놓고 잠시 숨을 가누었다. 어두운 불빛 속에서 술잔을 마주하고 앉은 소년의 모습은 어딘지 모르게 엄숙해 보이기도 했다. 그가 단정하게 앉아 손을 들어 술잔을 쥘 때마다 불빛이 하얗게 불나방 비늘처럼 흩어져서 그는 마치 파종을 하는 소년처럼 보였다. 한 잔이 다 비워지자 그는 가볍게 손끝으로 탁자를 두들기었고, 그녀는 술병을 들어 인심 후하게 가득 따라주었다.

"우리 아바진 술만 먹으믄 울었시요. 기리티만 난 보다시피 울딘 않아요."

방 안에서 어린애 우는 소리가 났다. 그러나 여인은 내버려두었다. 어린애는 제풀에 울다 그쳐버릴 것이다. 그는 수전증에 걸린 사람처럼 떨리는 손으로 다시 잔을 들어 마셨다. 그것은 매우 짧은 환희였다. 아이는 천천히 일어섰다.

"아주마니. 내가 클 때까지만 죽디 말라요. 그저 이 꽉 물구 참아보라요."

아이는 문간에서 고개를 숙였다. 여인은 문을 닫으며 큰 소리로 무어라고 소리쳤다.

"잘 가거라. 그리고 다신 오지 말아라."


아이는 이제 태엽 풀린 인형처럼 걷고 있었다. 그는 자기가 갈 곳을 잘 알고 있었다. 그는 언덕길로 접어들었다. 무너진 집더미가 어둠 속에 짐승처럼 서 있었다. 거기서 밤고양이가 울었다. 언제든 그 고양이는 이맘쯤이면 불도 없는 폐허에서, 녹슨 철근이 하늘을 그물처럼 엮고 있는 그 폐허에서 울었다.

언덕 위 바람은 한층 더 매서웠다. 그는 주머니에 손을 찌른 채 언덕길을 오르고 있었다.

언덕 위에 고아원이 서 있었다. 불도 꺼져 있었고 이제 아이들은 작은 공처럼 될 수 있는 한 추위를 막으려고 몸을 웅크리고 잠들어 있을 것이다. 어떤 녀석은 이를 갈고 자고 있을 테고 다른 녀석은 밤마다 그러하듯 어둠이 무섭다고 칭얼대고 있을 것이다.

'아, 아, 이 어두운 밤 아바지는 정말 어디에 있는 것일까.'

그는 잠시 비틀거렸다. 허나 술에 취했다고 해서 자기가 빠져나온 철조망 개구멍이 어디에 있을까 잊어버린 그는 아니었다.

그는 잠시 비로드 색깔로 빛나는 어둠 속에서 보모에게 들키지 않고 체온이 아직 남아 있을 침구 속으로 어떻게 무사히 기어들어갈 수 있을까 걱정을 했다. 허나 그는 술취한 사람 특유의 자기나름식 안이한 낙관에 자신을 맡겨버렸다.

언덕 아래에서 차가운 먼지 냄새 섞인 바람이 불어왔다. 그는 사냥개처럼 그 냄새를 맡으며 이를 악물고, 내일은 틀림없이 아버지를 찾을 수 있을 것이라고 단정했다.

(1970년)

# 모범동화

## 1

초가을의 어느 날 D국민학교 앞 잡화상 강씨가 자살을 한 이유는 아무도 모른다.

그는 피난민이었다. 대부분의 피난민이 그러하듯, 동란으로 인해 그는 양순하던 아내와 두 아이를 포함한 그의 가족을 잃었다. 그는 완전히 혼자인 셈이었다.

꽤 많은 저금을 소유로 하고 있었다. 그만한 돈이면 시장 거리에 나가 어물전까지 낼 수 있었지만, 그는 절대 그런 짓을 하지 않았다. 그것은 위험한 일처럼 생각되는 것이었다. 그에게 가장 안전한 방법은 D국민학교 앞에서 장사를 한다는 것뿐이었다.

그의 눈엔 D국민학교 어린애들 삼천 명이 모두 동전처럼 보이곤 했다. 아침마다 책가방을 둘러메고 재잘거리며 올라오는 어린애들의 모습은 흡사 잘 닦인 동전이 햇빛에 반짝거리며 열병식을 올리는 모습과도 같았다. 그가 하는 일이라곤 하루 종일 담 밑에 쭈그리고 앉아 그 동전들을 긁어모으는 일이었다.

그것은 적은 돈이긴 했으나 매우 즐거운 장사였다.

그는 일종의 과수원을 내고 있는 셈이었다. 그는 그저 떨어지는 열매를 줍고 있을 뿐이었다. 그러나 그는 그 일만으로도 충분히 그의 벙어리 저금통을 가득가득 채울 수 있었다. 그는 그의 과목(果木) 모두를 사랑하고 있었다.

다른 장사치들은 D국민학교 앞에는 얼씬도 못 했다. 하루가 멀다 하고 다른 장사치들이 몰려들었으나 이내 철거당하곤 했다. D국민학교 애들은 강씨 이외의 장사치들을 용납하지 않았다.

토요일 어린이회 시간이면 아이들은 잡화상에 대한 철거 문제를 토의하고 결정된 안건에 따라 독하게 생긴 어린이 회장과 함께 담당 선생이 거들먹거리며 그들에게 철거를 요구했다. 말을 듣지 않을라 치면 곧 실력 행사로 들어갔다. 어린이 회장은 당장 다음 월요일부터 불매운동을 전개한다고 선언했고 정말 그 약속은 실현되었다.

주번 완장을 단 상급반 애들이 학교 앞 정문에 서서, 누가 그들에게 물건을 사는가를 감시하고 이름을 적었다. 그것은 매보다도 무서운 일이었다. 그렇다고 장사치들이 이 꼬마들에게 어떻게 압력을 가할 수는 없었다. 왜냐하면 노상에서, 더욱이 국민학교 정문 앞에서 장사판을 벌인다는 것이 정당한 행위가 아니라는 것쯤은 잘 알고 있었기 때문이었다. 별수 없이 그들은 눈물을 머금고 짐을 싸야 했다.

강씨는 같은 장사치면서도 어린이 국회의 치외법권자로서 행세할 수 있었다. 그것은 강씨가 단신 월남한 후, 그곳에서 솜사탕 장사를 할 때부터 으레 정문 앞에는 털보 강씨가 노트 몇 권이나 사탕 등을 놓고 팔고 있으려니 하는 이미 굳어진 일종의 잠재의식 때문만은 아니었다. 그가 D국민학교 어린애들에게 인정받을 수 있었던 것은 오직 그의 경험에서 우러나온 처세와, 그리고 교묘한 그의 연기력 때문이었다.

그는 아이들이 무엇에 굶주려 있는가를 잘 알고 있었고, 또 그들이 어른들에게서 진실로 무엇을 보기 원하는가도 잘 알고 있었다. 이를테면 아이들은 모두 열쇠 구멍으로 어른들을 엿보기 좋아하고 있었던 것이다. 그리고 이미 어린애들은 코안경을 높이 세우고 도덕을 역설하던 어른들도 일단 열쇠 구멍을 통해 볼 때는 비루할 수 있다는 평범한 진리에 지쳐 있었다. 그들은 열쇠 구멍 저편에서는 변하기 마련인 이론만의 윤리와 도덕을 저주하고 있었고, 아이들은 누구든 어른들의 은밀한 모범을 갈구하고 있었다. 그것을 알고 있는 강씨로서는 아이들에게서 찬사를 받는 것쯤은 쉬운 일이었다. 그는 아침마다 학교 앞을 손수 비로 쓸었고, 어린이 회의에서 수재의연금 모집 안건이 통과되면 아깝지 않다는 듯 헌금을 했다. 아이들은 강씨의 왼손 팔뚝을 보고 싶어했다. 그곳에는 길이 십 센티 정도의 긴 상흔이 있었다. 언젠가 강씨는 몇몇 아이들이 물건을 사다 말고 그 상처를 자기네끼리 감탄해가며 쳐다보고 있는 모습을 발견했다. 그 순간 강씨는 웃으며 이 상처는 빨갱이와 싸울 때 다친 상처라고 거짓말을 했다. 그러면서 강씨는 이런 얘기가 분명 아이들 간에 인기를 끌 수 있을 것임을 의심치 않았다. 왜냐하면 그들의 머릿속엔 항상 기관총을 난사하는 비장한 표정의 만화 주인공이 자리잡고 있기 때문이다.

과연 이 얘기는 삽시간에 귀에서 귀로 전해졌다. 아이들은 침을 삼키며 강씨의 팔뚝을 보려고 몰려들었다. 그리고 그들은 한숨을 쉬면서 감탄을 했다.

강씨는 그들 삼천 명 하나하나에게서 존경의 훈장을 받아야 했다.

그는 스스로 삼천 명을 속인 셈이었다. 말하자면 그의 교묘한 연기가
적중되어가는 것이었다.

그런데 그 강씨가 죽고 말았다. 경찰은 그의 사인을 규명치 못했고
후에는 귀찮아하며 단순히 이유 모를 실의와 생활고로 목숨을 끊었
다고 단정했다.

가족 없는 그의 장례식은 학교 어린이들이 '하루 과자 안 사먹기
운동'을 벌여서 걷힌 돈으로 D국민학교 교정에서 엄숙히 거행되었
다. 동심을 그리워하는 척하는 교장 선생님이 어린이회의 제안을 쾌
히 받아들인 때문이었다. 몇몇의 아이들이 남이 써준 조사를 읽었
고, 아이들은 모두 쿨적이며 울었다. 그것은 소꿉장난 같은 장례식
이었으나, 무던히도 진지한 장례식임엔 틀림이 없었다. 학교 앞 그
잡화상은 없어지게 되었다. 점심시간이면 담 밑으로 고개를 내밀고
"털보아저씨, 나 사탕 두 개만" 하던 따위의 일도 없어지게 되었다.
아이들은 이제 사탕을 사먹으려면 날쌔게 담을 뛰어넘어가, 저 시내
쪽 안경 쓴 아주머니가 많이 살 때나 적게 살 때나 정맥 핏줄을 파랗
게 내보이면서 공연히 노려보곤 하는 사탕가게로 옮겨가야 했다. 그
것은 굉장히 틀려먹은 일이었다.


2


그런데 그해의 신학년 초, 6학년 1반으로 전학온 아이가 한 명 있
었다. 담임 선생의 소개에 따라 그는 인사를 꾸벅 했다. 마치 꼴 보기
싫은 녀석들에게나 인사한다는 듯, 그는 억울해하며 빈 의자에 앉았
다. 그는 굉장히 못생긴 녀석이었다. 옷차림도 남루했고 윗저고리
단추는 하나를 제외하고는 모두 떨어져 있었다. 머리는 헌데투성이

였고, 얼굴엔 나이답지 않게 주름살이 가득했다. 그는 좀 유다른 녀석이었다. 노는 시간에도 혼자 우두커니 위대한 바보 아니면 위대한 천재 둘 중의 하나인 표정을 하고 앉아 있었다. 얼굴은 씻지 않았고 언제나 꾸벅꾸벅 졸았다. 성적은 향상될 것 같지 않았다. 지각도 도맡아 했다.

담임 선생은 그가 졸 때마다 그를 교단 앞에 세웠다. 그러면 그는 서서도 조는 듯 보였다. 그러다가 선생님이 칠판에 무언가 쓰려고 몸을 돌리면 갑자기 자기를 쳐다보고 있는 아이들에게 원숭이 흉내를 내었다. 그러면 반 아이들은 무서워했다. 절대 웃을 수 없었고 그것은 정말 이상한 일이었다. 그러면서도 아이들은 그가 불려나가 설 때마다 그가 원숭이 흉내 내기를 기다렸다. 졸지 않을 땐 뒷자리 구석에 앉아, 선생님이 한마디 할 때마다 그 소리를 흉내내며 얕게 무어라고 외쳤다. 선생님 귀에는 들리지 않았으나 둘레 아이들은 모두 똑똑히 들을 수 있었다. 그는 모범생처럼 상체를 세우고 앉아 진지한 표정으로 선생님을 쳐다보고 있었지만 입은 무표정하게 같은 소리를 되풀이하고 있었다. 마치 무언가 열중한 사내가 무의식적으로 뱉어내는 소리라는 듯한 결백의 표정을 얼굴에 나타내면서……

"삼일운동은 1919년에 일어났는데……"

"삼일운동은 1919년에 일어났는데…… 공갈이다."

"소위 문화정책을 쓰기 시작했는데……

"소위 문화정책을 쓰기 시작했는데…… 공갈이다."

"우리 선조들은 피땀으로 조국의 광복을 위해……"

"우리 선조들은 피땀으로 조국의 광복을 위해…… 공갈이다."

둘레 아이들은 절대 웃을 수가 없었다. 정말 그것은 틀려먹은 일이었다.

아이들은 모두 그 아이를 '만물박사'라고 부르며 무서워했다. 그

지지리도 성적이 나쁜 아이에게 그처럼 거창한 별명이 붙여진 데는 유래가 있다.

언젠가 한번, 이 학교에서 육학년생 전원이 '서커스' 구경을 간 일이 있었다.

아이들은 만국기 펄럭이는 가마니 위에서 와글거리며 원숭이가 담배를 먹기도 하고, 어릿광대가 철봉대 밑에서 횟방귀를 연신 뀌기도 하는 곡예에 감탄을 하고 있었다. 그러나 역시 아이들의 시선을 끈 것은 요술이었다. 웬 아가씨가 조명을 받으며 벌거벗고 나서자, 좀 못된 녀석들은 휘파람을 불기도 했고, 혀를 꼬부려 새소리 같은 기묘한 소리를 내기도 했다. 그러자 그 아가씨는 회칠한 얼굴로 야릇하게 웃었는데 그 웃음은 순간 아이들을 시끄럽게 하고 그들에게서 원인 모를 야유를 일으키게 했다. 그녀 머리엔 카우보이 모자가 애교 있게 삐뚜로 얹혀 있었고, 허리에는 권총을 차고 있었다. 그 여인은 아이들이 맘껏 지껄이도록 내버려두다가 별안간 모자를 던지더니 재빠르게 총을 쏘았는데 명중이었다.

그 사실은 아이들에게 경이를 불러일으키고 그녀는 기죽은 관객들 앞에서 하나하나 요술을 부리기 시작했다.

처음에는 사람을 통에 넣고 통째 톱으로 자르기 시작했다. 어설픈 밴드는 쇳소리를 내며 노래를 토하고 있었고, 아이들은 숨을 죽이며 이 잔인한 살인범을 노려보았다. 여인은 인정이라고는 털끝만치도 없는 것 같았다. 그녀는 만화의 주인공처럼 유유하게 톱으로 썰어 다리와 머리만을 통 밖으로 내놓은 어릿광대를 두 토막으로 자르고 있었다.

여자애들은 벌써 눈을 가리었고 인정이 있는 애들은 우는 척을 했다.

그때 이 요술을 쳐다보지 않고, 대신 그 요술에 입을 벌리고 앉아

있는 친구들을 씩 웃으며 쳐다보고 있는 선병질적인 아이가 하나 있
었다. 새로 들어온 바로 그 전학생이었다. 그 아이는 사뭇 아이들의
넋이 빠진 백치 같은 모습이 가소로워 죽겠다는 듯한 표정을 짓고 있
었다.

"재미있냐?"

갑자기 그 아이는 조용하게 옆의 아이에게 물었는데 그 아이는 급
한 나머지 거의 두 동강이가 되어가는 나무토막, 아니 사람토막을 쳐
다보며 얼빠진 소리를 했다.

"큰일났다."

"……"

"저 사람 죽는다."

그 아이는 가엾게도 진땀을 흘리며 허우적대면서 손을 들어 어릿
광대를 가리켰다. 그러자 선병질적인 아이는 쿡쿡 나지막하게 촛농
떨어지는 소리로 웃었다.

"속지 마라."

"뭐라구?"

"저건 사기다."

"사기라니 저 사람이 저렇게…… 죽고…… 있는데두."

"저건 우리를 속이려는 악질행위다. 속아서는 안 된다. 절대 속아
서는 안 된다. 난 안 속는다. 한 사람은 다리를 내놓고 또 한 사람은
머리를 내놓고 있는 거다. 즉 두 사람이 들어가 있는 거다. 봐라, 키
가 저렇게 클 수는 없잖니."

"……"

그러자 그 아이도 한참이나 그 살인행위를 쳐다보다가 자기가 깜
빡 속았다는 듯 수긍을 했다.

"정말이다."

이번엔 그 아이도 요술을 쳐다보지 않았다. 두 아이는 어둠에 잠겨 요술에 넋을 잃은 친구들을 쳐다보는 것이었다. 그리고 그 두 아이의 얼굴엔 승리와 이긴 기쁨 같은 것이 번득이기 시작했다.

"다들 봐라. 얼마나 바보들이냐."

"그래 정말 바보들투성이구나."

그 아이는 자기가 바보들 축에 끼지 않게 되었다는 것을 다짐하듯 과장해서 조소했다. 요술은 자꾸 진행되었다. 누웠던 사내가 공중으로 뜨기도 하고 주전자에서 물이 나오기도 하고 나오지 않기도 했다. 그럴 때마다 그 선병질적인 아이는 설명을 하고 마치 그 여인과 대결하듯 기침을 발했다.

"저건 주전자 손잡이에 구멍이 뚫려 있는 것이다. 물이 나올 때는 구멍을 열고, 나오지 않을 때에는 구멍을 닫는 것이다. 마치 우리가 생달걀을 먹을 때 한쪽만 구멍을 뚫어서는 먹을 수 없는 이치와도 같은 것이다. 우리는 속아서는 안 된다."

"저건 이중 뚜껑이다. 우리가 보고 있는 것은 다른 면이다. 아까 까넣은 달걀은 그 이중 뚜껑 속으로 들어가게 된다. 때문에 아무리 저 상자를 거꾸로 놓아도 달걀은 쏟아지지 않는다. 속아선 안 된다. 저것보다 신기한 요술일지라도 속아서는 안 된다."

한 아이 두 아이 그렇게 합세하기 시작했다. 그들은 그 전학생을 앞세운 한 무리의 아웃사이더였다. 그들은 주위의 분위기를 파괴하기 시작했다. 몇몇 아이들은 큰 소리로 기침을 하기 시작했고 여자애들은 수군거렸다. 몇몇 아이들은 휘파람을 날리기도 했다. 그 아이로부터 불붙은 최초의 동요는 기괴한 반응을 일으켰다. 그들은 자기들이 속았다는 것에 굉장한 분노를 느끼는 것 같았다. 그러면서도 그들의 얼굴엔 저 톱으로 써는 어릿광대가 결국엔 죽지 않고 그저 죽는 척하는 것뿐으로, 결국엔 일어나리라는 새로운 확신에 일종의 아슬아슬한 안도감까지도 넘쳐흐르고 있었다.

허나 요술은 아직도 진행되고 있었다. 밑이 다 들여다뵈는 요술이라는 것은 우리가 텔레비전을 켜고 소리를 죽였을 때, 금붕어처럼 입을 벙긋거리는 아나운서의 맥빠진 유희와 같은 것이었다. 아이들은 그 여인이 새로운 요술을 할 때마다 그녀의 교묘하게 위장된 트릭 놀음을 지적해내었다.

"왼손 소매에 든 시계를 내놔라."

"가슴에 감추어진 수건을 내놓아라."

이제 그 여인에게서 살인범의 매력도 상실되었고, 카우보이식 여유도 상실되었다. 막연한 의식으로도 휘파람을 불어 무방한, 넓적다리에 값싼 회분을 더덕더덕 입힌 그런 천박한 여인으로 전락하고 말았다. 그녀는 당황해서 이윽고 난행당한 여인처럼 벗은 몸을 가리며 몇 방울의 눈물을 흘리고 있었다. 그 모습은 아이들에게 굉장한 조소를 불러일으켰다. 엄청난 아우성이 그녀를 향해 던져졌다. 그녀는 버림받았다. 그 여인의 모든 것은 이미 분해되어 가엾게도 빈 위장을 드러내고 말았다.

그 아이의 별명은 거기에서 유래된 것이었다. 그 아이는 참으로 놀라웁게도 모든 것을 알고 있었다. 손쉽게 구할 수 있는 독초, 사람의 혈압을 재는 법에서부터 선생님의 추문, 어른들의 관심거리, 무스탕의 엔진 원리와 B29의 성능, 화염 방사기와 바주카포의 화력, 소련제 탱크와 미제 탱크의 차이 따위에 이르기까지 모든 것을 해설하고 있었다. 마이다스의 손길처럼 그의 손에 닿는 것들은 모두 부끄러워하면서 옷을 벗었다.

정말 그는 그 저조한 성적을 제외한다면 '만물박사'라는 굉장한 별명에 조금도 손색이 없이 합당한 완벽하고도 충실한 천재 소년인 셈이었다.

3

거의 모든 장사는 초여름서부터 불경기로 빠져들어가는 법이다. D국민학교 앞 잡화상 털보 강씨도 예외일 리는 없었다. 별수 없이 강씨는 머리를 써서 묘한 방법으로 불경기를 극복하려고 작정했다. 그는 며칠을 두고 궁리를 했는데 마침내 좋은 묘안이 떠올랐다. 그것은 일종의 도박이었다. 즉 둥그런 원판을 열 개로 칸을 자르고 번호를 쓴 다음 돌린다. 그러면 물건을 사는 아이가 번호를 부르며 꼬챙이로 원판을 내려찍는다. 만일 그 아이가 외친 번호와 찍은 꼬챙이가 가리킨 번호가 일치하면 다섯 배의 과자를 준다는 것이었다. 물론 그것은 참으로 어려운 요행이어서, 그런 요행쯤이야 일 주일에 몇 명 있을까 말까 한 것이었다. 그는 익숙한 조련사처럼 그의 원판을 길들이기 시작했다.

그리고 그는 어린아이들의 눈을 끌 수 있도록 아름다운 무지개색으로 원판을 부분부분 채색했던 것이다.

강씨의 묘안은 적중하였다. 무지개를 잡으려는 수많은 아이들이 동전 한 닢을 쥐고 몰려들었다. 그들은 달디단 사탕의 자극보다는 눈앞을 회전하는 원판의 번호와 요행성에 큰 관심을 가지기 시작하였다. 아이들은 하학길이면 둥그렇게 둘러서서 원판과 경기를 벌였다. 원판은 완만한 동작으로 누워 있다가도 아이들이 '비수'를 던지면 날렵하게 몸을 비키는 것이었다. 원판은 나이 먹은 피난민답게 음흉했다.

사육된 그의 준마가 채찍 아래서 출발했을 때, 비수는 햇빛을 뚫고 원판을 향해 소리도 없이 번득인다. 그러면 현란한 색깔들이 한꺼번에 화환처럼 돌기 시작해서 드디어는 창백하고 가면을 쓴 것처럼 무표정한 무채색의 경지에 다다른다. 그 뻣뻣한 긴장 속에서 조금씩조금씩 원판은 석고같이 굳은 표정을 풀어가며 다시 아른아른 여러 현란한 꽃더미로 환원한다. 아! 드디어는 그 색깔판 위에 씌어진 숫자가 가뭇가뭇하니 보일 듯 말 듯 안간힘을 쓰게 되는 것이며, 그즈음엔 벌써 자기의 동전 한 닢을 투자했던 소자본가는 이 냉철한 이성 앞에 숨조차도 제대로 가누지 못하면서 원판을 응시하게 되는 것이다.

그것은 정말 강렬한 긴박감을 불러일으키는 경기였다. 돈이 없는 아이들은 바라보기만 해도 즐거움을 나눌 수 있었다.

"자! 다음 선수!"

털보 강씨가 경기에 진 아이에게 사탕 두 알을 내주며 아이들을 유혹했다.

"번호만 맞으면 일원에 사탕이 열 개."

그는 익숙한 조련사처럼 그의 사육된 원판 앞에서 굉장한 시위를 벌였다. 하지만 아이들은 차츰 선뜻 나서려 하지 않게 되었다. 돈도 없었거니와 그들은 이미 승산이 없음을 알기 시작한 것이었다.

그들은 버스를 타고 집 앞에 다다른 후에도 자기 주머니에 일원짜리 동전 한 닢이나마 남아주었을 때에 얼마나 마음 든든한가를 알고 있었고, 그것은 사탕 두 알보다도 더 단맛임을 알게 되었다. 입 안에 사탕을 넣고 굴리면 그것은 녹아 사라지나 동전을 굴리면 영원히 사라지지 않는다는 진리를 그들은 알 듯싶었던 것이다. 더구나 장난꾸러기 아이처럼 양쪽 주머니에 구슬을 가득히 넣어 그들이 걸을 때마다 햇빛 찰랑이는 물소리같이 부드러운 소리를 내듯이, 몇 개의 동전을 모았을 때, 그것들이 발하는 교성과 그에 따른 희열감을 음미하게 되었던 것이다.

그러나 그들이 영영 자리를 뜨려 하지 못하는 데는 두 가지 이유가

있었다. 물론 그 두 가지 이유를 강씨 자신도 미리 계산에 넣지 못한
바는 아니지만.

그중의 하나는 다섯 개의 동전으로만 가능한 열 개의 사탕을, 단
하나의 동전으로 획득할 수 있다는 명제가, 전혀 강냉이 튀기듯 허무
맹랑한 것이 아니라, 실제로 손을 내밀어 낚아챌 수도 있으리라는 가
능성의 유희에 말려든 때문이었다. 눈앞에서 엄청나게 불어가는 이
자의 묘미, 맞는다는 가정하에 눈앞에 황홀히 전개되는 다섯 배의 자
본, 네 개의 답 중에서 골라 쓰는 객관식 시험에서 우연히 아무 번호
나 동그라미를 쳐서 맞은 경험이 있는 아이들에겐 이 가능성이 유독
자기만을 저버리리라고는 생각지 않았고, 그들은 더욱이 성장하는
이자의 생생한 환희를 벌써 알고 있었기 때문이었다.

다른 하나는 오원을 가지고 다섯 번 비수를 던지다가 그중의 하나
가 적중하면 최소한도 본전을 뽑을 수 있으리라는 가정, 더욱이 단
한 번의 승부가 아니라 적어도 다섯 번은 겨누어볼 수 있으리라는 막
연한 기대로 말미암아 아이들은 한 번의 실패에도 굴하지 않고 그 모
순적인 논리에 말려들어 대여섯 번 비수를 던지게 되어버리는 것이
었다.

드디어 아이들은 손의 온기에 뜨겁게 익은 동전을 내던지고, 침을
삼키며 비수를 들어 시도해보는 것이나, 그들의 꿈은 일시에 무너져
버리는 것이었다.

다섯 배의 꿈은 이상이었고, 사탕 두 알은 현실이었던 것이다.

그러던 어느 날 웬 아이가 원판 앞에 모여선 아이들을 비집고 앞으
로 나서며 강씨에게 얼굴을 내밀었다.

"아저씨, 정말 열 개 주는 겁니까?"

강씨는 소리 나는 쪽을 보았는데 그곳엔 방금 낮잠을 깬 듯한 얼굴
을 가진 아이가 서 있었다.

"아무렴, 자 할 테냐?"

"……"

그 아이는 대답 대신 누런 이빨을 내보이며 노파처럼 웃었다. 그리고는 손바닥 안에서 동전을 굴렸다.

"몇번으로 할 테냐?"

"아무 번호나."

그 아이는 굉장히 피로하고 귀찮아하는 소리로 대답하며 바지 허리를 추켜올렸다.

"애, 몇번으로 할까?"

갑자기 그는 옆에 서 있는 급우에게 생각난 듯 물었다.

"글쎄 일번이 어때?"

"일번 그래, 참 좋은 번혼데."

그는 과장의 수긍을 했다. 그는 서서히 비수를 들었고 길든 원판을 내려다보았다. 그의 태도는 어딘가 치수가 모자란 녀석처럼 별스러웠다.

"돌려요, 아저씨."

강씨는 원판을 쥐고 힘껏 잡아당겼다. 소년의 높이 쳐든 손아귀 안에서 비수는 소리도 없이 번득였다. 그와 동시에 그 아이의 입은 날카롭게 비틀렸다.

"사번. 사번이에요, 아저씨."

원판은 비수를 맞고 태엽 풀린 구식 축음기같이 점점 지쳐갔다. 정확한 결정타를 맞은 권투선수인 양 원판은 그의 매니저 앞에 처참하게 무릎을 꿇었다.

"사번이다!"

둘러서서 원판을 응시하고 있던 아이들이 감격의 환호성을 발했다. 비수는 정확히 사번에 꽂혀 있었다. 강씨는 순간 그 아이를 쳐다보았는데, 벌써부터 그 아이는 나른한 표정으로 강씨를 올려다보고 있었다.

"한 번 더 하겠어요. 이번에도 맞으면 열 개 주는 거죠?"

"물론이지."

강씨는 어딘가 겁먹은 말투로 대답했다.

"애, 이번엔 몇번으로 할까?"

이번에도 그 소년은 비수를 피살자의 가슴에서 뽑아들며 조금 전의 급우에게 물었다. 그러나 그 아이는 자기가 말했던 번호가 무시당했음을 의식했기 때문에 무안해하며 대답하지 않았다.

"사번이 어떨까, 사번이 괜찮지."

"그래."

딴 아이가 뒤에서 대답하자, 소년은 비수를 높이 쳐들었다. 원판은 새로운 경주를 시작했고 비수는 사생아처럼 내던져졌다.

"일번이에요, 아저씨."

소년은 권태로운, 마치 낮잠이 오는 듯한 그런 나른한 목소리를 내었다. 순간 원판을 둘러싼 모든 것은 정지상태로 일변하였다. 둘러서 있는 아이들과 강씨의 시선은 필사적으로 회전하는 원판 위에서 꼼짝도 할 수 없었다. 이윽고 한 무리의 정지상태는 뻣뻣이 고개를 돌리기 시작했고 나지막하게 숨을 고르면서 기지개를 켜기 시작했다. 한바탕의 소요가 가라앉자, 원판은 일번을 가리키고 있었다. 그 녀석은 단 두 개의 동전으로 스무 개의 사탕을 획득했다. 소년은 그 사탕들을 둘러서서 감탄의 눈으로 바라보고 있는 아이들에게 골고루 나누어주었다. 그의 얼굴엔 기쁨도 환희도 아무것도 엿보이질 않았다. 그는 오직 매우 피로하고 지쳐 있는 것처럼 보였을 뿐이었다. 소년은 사탕을 모조리 나누어준 다음, 천천히 책가방을 들고 시내 쪽으로 걸어나갔다. 아이들은 배급 탄 사탕을 굴리며, 그가 전차가 달

리는 거리로 꼬부라질 때까지 한번 정도 뒤를 돌아다봐줄 것을 기대
하였다. 허나 소년은 한 번도 뒤를 돌아보지 않았다.

　그날 저녁 강씨는 가게문을 일찍 닫았다. 이상하게도 더이상 경기
를 계속하고 싶지 않았기 때문이었다. 그 꼬마녀석이 한바탕 휘저어
놓은 끈적끈적한 불쾌감과 도전해오는 듯한 태도는 좀체로 가라앉
지 않았다. 저녁밥을 해치운 그는, 꽁초를 갈아 피우며 바람 소리를
듣고 있었다. 그는 쉽사리 잠들 수가 없었다. 눈을 감으면 그 아이의
힐책하는 눈초리와 굽은 어깨, 작은 손아귀에 들린 쇠꼬챙이가 번득
이며 원판을 내리찍던 광경이 나타나는 것이었다.
　"뛰어봐라, 아무 데건 뛰어봐라."
　그 안색 나쁜 소년은 이죽이면서 속삭였다. 강씨는 얼핏 잠이 들면
그 아이가 비수로 내리찍는 꿈을 꾸었고 그럴 때마다 숨막히는 비명
을 지르며 몸을 일으켜야 했다. 이상한 일이었다. 그에게는 좀처럼
없었던 불면의 밤이었다. 강씨는 왜 이토록 늦은 밤까지 그 선병질적
인 아이가 유독 자기에게 적의를 가지고 덤벼드는가를 이해할 수 없
었다. 그리고 왜 그 아이로 인하여 생각하기조차 싫었던 과거의 아픈
상처가 다시 아파오는가도 알 수 없었다.
　강씨는 강한 분노를 느꼈다. 그는 복수를 설계하기 시작했다.
　다음에 강씨가 고안한 방법은 주사위를 사용하는 방법이었다. 즉
넓은 마분지에 숫자판을 배열해놓은 다음, 그 주사위를 컵 속에 집어
넣고 흔든 후에, 캐러멜과 드롭스를 자기가 원하는 곳에 놓아 주사위
의 번호와 그 놓인 상품의 숫자가 일치되면 가져가는 방법이었다. 이
것은 맞지 않으면 대신 사탕을 하나 주는 것이었지만 그로서는 전번
의 방법보다는 손해 볼 확률이 큰 것이었다. 이 새로운 노름에 새 아
이들까지 합세되어 그 가게 앞은 보다 흥청이었다.

허나 강씨는 오직 그 안색 나쁜 소년의 출현을 기다리고 있었다. 하루 종일 그의 머리는 그 아이로 꽉 차 있어서 드디어 그애가 나타나지 않은 채 날이 저물고 말면 안도와 또 한편의 불안으로 미열에 들뜬 사내처럼 머리가 무거워오는 것이었다. 그 아이는 좀체로 나타나지 않았다. 그것은 빠지려는 이빨의 아픔처럼 뒤범벅된 고통과 쾌감 같은 것이었다.

그러던 어느 날 '그 소년'이 나타났다. 땅거미가 다가오는 어둑어둑한 저녁이었다. 그 아이는 방금 풀이 죽은 모습으로 가방을 든 왼쪽 어깨를 축 늘어뜨리고는 언덕길을 내려가고 있었다.

강씨는 순간 이 아이를 불러야 하는가, 아니면 그냥 보내야 하는가 하는 생각에 멈칫거렸다. 그러나 이내 그는 키만 큰 유치원 생도처럼, 쓸데없는 데에 겁을 먹고 있는 자신에 화를 내었다.

"얘."

강씨는 손을 내저으며 그를 불렀다.

그러자 그 아이는 약간 놀란 것처럼 돌아서더니 곧 나태한 표정이 되어 눈짓으로만 무슨 일이냐고 물어왔다.

"해보지 않으련? 이 놀이 말이다."

강씨는 아첨하듯 웃었다.

"돈이 없어요."

그 소년은 왼쪽 손으로 책가방 끈을 비비 꼬기도 하고 그것을 빙빙 돌리기도 하면서 대답했다.

"괜찮다. 그냥 하렴."

갑자기 그 아이는 난해한 웃음을 낄낄 웃었다. 그리고는 터덜거리며 가게 앞으로 다가왔다. 강씨는 가슴이 긴장에 졸아드는 것을 의식했다. 소년은 윗주머니에서 동전을 한 닢 꺼냈다.

"그냥 한번 하라니까……"

강씨가 주사위를 손에 쥐어주자, 아이는 귀찮다는 듯

"난 공짜로 안 해요."

하곤 책가방을 놓았다. 좋아, 꼬마야, 강씨는 속으로 외치며 일원을 받아넣었다. 마음대로 해봐라. 강씨는 투정하는 어린애처럼 억지를 부렸다. 소년은 잠시 주사위를 들어 불빛 아래에서 그 번호가 제대로 육번까지 찍어 있는가를 확인했다.

그 아이는 검사가 끝난 후 컵을 집어들고 주사위를 굴리기 시작했다. 그리고는 어느 정도 흔들다가 갑자기 멈추고는 캐러멜과 드롭스를 삼번과 육번에 배치했다. 그 행동은 마치 흔들고 배치하는 과정에 익숙한 숙련공의 모습 같았다. 오랫동안 그런 일만 해온 듯이 추호의 망설임도 주저함도 없었고, 그의 행동은 시계 초침처럼 재빠른 것이었다.

강씨는 뜨거운 침을 삼키며 컵을 쥐었다. 그리고 가엾게도 땀을 흘리면서 그것을 뒤집었다. 농도 짙은 긴장 속에서 그는 소년이 천천히 삼번 위에 놓인, 일원의 열 배인 포도 캐러멜을 사마귀 가득한 손으로 가져가는 것을 보았다.

주사위는 삼번을 가리키고 있었던 것이다.


그날 밤 강씨는 가게문을 닫고 싸구려 술집으로 들어갔다. 오랫동안 끊었던 술이었다. 한밑천 잡을 때까진 절대 멀리하려고 작정했던 술이었다. 술이 취해오자, 그는 마구 주먹을 휘둘러 술집을 온통 부쉬버리고 싶은 충동을 받았다.

그의 왼손은 피난시 부둣가 노무자판에서도 정평이 나 있었다. 누구든 그가 술이 취하면 상대하려 들지 않았다.

강씨는 자신의 왼손을 들여다보았다. 그곳에서 그는 무수한 상흔을 보았다. 갈증과 적수를 부숴뜨린 근육덩어리. 그가 가진 것이라곤, 도대체 이 주먹 외에 무엇이 있었던가. 나이와 이름 그리고 먹을 수 없는 침구와 식기, 질기디질긴 생명 이외에 무엇이 있었던가.

그는 갑자기 자기의 주먹을 보며 만족감을 느꼈다. 그는 굉장히 웃었다. 그리고 좀 후에는 맹렬한 분노를 다시 불러일으켰다. 그것은 치사하게 술 몇 잔에 부푼 만용이 아니었다. 그 긴 투쟁의 시절을 이 맨주먹 하나로 살아왔듯이 앞으로의 삶도 그 맨주먹 하나에 달려 있다는 일종의 처절하고도 우울한 분노 같은 것이었다. 그는 누군가 마음의 문 밖에서 열린 문 틈으로 자기를 비웃고 깔깔대며 손가락질을 하는 듯한 환각을 보았다.

'뛰어봐라, 아무 데건 뛰어봐라, 나만은 널 잡을 수 있다.'

그 아이는 나지막하게 소리를 뱉었다.

'이 완구 같은 악당아.'

강씨는 취한 눈으로 그 아이를 노려보며 소리질렀다. 주먹으로 해결할 수 없는 까마득한 곳에서 그 아이는 깔깔대고 있었다. 그는 다시 이를 악물고 새로운 복수를 설계하기 시작했다. 다음에 강씨가 생각해낸 방법은 심지뽑기였다. 우선 손끝으로 다섯 개의 심지를 꺼내 들고 유독 다른 것보다 긴 심지 하나를 뽑아 눈에 익히도록 보여준 다음, 이리저리 뒤섞어 그 긴 심지를 골라내게 하는 경기였다. 그것은 눈의 착각을 이용하는 경기로 강씨가 미군 부대에서 노역하고 있을 때 친구에게서 배운 장난이었다. 강씨는 희미한 옛 기억을 더듬어, 그 친구가 미군들이 피다 버린 담배꽁초를 혀끝이 아리도록 먹어가며 심지를 뒤섞던 순서를 생각해내었다. 그리고 그는 심지를 자신의 손끝으로 길들이기 시작했다. 그 심지뽑기도 새로운 성황을 가져왔다. 아이들은 모여들었다. 허나 강씨가 기다리는 것은 오직 그 아이뿐이었다. 하루하루가 지나갈 때마다 한바탕 뜀박질을 하고 있을 때의 나른한 피곤 같은 것이 밀려들어와, 결국 오늘도 저물고 말았군

하는 식의 파장이 되고 만 안이한 안도감이 가슴에 충만되기 시작했다. 어두운 밤 그가 혼자 쓸쓸히 가게문을 닫을 때엔 가로등은 그의 외로운 모습을 비추고 있었고, 그는 번번이 나는 완전히 혼자다 하는 식의 고독 같은 것을 느껴야 했다. 그는 다시 술을 마시기 시작했다. 그는 언제나 동전으로 담뱃값을 치르고 동전으로 반찬을 사고 동전으로 그의 술값을 치러야 했다. 동전은 그의 유일한 자본이었다. 남보다 한 발 앞서 모든 일을 처리해나간 소득이었다. 남들이 자고 있을 시간에 그는 가게문을 열었고, 남들이 가족과 웃음을 터뜨리고 있을 때, 혼자서 가게문을 닫았다.

그는 술집 걸상이 탁자 위에 올려 놓고, 술집 주인이 바닥을 쓸 때까지 술집에 앉아 있었다. 아무도 그의 곁에서 술을 따라주거나 안주를 나누어 먹지 않았다. 왜냐하면 그는 친구를 한 명도 가지고 있지 않았기 때문이었다.

그는 혼자서 우두커니 술집에 앉아 시내 쪽에서 삑삑거리며 달리는 전차 소리와 종점으로 달려가는 버스의 경적 소리를 듣고 있었다. 그럴 때 그의 손엔 으레 심지가 쥐어져 있었다. 그는 쉴새없이 손가락 끝으로 그 심지를 놀렸다. 마음의 문 밖에서 그 소년이 깔깔거릴 때마다 그는 술 취한 눈을 충혈시키며 눈을 부릅뜨고 심지를 처음서부터 다시 놀리곤 했다. 어떤 때는 술집에 앉아 있는 많은 술꾼들 앞에서 무표정한 얼굴로 그 심지의 곡예를 벌일 때도 있었다. 그것은 일테면 그가 이 세상에 태어난 후 최초로 가진 그의 예술이었다. 아무도 그의 손가락 놀림에서 긴 심지를 뽑아낼 수는 없었다.

아침서부터 저녁까지 강씨는 언제나 그 심지를 붙들고 있었다. 그의 손가락 끝에서부터 투명한 촉수가 뻗어나와 그 심지의 핵심을 이루고 있는 것처럼 그 심지는 완전히 그의 몸 일부였다.

강씨의 손끝은 연체동물처럼 흐느적거렸고 또한 민첩했다. 강씨 자신으로도 그 손놀림은 경이적인 사실이라 생각 아니할 수 없었다. 그의 정신세계의 일부가 그 심지 위에서 녹을 벗기고 번쩍이기 시작하는 것인 양 그는 일종의 무아지경 속에서 손끝을 놀렸다. 그의 손끝 재주는 불꽃처럼 빨라졌고 원숙해져서, 도저히 이 세상 사람들로서는 그의 손에서 그 심지를 뽑아낼 수 없을 것 같았다.

하루하루 그의 예술은 원숙해졌고, 거기에 비례해서 그는 그 선병질적인 소년을 기다리는 것으로 날을 보냈다.

그 소년이 나타난 것은 그즈음이었다. 마치 비검을 지팡이 속에 감추어둔 전설 속의 꼬마처럼 백치 같은 얼굴로 나타난 것이었다. 그 녀석을 발견한 순간, 강씨는 기쁨과 불안으로 온몸이 저려오는 것을 느꼈다. 강씨는 낭인(浪人)처럼 몸을 세우고 심호흡을 했다.

"애야."

강씨는 떨리는 목소리로 그 녀석을 불렀다.

"한번 겨뤄보지 않겠냐?"

"……"

"난 수태 널 기다렸지. 넌 아마 비겁하게 뺑소니치려고는 하지 않을 거야."

강씨의 온몸은 가볍게 경련을 시작했으나, 소년은 오히려 바보처럼 웃으며 책가방을 놓았다. 그리고 그는 갑자기 태세를 바꾸었다. 그의 졸린 듯한 눈매는 순간 맹렬히 타오르기 시작했다. 비로소 그 소년의 몸 밖으로 총명과 예지와 날카로운 섬광 같은 것이 뻗어나오기 시작했다. 긴장이 가루처럼 내리쌓였고 생명이 눈을 가리고 숨을 죽였다. 꽃씨처럼 날리는 투명한 햇빛 속에서 두 사내는 무예를 벌이기 시작했다. 수많은 국민학교 아이들이 숨을 죽이고 그 모습을 구경하고 있었다.

강씨는 칼을 뽑듯 심지를 손끝에 펼쳐들었다. 그는 잠시 자신이 연

마한 며칠간의 무예가 산 생선처럼 손끝에서 생동해줄 것을 기원했
다. 이윽고 그의 온 신경이 손끝 하나로 조여들었다.

그는 천천히 손끝을 놀리기 시작했다.

햇빛이 그의 손가락 끝에서 불나방 비늘처럼 흩어져 뜯겼다. 그것
은 참으로 원숙하고도 차원 높은 곡예였다. 그의 손가락은 미적(美
的)으로 약동을 시작하고 그 심지는 살아 있는 생물처럼 흔들렸다.
강씨의 생명이 살아온 숱한 역경이 심지 위에서 같이 춤을 추었다.
그의 온 일생이 이 심지놀이 하나 때문이었다는 듯 그 심지놀이는 극
치의 예술을 이루고 있었고, 그 예술은 우울하게 마지막을 노래하고
있었다.


그날 저녁, 그 선병질적인 전학생 꼬마와 그 또래의 친구는 같이
집 쪽으로 걷고 있었다. 그 친구는 자기가 이런 천재적인 소년과 같
은 동리에 살고 있음을 감사하는 눈치였다. 더구나 이 혈색 나쁜 소
년은 아까부터 사탕은 한 알도 먹질 않으며 자기에게만 밀어대는 것
이 아닌가. 아마 단 것을 먹으면 이빨이 아픈 때문인지도 몰라. 그 친
구가 제멋대로 생각해가며 사탕을 먹을 때였다. 갑자기 그 공부 못
하는 소년이 얼굴을 들고 혼잣말로 중얼거렸다.

"애, 그 털보가 내일부터는 뭘 할까?"

"뭘 하긴 뭘 해. 그대루 장사하지."

"아니야."

소년은 고개를 떨구었다. 고독한 승리가 아이의 작은 몸 위에 엄청
날 정도로 무겁게 올려졌으며, 그것은 아버지의 옷을 입은 막내둥이
같은 모습이었다.

"내가 잘못했다."

소년의 곁으로 수많은 사람들과 채색된 상가가 지나갔다.

"그 털보는 죽을 거야."

"뭐라구?"

"죽어버릴 거야."

사탕을 먹던 친구는 갑자기 이 소년이 울고 있는 것을 발견했다. 그러자 이 꼬마 친구는 공연히 겁이 나서 입 안의 사탕맛을 잃어버리고 말았다. 행복과 외면한, 지나치게 퇴락한, 집까지 가는 그 선병질적인 아이의 걸음은 너무나도 무거웠다.

바람이 불고 여름이었는데도 냉기가 골목길 구석구석에서 환히 눈을 뜨고 있었다.

(1970년)

# 사행(斜行)

"여보세요, 여보세요. 선생님이시죠?"

내가 전화기를 들었을 때 그 여인이 말했다.

"예. 그렇습니다만……"

나는 벽에 걸린 시계를 보았다. 시계는 어둠 속에서 야광을 번득이며 두시 반을 가리키고 있었다. 나는 신경질을 내었다.

"혹 왕진이라면 죄송합니다. 제가 피곤해서요……"

"아니에요."

전화기 속에서 그 여인은 다급히, 그러나 절망적으로 부르짖었다.

"절 구해주세요. 지금 누군가가 창문을 부수고 있어요."

트랜지스터 이어폰을 꽂은 것처럼 그 여인의 목소리는 여느 때와는 달리 생생하고 날카로운 것으로 귓전에 다가왔다.

"아, 아, 이럴 시간이 없어요. 지금 누군가가 절 죽이려고 해요. 누군가가 필사적으로 창문을 부수고 있어요. 아, 여보세요, 여보세요."

"듣고 있습니다."

"전 지금 혼자예요. 바깥어른이 입원하고 계신 것을 알고 계시잖아요. 온 집안을 꼭꼭 안으로 잠가놨어요. 그러니까 아무리 힘이 센 놈이라도 최소한 삼십 분은 걸릴 거예요."

나는 하품을 했다. 잔뜩 마신 술 기운이 가시지 않은 채로 새삼 달아올라 나는 역한 구토증을 느끼고 있었다.

"테라스의 불빛으로 똑똑히 봤는데 한 놈이에요. 아, 여보세요, 여보세요."

"듣고 있습니다."

나는 될 수 있는 한 침착하게 말을 했다.

"글쎄 온몸에 짐승처럼 털이 가득 나서 불빛에 번들거리는데 온통 발가벗은 거예요. 아, 아, 이럴 시간이 없어요."

"알겠습니다."

나는 늙은 간호원처럼 부드럽게 말을 했다.

"곧 가겠습니다."

"빨리 와서 저를 구해주세요."

전화는 딸깍 끊겼다. 나는 잠시 전화기를 든 채 멍하니 서 있었다. 내가 일어난 것은 전화기의 벨 소리를 들은 후였을까, 아니면 갈증 때문이었을까.

어쨌든 옆집 여인이라면 나는 알고 있다. 아침저녁 출퇴근길에 골목 어귀에서 가끔 마주치는 여인이었는데 언제나 지나치게 성장을 하고 있는 편이었다. 언젠가 그 여인이 가까운 시장에서 찬거리를 사들고 언덕길을 올라오던 모습을 본 적이 있다. 그녀는 그때 나이답지 않게 짙은 원색의 스웨터를 입고 있었는데, 얼핏 나는 그녀의 몸매에서 첫눈에 남성의 탐욕을 불러일으킬 만한 익숙하고도 노련한 중년의 몸매를 보았던 것이다. 빨랫줄에서 물방울이 한 방울 두 방울 들듯 무언가 허물어져가면서도 일순 달디단 양파 냄새 같은 썩는 향내가 가려진 옷 위로 풍요하게 풍겨지고 있었다. 때문에 가끔 나는 그녀를 볼 때마다 잠자리에서 그녀가 나이 많은 그녀의 남편 밑에서 어떤 표정을 짓고 있을까 상상했고, 그런 날 밤엔 엉뚱하게도 나와 그녀는 꿈속에서 정사를 나누고 있었던 것이다.

물론 그러한 꿈들이 언제나 그렇듯 그녀와의 꿈도 정상적인 것은 아니었지만, 정도가 지나쳐 온몸에 꿀을 바르고 내가 그 온몸에 바른 꿀을 핥는다든지, 아주 오랫동안 지퍼를 열고 어찌어찌 아주 힘들게 그녀의 옷을 벗기고 나면 남자의 성기가 달린 모습에 놀라 깨곤 하는 지극히나 비정상적인 꿈이었던 것이다.

그녀가 이사 온 다음날부터 동리 아낙네들에게서 은밀한 화제의 대상이 되어버린 이유는 바로 그런 데 있을지도 모른다. 잠자리에서 아내는 비아냥거리며 그 여인을 얘기할 때가 있다. 그때마다 아내는 그 여인을 창부처럼 취급하였고, 낄낄거리며 그녀는 색골이에요, 라는 자극적인 단어까지 들먹였는데 그러면서도 아내의 얼굴엔 도덕적인 모멸감보다는 서른다섯 살 먹은 여인들에게서 엿보이는 공범자가 되고 싶어하는 음모가 아슬아슬하게 노출되고 있었던 것이다.

그런데 그 여인에게서 전화가 온 것이다. 그녀에게서 전화가 온 것이다. 내게. 밤 두시에. 절망적인, 그래서 더욱 탐욕적인 목소리로 구원을 청해온 것이다.

술을 잔뜩 마시고 자리에 누웠을 때 으레 새벽 두시쯤이면 눈이 뜨인다. 그때엔 이상하게도 의식은 물처럼 투명해지고, 상상은 부풀어 어린 날의 기억들이 놀라웁게도 선명하게 떠오를 때가 있다. 아주 하찮은 기억, 일테면 어느 봄날 산모퉁이 계곡에서 가재 잡던 기억 같은 것, 걷어올린 바지 위로 튀어오르는 물방울, 발바닥 밑으로 서물서물 빠져나가는 모래, 수초 사이 이끼 낀 작은 자갈을 들춰내었을 때 우리들의 함성 같은 것, 이러한 단상들이 새벽 두시에 날카로운 쇳조각처럼 명료한 의식을 가지고 덤벼드는 것이다. 아, 아, 그때 나는 자유인이었다.

습기 밴 수화기는 연신 윙 하고 신경질적인 소리를 발하고 있었다. 나는 그제서야 전화기를 놓았다. 어쨌든 새벽 두시에 남의 집에 전화를 건다는 것은 몰상식한 일이다. 아내는 늘상 그렇게 얘기한다. 그런 것은 몰상식한 일이에요. 에티켓에 벗어난 일이에요. 아버지가 아들이 학예회에서 똘똘이 역을 하는 데 참석 못 한다는 것은 몰상식한 행동이에요. 부끄러운 얘기지만 아내가 눈을 빛낼 때 껴안아주고 애무해주는 것은 예의예요. 여자들은 나이가 먹을수록 남편의 사랑을 받고 싶어지는 것이에요.

나는 가운에 손을 찌른 채 거실 한가운데에 서 있었다. 아내라고 해서 남편의 비밀을 속속들이는 알 수 없을 것이다. 내가 매일 밤 두시쯤에 일어나, 냉장고에 든 밀크를 마시며, 벌거벗은 채로 이런 자질구레한 단상과 얘기를 나누는 취미를 가졌다는 것을, 잠꾸러기 아내, 햇볕 잘 드는 양지 쪽에 놔둔 가지 쳐가는 선인장처럼, 왕성한 단순성을 가진 아내가 알 리는 없는 것이다.

나는 사납게 내리는 빗줄기 사이 저 너머 옆집을 쳐다보았다. 이층 침실에서 옆집 정원은 환히 내려다보인다. 언젠가 토요일 일찍 강의를 끝마치고 돌아와서 자리에 누워 있을 때, 깔깔거리는 웃음소리를 나는 들었다. 그 소리는 경쾌하고 또한 싱싱했다. 나는 열린 유리창 너머로 옆집 정원을 훔쳐보았다. 그 여인이 물색 슬랙스를 입고 정원에 물을 주고 있었다. 아내가 화장할 때 분첩에서 분가루가 떨어지듯, 햇볕이 가루분처럼 흩어지던 초하(初夏)의 오후였다.

소매 없는 블라우스를 입은 여인의 어깨는 눈이 부시도록 희었고, 수도에 꽂은 호스를 쥐고 싱싱한 물줄기를 꽃밭에 날리고 있는 여인의 몸은 놀라웁게 풍요했다. 방금 그 여인은 물줄기를 발가벗은 자기 딸애의 몸뚱이에 퍼붓고 있었고, 딸애는 어머니를 향해 물총을 난사하고 있었다. 나는 그때 커튼 뒤에 숨어서 수음을 하는 사춘기 소년처럼 비상한 홍분을 느끼고 있었다. 차라리 나도 옷을 벗고, 벌거벗은 채로 그녀가 나를 향해 물총을 난사해주길 기대하는 편이었을지도 모른다. 정말이지 옷을 벗어던지고, 그 깔깔 웃으며 자기 딸애의 벌거벗은 몸뚱어리 위로 쏘아대는 물줄기를 온몸에 분수대처럼 맞고 싶었다. 그리고 나는 한 손에 든 물총을 그녀를 향해 쏘아댈 수 있을 것이다. 그 물색 슬랙스 위로. 갈색 머리칼 위로. 그리하여 하얀 식탁보 위에 포도즙액이 얼룩지듯, 나는 물총으로 그녀의 투명한 살 위에 문신을 놓을 수도 있을 것이다.

나는 흘깃 시계를 보았다. 세시 십오 분 전, 벌써 십오 분이 흘러가버린 것이다. 나는 갑자기 술이 깨는 것을 느꼈다. 나는 침실로 들어가 나이트 가운을 벗고 아내가 깨지 않게 주의해가며 헌 옷을 껴입었다. 우산은 아래층 찬장 위에 있을 것이다. 하지만 이 정도의 비라면 아무래도 우비까지 입어야 할 것이다. 그런데 우비는 어디에 있는가, 옷을 거의 다 입고 나오려는데 아내가 갑자기 돌아누우며 작은 신음 소리를 발했다.

"당신이유?"

"……"

나는 잠자코 서 있었다. 누가 뭐래도 잠자코 서 있을 판이었다. 견고하게 방음장치 된 방 안에서 더구나 이처럼 깊은 밤에 싹둑싹둑 잘리는 소리를 듣는다는 것은 아무리 아내의 목소리지만 기분 나쁜 일이다. 무언가 어색하고 부자연스러운 사람과 정을 통한 후, 바지를 추켜입고 문을 나서다 들켜버린 정부처럼 나는 약간 언짢아하며 그러나 묵묵히 서 있었다. 그러자 아내는 웬 사내가 헌 옷을 입고 기괴한 모습으로 노려보고 있다는 것을 의식했는지 갑자기 다그쳐 물었다.

"당신이유?"

"……"

나는 좀 재미있는 생각이 들었다. 그럼 나는 '당신'이 아닌 '타인', 말하자면 외간 남자란 말인가. 어둠 속이라지만 아내가 십여 년을 같이 살아온 남편의 모습을 모른다는 것은 난센스다. 갑자기 아내의 입을 틀어막고 무뢰한처럼 난폭한 성교를 한 후 몇 시간 뒤에 다시 나타난다면 아내는 남편인 나에게 어떤 표정을 할까. 그래, 그러한 것이 아내와 남편의 비밀이다. 신혼 때처럼 결혼 기념일을 숨겨 선물을 사두는 비밀은 이제 소꿉장난 같은 것이 되어버렸다. 자물쇠와 열쇠를 나누어 갖는 비밀처럼 크고 엉뚱한 비밀을 아내가 가지고 있는지도 모른다.

언제 한번 솔직히 얘기하자. 아내가 털어놓기 전에 내가 먼저 털어놓자. 병원에서 한 마장 떨어져 있는 바의 2번 아가씨와 두어 번 정을 통했었다는 것을 얘기하자.

언젠가 동료가 술좌석에서 얘기한 적이 있다. 이봐요, 닥터 서. 우리들 의사쟁이야 어디 바람 한번 피워봤나요. 그저 서른 다 넘도록 공부공부 하다가 남의 밑구멍이나 들여다봤지. 허허허. 전번에 한번 술 취한 김에 병원에 입원한 크랑케(환자)하구 연애해보았다구 거짓말했더니 오히려 아내가 재미있어합디다. 그리구 얘기해달라는 거예요. 그저 어쩌구저쩌구 말했더니 주간지에 나와버릴 만큼의 사연을 맺고 여관을 갔다라는 얘기가 아니라, 아주 상세히 일테면 여인을 어떻게 유혹했는가, 여인의 어디를 만지니 반응이 어떻던가 하고 묻더란 말이에요. 그래서 상상이 허락하는 한, 거 왜 콧수염 기른 신 아

무개의 영화에서처럼 거짓말을 하려 해두 그만 탄로가 나구 말았지
요. 헛허허. 이놈의 세상에선 바람 못 피우는 남편은 글쎄 숙맥이라
니까요. 헛허허.

그때 나는 그 얘기를 들으며 연말 파티 때 동부인했던 자그맣고 감
수성이 예민하게 생긴 통통한 그의 아내를 그려보며 낮은 목소리로
웃었다. 그래 나도 한번 그렇게 하자. 그 동료는 거짓말을 했지만 나
는 진짜 경험한 일이니까 아주 음탕한 표현까지 할 용의도 있다. 그
러면 아내는 재미있어할 것인가.

"누구세요?"

갑자기 아내가 몸을 일으켰다. 겁에 질린 목소리였다. 그리고 순간
머리맡의 스위치를 켰다. 나는 눈이 부셨다. 사실 침실의 조명쯤은
어둡게 해야 제격일 것이다. 아니면 좀 뭣하긴 하지만 색전구가 멋질
것이다. 그런데 아내는 꼭 백열 전등을 좋아하는 것이다. 수술실에
서처럼 백열 전등이 침실에 달려 있는 것이다. 때문에 나는 베드 위
에서 아내를 껴안을 때마다 실험용 동물처럼 사육되는 존재로서의
나를 상상하게 되고, 남들이 환히 보는 곳에서 정사를 강요당하는 듯
한 착각에 빠져버리는 것이다. 아, 아, 아내는 월말마다 찾아오는 대
백과사전 월부 사원에게만 친절했지, 이러한 남편의 고독은 몰라주
는 것이다.

"뭐예욧, 당신! 대답두 없구."

"불을 꺼."

나는 엉뚱하게도 화를 내었다. 실상 백열 전등이 밝은 탓도 있지만
이 침실이 그 촉수보다도 더 밝은 것은 사방에 위치한 거울의 반사
때문이다. 이 방 눈 가는 곳마다엔 거울이 있는 것이다. 나는 그 이유
를 모르고 있다. 아내 친구의 여동생이 디자인했다는 이 침실에서 맞
은편 거울에 비치는 개구리처럼 헐떡이는 또하나의 자기를 본다는

사실은 심리적 충족감 밖의 괴로운 일이다. 그런데도 아내는 그것에 만족하고 있는 것이다.

우리가 달의 이면을 직시할 수 없듯 자기의 등을 볼 수 없는 것인데도, 거울의 요술 때문에 나의 몸뚱어리는, 아니 아내와 나의 몸뚱어리는 두 마리의 개처럼 엉거주춤한 모습으로 손톱 끝까지, 발바닥까지 수천 개의 이미지로, 평면도에서 입면도 측면도로 적나라하게 예시되는 것이다. 손 하나만 움직여도 사방 나의 이미지는 한꺼번에 흔들린다. 벗겨진 두 육체가 움직이고 있는 것이 아니라, 온 방 안이 꿈틀거리고, 살아 있는 짐승처럼 눈 부릅뜨고, 소리소리 지르며 이윽고는 안심해버리는 번거롭고 지리한 유희가 양파 껍질 벗기듯, 벗겨지고 벗겨지고 되풀이되는 것이다. 말하자면 나는 이 밀실 속에서 잘 보호된 열대어처럼 꼭꼭 갇혀 있는 상태임에도 불구하고, 무언가 자신이 내던져져 있는 것처럼 생각이 들곤 했었다.

그런데 또하나 기묘한 것은 거울과 거울이 중복이 되면 똑같은 나의 입상, 좌상들이 일렬로 무한한 퍼레이드를 벌이는 것이다. 그것은 참으로 굉장한 경이였다. 포개어지고 포개어지는 또하나의, 또하나의, 또하나의 나. 차라리 어떤 때는 '앞으로 나란히' 한 일렬 횡대 저편, 무색의 경지 속으로 아예 숨어버리고 싶은 충동을 받게 되는 것이다.

"불을 끄래두."

나는 두번째 신경질을 내었다. 그 중복된 거울과 거울 속에서 수천 개의 나의 이미지를 본 때문이었다. 그뿐인가. 그 거울은 배면이 제대로 반반한 거울도 아니어서 가까이 서서 보면 어린이 놀이터에나 있을 기묘한 요술거울처럼 나의 모습이 불균형하게 비쳐 보이는 것이다.

간혹 실오라기 하나 걸치지 않은 채 — 아내는 으레 그렇게 잔다 —

아내가 냉장고에서 토마토 주스를 꺼내는 것을 보는 때가 있다. 그럴 때 아내의 모습은 맞은편 거울에 이상한 모습으로 투영되는 것이다. 어떤 때는 호르몬 과잉 바세도우씨 병에 걸린 사람처럼, 어떤 때는 전쟁중 나치 수용소에 갇힌 유태인처럼, 그러다가는 갑자기 둔부가 애드벌룬처럼 부풀어 보이는, 어떤 때엔 백치들처럼 머리만 커졌다 간 지단비대증(肢端肥大症) 걸린 환자처럼 손가락이 엄청나게 굵어지는 기막힌 유희가 거울 속에서 전개되는 것이다. 그럴 때마다 나는 생물도감을 펼쳤을 때 모든 암컷이 수컷보다 우월하고, 비대하다는 사실을 새삼 안 중학생처럼 신기해하고 있었던 것이다.

"여보, 당신 뭘 하고 있는 거예요?"

아내는 불을 끄며 안심한 목소리로 비음을 냈다.

"왕진을 가야겠어."

"왕진이라구요? 아니, 당신 돌았어요?"

"급한 환자래."

아내는 또 불을 켰고, 나는 묵묵히 유리창 밖으로 장대같이 퍼붓는 장마비를 쳐다보았다.

"보세요. 비가 쏟아지고 있잖아요."

"알구 있어. 허지만 급한 환자라니까."

나는 '급' 자에 악센트를 주며 아내를 내려다보았다. 밤 세시에 지나치게 밝은 전등 밑에서 내려다보는 아내의 얼굴은 타인의 얼굴처럼 생경했다.

"그리구 세시예요, 여보."

마침 시계가 둔중하게 새벽 세시를 알리고 있었다.

"알겠어. 곧 다녀오지. 푹 자요."

"허지만……"

"참 그런데 우비는 어디 있지?"

"애들 방에 있어요. 다락 속에 말이에요."

"아, 낚싯대하구 같이 있겠군. 자, 불을 끌 테니까 푸욱 자요."

나는 아내의 입에 입을 맞추었다. 그리고 불을 껐다.

나는 조심해서 계단을 밟았다. 발바닥의 감촉이 차가운 것으로 그제서야 나는 양말을 신지 않았다는 것을 알았다. 아래층 마루방은 연극 세트처럼 썰렁했다. 간혹 번개가 번쩍거려 마루에서 정원 쪽으로 만들어진 선룸으로 사나운 빗줄기가 내리치는 것이 내다보였다. 체온을 잃어버리고, 납작하게 가라앉은 가구들이 번쩍번쩍거리며 빛을 발하는 풍경은 참으로 생소한 느낌이었다.

나는 새틈으로 기어들어온 침입자처럼 우두커니 서 있었다. 술은 완전히 깨어 있었다.

며칠 전부터, 아니 정확히 말해서 이 주일 전부터 나는 나의 기능이 원활히 움직여주지 않는 것을 알았다. 그날은 명동에서 동료들과 맥주를 마시고 미도파 앞에서 택시를 잡으려고 서 있었는데, 내 차례를 기다리는 동안 나는 우연히 택시 정류장 앞에 있는 시계포 안의 진열장을 보게 되었다. 그 시계포는 보석과 시계류를 취급하는 꽤 알려진 점포였는데 진열장 안과, 안쪽 내실 벽엔 수많은 크고 작은 시계들이 걸려 있었다. 그 순간 나는 묘한 느낌을 받았다. 어디선가 꿈결처럼 시침 소리가 나더니 그 점포 안 수백 개의 시계가 날카로운 직각을 그리면서 아홉시를 가리키고 있었던 것이다. 어느 것 하나 더 간 것도, 덜 간 것도 없는 직각 속에서 나는 웬일일까, 점점 다족류 벌레가 되어가고 있는 게 아닐까 하는 느낌을 받은 것이다.

그후부터 나는 도무지 발기할 수 없었던 것이다. 그것은 틀려먹은 일이었다. 의사인 내가 그런 하찮은 신경성에 자신을 맡겨버린다는 것은 우울한 일이었으나, 하지만 의식이 갈 때마다 나의 기능은 수축되고 위축되어가는 것은 숨길 수 없는 사실이었다. 물론 병원에서 손

쉽게 구할 수 있는 약을 쓸 수도 있겠지만, 의사인 내가 아내 모르게 약을 쓴다는 사실이 부끄러워졌고, 또 아직 나는 약을 쓸 나이는 아니었기 때문이었다. 아내는 별로 신경을 쓰는 편은 아니었는데 나는 그것을 삼십대 여인에게서 흔히 엿볼 수 있는 자기를 밖으로 내보이지 않겠다는 집요한 집중력으로 위태위태하게 무관심을 가장하고 있는 것이라 단정했던 것이다.

그런데 오늘 그녀가 내게 전화를 걸어온 것이다. 밤 두시에. 절망적인, 그래서 더욱 탐욕스런 낮은 목소리로 구원을 청해온 것이다.

나는 알고 있다. 어디에나 그것은 있다. 구급을 요하는 전화번호가. 모를 리 없다. 그녀가 그런데도 나를 부른 것이다. 그녀가. 낮은 목소리로. 더구나 입원중이다. 그녀의 나이 많은 남편은. 몇 개월째. 그렇다면 그녀와 딸뿐이다, 그녀의 집엔. 어둠. 어둠. 아무도 나의 비행을. 그래. 그녀는 유혹했다. 나를. 이 번개 일고 천둥이 치는 밤에.


나는 천천히 아이들 방으로 들어섰고 갓 스탠드의 스위치를 켰다. 희미한 조명 아래 아이들은 베드 위에 새우처럼 구부리고 잠들어 있었다. 벌린 입술 사이로 썩은 이빨이 두어 개 보였고 아이는 베개를 끌어안고 있었다. 둘째애는 왼쪽 베드 위에 엎드려 자고 있었다. 집약된 조명을 받고 베드 위에 넘어진 두 아들을 본다는 사실은 어쩐지 두 아이가 내버려진 상태인 것처럼 언짢았다.

두 아이는 모두 아내의 소유물이었다. 잘사는 집 아이들답게 상고머리를 기르고 체크 무늬의 인형 같은 옷을 입고, 검은 스타킹을 신고, 보 타이까지 하고는 아내에게서, TV에서 키스 신이 나오면 나이 답지 않게 공연히 헛기침을 하는 예절을 배우고, 노크를 하고 학교 다녀오겠습니다, 어머니, 잘 다녀왔습니다, 어머니 하고 태엽 감은 인형처럼 깍듯이 인사하는 것은 시계 뒷면을 떼고 부속품을 보는 것 같은 무언가 간지러운 느낌이 드는 것이다.

사실 아들들에게 아버지 족속이란 술 취해 비틀거리는, 고래고래 소리를 지르는, 신경질 내는, 어떤 때는 하루 종일 말이 없는, 턱밑에 수염만 텁수룩한, 주름살투성이로 온종일 방 안을 서성거리는, 운동부족으로 배만 나오고 트림만 하는, 기회가 있으면 소파에서라도 잠을 자려는, 퉁명스런, 이러한 존재로만 보일 것임을 나는 잘 알고 있다.

아내들이 사실상 부부간의 말없는 냉전 속에서 이기고 있는 이유는 바로 이 자식들 때문일 것이다. 아내는 한가한 시간이면 남성에 대해 철저히 연구하고는 드디어 아들들에게 말한다. 애들아, 아버지는 피로하니까 좀 조용히 해라. 애들아, 아버지의 잠을 깨우지 말고 나가 놀아라. 애야, 아버지가 오늘은 바빠서 네 학예회에 나가실 수 없으시댄다.

이리하여 자식들을 일차적으로 아버지에게서 떨어지게 한 다음, 자기 전용의 사병(私兵)처럼 거느리며 그 위에 군림하는 것이다. 그래서 남편족들은 소외당하는 분위기를 피부로 느낄 것이며, 야 이거 어떻게 된 판인지 부계 사회가 서서히 모계 사회로 돌아간단 말이야 하며 냅다 술이나 마시려 들 것이다.

나는 어느 편이냐 하면 아이들은 제멋대로 방목해서 키워야 한다는 사고를 가지고 있다.

매일 밤, 두시에 일어나 홀로 벌거벗은 채 공상의 세계로 날아가고 아이들 방에서 그림 동화집이나 이솝 우화집을 한 권 두 권 빼다 읽으며 밤 두시에나 비로소 짙은 해방감을 만끽한다는 사실을 아내나 딴 사람들이 안다면 나를 이상한 사람으로 취급할 것이다. 하지만 나는 변명은 하지 않을 것이다.

차라리 내겐 그러한 날아가는 담요라든가, 마법의 램프가 밤 두시에 오히려 실감 있게 다가오는 것이다. 사나운 거리거리에서, 혹은 살아가고 있는 것이 숨막힐 정도로 답답하다고 느껴질 때, 진실로 내게 필요한 것은 오히려 술보다는 이런 가재 잡던 기억이든가, 안데르센 동화집 같은 유치한 공상의 세계인 것이다.

많은 현명한 사람들, 일테면 전후에 벼락부자가 되어버린 아내 같은 사람들은, 키만 크고 나이만 먹은 유아라고 단정할 것이다.

허나 나는 분명히 말해두겠지만 변명은 하지 않을 것이다.


나는 차내깔린 이불을 덮어주고 그들의 뺨에 키스를 해주었다. 그리고 다락문을 열어 선반에 있는 낚시용 배터리를 켜고 우비를 찾기 시작했다. 다락 안은 갖가지 잔자브레한 물건들로 가득가득 차 있었다. 못 쓰게 된 가구서부터 장난감, 낚싯대, 톱, 몽키스패너, 분필, 그림책 등으로 어질러져 있었다. 나는 낚싯대 밑에 깔린 우비를 끄집어내었다. 우비는 낚시질 갈 때 쓰려고 사둔 것이었지만 한 번도 쓰지 않은 것이었기 때문에, 생생한 고무 냄새가 났다. 나는 조용히 아이들 방을 빠져나왔다. 그리고 어둠 속에서 우비를 꼭꼭 여며 입었다.

비는 여전히 굉장한 기세로 내리고 있었다. 어둠 속에서 손목시계를 보았는데 시계는 세시 삼십오분을 가리키고 있었다. 전화를 받은 두시 반에서 한 시간이 흘렀는데도 내가 절박한 그 여인의 청탁을 그저 내 나름대로 생각해버렸다는 것은 이상한 일이었다. 막연히 나는 그 여인이 나를 유혹한 것이라고 생각하고 있었고, 나는 그 여인의 집에서 은밀한 정사를 나눌 것을 기대하고 있었던 것이다.

나는 학대할 수 있을 것이다. 창녀처럼. 그녀를. 젖가슴을 핥고. 그녀의 풍요한 젖가슴을. 짓밟을 수 있을 것이다. 그녀의 몸을 미친 듯이. 현명한 의식으로. 나는 눈을 똑바로 뜨고. 볼 수 있다. 그녀의 표정을. 차례차례 허물어져가는.

　그러나 내가 내 나름대로의 해석을 버리고 정말 그녀가 지금 위급한 지경에 있을지도 모른다는 생각을 한 것은, 그리고 다급하고도 절망적인 그녀의 목소리를 기억해냈던 것은 현관의 손잡이를 쥐었을 때였다. 굉장히 술을 마시고 혼미한 상태 속에서 그것을 한 차례 토해냈을 때, 눈물 고인 눈앞으로 번쩍이는 가로등의 불빛이 순간 다가오는 아주 낯선 느낌처럼 나는 불쑥 전율을 느꼈다.
　그러자 온 신경이 팽팽히 조여들고 나는 심한 부끄러움으로 미친 듯이 현관문을 잡아당겼다. 쏴아 하고 장마비가, 그리고 밤비가 자욱이 내리고 있었다. 굵은 빗방울이 나의 얼굴을 사정없이 내리쳤다. 나는 빗줄기를 뚫고 정신 없이 달리기 시작했다. 나는 이제 그 벌거벗은 무뢰한과 격투를 벌일 것이다. 나는 녀석의 약점을 잘 알고 있다. 기회만 있으면 사정없이 물어뜯을 것이다. 덩치 크고, 칡넝쿨처럼 질기디질긴 녀석의 머리통을 까부숴놓을 것이다. 나는 거인을 때려누인 다윗 소년처럼 녀석의 숨통을 막아버릴 것이다. 비로소 나는 나의 온몸이 불같이 달아오르고, 나의 섹스가 이유 없이 발기하는 새벽 정욕처럼 솟아오르는 것을 느꼈다.
　그때였다. 누군가 나를 부르는 소리를 들었다. 나는 빗소리에 막혀 그 소리가 무슨 소리였나 잠시 생각했는데 그것은 아내의 목소리였다.
　아내는 밤과 그리고 빗줄기에 막혀버린 아득한 저편에서 죄수를 놓쳐버린 교도관처럼 달려오고 있었다.
　“오지 마. 오지 말래두.”
　나는 손을 내저으며 소리를 질렀다.
　“아니, 당신 웬일이에요?”
　아내는 이편으로 손을 내밀었다.
　“아니, 당신 요즘 어떻게 된 거 아니에요?”

"……"

"어디 가셨나 했더니 밤에 뒤꼍엔 뭣 때문에 와 있는 거예요."

아내는 우산을 쓰고 있었는데 키 작은 아내의 몸 주위로 우산 끝에서부터 내리쏟는 빗방울로 하여 그녀는 마치 작달막한 물 뿜는 호스처럼 보였고 나는 갑자기 카타르시스를 느꼈다.

"아니 뒤꼍으로 왕진 오신 거예요? 내 참, 들어가욧. 빨리욧!"

"알겠어. 먼저 들어가."

나는 잠옷 바람으로 뛰어나온 아내가 마치 비늘 돋친 물고기처럼 싱싱해 보이는 것이 신기했다. 나는 물을 빨아들이는 해면처럼 멍하니 서 있었다.

"당신 요즈음 정말 돈 거 아니에요?"

손을 뻗으면 닿을 듯한 아주 가까운 거리에 있으면서도 아내는 남인 것처럼 당돌하고 명랑하게 대어들었다.

"벌써 며칠째예요. 밤마다 이게 무슨 꼴이에요. 어젯밤엔 산보한다구, 그저께는 홈통을 수리한다구, 그런데 오늘은 뭐 왕진이에욧?"

"죄송합니다. 곧 들어가겠습니다."

나는 남의 집을 잘못 들어가서 그 집 아낙네와 싸우는 것 같은 착각을 느끼며, 동시에 나의 섹스가 며칠간의 동면을 끝내고 활화산처럼 타고 있음을 의식했다. 나는 천천히 아내의 젖은 머리칼을 쥐었다. 아내는 아주 순순하게 말려들어와 우리는 젖은 채 비닐봉지를 빠는 것 같은 입맞춤을 계속했다. 입맞춤할 줄 모르는 소녀처럼 아내는 수줍게, 그러나 행주처럼 젖은 얼굴로 강렬하게 내 입술을 찾으며 단호박 냄새 나는 웃음을 웃었다.

"들어가요. 예? 이러다간 감기 걸려요."

어느새 우산도 던져버린 세찬 빗줄기 속에서 아내는 눈을 빛내며 육감적인 목소리로 유혹을 했다.

아내가 눈을 빛낼 때 껴안아주는 것은 예의예요. 여자들은 나이를 먹을수록 남편의 사랑을 받고 싶어지는 거예요.

나는 아내의 몸을 감싸쥐고 그 거울이 많이 달린 밀실, 내가 들어서면 날개 붕붕이는 벌레처럼 왜소해지는 침실로 다가가기 시작했다. 누군가가 죽어가고 있는 이 밤에 아주 현명한 의식을 가진 두 남녀가 절망적인, 허나 그 절망적인 것 때문에 더욱 절박한 정사를 나누기 위해서, 잠을 깬 아내는 빗물을 씻어내리며 목욕을 할 것이며, 나는 토마토 주스를 마실 것이다. 아아, 밤낮 되풀이되던 스토리 뻔한 오늘밤, 우리들의 정사는 새로운 자극을 받아 더욱 강렬하고 난잡할 것이다.

다음날 아침, 나는 강의 시간에 늦지 않으려고 평소 때처럼 일찍이 대문 밖을 나섰다. 아내는 간밤의 피로 때문에 잠자리에 누운 채 전송을 했고, 두 아들놈은 기계처럼 아버님 다녀오십시오, 인사를 했다.

거리는 거짓말처럼 개어 있었다. 파란 하늘로는 흰 구름이 피어올랐고, 따사로운 장마비 끝의 아침 햇볕이 골목 위를 부드럽게 어루만지고 있었다.

나는 좀 이른 편이긴 하지만 선글라스를 끼기로 했다. 옆집 여인이 집집을 찾아다니는 두부 장수에게서 두부를 사고 있다 나를 보고 먼저 인사를 했다.

"간밤에 무슨 일이 없었나요?"

"비가 좀 들이치긴 했지만 별일은 없었어요. 참 사모님두 안녕하시지요?"

여인은 밝게 웃었다. 나는 난해하게 웃었다.

"예, 덕분에 잘 있습니다. 참, 주인께선 퇴원하신다던데."

"오늘이에요."

"축하합니다."

우리는 헤어졌다. 한길로 나서는 골목 어귀에서 나는 휘파람을 불고 싶은 충동을 받았다. 담배를 한 대 빼어물며 오래 전부터 생각해온 일을 오늘 갑자기 거행해버려야겠다고 결심을 내렸다.

아주 먼 곳으로 기차를 타고 당분간 아무런 흔적도 없이 훌쩍 가출해버려야겠다는 생각은 아주 나를 유쾌하게 만들었다.

이 묵직한 차단기가 내려진 토요일 아침에 가벼운 복장으로 아내의 저금통장을 들고 철 이른 동해 바닷가로 가야겠다는 나의 마음은 소년처럼 부풀어오르고 있었다.

나는 미지의 거리에서 활보하고 있을 자신의 모습을 그려보며 짙은 해방감을 느꼈다. 우선 내가 할 일은 이 반공일에 서둘러 저금을 찾는 일이고, 동해로 가는 기차표 한 장을 사두는 일이었다.

때문에 나는 이 분 후면 병원으로 향하는 출근 버스가 닿을 정류장 쪽으로 향하지 않고, 반대편으로, 칩거 생활에서 빠져나온 게처럼 사행(斜行)하고 있었다.

(1970년)

# 예행연습

　그해 여름 나는 열다섯 살이었다. 그러나 나는 키도 크고, 몸도 커서 스물두 살쯤 먹어 보였다. 국민학교 나온 이래로 철공소에서 일을 했던 일 년간을 빼고는 주욱 놀고 있었다. 그 한 해 동안 나는 줄곧 쇠를 녹이고 해머를 두드리는 것으로 하루하루를 보내고 있었다.

　한여름 뜨거운 작업장 안에서 이글이글 타오르는 불 속에 풀무질을 한참 하다보면 간혹 근육이 성난 뱀처럼 부풀어올라와 온몸이 긴장되고 힘이 솟는 것 같은 착각을 느끼곤 했지만, 그것은 이 지긋지긋하게 덥고, 이 지긋지긋하게 따분한 철공소를 뛰쳐나가 거리의 부랑아처럼 좁은 바지를 입고, 이빨로 담배를 짓씹으며 어두운 극장 구석에서 나이 찬 계집애 넓적다리를 만져보리라는, 우리 나이 또래면 흔히 가지는 그런 욕망 때문만은 아니었다.

　그 이유는 똑똑히 모른다.

　하지만 해머를 쥐고 벌겋게 달아오른 쇳덩어리에 강한 탄력을 주고 있노라면 무언가 강한 욕망이 온몸에 물처럼 넘쳐흐르고, 나는 마치 성교하는 짐승의 눈빛처럼 충혈되곤 했던 것이다.

차디찬 쇳덩어리는 이윽고 우리가 막연히 생각하는 여인의 성기처럼 뜨거워지기 시작해서 그 쇳덩어리에 타격을 가한다는 것은 차라리 어둡고 축축한 습지에서 끈적끈적이는 타액으로 서로의 피부를 핥아가면서 하는 곤충의 성교처럼 우울하고, 그러나 무슨 분노한 짐승스런 손놀림이었던 것이다.

그리하여 그 상기된 쇳덩어리가 이윽고 어떤 형태를 이룬 후, 물속에 담겼을 때 일순 피어오르면서 증발해버리는 뜨거운 수증기와, 쉿쉿거리며 쇠가 열을 식히는 높은 교성에 나는 한순간에 뜨거운 열기를 상실한 쇳조각처럼 그렇게 던져진 채 헐떡이면서 어두운 철공소 밖에서 빛나는 강, 우리들이 가끔 바지를 내리고 무책임한 배설을 퍼부어대는 강물을 바라보는 것이었다.

그때 나는 내 내부에서 무엇인가 죽어가고 있는 것이 아닐까 하는 느낌을 가지고 있었다. 이상하게도 우리 나이 또래 서너 명이 모여 풍기는 냄새야말로 바로 붕괴되고 허물어져가는 그런 죽은 이의 냄새인 것이다. 우리들은 우리 나이 또래, 이미 젖가슴이 찻종지만큼이나 부풀어오른 계집애들이 보면 미쳐버리는 그 가슴의 근육을 자랑하고 싶어서 으레 윗셔츠의 단추를 서너 개 풀어버리는 것이 보통이나, 그때 그 맨살에서 풍기는 냄새라는 것은 바로 사정 직전에 교살된 개의 정액 냄새인 것이다. 우리들은 모두 긴 혼수상태에 빠진 사나이의 깊은 수면처럼 썩은 냄새를 피우면서 약간씩 비틀거리고 있는 것이다.

바로 그즈음 나는 내가 길들여놓은 그 해머에 나의 왼편 새끼손가락을 내리찍었고 그 통렬한 고통과 또 한편의 짜릿한 쾌감 속에서 나는 새끼손가락의 형태가 없어진 것을 발견했다.

그리하여 나는 철공소를 그만두었다. 그리고는 내내 무직이었다. 새끼손가락이 없는 왼손을 주머니에 꾸욱 찌르고 동리를 돌아다니며, 역 앞을 서성거리며 하다못해 무슨 막일이라도 없는가 찾아다녔지만 나는 줄곧 빈털터리일 수밖에 없었다.

어느 날 나는 늦은 태양이 끓어오르는 동회 앞 게시판에서 사람을 구한다는 광고를 보았다. 그곳엔 다음과 같은 공고가 나붙어 있었다.

10세 이상 15세 미만의 소년들을 구함.

신체 건강하고 건전한 사고방식을 가지고 있어야 함.

단 이틀간만 고용됨. 일당은 五00원씩임. 희망자는

금일 17시까지 박애 고아원으로 오길 바람. 이상.

나는 그 공고 앞에 서 있는 다른 한 명의 소년을 보았다. 그 소년은 머리를 잔뜩 기르고 있었지만 얼굴은 앳되어 보였고 몸은 관목처럼 바짝 마른 소년이었다. 그는 주머니에서 오징어 다리를 꺼내어 입에 물고 땀을 뻘뻘 흘리며 짜고 싱거운 것을 빨면서 공고를 쳐다보고 있었다. 내가 귀 뒤에 꽂아두었던 담배꽁초에 불을 붙이려고 하자 갑자기 녀석은 나를 돌아보며

"얘. 담배 하나만 얻자."

하고는 어딘지 계집애 같은 웃음을 흘렸다. 확실히 녀석의 몸짓엔 별스런 데가 있었다.

어느 늦은 여름밤 땀내 나는 극장에서 슬금슬금 내 바지 단추를 끄르려고 애를 쓰던 키 작고 혈색 나쁜, 그러나 계집애처럼 큰 엉덩이를 가진 어떤 놈처럼 녀석은 나긋나긋한 손놀림을 해가며 입을 가리면서 웃었다.

“없다.”

나는 퉁명스럽게 대답했다.

“그러면 그 담배 나눠 피자.”

녀석은 남장한 여자 같은 맨숭맨숭한 턱에 야릇한 웃음을 풍겼다. 별수 없이 내가 손가락까지 타들어온 뜨거운 꽁초를 그에게 건네주자, 그는 입에 문 오징어를 잽싸게 삼킨 다음 천천히 담배를 피워가며

“얘, 건전한 사고방식이 도대체 뭐냐?”

하고 물었다.

“글쎄.”

나는 대답했다.

“나두 무슨 소린지 모르겠다.”

“간첩은 안 된다는 소리 아닐까.”

소년은 혼자서 중얼거렸다.

나는 흐르는 땀을 손등으로 닦았다.

“넌 어쩔래? 갈 테냐?”

“글쎄.”

“난 갈 테다.”

소년은 단호하게 말을 했다.

“마침 내 나이는 꼭 열다섯 살이다.”

“나두 갈 테다.”

나는 그 녀석을 내려다보았다.

“하지만 넌 안 된다.”

소년은 담배를 손가락으로 가볍게 퉁겨버리며 쉽사리 단정을 내렸다.

“넌 나이가 많지 않냐?”

“아니다.”

나는 좀 부끄럽게 웃었다.

"나두 열다섯 살이다."

"얘, 얘, 거짓말 마라."

소년은 다시 손때 묻은 오징어 다리를 입에 넣고 우물거리더니 다시 말을 이었다.

"설사 네 나이가 진짜 열다섯 살이래도 아무도 그렇게 보지 않는다. 넌 스물두 넘어 보인다. 네가 아무리 열다섯 살이라구 우겨두 그렇게 보이지 않는다면 곤란하다."

소년은 좀 짓궂게 말을 했다.

"어쨌든 난 가겠다."

나는 먼저 언덕 위에 있는 고아원으로 걷기 시작했다.

"얘, 같이 가자. 무슨 걸음이 그리 빠르냐."

소년이 먼지를 풀썩이며 따라왔다. 우리는 천천히 언덕 위에 있는 고아원으로 걷고 있었다. 길 양 옆의 가로수에서는 매미가 울었다. 우리가 가고 있는 박애 고아원은 내가 아는 바로는 일 년 전까지만 해도 원아들이 많아, 저녁이면 거리를 원아들이 휩쓸고 다니며 싸움질을 하거나 심지어 지나가는 행인들에게까지 행패를 하곤 했었는데, 올봄에 들어서부턴가 원조가 신통치 않아진 탓인지 고아원은 폐쇄되었고 가끔 어쩌다 그 앞을 지나칠 적마다, 고장난 수도에서 수돗물이 좔좔 흐르는 것을 볼 수 있었을 뿐 텅 비어 있었다. 그러나 그 녀석과 내가 고아원에 이르렀을 때엔 이미 형편이 달라져 있었다. 고아원 운동장은 소년들로 그득 차 있었고, 정문엔 새로운 간판이 붙어 있었으며, 머리에 수건을 뒤집어쓴 아낙네들 두어 명이 낭하를 훔치고 있었다. 야전용 침대 수십 개가 햇볕에 널려 일광 소독을 하고 있었고, 소년 두 명이 담요를 엇비껴 먼지를 털고 있었다. 소년들은 초식 동물처럼 무리를 이루고 열을 지어서 자기 차례가 오기를 기다리고 있었다. 우리는 차례에 따라 줄 맨 뒤에 가서 섰다. 운동장 옆 플라타너스 밑엔 이미 면접을 끝낸 소년들이 웅크리고 앉아서 음담을 하고 있거나 땅뺏기놀이를 하고 있었다. 어떤 녀석은 빈 아이스케이크 통을 들고 앉아 있었고, 어떤 녀석은 구두닦이 통을 들고 앉아 있었다. 그 가운데서 몇 명의 소년들은 불안한 눈빛으로 막 면접을 끝내고 나오는 소년들을 붙들고 질문을 퍼부어대고 있었다.

"애, 넌 합격했니?"

"합격했다."

소년은 자랑스럽게 고개를 세웠다.

"뭐라고 묻더냐?"

뜨거운 침을 삼키며 내 옆의 소년이 계집애 같은 소리를 냈다.

"나이하고 이름을 묻더라."

"그리고 또."

"우향우하고 좌향좌하고 뒤로돌아를 시켜보더라."

"그게 뭐냐?"

소년이 나를 쳐다보았다. 그러나 나는 대답을 하지 않았다.

"그게 뭐라는 거니?"

"그래 넌 했니?"

다른 소년이 물었다.

"그걸 못 하는 천치가 어디 있니?"

시험을 끝낸 소년이 침을 탁 뱉으며 웃었다.

"그래 그걸 못 하는 천치가 어디 있어."

다른 소년이 말을 받았다.

"애, 큰일났다. 난 할 줄 모른다."

소년이 나를 쳐다보고 속삭였다.

"내게 좀 가르쳐다우. 정말이다."

소년은 입에서 쉰내를 풍기며 나를 올려다보았다. 나는 더위에 지쳐서 곤혹을 느끼고 서 있었다. 그러자 시험을 끝낸 소년이 시범을 보이기 시작했다.

"우향우는 우측으로 도는 것이다. 즉 우리가 밥을 퍼먹고 공을 던지고 손장난을 쳐대는 오른손 있는 쪽으로 도는 것이다."

몇몇 애들이 웃었다.

"하지만 난 왼손잡이다."

녀석이 여전히 내게 무슨 반응을 바라며 심각한 표정으로 속삭여댔다.

"좌향좌란 우리가 잘 쓰지 않는 왼쪽으로 도는 것인데 그 요령은 좌이햐앙에서 얼핏 아, 아 왼쪽이지 왼쪽, 이제 퍼뜩 알아차린 다음, 좌앗에서 번갯불에 콩 볶아 먹듯 벼락같이 왼쪽으로 돌아버리는 것이다."

"제길 난 왼손잡인데……"

어느새 먼 곳에서부터 젖은 수채화 같은 노을이 밀려오기 시작했다. 지붕을 이고 침전해버린 아랫동리는 노을을 받고 무겁게 가라앉아 있었다. 마을을 가로지르는 강은 혁대처럼 길게 마을 저편으로 빠져나가고 있었다. 면접을 끝낸 소년들 중 약삭빠른 몇 명은 침대 봉(棒)을 들고 침구를 타작하고 있었고, 몇 명은 그것을 숙소로 운반하고 있었다. 다섯 명씩 한 조를 짜서 소년들은 사무실로 들어가고 있었는데 아주 오랜 후에 우리 차례가 왔다.

"애, 애 새치기하지 마라."

그 녀석이 여전히 계집애 같은 소리로 바로 자기 앞에 끼어드는 다른 소년을 나무라자, 그 소년은 더듬거리는 소리로

"야, 좀 봐주라."

하고는 거품을 흘리는 웃음을 웃었다.

“자, 다음 들어와라.”

작업복을 입은 사내가 긴 막대기를 들고 콘크리트 바닥을 때리며 졸린 목소리를 냈다. 우리들 다섯 명은 곧 어둡고 축축한, 마치 축사 같은 사무실에 들어섰다. 어둠에 익숙지 않아 나는 비틀거렸으나 곧 눈이 가라앉았고, 의자에 앉아 있는 비대한 사내를 볼 수 있었다.

“우측부터 나이하구 이름을 대라.”

작업복이 뒤미처 들어와 소릴 쳤다. 역광을 받은 사내의 눈빛이 음탕하게 빛나 보였다.

“김명길입니다. 나이는 열셋입니다.”

소년은 악을 썼다.

“그렇게 소리를 지르지 않아도 된다. 목소리를 낮춰라. 우리들은 귀먹지 않았다.”

“문상호입니다. 나이는 열둘입니다.”

“좋아. 다음.”

작업복은 부드럽게 말을 했다.

“다음!”

“……”

나는 부동자세로 서 있었지만 지적받은 소년이 바로 아까 새치기해 들어온 말더듬이 소년임을 알았다.

“임마 죽었냐?”

순간 그 작업복의 사내는 벌떡 몸을 일으키면서 땀을 뻘뻘 흘리고 있는 소년에게 고함을 질렀다.

“그앤 말을 더듬습니다.”

“뭐라구?”

“그앤 말더듬입니다.”

나는 조용히 대답했다. 그러자 내 옆에 서 있던 소년이 쿡쿡 낮게 웃었다. 작업복은 자기가 고함 지른 것에 좀 낭패한 느낌을 받았는지 주저앉으면서 옆의 비대한 사람에게 물었다.

"어떡할까요? 원장님."

"합격시킵시다."

그는 콜라를 마시며 낮은 소리를 냈다.

"우리가 필요로 하는 것은 말이 아니지 않습니까?"

"허지만 저 자식은 좀 덜떨어지게 보이는데요. 야 임마, 너 우향우 할 줄 알아?"

"아, 아, 압니다."

"좋아. 말문이 터졌으니 이름하고 나이를 대봐라."

"나, 나이는 열넷, 이 이름은 갈, 갈기홍입니다."

"좋아, 다음."

"나이는 열다섯, 이름은 이문수입니다."

옆의 소년이 여전히 칭찬받기 위한 유치원 생도 같은 고음으로 말했다. 나는 그제야 그 녀석의 이름이 이문수인 것을 알았다.

"좋아, 다음."

"최호준입니다. 나이는 열다섯입니다."

"정말인가?"

"정말입니다."

"키는 몇 센틴가?"

"정확히 재보지는 않았지만 일 미터 칠십오는 됩니다."

"임마 뭘 먹구 그렇게 컸어?"

나는 왜 내가 이 몇 분 동안의 심사 속에서 이 자식에게 이처럼 놀림을 받아도 좋은 위치가 되어버렸을까 생각했고, 그것은 정말 틀려 먹은 일이었다. 나는 내심 이 도무지 어이없는 시험에 만일 떨어진다면 애들이 보는 앞에서 그를 보기 좋게 패주리라고 결심하고 있었다.

"좋아. 그럼 내가 구령을 붙일 테니까 다섯 명은 선 자리에서 움직여라. 알겠나?"

"옛!"

우리는 훈련병 같은 소리를 냈다.

"열중 쉬엇. 차리여엇. 우향우웃."

나는 정확하게 우향우를 했으나 옆의 이문수가 좌향좌를 했으므로 우리는 벌 서는 아동처럼 서로 마주 보게 되었다.

"임마 넌 우향우두 할 줄 몰라?"

"전 왼손잡입니다."

소년은 갑자기 울 듯이 대답했다.

"임마, 그것하구 우향우하구 무슨 관계가 있어?"

"관계는 없습니다. 허지만."

소년은 자기의 책임인 것처럼 손을 비볐다.

"자꾸 혼동됩니다. 그러나 합격시켜주신다면 열심히 노력하겠습니다. 정말입니다."

"어떡할까요?"

작업복은 비대한 사내를 쳐다보았다.

"합격시킵시다."

"좋아. 합격. 다아들 합격."

그는 푸줏간 정육 위에 검정필을 낙인하듯 기세 좋게 말을 했으나, 우리는 잠시 그 말이 실감이 나지 않아 우두커니 서 있었다. 도대체 우리가 지금까지 누구에게, 특히 나이 많이 먹은 사람들에게서 이처럼 선뜻 신선하고 신명감이 넘치는 소리를 들어본 적이 있었던가.

"이 새끼들아. 합격이라니까. 빨리 나가. 나가서 대기하구 있어."

이래서 우리는 밖으로 밀려나왔다.

어느새 땅거미가 몰려든 운동장엔 수은등이 켜져 있었고 우리들은 땅 위에 신문지를 깔고 앉은 소년들 틈에 끼었다.

"너희들도 합격했냐?"

담배를 피우고 있던 소년이 우리를 보고 물었다.

"그래."

이문수가 당당하게 대답했다.

"우리도 합격했다."

"젠장 그럼 도무지 불합격된 자식이 없잖냐?"

"그것 참 이상하지 않냐?"

다른 소년이 오히려 이처럼 쉽게 굴러들어온 행운이 불안한 듯이 나지막하게 말을 받았다.

그것은 정말 합당한 의문이었다. 거리엔 될 듯 될 듯하면서도 되지 않는 악몽이 우리들을 사로잡고 있었다.

우리는 차라리 열망과 같은 기대, 오랫동안 참으로 오랜 기다림, 그러면서도 손아귀에 느껴지는 끈적끈적한 땀과 기대를 저버린 꾸겨진 결말에 익숙해져 있어서 우리들 열 명 중 아홉 명은 자기 불알이 두 개인 것처럼 만지고 확인할 수 있는 것 이외엔 결코 믿으려 하지 않거나 믿기를 포기하고 있었던 것이다.

우리는 막연한 불안을 느끼며 서서히 다가오는 어둠에 묻혀 될 수 있는 한 미동도 하지 않은 채 우두커니 앉아 있었다. 나는 약간 졸고 있었는데 그때 이문수의 손이 조금씩조금씩 내 몸으로 가까이 오더니, 이윽고 내 사타구니로 손이 기어오르는 것을 반수면상태에서 느꼈다. 검은 노을이 비친 소년의 얼굴은 진지하고 무언가 열망하는 눈빛으로 내 아랫도리를 더듬고 있었다. 그는 비 오기 전에 개미들이 왜 부산스레 흙을 날라 자기 집 근처에 성을 쌓는가를 저녁밥도 잊어버리고 관찰하는 소년처럼 보였다.

나는 천천히 손을 뻗쳐 그애의 손을 쥐어봤는데, 소년의 손은 땀과 먼지에 끈적이고 있었고, 그때 소년의 몸에서 단내가 났다.

"넌 참 몸이 좋구나, 애."

이번엔 소년의 머리가 내 어깨에 기대어졌고 나는 어깨 위에 뜨거운 입김으로 다가오는 소년의 숨결을 가늠질하고 있었다.

"여어이. 여어이."

그때 사무실 문이 열리더니 좀전의 작업복이 손에 무엇인가를 들고 나와서 우리들을 부르기 시작했다. 우리들은 어슬렁 어슬렁 열대 지방에서 갓 수입한 동물원의 짐승처럼 그리로 다가갔다. 우리들이 어느 정도 무리를 이루기 기다려 그는 조그만 단 위에 올라서더니 이윽고 시장 거리의 뱀장수 같은 소리를 꺼내기 시작했다.

"제군들의 합격을 축하한다. 제군들은 그 극심한 경쟁자들을 물리치고 뽑힌 우수한 소년들인 것이다. 그럼 인원 파악을 하겠다. 키 큰 자식은 오른쪽으로 키 작은 쪽은 왼편으로 키 순서대로 서라. 사열 횡대로 서라."

"사열 횡대가 뭡니까?"

한 소년이 좀 얼빠진 소리를 냈다.

"사열 횡대란……"

작업복은 갑자기 한숨을 쉬더니 그러나 일순 힘을 모두어 말을 하기 시작했다.

"사열 즉, 하나 둘 셋 넷, 네 줄로 옆으로 길게 서는 것이다. 자, 빨리빨리."

우리들은 굉장한 소용돌이에 빠져버렸다. 밀치는 사내 밀리는 사내로 말미암아 우리들은 껍질을 벗겨버리고 정미기 속에 내던져진 현미처럼 잔뜩 서로가 서로를 짓밟고 있었다. 그러나 그것도 얼마 후엔 어느 정도 가라앉았다. 나는 맨 오른편에 서서 심한 공복감과 싸우고 있었다.

"자, 오른편에서부터 번호!"

"하나 둘 셋…… 열다섯, 둘 결(缺)."

열다섯에다 넷을 곱하면 육십이다. 거기에서 둘을 빼면 오십팔. 도합 오십팔 명의 소년들이 우울하게 그러나 잘 훈련된 짐승처럼 양순하게 서서 단 위에 버티고 서 있는 작업복을 올려다보고 있는 셈이었다.

"제군들은 오십팔 명이라는 집단에 속하게 되었다. 이중에는 서로 모르는 녀석들이 태반일 것이다. 그러나 오늘부터 이틀간 너희들은 친구다. 쉽게 말하자면 화랑 담배연기 속에 사라진 전우인 것이다."

"자식, 날구라 잘 피우는데……"

앞쪽의 소년이 속삭였다.

"너희들은 이틀 동안 우리 박애 고아원의 원아들로 채용된다. 말하자면 너희들은 우리 고아원의 원아들인 것이다. 물론 너희들 중에는 부모가 있고 형제가 있는 사람도 있을 줄로 안다. 그러나 그것은 큰 문제가 안 된다."

"부모 있는 고아가 어디 있습니까?"

"여기 있다. 바로 너희들이다."

우리는 웃었다.

"웃지 마라…… 웃지 마라. 난 두 번 경고했다."

그러나 우리는 웃음을 멈추지 않았다.

"세 번 경고한다. 세 번 얘기해서 듣지 않으면 난 너희들을 파면시키겠다. 자, 마지막으로 경고한다. 웃지 마라."

우리는 갑자기 울다가 그친 아이와 같은 뻣뻣한 침묵 속에서 묵묵히 웃음을 강탈당한 채 서 있었다.

"너희들은 앞으로 이 박애 고아원의 고아다. 이건 틀림없는 사실이다. 어이 그 왼쪽에서 둘째줄 방금 고개를 숙인 놈 고개 들어봐라.

내가 지금 뭐라구 그랬나?”

“예. 방금 형님, 아니 선생님 아니 상관님은 우리들을 박애 고아원의 고아라고 하셨습니다.”

“맞았다. 우수한 소년이다. 앞으로 제군들은 날 선생님이라 부르지 말고 교관님이라 불러주길 바란다. 물론 이 고아원엔 여자도 없고 어린애들도 없다. 그것이 이상하게 보일 줄로 안다. 허지만 그것도 상관없다. 그런 것은 아무래도 좋은 것이다.”

“그렇습니다. 교관님 아무래도 좋습니다.”

누군가 말을 받았다.

“그럼 이제 나는 너희들의 분대장을 선출하겠다. 어이 맨 오른편 줄 키 큰 놈 나와라.”

앞에 있던 소년이 바보 같은 목소리를 흉내내었다.

“아니 그 뒤엣놈 말이다.”

나는 천천히 열 밖으로 나왔고, 뛰어서 작업복 아니 교관 앞에 가서 섰다.

“이름이 뭐였지?”

“최호준입니다.”

“좋다. 이제부터 본관은 너희들에게 이 최호준을 분대장으로 임명하겠다. 앞으로 이 최호준을 최호준이라 부르면 안 된다. 분대장님이라고 불러라.”

아버지를 가지고 있고, 어머니를 가지고 있는 고아. 그것은 아무래도 좋은 것이다. 분대장, 최호준 분대장. 나는 아무렇게나 불려도 무방한 것이다. 차라리 이름 대신에 나는 5번이나 6번 같은 번호로 불린 적도 있었고, 어떤 때엔 그저 막연하게 여어 꼬마로 불린 적도 있었다.

“여 분대장.”

교관이 내게 친근하게 말을 걸어왔다.

"이제부터 네게 호루라기를 주겠다. 아이들을 정돈시켜라."

나는 완전히 어두워진 어둠 속에서 웅크리고 있는 임시 고아원 원아들을 쳐다보았다. 그리고 방금 받은 호루라기를 입에 물었다. 그 호루라기는 즐겁고 유쾌했던 어린 시절을 상기하게 했고 입에 문 호루라기는 입 안에 가득한 사탕처럼 나를 자랑스럽게 만들었다. 나는 힘을 모두어 그 호루라기를 불었는데 그 낭랑한 호루라기 소리는 울리면서 밤과 어둠 사이로 사라져버렸다.

"좋아. 편히 쉬도록. 모두들 그 자리에 앉어. 일어섯. 앉어. 그럼 이제부터 간단한 애기를 해주겠다. 지금부터 자네들에게 부과된 임무는 극히 단순하다. 에, 모레면 이 고아원의 후원자인 외국인이 태평양을 건너 이리로 오신다. 에, 그러니 제군들은 내일 모레 오전 열 시부터 시작되는 환영식에 본 박애 고아원생으로서 씩씩한 모습을 보여줘야 한다. 그럼 내일은 무엇을 하느냐, 그냥 앉아서 놀고 있는가. 천만의 말씀이다. 우리가 절도 있고 씩씩한 보행태도로 그를 환영하기 위해선 내일 하루 종일 예행연습을 해야 할 것이다. 물론 너희들에게 일당은 지급된다. 그것뿐이냐 하면 오늘 이 시간 후엔 너희들 전원에게 유니폼도 지급된다. 시쳇말로 하면 꿩도 먹고 알도 먹는 식의 후한 대접이 너희들에게 베풀어진다. 그럼 오늘 저녁엔 우선 이 박애 고아원의 원가를 배우기로 한다. 우선 가사를 노나주겠다. 여어 분대장. 이 종이를 한 장씩 노나줘라."

교관은 교단 위에 놓여 있는 종이 뭉텅이를 내게 내밀었다. 나는 그것을 받아들고 새로운 호기심에 눈을 번득이고 있는 소년들에게 한 장씩 나눠주었는데 그들은 아무런 필요가 없는 거라는 것을 알면서도 자꾸 한 장 더 달라고 했으므로 시간이 걸렸다. 이문수는 내게 눈을 끔적거리며 한 장 더 달라고 했는데 나는 그애에게만은 아이들의 시선을 피해 한 장 더 주었다. 소년들은 그것을 받아쥐고 한낮의 열기가 아직 후끈거리는 운동장에 앉아서 잉크 냄새가 채 마르지 않은 종이를 펼쳐들었다.

"자, 그럼 읽겠다. 등사가 잘 되었는지 확인해라.

우리는 자랑스러운 박애의 건아.

동녘에 솟아오르는 해를 보아라.

쓰라린 어제는 어둠과 가고

이제는 오직 하나 광명뿐이다.

아, 아, 우리의 꿈 박애 고아원.

아, 아, 우리의 고향 박애 고아원."

"멋있습니다."

누군가 한마디 소리질렀고 소년들은 웃었다.

"그렇다. 아주 멋진 노래다. 자, 이절을 부르겠다.

우리는 씩씩한 박애의 아들.

총명과 슬기에 빛나는 눈.

그 눈에 영원한 희망이 있어.

우리는 언제나 환희에 산다.

아, 아, 우리의 꿈 박애 고아원.

아, 아, 우리의 고향 박애 고아원."

"아주 멋진 가사로군요."

나는 교관을 쳐다보며 한마디 했으나 교관은 듣지 못했다. 그는 사무실 쪽을 향해서 큰 목소리로 소리지르고 있었다.

"여보세요. 여보세요. 예. 예. 녹음기 좀 틀어주세요. 준비됐어요? 자, 이제 제군들은 녹음된 원가를 듣게 되었다. 자, 몇 번이고 되풀이 될 테니까 조용히 앉아서 들어라. 그리고 될 수 있는 대로 빨리 외워주길 바란다."

소년들은 잘 접힌 수건처럼 조용히 앉아서 어둠을 응시했다. 하늘 위로 수많은 별들이 반짝거리고 있었는데 그 별들을 머리에 이고 앉은 소년들 개개인의 모습은 마치 수많은 별들 중의 한 개처럼 보였다. 아랫마을에선 우리와 무관한 불빛들이 흐르고 있었고 우리들은 교회당에서 울려퍼지는 저녁 종소리를 들었다. 나는 그 어둠 속에 웅크린 소년들의 얼굴에서 몇몇 낯익은 녀석들도 발견하였다. 그중 몇 명은 내가 시장 거리에서 늘씬하게 때려준 놈이었는데, 그것은 지금 와선 상관없는 일이었다.

이윽고 음악은 천천히 그러나 왈칵 터져 흘렀고, 그것은 옷을 입은 채 강물 속에 들어가 목욕하던 나이 어린 계집애의 찰싹 붙은 옷처럼 우리들의 몸을 서서히 채색시키기 시작했다. 우리들은 젖은 빨래를 입고 그것을 체온으로 조금이라도 빨리 말리겠다는 소년들처럼 묵묵히 한기를 느껴가면서 노래를 듣고 있었다. 그것은 거리 레코드점에서 틀어대는 유행가가 아니었고, 그 노래는 바로 우리들 자신의 노래였다. 우리의 꿈이요 고향인 우리들 새로운 집단의 노래, 박애 고아원의 원가인 것이다.

노래는 몇 번이고 계속되었다. 그러자 음악에 소질 있는 소년들 몇몇은 벌써 따라 부르기 시작했고, 그와 같이 보이지 않는 술렁이는 동요가 그 무리 속에서 형성되기 시작했다. 하나 둘 조용히 그러나 침울하게 그 노래를 따라 불렀는데, 변성기를 갓 맞은 우리들 열두어 서너 살의 소년들 여럿이 모여 부르는 노래는 지루하고 단조로웠지만, 오히려 시장판 노무자들이 도로공사할 때 부르는 간단없이 이어지는 거친 노래보다는 윤택이 흐르고 있었다. 노래는 우리 뇌리의 깊은 곳을 찌르고 천천히 갓 시장에 내놓은 과일처럼 그 껍질을 벗기면 이내 변색해버리는, 그런 유아기에서 청년기로 접어들려는 아슬아슬한 조바심을 용해시켜버리기 시작했다. 새벽 정욕과 같은 생리적인 발기가 그 노래와 더불어 서서히 충만하기 시작했다. 그 노랫소리는 낮았지만 곧 부풀어올랐고 배양기에 뿌려진 휘발성이 강한 에테르처럼 운동장 위로 날고, 우리의 목소리는 온 마을을 흔들어대고 있었다. 그 노래는 아침에 피우는 몇 호흡의 담배처럼 주형에 부어지는 뜨거운 납처럼 번득번득이며, 우리 뇌리의 공허하고 빈 공간을 재빠르게 메워버렸다. 갑자기 수은등의 빛이 번쩍 인식되며, 눈에 눈물이 고였다.

> 우리는 사랑스러운 박애의 건아.
> 동녘에 솟아오르는 해를 보아라.
> 쓰라린 어제는 어둠과 가고
> 이제는 오직 하나 광명뿐이다.
> 아, 아, 우리의 꿈 박애 고아원.
> 아, 아, 우리의 고향 박애 고아원.

그날 밤 우리는 헤어질 때 반소매 러닝셔츠와 긴 푸른 바지를 받았다. 대부분 우리들에게 맞지 않아 아주 작거나, 어떤 것은 거인의 옷처럼 컸다. 그러나 우리는 우리가 자고 일어날 때마다 조금씩 크고 있다는 것을 알고 있었으므로 서로 큰 옷을 가지려고 했다. 그 러닝셔츠 뒷등엔 박애 고아원이라는 글씨가 인쇄되어 있었는데 그것을 입는 것은 좀 부끄러운 일이었지만 그것은 아무래도 괜찮은 일이었다. 우리는 그 옷을 입고 고아원을 나와 아랫거리로 출발하였다. 교관은 남은 유니폼 다섯 개를 집에 가져가려고 보자기에 싸고 있었다. 나를 보더니 기분이다 하는 식의 웃음을 낄낄거리며 작은 것으로 하나 더 주었다. 나는 그것을 동생에게 줄 심산으로 옆구리에 끼고 어둠이 성숙한 밤의 거리로 내려왔다. 소년들과 같이 즐거운 우리들 집

단의 노래, 고아원의 원가를 부르노라니 맨살에 스치는 옷의 감촉은
발기한 성기를 여인의 둔부에 비빌 때와 같은 매끄럽고 즐거운 감촉
을 주어왔다.

서늘한 여름밤의 냉기가 우리들의 얼굴을 스치는 가운데 우리는
휘파람을 날리면서 각자 헤어지기 시작했다.


다음날은 청명해서 어제보다 더 무더울 것 같은 징조를 보이고 있
었다. 나는 아침을 끝내고 비탈을 올라 고아원으로 갔다. 고아원은
철조망 바깥에서 보아도 달라져 있었다. 모자이크 같은 색종이가 건
물 위에 널려 있었고 만국기가 바람에 날리고 있었다. 소년들은 대부
분 나와 있었는데 그들은 어제 지급 받은 옷들을 입고 앉아 담배를
피우고 있었다. 유니폼을 입은 소년들은 고만고만해 보여서 마치 국
민학교 운동회의 달리기 선수처럼 보였다. 어디서 왔는지 소인조 밴
드가 교단 옆 의자에 앉아서 서투른 금속성 소리를 내며 행진곡을 연
주하고 있었다. 아침 햇살에 반짝거리는 그 악기의 금속 부분은 우리
들의 눈을 현혹시키고, 우리가 무엇인가 보이지 않는 힘에 이끌려 제
전에 참가한 선수라는 기분을 어렴풋이나마 느끼게 하고 있었다.

"분대장님 안녕하슈."

한 소년이 내게 야유 비슷한 인사를 했고 나는 그것을 무시하기로
했다. 어제의 그 이문수는 어디서 구해왔는지 복사화 몇 장을 숙소의
벽에 붙이고 있었다. 나는 보며 웃었다.

"여어이. 여어이."

열시쯤 되자 교관이 지휘봉을 들고 아이들을 부르며 이리로 오고
있었다.

"분대장, 여어, 분대장!"

"예!"

"아이들을 정렬시키고 인원 파악을 해라."

그는 어딘지 짙은 노무자의 냄새를 피우고 있었으나, 이빨만은 정결해서 햇살을 치약 거품처럼 물고 있는 듯이 보였다. 나는 소년들을 집합시키고 인원 파악을 했는데, 아이들은 나의 구령에 잘 따라주었고 인원은 한 사람도 빠지지 않은 오십팔 명 전원 출석이었다.

우선 우리는 원가를 부르며 행진하는 법을 연습하기 시작했다. 간밤에 충분히 연습하였는지 소년들의 노랫소리는 천연덕스러웠으며 모두들 목청껏 노래를 부르고 있었다. 햇볕이 끓어오르는 운동장에서 비명과 같은 노래를 부르며 걸어가는 우리들의 가슴은 이상하게 부풀어오르고 있었고, 새로운 기쁨으로 충만되고 있었다. 그러나 애들은 박자관념이 엉망이었으므로 노래 첫 음절에서 시작되는 왼발의 출발을 번번이 틀리고 있었다. 벌써 한낮의 햇살은 능숙하게 타올라서 햇볕 속에 내내 갇혀 있는 우리들은 땀을 뻘뻘 흘리고 있어야만 했다. 그러나 누구 하나 불평하는 사람도 없었다. 아슬아슬하게 소년들은 엉망이나마 보조에 따르기 시작했는데 그것은 일종의 육감과 같은 발맞춤이었다. 어릴 때 철로에 쇠붙이를 갈면 자석이 된다는 애기를 듣고 밤의 철교 연변에서 쇠붙이를 갈고 또 갈던 소의 되새김질 같은 손놀림. 그때 어둠 속에서 쇠와 쇠가 부딪쳐 불꽃을 튀길 때와 같은, 이 악물고 안간힘 쓰는 듯한 집요한 노력이 소년들의 마음을 사로잡고 있었고, 그래서 얼마 후엔 소년들은 적어도 사병만큼은 질서 있어 보였다.

"손을 힘차게 휘둘러라. 손을 힘차게 휘둘러라."

교관은 지휘봉을 곤봉처럼 휘두르며 악을 썼다. 우리는 표백제로 탈색한 듯한 오후의 볕마당을 맴돌면서 손을 어깨 높이까지 올렸다가는 신경질적으로 허공을 긁어내리면서 기묘한 제식 훈련을 실시하고 있었다.

"뒤이로 돌아가앗! 하나! 둘! 우이향 앞으로 가앗! 하나! 둘! 하나! 둘!"

소년들은 이제 태엽 감은 인형처럼 잘 맞아들어가고 있었다. 나는 호루라기를 입에 물고 박자에 맞추어 구령을 불러주고 있었는데 그 낭랑한 호루라기 소리는 짙은 밀도의 햇살 속에서 뻘뻘 흐르는 땀처럼 발작적으로 울려나갔고, 나는 그 진폭이 짧은 호루라기 소리를 반복해나가면서 동시에 뒤로 돌기도 하고 우로 돌기도 하는 새로운 집단을 길들이고 있었다.

다시 날씨는 지독하게 끓기 시작했다. 플라타너스 잎들은 햇살을 받아 반짝거리고 있었고, 물기 없는 운동장 흙은 우리가 걸을 때마다 분분한 먼지를 일으켜서 얼마 후엔 목구멍에서 구리 동전 냄새가 훅 훅 끼쳐오르고 있었다.

철조망 바깥으로 동리 조무래기들이 매미채를 들고 우리들의 행진을 보며 감탄을 발하고 있거나 못된 녀석들은 손으로 감자를 먹이거나 하고 있었다. 운동장 구석에서 밴드는 쇳소리를 내며 자꾸만 곤충의 날갯짓 같은 행진곡을 연주하고 있었다.

무엇인가 일어나리라는 예감. 여름 감기에 걸려 땀을 흘리며 자다가 돌연 깨어났을 때와 같은 무시무시한 기대감이 우리의 가슴을 흔들고 우리들은 차라리 내일도, 또 그 다음날도 영원히 고아원에 소속되어 노래를 부르고 저 아득한 먼 곳으로 끊임없이 이러한 발맞춤으로 행진하고, 그리하여 영원히 고용되어버리기를 바라고 있었다. 그러나 내일 저녁이면 우리는 해고된다. 그리고 헤어진다. 씨팔. 내일 저녁이면 우리는 다시 남남이다. 아아, 우리는 단 이틀간만 고용된다.

오후의 햇살은 우리의 얼굴을 태우고 우리들의 얼굴을 커피색으로 달아오르게 해서 우리는 모두 술 한잔 마신 녀석들처럼 보였다.

우리들의 얼굴은 새로운 염전. 혀를 돌릴 때마다 혀끝이 아려왔다.

그때 한 녀석이 갑자기 나무토막처럼 쓰러졌고, 그는 쓰러진 채 민물게처럼 거품을 물고 있었다.

"이 자식은 지랄병 걸린 자식이냐?"

교관이 뛰어와서 낭패한 얼굴로 중얼거렸다.

"아닙니다."

한 소년이 사납게 덤벼들었다.

"더운데 햇볕에 오래 서 있느라 넘어진 것입니다."

"제기랄."

교관이 담배를 한 개비 뽑아들며 말을 했다.

"누군 덥지 않냐? 누군 이렇게 무지무지한 직사광선에도 끄떡도 안 하는데 누구는 쓰러지다니. 여어 분대장, 저 녀석을 갖다뉘어라. 그리고 예행연습은 잠깐 중단하기로 한다. 점심 먹구 곧 시작이다. 이상 해산!"


점심으로 고아원에서 내주는 봉지 빵을 세 개씩 먹고 나자 곧 다시 예행연습은 시작되었다. 이번의 연습은 단순한 행진이 아니었다. 그것은 이를테면 사열이었다. 교관은 교단 위에 의자를 갖다놓고 우리들의 사열을 받았고, 우리는 이 무의미한 사열을 몇십 번이고 되풀이해대고 있었다.

"우로이 봐앗!"

나는 수십 번 교단 앞 지점에 이르면 악을 썼고, 그럴 때마다 아이들은 진지한 낯짝이 되어 교단 위의 교관을 올려다보면서 그러나 손을 번쩍번쩍 치켜올리면서, 발을 크게 차 내깔기면서, 턱을 잡아당기면서 이를 악물고 비명과 같은 원가를 반복하면서, 그 어설픈 밴드 쿵자작 소리에 몸을 거들먹거리면서 오후의 볕마당 쨍쨍이는 햇볕 속에서, 쉿쉿 무엇인가 터져버리는 폭탄음의 소리를 귓가에 가득 들어가면서 쉴새없이 사열을 반복하고 있었다. 그럴 때마다 교관은 언제나 정중하게 경례로써 우리들의 묵례를 받았는데 그것은 참으로 마땅하고 천연덕스럽게 보였다.

여름날의 오후는 뜨거운 입김을 쉴새없이 뿜어대면서 지루하고도 길었다. 입술은 바짝바짝 죄어왔고, 온몸에선 쇠녹 냄새가 났다.

"분대장, 나 곧 쓰러질 것 같다."

이문수가 행진중에 백짓장같이 창백한 얼굴로 속삭였다.

"교관님, 좀 쉬는 게 좋겠습니다."

나는 선글라스를 쓰고 교단 위에 앉아 있는 교관을 쳐다보았다. 색안경을 쓴 교관은 마치 군인 같아 보였다.

"뭐라구?"

"좀 쉬어야겠습니다."

"안 된다."

교관은 말했다.

"계속해라. 설사 두어 명 쓰러지더라도 계속해라."

우리는 다시 행진을 계속했다. 그러나 곧 이문수는 쓰러졌고 나는 한 소년의 힘을 빌려 이문수를 들고 사무실로 들어갔다. 이문수의 몸은 아주 가벼웠다. 내가 이문수를 끌고 사무실로 갔을 때, 선풍기 밑에서 콜라를 마시고 있던 비만한 사내가 말했다.

"머리를 낮추고 발을 올려라."

소년은 야전용 베드 위에 누워서 게걸스레 침을 흘리고 있었다.

"날 내버려둬요. 날 내버려둬요."

이문수는 눈을 감은 채 웅얼거리고 있었다.

"추워서 그러니까 날 내버려둬요."

"저 녀석은 차라리 뽑지 않을 걸 그랬습니다?"

교관이 젖은 수건으로 얼굴의 먼지를 닦으며 한마디 했다.

"여어 분대장, 그 자식의 허리띠를 풀어줘라."

나는 천천히 이문수의 허리띠를 끌렀는데 그때 이상스레 계집애 같은 살결, 우리들의 살처럼 거무스레하고 견고한 근육질의 살이 아니라 희고 포동포동한 살이 나타나는 것을 보았다.

"그리고 분대장, 나가서 좀더 사열 연습을 시켜라."

교관은 창 밖 운동장에 정렬되어 서 있는 소년들을 바라보고 내게 명령하는 투로 한마디 했다.

"제 생각으로는……"

나는 오랫동안 마치 내가 철공소에서 쇠를 제련하고 또 두들겨 강한 강철을 만들 때와 같이 참고 견디었던 말을 하기 위해서 교관을 쳐다보았다.

"그만하면 충분하다고 생각합니다. 우리는……"

나는 될 수 있는 한 교관 쪽으로 시선을 돌리지 않았다.

"하루 종일 연습을 했습니다. 이제는 꿈속에서까지라도 정확히 돌 수 있을 것입니다."

"이 자식아!"

갑자기 교관이 벌떡 일어나더니 몸을 세우며 덤벼들었다.

"넌 분대장이다."

"알구 있습니다."

"그리고 넌 오백원에 고용당했다."

"알구 있습니다."

"우리는 말하자면 널 산 것이다. 그렇다면 우리의 명령을 들어주어야 할 게 아니냐. 열중 쉬엇. 차리엿."

"알구 있습니다. 허지만 여긴 군대가 아닙니다."

나는 고개 하나 까딱 않고 작은 교관의 눈을 쏘아보았다.

“정말입니다. 우리는 군인이 아닙니다.”

“그렇다면 뭐야. 너희들은 뭐냔 말이다.”

“글쎄. 모르겠습니다. 뭐가 뭔지 모르겠습니다.”

그러자 교관이 웃기 시작했다. 그 웃음은 굉장히 동떨어진 웃음이었기 때문에 나는 좀 어리둥절해져서 동시에 웃기 시작한 사내와 교관을 내려다보았다.

“나가봐라.”

킬킬거리던 비만한 사내가 조용히, 그러나 위압적으로 명령을 했다.

“열 번만 더 회전시켜라. 그러면 오늘 일당을 주겠다. 내 보기로는 아직 너희들 행진은 되어먹질 않았다.”

나는 천천히 사무실을 나왔다. 여름날의 뜨거운 폭양은 마지막 기세를 발하고 있었다. 소년들은 한결같이 지쳐빠진 표정을 하고 있었고 입술은 허옇게 균열이 가 있었다.

“여 분대장, 이거 못 해먹겠다. 그만 쉬자.”

“그건 나두 마찬가지다.”

“우리는 하루 종일 우로봣만 했다. 그리고 그 좁쌀영감 같은 교관새끼한테 줄곧 경례만 해댔다. 점심도 굶었다. 빵 세 개 먹구 살 수 있는 놈이 있냐?”

한 소년이 내게 흰 적의를 내보이면서 덤벼들었다.

“그건 내가 알 일이 아니다. 나는 너희들과 마찬가지로 고용되었을 뿐이다.”

“허지만 넌 분대장이다.”

소년은 갑자기 그 뭐 다 알지 않느냐는 듯한 웃음을 웃으며 소리를 낮추었다.

“이 사실은 잘 알아둬라. 넌 분대장이다. 그리구 넌 우리보다 웃두

한 벌 더 받은 것을 내가 알구 있다.”

“그래서……”

나는 순간 맹렬한 분노가 끓어오르는 것을 느꼈다. 여차하면 녀석을 패주려고 주먹에 힘을 불끈 주었다.

“여어. 여어. 분대장 높은 데 있을 때 봐주는 게 우리들의 의리다. 어쨌든 이 이상 예행연습을 한다는 것은 무리다. 이미 쓰러진 자식이 두 명이지만 더 하다간 더 많이 쓰러질 판이니까……”

“차리엇!”

나는 이를 악물면서 소리를 질렀다.

“앞으로 갓!”

짠 땀은 흘러내려 눈 위를 스치고, 우리는 모두들 그 염기성 땀으로 말미암아 무의미한 눈물까지 찔금찔금 흘리고 있었다. 그러자 어디선가 느닷없이 밴드의 쿵작거리는 노랫소리가 연주되었고 우리는 그 꿈결과 같은 백색의 운동장에서 번쩍번쩍이는 밴드의 취주악에 맞추어 덜 조인 나사와도 같이 행진을 계속하고 있었다. 그것은 참으로 지루하고도 긴 행진이었다. 내일의 행진은 단 오 분 만에 끝이 난다. 우리는 그것을 알고 있다. 그러나 우리는 오늘 하루 종일 예행연습을 해야 한다. 우리들이 그 행진을 멈추지 못하는 것은, 단돈 오백 원을 받기 위해서만은 아니었다. 그 이유는 딱히 모른다. 그저 우리가 알고 있는 것은 우리들이 언제나 어디서나 느끼는, 결국엔 나 혼자라는 의식세계 밖에서 행진이 계속되고 있다는 것뿐이었다.

그것은 차라리 무덥고 괴롭고, 숨이 탁탁 막혀오르고, 땀을 뻘뻘 흘리는 행진이었지만 즐거운 고통이었다. 우리는 그것을 입 안 한가득히 해바라기씨처럼 굴리며 누군가의 손에 예속되어 있다는 잔인하고도 우울한 쾌감 속에서 발정과도 같은 발걸음을 내질러가며, 광란의 구호를 외쳐가면서, 행진을 계속하는 것이었다. 같은 제복을 입고 보조를 맞출 때 느끼는 수상스러운 생명감, 옷깃 스치는 소리가 동일할 때 느끼는 신선한 통일감을 끊임없이 씹어가면서……

그날 밤 우리는 잔뜩 지쳐서 운동장에 앉아 있었다.

쓰라린 살갗 위를 식히는 여름밤의 미열과도 같은 냉기를 맞으면서 교관이 나오기를 기다리고 있었다. 어디선가 기적 소리가 났으므로 지친 고개를 돌려 언덕 아래 철길을 바라보았는데, 기차는 아득한 밤의 심연으로 조용히 굴러떨어지고 있었다. 몇몇 아이들은 종아리에 달라붙는 모기를 탁탁 내리쫓으며 그 기차를 내려다보고 있었다.

"아아, 우리는 지쳐버렸다."

한 소년이 어둠 속으로 빨려들어간 기차를 보면서 우울하게 중얼거렸다. 그러나 우리는 참을성 많은 아이들처럼 될 수 있는 대로 조용히 앉아 있었다. 언덕 아래서 강물의 물기를 머금은 눅눅한 바람이 불어왔다. 우리는 우리가 어렸을 때, 한밤중에 과연 환히 눈을 뜨고 있는 것이 무엇인가 알고 싶어 밤을 새우던 소년이 까무룩 잠이 들었다가도, 수도꼭지를 꼭 잠그지 않은 때문이었을까, 한 방울 두 방울 듣기 시작하는 물방울 낙하 소리에 선뜻 놀라 깨는 그런 어린 날의 기억처럼, 무릎을 세우고 그 무릎 위에 고개를 파묻은 채 조용히 귀를 기울이고 앉아 있거나 졸고 있다가도 수은등을 향해 비상하는 세설(細雪)과도 같은 여름 곤충의 날갯짓 소리에도 깜짝깜짝 놀라곤 했다.

"여어 분대장 한번 들어가봐라."

한 소년이 갈라진 소리를 냈다.

"우리두 돈을 받고 집으로 가야겠다."

"그래."

다른 소년이 담배를 태우면서 말을 받았다.

"이 자식들 왜 이렇게 소식이 없을까 모르겠다. 그리구 배두 고프다."

나는 피곤한 다리를 끌고 사무실로 들어갔다. 그러나 사무실은 거짓말처럼 텅 비어 있었다. 두 명의 아낙네가 사무실 복도를 훔치고 있을 뿐 교관도 비만한 사내도 없었다. 내가 교관을 보지 못했는가 묻자, 아낙네가 말없이 손으로만 건물 뒤쪽을 가리켰다. 나는 무언가 퍼뜩이는 예감과 함께 사무실 뒤쪽으로 뛰어나가보았다. 뒤쪽은 빛도 없이 어두웠는데 막 교관이 자전거에 몸을 싣고 있는 중이었다. 그는 나를 보자 비굴하게 웃었다.

"너희들도 속았지만 나두 속았다."

"뭐라구요?"

"그 자식은 사기꾼이었다. 아까 외국인이 개인 사정으로 오지 않는다는 전갈을 받은 모양이더라."

"그래서요?"

"그러자 원장이 도망쳐버렸다."

교관은 자전거 페달을 밟았다.

"그럼 우리는 어떻게 되는 겁니까?"

나는 어리둥절해져서 그 말이 무슨 뜻인가 생각하려는 참이었는데 이미 교관은 어둠 속으로 사라진 후였다. 나는 그 녀석을 따라 뛰기 시작했다. 길이 울퉁불퉁해서 자전거는 한옆으로 쓰러졌고 나는 쓰러진 교관의 멱살을 거머쥐었다.

"이 개자식아!"

나는 목쉰 소리로 소리를 질렀다.

"저 아이들에게 해명을 해라."

"해명이구 뭐구 할 게 없다. 나두 너희들하구 마찬가지로 속은 것뿐이다."

"어쨌든 가자."

나는 녀석의 목덜미를 잡아끌고 운동장으로 나가기 시작했다. 교관은 무어라고 두어 마디 변명을 하려 했지만 나는 듣지 않았다. 그러자 교관은 갑자기 내 손을 뿌리쳤다.

"도망치지 않을 테니 멱살을 풀어라."

그리고 교관은 자신의 위엄을 되찾았다. 그는 우두커니 떼를 지어 앉아 있는 소년들 앞으로 어깨를 세우고 나가기 시작했다.

"너희들에게 오늘 보수는 줄 수 없다."

교관은 교단 위에 놓였던 지휘봉을 들고 강압적인 목소리를 냈다.

"내일의 환영식은 취소되었다."

"뭐라구요?"

조용히 앉아 있던 소년이 벌떡 일어나면서 고함을 질렀다.

"우리는 공짜로 예행연습을 한 것은 아니잖소?"

"그건 내게 물을 성질의 것이 아니다. 나두 너희들처럼 고용되었을 뿐이다."

"집어치우쇼."

"허지만……"

교관은 한결 침착한 목소리를, 나이 먹은 사람 특유의 교활한 눈빛을 번득이었다.

"너희들에게 옷이 지급되었다. 그 옷은 충분히 오백원 이상의 가치가 있다."

"뭐라구?"

일어났던 소년이 열 밖으로 뛰어나왔다.

"이 러닝셔츠하고 이 염색 바지 말이냐?"

소년은 갑자기 그 옷을 찢기 시작했다. 우리는 그 소년으로부터 불붙은 최초의 항거를 탐욕적인 눈빛으로 쳐다보고 있었다. 땀에 전 러

닝셔츠가 찢어지면서 배면의 박애 고아원이라는 이름이 지워져버리
자 탐스러운 근육이 불거져나왔고 그 근육은 수은등 불빛 아래에서
산 자의 그것 같지 않게 마치 청동색 동상처럼 보였다.
　"차라리 이까짓 옷은 찢어버리는 게 낫다."
　소년은 바지를 벗기 시작했다. 그러자 이번엔 이상하게 크게 보이
는 소년의 성기가 벗은 하지(下肢) 위에 매달려 있었고 그것은 마치
무슨 짐승의 성기처럼 싱싱한 정육 냄새를 풍기고 있었다. 하루 종일
우리를 구속하던 유니폼을 찢어버린 소년은 알몸으로 교관의 목덜
미를 쥐었다.
　"자 이젠 네 차례다. 이번엔 교관 선생이 좀 맞아야 되겠어."
　"난 죄가 없다."
　교관이 비명을 질렀다.
　"나두 너희들같이 고용되었을 뿐이다."
　몇 명이 달려들어 작업복을 낚아채고 그리고 때리기 시작했다. 앉
아 있는 소년들은 비상한 흥분을 느끼면서 충혈된 눈빛으로 자기의
동료가 작업복에게 뭇매를 가할 때마다 몸을 떨고 있었다. 그러자 작
업복이 날쌘 동작으로 도망치기 시작했고 우리는 어둠 속으로 사라
져버리는 교관의 뒷모습을 멍하니 쳐다보고 있었다.
　"여어 분대장, 너두 사꾸라인 걸 우리가 알구 있다. 너두 저 녀석
하구 한패인 걸 알구 있다."
　벌거벗은 소년의 시선이 이번엔 내게로 돌려졌다. 나는 우리들의
새로운 집단 오십칠 명의 친구들이 내게 무엇을 하려는가를 알아차
렸다. 그러나 비겁하게 나는 도망가고 싶진 않았다. 차라리 무엇인
지 모르지만 내가 기묘한 장난에 휩쓸려 어쩔 수 없는 경우에 빠져버
린 것을 알아차렸고, 그것을 변명하고 싶지는 않았다. 변명을 하기
엔 나는 너무 목이 쉬어 있었고 그보다도 나는 너무 젊기 때문이었

다. 나는 몇 명의 소년들이 내 몸을 내가 과거에 철공소에서 쇠를 제련하듯 때리고, 아득한 의식 속에서 내가 이윽고 어떤 꼴을 이룬 쇠붙이처럼 아직 한낮의 열기가 사라지지 않은 땅에 던져지는 것을 의식했다.

나는 아주 오랫동안 누워 있었다. 그것은 참으로 편안한 휴식이어서 그대로 영원히 잠들고 싶었을 정도였다. 나는 찢긴 눈으로 땅에 누운 채 어두운 밤하늘에 무수히 흐르는 별들을 쳐다보았다. 나는 마치 꿈속의 별밭 속에 누워 있는 기분이었다. 그러면서 나는 몇 시간 전만 해도 나의 동료였던 소년들이, 이제는 의미가 없어진 원가를 흥얼이며 하나 둘 그 하루 동안의 예행연습보다도 더 지루하게 우리를 괴롭히고 슬프게 하는 예행연습들이 깔린 거리로 사라져버리는 수선스런 발소리를 들었다. 그 노래는 참으로 우울하고 둔중한 음조였기 때문에 우리가 무료한 젊은 그날에 이미 강물에 떠내리는 종이배나 꽃잎처럼 느릿느릿 보이지 않는 먼 곳으로 흘러가고 있었다.

우리는 씩씩한 박애의 아들.
총명과 슬기에 빛나는 눈.
그 눈에 영원한 희망이 있어
우리는 언제나 환희에 산다.
아, 아, 우리의 꿈 박애 고아원.
아, 아, 우리의 고향 박애 고아원.

그때 누군가 어두운 그림자가 내 몸을 어루만지고 바지 단추를 끄르는 게 느껴졌다. 그것은 매우 조심스러운 움직임이었다. 무거운 눈을 뜨고 바라보니 그는 바로 이문수였다. 눈이 마주치자 소년은 손을 입에 갖다 대며 조용히 하라고, 무어라고 변명하지 않아도 내 다 알고 있다는 듯 눈을 꿈쩍거리더니 이윽고 단내 나는 몸을 던져오면서 아주 마땅한 장소를 골라 기쁜 것처럼 조그맣게 신음 소리를 발했다. 그리고는 뜨거운 입김을 내 목 뒤로 한가득히 부어대면서 나지막이 속삭였다.

"얘. 네 몸은 참 좋구나. 얘. 넌 아주 참 좋은 몸을 가지고 있구나, 얘."

(1971년)

# 타인의 방

 

그는 방금 거리에서 돌아왔다. 너무 피로해서 쓰러져버릴 것 같았다. 그는 아파트 계단을 천천히 올라서 자기 방까지 왔다. 그는 운수좋게도 방까지 오는 동안 아무도 만나지 못했고 아파트 복도에도 사람은 없었다. 어디선가 시금치 끓이는 냄새가 나고 있었다. 그는 방문을 더듬어 문 앞에 프레스라고 씌어진 신문 투입구 안쪽의 초인종을 가볍게 두어 번 눌렀다. 그리고 이미 갈라진 혓바닥에 아린 감각만을 주어오던 담배꽁초를 잘 닦아 반들거리는 복도에 던져버렸다. 그는 아주 참을성 있게 기다리고 있었다. 그의 아내가 문을 열어주기를. 문을 열고 다소 호들갑을 떨며 눈을 동그랗게 뜨고 자기를 맞아주기를. 그러나 귀를 기울이고 마지막 남은 담배에 불을 당기었는데도 안쪽에서는 소식이 없었다. 그는 다시 그 작은 철제 아가리 속에 손을 넣어 탄력감 있는 초인종을 신경질적으로 누르기 시작했다. 손끝에 가벼운 경련이 일었다. 그리고 그는 또 기다리기 시작했다.

처음에 그는 초인종이 고장난 것이 아닐까 하는 의심도 들었다. 그러나 그가 초인종을 누를 때마다 아득한 저쪽에서 희미한 소리가 반향되어오는 것을 꿈결처럼 듣고 있었기 때문에, 필시 그의 아내가 지금쯤 혼자서 술이나 먹고, 그리고는 발가벗은 채 곯아떨어졌을 것이라고 단정했다.

나는 잠이 들어버리면 귀신이 잡아가도 몰라요.

아내는 그것이 자기의 장점인 것처럼 자랑하고 있다. 그래서 그는 분노를 느끼며 숫제 오 분 동안이나 초인종에 손을 밀착시키고 방 저편에서 둔하게 벨 소리가 계속 울리고 있는 것을 초조하게 느끼고 있었다. 물론 그의 집 열쇠는 두 개로, 하나는 아내가 가지고 있고 또하나는 그가 그의 열쇠 꾸러미 속에 포함시켜서 가지고 있는 것이다. 원하기만 한다면 그는 자기 자신의 열쇠로 문을 열 수 있을 것이었다. 그러나 그는 어느 편이냐 하면 그런 면엔 엄격해서 소위 문을 열어주는 것은 아내 된 도리이며, 적어도 아내가 문을 열어준 후에 들어가는 것이 남편의 권리가 아니겠느냐는 생각을 고수하고 있는 편이었다.

그래서 그는 이번엔 주먹으로 문을 두드리기 시작했다. 처음에는 천천히 두드렸지만 나중에는 거의 부숴버릴 듯이 문을 쾅쾅 두들겨대고 있었다. 온 낭하가 쩡쩡 울리고 어디선가 잠을 깬 듯한 어린아이의 울음소리가 들려왔다. 그러자 아파트 복도 저쪽편의 문이 열리고, 파자마를 입은 사내가 이쪽을 기웃거리며 내다보았는데 그것은 그 사람 한 사람뿐만이 아니었다. 왜냐하면 그는 남의 시선을 개의치 않고 문을 두드리고 있었기 때문에, 그 사람뿐만 아니라, 다른 집의 사람들도 문을 열고 조심스럽게, 그러나 사뭇 경계하는 듯한 숫돌 같은 얼굴을 하고 이쪽을 노려보고 있었다.

"여보세요."

마침내 그를 유심히 보고 있던 여인이 나무라는 목소리로 말을 꺼냈다.

"그 집에 무슨 볼일이 있으세요?"

"아닙니다."

그는 피로했으나 상냥하게 웃으면서 그러나 문을 두드리는 것을 계속하면서 말을 했다.

"그 집엔 아무도 안 계신 모양인데 혹 무슨 수금 관계로 오셨나요?"

그는 그를 수금사원으로 착각케 한 여행용 가방을 추켜들며 적당히 웃었다.

"그런 일로 온 게 아닙니다."

"여보시오."

이번엔 파자마를 입은 사내가 손 마디를 꺾으면서 슬리퍼를 치륵치륵 끌며 다가왔다.

"벌써부터 두드린 모양인데 아무도 없는 것 같소. 그러니 그냥 가시오. 덕분에 우리집 애가 깨었소."

"미안합니다."

그는 정중하게 사과를 하였다. 하지만 그는 더러워서 정말 더러워서, 침이라도 뱉을 심산이었다.

"사실은 말입니다."

그는 방귀를 뀌다 들킨 사람처럼 무안해하면서 주머니를 뒤져 열쇠 꾸러미를 꺼냈다. 그리고 그는 익숙하게 짤랑이는 대여섯 개의 열쇠 중에서 아파트 열쇠를 손의 감촉만으로 잡아들었다.

"전 이 집의 주인입니다."

"뭐라구요?"

여인이 의심스럽게 그를 노려보면서 높은 음을 발했다.

“당신이 그 집 주인이라구요?”

“그런데요.”

나는 대답하였다. 그러자 여인은 고개를 갸우뚱거렸다.

“아니 뭐 의심 나는 것이라도 있습니까?”

“여보시오.”

아무래도 사내가 확인을 해야 마음놓겠다는 듯 다가왔다. 사내는 키가 굉장히 큰 거인이었으므로 그는 사내를 올려다보았다.

“우리는 이 아파트에 거의 삼 년 동안 살아왔지만 당신 같은 사람을 본 적이 없소.”

“아니 뭐라구요?”

그는 튀어오를 듯한 분노 속에서 신음 소리를 발했다.

“당신이 나를 한 번도 본 적이 없다고 해서 그래 이 집 주인을 당신 멋대로 도둑놈이나 강도로 취급한다는 말입니까? 나두 이 집에서 삼 년을 살아왔소. 그런데두 당신 얼굴은 오늘 처음 보오. 그렇다면 당신도 마땅히 의심 받아야 할 사람이 아니겠소?”

그는 화가 나서 고래고래 소리를 질렀다.

“어쨌든.”

사내는 집요하게 물고늘어졌다.

“당신을 의심하는 것은 안됐지만 우리 입장도 생각해주시오.”

“그건 나두 마찬가지라니깐.”

그는 화가 나서 투덜거리면서 열쇠 구멍에 열쇠를 들이밀었다. 문은 소리없이 열렸다.

“정 못 믿겠으면 따라 들어오시오. 증거를 뵈주겠소.”

그는 안으로 들어섰다. 집 안은 캄캄하였다.

“여보!”

그는 구두를 벗고, 스위치를 찾으려고 벽을 더듬거리면서 분노에 차서 소리를 질렀다. 하지만 집 안은 어두웠고 아무도 대답하질 않았다. 제기랄. 그는 너무 피로해서 퉁퉁 부은 다리를 질질 끌며 간신히 벽면의 스위치를 찾아내었고, 그것을 힘껏 올려붙였다. 접속이 나쁜 형광등이 서너 번 채집병 속의 곤충처럼 껌벅거리다가는 켜졌다. 불은 너무 갑자기 들어온 기분이어서, 그는 잠시 동안 낯선 곳에 들어선 사람처럼 어리둥절하게 서 있었다. 그때 그는 아직도 문 밖에서 사내가 의심스럽게 자기를 쳐다보고 있는 것을 보았고, 그는 조금 어처구니없어서 문을 쾅 닫아버렸다. 그때 그는 화장대 거울 아래 무슨 종이가 놓여 있는 것을 발견하였고, 그래서 그는 힘들여 경대 앞까지 가서 그 종이를 주워들었다.

여보, 오늘 아침 전보가 왔는데, 친정 아버지가 위독하시다는 거예요. 잠깐 다녀오겠어요. 당신은 피로하실 테니 제가 출장 갔다고 잘 말씀드리겠어요. 편히 쉬세요. 밥상은 부엌에 차려놨어요.
당신의 아내가.

그는 울분에 차서 한숨을 쉬면서, 발소리를 쿵쿵 내면서, 한없이 잠겨들어가는 피로를 느끼면서, 코트를 벗고 넥타이를 풀고, 와이셔츠를 벗는 일관작업을 매우 천천히 계속하였으며 그리고는 거의 경직이 되어 뻣뻣한 다리를, 접는 나이프처럼 굽혀 바지를 벗고 그것을 아주 화를 내면서 옷장 속에 걸었다. 그때 그는 거울 속에서 주름살을 잔뜩 그린 늙수그레한 남자를 발견했고, 그는 공연히 거울 속의 자기를 향해 맹렬한 욕을 퍼붓기 시작했다.
제기랄, 겨우 돌아왔어. 제기랄, 그런데 아무도 없다니.
그는 심한 고독을 느꼈다. 그는 벌거벗은 채, 스팀 기운이 새어나갈 틈이 없어 후텁지근한 거실을, 잠시 철책에 갇힌 짐승처럼 신음을 해가면서 거닐었다. 가구들은 며칠 전하고 같았으며 조금도 바뀌지 않은 것처럼 보였다. 트랜지스터는 끄지 않고 나간 탓에 윙윙거리고 있었다. 그는 그것을 껐다. 아내의 옷이 침실에 너저분하게 깔려 있었고, 구멍 난 스타킹이 소파 위에 누워 있었다. 다리 안쪽을 조이는 고무줄이 탁자 위에 놓여 있었다. 루주 뚜껑이 열린 채 뒹굴고 있었다.

그는 우선 배가 고팠으므로 부엌 쪽으로 갔는데, 상 위에는 밥 대신 빵 몇 조각이 굳어서 종이처럼 딱딱해져 있었다. 그는 무슨 고무를 씹는 기분으로 차고 축축한 음식물을 삼켰다.

이건 좀 너무한 편인걸.

그는 쉴새없이 투덜거렸다. 그는 마땅히 더운 음식으로 대접을 받았어야 했다. 그뿐인가. 정리된 실내에서 파이프를 피워물고, 음악을 들어야 했을 것이다. 하지만 그는 운수 나쁘게도 오늘밤 혼자인 것이다.

그는 신문을 보려고 사방을 훑어보았지만 신문은 아무 데도 없었다. 그래서 그는 신문 볼 생각을 포기하였다. 그는 시계를 보았는데, 시계는 일 주일 전의 날짜로 죽어 있었다. 그것은 그의 아내가 사온 시계인데, 탁상시계치곤 고급이긴 하나 거추장스러운 날짜와 요일이 명시되어 있는 시계로, 가끔 망령을 부려 터무니없이 빨리 가서 덜거덕하고 날짜를 알리는 숫자판이 지나가기도 하고 요일을 알리는 문자판이 하루씩 엇갈리기도 했는데, 더구나 시간이 서로 엇갈리면 뾰족한 수 없이 그저 몇천 번이라도 바늘을 돌려야만 겨우 교정되는 시계였으므로, 그는 화를 내면서 시계의 바늘을 돌리기 시작하였다. 더구나 환장할 것은 손톱을 갓 깎은 후였으므로 그는 이빨 없는 사람이 잇몸으로만 호두알을 깨려는 듯한 무력감을 손톱 끝에 날카롭게 느끼고 있었다. 그는 망할 놈의 시계를 숫제 바닥에 내동댕이쳐버리고 싶은 충동을 가까스로 참아가면서 참으로 무의미한 시간의 회복을 반복해나가고 있었다.

그는 오랫동안 그 작업을 하였다. 그래서 그는 더욱 지쳐버렸다.

그는 천천히 아픈 다리를 질질 끌며 욕실로 갔다. 욕실 안의 불을 켜자, 욕실은 아주 밝아서 마치 위생적인 정육점 같아 보였다. 욕조 안엔 아내가 목욕을 했는지 더러운 구정물이 그대로 담겨 있었다. 아내의 머리칼이 욕조 가장자리에 붙어 있었고, 그것은 마치 살아 있는 벌레처럼 꿈틀거렸다. 그는 손을 뻗쳐 더러운 물 사이에 숨은 가재 등과 같은 고무 마개를 빼었다. 그러자 작은 욕조는 진저리를 치기 시작했고, 매우 빠른 속도로 물이 빠져나가 좀 후에는 입맛 다시는 듯한 소리를 내면서 더러운 때의 앙금을 군데군데 남기고는 비었다.

그는 우선 세면대의 고무 마개를 틀어막은 후 더운물과 찬물을 동시에 틀었다. 더운물은 너무 찼다. 그는 얼굴에 잔뜩 비누거품을 문질렀고, 그래서 그는 마치 분장한 도화역자의 얼치기 바보 같아 보였다. 그는 면도기가 일 주일 전 그가 출장 가기 전에 사용했던 그대로 날을 세우고 놓여 있는 것을 발견했다. 면도기의 칼날 부분엔 아직도 비눗기가 남아 있었고 그 사이로 자른 수염의 잔해가 녹아 있었다. 그는 화를 내면서 아내의 게으름을 거리의 창녀에게보다도 더 심한 욕으로 힐책하면서 수염을 깎기 시작했다. 수염은 거세었고, 뿌리가 깊었으므로 이미 녹슬고 무디어진 칼날로 잘라내기란 용이한 일이 아니었다. 때문에 그는 얼굴 두어 군데를 베었고 그중의 하나는 너무 크게 베어 피가 배어나왔으므로 얼핏 눈에 띄는 대로 휴지 조각을 상처에 밀착시켰다. 휴지는 침 바른 우표처럼 얼굴 위에 붙여졌다. 우표는 매끈거리는 녹말기로 접착된다. 하지만 그의 얼굴 위에선 피로 붙여진다.

그는 화를 내었다. 그는 우울하게 서서 엄청난 무력감이 발끝에서

부터 자기를 엄습해오는 것을 느꼈으며 욕실 거울에 자신의 얼굴이 우송되는 소포처럼 우표가 붙여진 채 부옇게 떠오르는 것을 보았다. 그때 그는 거울에 무엇인가 붙어 있는 것을 발견했다. 그는 손을 뻗쳐 그것이 무엇인가 확인을 했다.

그것은 껌이었다. 아내는 늘 껌을 씹고 있었는데, 그것은 아내의 버릇 중의 하나였다. 밥을 먹을 때나 목욕을 할 때면 밥상 위 혹은 거울 위에 껌을, 송두리째 뜯어내려는 치밀한 계산하에 진득한 타액으로 충분히 적신 후에 붙여놓는 것이었다. 그는 잠시 낄낄거렸다. 그는 그 껌을 입 안에 털어넣었다. 껌은 응고하고 수축이 되어 마치 건포도알 같았다. 향기가 빠져 야릇하고 비릿한 느낌이었지만 좀 후엔 말랑말랑해졌다. 아내의 껌이 그를 유일하게 위안해주었다. 그래서 그는 한결 유쾌해졌고 때문에 노래를 부르기 시작했다.

나뭇잎에 놀던 새여. 왜 그런지 알 수 없네.
낸들 그대를 어찌하리. 내가 싫으면 떠나가야지.

그의 목소리는 목욕탕 속에서 웅장하였다. 온 방 안이 찡찡거리고, 소리가 빠져나갈 구멍이 없었으므로 종소리처럼 욕실을 맴돌았다. 그는 휘파람도 후이후이 불기 시작했다.

역시 집이란 즐겁고 아늑한 곳이군 하고 그는 중얼거렸다. 무심코 중얼거렸지만 그는 순간 그 소리를 타인의 소리처럼 느꼈으며 그래서 놀란 나머지 뒤를 돌아보았다. 그는 누군가의 인기척을 느꼈다. 그러나 개의치 않기로 하였다.

그는 욕실 거울 앞에 확대경이 놓여 있는 것을 발견했다. 물론 그는 그것의 용도를 잘 알고 있었다. 그것은 아내가 겨드랑이의 털이나, 코밑의 솜털을 제거할 때, 족집게와 더불어 사용하는 것으로 그는 그것을 쥐어들었다. 그는 그것을 들고 그것을 통하여 자신의 얼굴을 비춰보았다. 뚜렷한 형상을 가지지 않은 사내가 이상하게 부풀어서 확대되어 있었다. 그는 그것을 움직여 욕실의 형광 불빛을 한곳으로 모으려고 애를 쓰기 시작했다. 햇빛 밑에서 확대경을 움직거리면 날개 잘린 곤충을 태워버릴 수도 있다. 그는 끈끈하고 축축한 욕실에서 한기를 선뜻선뜻 느껴가면서 형광 불빛을 한곳으로 모으려고, 빛을 모아 뜨거운 열기를 집중시키려고 땀을 흘리고 있었다. 그는 긴 지난 여름날의 하지(夏至)를 느끼고 있었다.

지난 여름은 행복하였다고 그는 생각하였다. 그러자 그는 그것을 입으로 중얼거리고 싶은 충동을 느꼈다. 그래서 그는 소리를 내었다.

그럼 행복했었지. 행복했었구말구. 그는 여전히 자신의 소리에 놀라면서 뒤를 돌아보았다. 그러나 그의 곁엔 아무도 없었다. 그는 좀 무안해졌고 부끄러워졌으므로 과장해서 웃어젖혔다.

그는 키 큰 맨드라미처럼 우울하게 서서 그를 노려보고 있는 샤워기 쪽으로 다가갔다. 샤워기 쪽으로 갈 때마다 그는 키를 재고 싶은 충동을 느낀다. 샤워기의 모가지는 사형당한 사형수의 목처럼 꺾이어서 매우 진지하게 그를 응시하고 있다. 그는 샤워기의 줄기 양 옆에 불쑥 튀어나온 더운물과 찬물을 공급하는 조종간을 잡았다. 그는 더운물 쪽을 조심스럽게 매우 조심스럽게 틀었다. 그러자 뜨거운 비가 쏟아져내리기 시작했다. 욕실 바닥의 타일을 때리고 금세 수증기가 되어 올랐다. 그는 신기하다. 이것은 어제의 더운물이 아니다라고 그는 의식한다. 그는 갑자기 오랜 암흑 속에서 눈을 뜬 사내처럼 신기해한다. 그는 이번엔 찬물을 더운물만큼 튼다. 그 차가운 물은 이제 예사의 찬물이 아니다라고 그는 의식한다. 물은 그의 손바닥 위에서 너무 뜨겁기도 했고 차갑기도 해서 그는 잠시 망설이다가, 이윽고 껌을 질겅질겅 씹으며 사나운 비바다 속으로 뛰어든다. 그는 더운

물이 피로한 얼굴을 핥고 춤의 신발을 신어버린 소녀처럼 매끈거리면서 몸을 타고 흘러내리는 감촉을 즐기고 있다.

그는 비누를 풀어 온몸을 매만진다. 거품이 일어 온몸이 애완용 강아지의 흰 털처럼 무장하였을 때, 그는 그의 성기가 막대기처럼 발기해서 힘차고 꼿꼿하게 피어오르는 것을 보았다. 욕망이 끓어오르고, 그는 뜨거운 물 속으로 다시 뛰어들면서, 신음을 발하면서, 세찬 물줄기가 가슴을, 성기를 아프도록 때리는 감촉을 느끼고 있었다. 뜨거운 빗물은 싱싱한 정육 냄새 나는 발그스레 상기한 근육을 적신다. 이윽고 온몸에 비눗기가 다 빠져도 그는 한참이나 물 속에 자신을 맡긴 채, 껌을 씹으면서 함부로 몸을 굴리고 있었다. 피로가 어느 정도 풀리자 그는 물을 잠그고 몸을 정성들여 닦는다. 그는 심한 갈증을 느낀다.

그는 욕실을 나와 한결 서늘한 거실 찬장 속에서 분말 주스와 설탕을 끄집어낸다. 그는 바닥에 가루를 흘리지 않으려고 조심을 하면서 주스를 타고 설탕을 서너 숟갈, 그러다가 드디어 거의 열 숟갈도 더 넣어버린다. 그것에 그는 차가운 냉수를 섞는다. 그리고 손잡이가 긴 스푼으로 참을성 있게 젓는다. 그는 컵을 들고 한 손으로는 스푼을 저으면서 전축 쪽으로 간다. 그는 많은 전축판 속에서 아무 판이나 뽑아든다. 그는 그 음악의 이름을 알지 못한다. 전축에 전기를 접속시키자, 전축은 돌연히 윙 – 거리면서 내부의 불을 밝혀든다. 레코드판 받침대가 원을 그리면서 돌기 시작한다. 그는 원반을 가볍게 날리는 육상 선수처럼 얇은 레코드를 그 받침대 위에 떠올린다. 바늘이 나쁜 전축은 쉭쉭 잡음을 내다가는 이윽고 노래를 토하기 시작한다. 그는 음악을 들으면서 소파에 길게 눕는다. 아직 정리되지 않은 것이 몇 가지 있긴 하지만 그는 안정을 느낀다. 갓 스탠드의 은밀한 불빛이 온 방 안을 우울하게 충전시킨다. 그는 천장 위에서 보면 사람처럼 보이지도 않는다. 그는 부동의 자세로 누워 있다. 때문에 그는 가구 같은 정물로 보인다. 그러다가 그의 눈엔 화장대 위에 놓인 아내의 편지가 들어온다. 그러자 그는 아내의 메모 내용을 생각해내고 쓰게 웃는다. 아내가 그에게 거짓말을 하였다는 사실을 그는 깨닫는다. 그는 원래 내일 저녁에야 도착하였어야 할 것이었다. 그는 출장 떠날 때도 내일 저녁에 도착할 것이라고 아내에게 일러두었었다. 그런데도 아내는 오늘 전보를 받았다고 잠시 다녀오겠노라고 장인이 위독해서 가보겠다고 쓰고 있다. 그는 웃는다. 아주 유쾌해지고 그는 근질근질한 염기를 느낀다. 나는 안다라고 그는 생각한다. 아내는 내가 출장 간 그날부터 어디론가 사라져버렸을 것이다. 아내는 내일 저녁 내가 돌아올 것을 예측하고 잘 해야 내일 모레 아침에 도착할 것이다. 다소 민망하고 부끄러워하면서 아내는 내게 나지막하게 사과를 할 것이다.

나는 아내가 다른 여인과 다른 성기를 가진 것을 잘 알고 있다. 그녀의 성기엔 자크가 달려 있다. 견고하고 질이 좋은 자크이다. 아내는 내가 보는 데서 발가벗고 그 자크를 오르내리는 작업을 해 보이기 좋아한다. 아내의 하체에 자크가 달린 모습은 질 좋은 방한용 피륙을 느끼게 하고 굉장한 포용력을 암시한다.

그는 웃으면서 스푼을 젓는다. 그때였다. 그는 무슨 소리를 들었다. 공기를 휘젓고 가볍게 이동하는 발소리였다. 그는 귀를 기울였다. 그는 욕실 쪽에서 무슨 소리가 들려오고 있는 것을 눈치챘다. 그는 난폭하게 일어나서 욕실 쪽으로 걸었다. 그는 분명히 잠근 샤워기에서 물이 쏟아져내리고 있는 것을 보았다. 제기랄. 그는 투덜거리면서 물을 잠근다. 그리고 다시 소파로 되돌아온다. 그러자 이번엔 부엌 쪽에서 소리가 들려오기 시작한다. 그는 될 수 있는 한 불평을 하지 않으려고 이를 악물고 부엌 쪽으로 간다. 부엌 석유 풍로가 불붙고 있다. 그는 투덜거리면서 그것을 끈다. 그리고 천천히 소파 쪽으로 왔을 때, 그는 재떨이에 생담배가 불이 붙여진 채 타고 있음을 발견한다. 그는 반사적으로 주위를 둘러본다. 그는 엄청난 고독감을 느낀다.

"누구요?"

그는 조심스럽게 소리를 지른다. 그의 목소리는 진폭이 짧게 차단된다. 그는 갇혀 있음을 의식한다. 벽 사이의 눈을 의식한다. 그는 사납게 소파에 누워, 시선에 닿는 가구들을 노려보기 시작한다. 모든 가구들이 비 온 후 한결 밝아오는 나뭇잎처럼 밝은 색조를 띠고 빛나기 시작한다. 그는 스푼을 집요하게 젓는다. 설탕물은 이미 당분을 포함하고 뜨겁게 달아 있으나 설탕은 포화상태를 넘어 아직 풀리지 않고 있다. 그래도 그는 계속 스푼을 젓는다. 갑자기 그는 그의 손에 쥐어진 손잡이가 긴 스푼이 여느 스푼이 아님을 느낀다. 그러자 스푼이 그의 의식의 녹을 벗기고, 눈에 보이는 상태 밖에서 수면을 향해 비상하는, 비늘 번뜩이는 물고기처럼 튀어오르는 것을 보았다. 그는 힘을 다해 스푼을 쥔다. 그러자 스푼은 산 생선을 만질 때 느껴지는 뿌듯한 생명감과 안간힘의 요동으로 충만된다. 그리고 손아귀에 쥐어진 스푼은 손가락 사이를 민첩하게 빠져나간다. 그는 잠시 놀란 나머지 입을 벌린 채 스푼이 허공을 날면서 중력 없이 둥둥 떠서 흐르는 것을 보았다. 그는 온 방 안의 물건을 자세히 보리라고 다짐하고는 눈을 부릅뜬다. 그러자 그의 의식이 닿는 물건들마다 일제히 흔들거리면서 흥을 돋우기 시작하는 것이었다. 그는 비틀거리면서 일어나 거실에 스위치를 넣으려고 걷는다. 그는 스위치를 넣는다. 형광등의 꼬마전구가 번쩍번쩍거리며 몇 번씩 반추한다. 그러다가 불쑥 방 안이 밝아온다.

그는 스푼이 담수어처럼 얌전하게 손아귀 속에 쥐여 있는 것을 발견한다. 그는 조심스럽게 온 방 안의 물건들을, 조금 전까지 흔들리고 튀어오르고 덜컹이던 물건들을 하나하나 훑어보기 시작한다.

물건들은 놀라움게도 뻔뻔스러운 낯짝으로 제자리에 가라앉아 있었다. 그는 비애를 느낀다. 무사무사(無事無事)의 안이 속에서 그러나 비웃으며 물건들은 정좌해 있다. 그는 투덜거리면서 스위치를 내린다. 그리고 소파에 앉아 단 설탕물을 마시기 시작한다. 방 안 어두운 구석구석에서 수군거리는 소리가 들려온다. 어둠과 어둠이 결탁하고 역적 모의를 논의한다. 친구여, 우리 같이 얘기합시다. 방 모퉁이 직각의 앵글 속에서 한 놈이 용감하게 말을 걸어온다. 벽면을 기는 다족류 벌레의 발소리가 들려온다. 옷장의 거울과 화장대의 거울이 투명한 교미를 하는 소리도 들려온다. 그는 어둠 속에서 눈을 부릅뜬다. 벽이 출렁거린다. 그는 천천히 몸을 움직인다. 방 벽면 전기 다리미 꽂는 소켓의 두 구멍 사이에서 소리가 들려온다. 친구여, 귀를 좀 대봐요. 내 비밀을 들려줄게. 그는 그의 오른쪽 귀를 소켓에 밀착한다. 그의 귀가 전기 금속 부품처럼 소켓의 좁은 구멍에 접촉된다. 그러자 그의 온몸이 고급 전기 난로처럼 달아오르기 시작한다. 그의 몸에 스파크가 일고, 그는 온몸에 충만한 빛을 느낀다.

잘 들어요. 소켓이 속삭인다. 마치 트랜지스터 이어폰을 꽂은 것처럼 그의 목소리는 귓가에만 사근거린다. 오늘밤 중대한 쿠데타가 있을 거예요. 겁나지 않으세요?

그는 소켓에서 귀를 뗀다. 그리고 맹렬한 기세로 다시 스위치를 올린다. 불이 들어오면 이 모든 술렁임이 도료처럼 벽면에 밀착하고 모든 것은 치사하게도 시치미를 떼고 있다. 그는 불을 켠 채 화장대로 다가간다. 그는 투덜거리면서 키가 크고 낮은 모든 화장품을 열어 검사한다. 그리고 찬장을 열어 그 안에 가지런히 빈 그릇들, 성냥통, 촛대. 옷장을 열어 말리는 바다 생선처럼 걸린 옷들. 그리고 그들의 주머니도 검사한다. 옷들은 좀 괘씸했지만 얌전하게 주머니를 털어 보인다. 그는 하나하나 보리라고 다짐한다. 서랍을 뒤져 남은 물건도 조사한다. 그러다가 이미 건조하여 건드리기만 해도 부서질 듯한 낙엽 몇 장을 발견했다. 그것은 그에게 지난 가을을 생각나게 했고 그는 잠시 우울해졌다. 그는 사진틀 속의 퇴색한 사진도 유심히 들여다보았다. 책장에 꽂힌 뚜껑 씌운 책들도 관찰하였다. 그는 부엌으로 가서 석유 풍로의 심지도 관찰하고, 낡은 구두 속도 들여다보았다. 다락문을 열어 갖가지 물건도 하나하나 세밀히 보았고 욕실에서 그는 욕조 밑바닥까지 관찰하였다. 덮개가 있는 것은 그 내용물을 검사하였으며 침대도 들어서 털어도 보았다. 심지어 변기도 들여다보았고, 창 틈 사이도 들여다보았다. 물건들은 잘 참고 세금 잘 무는 국민처럼 얌전하게 그의 요구에 응해주었다. 그러나 그가 들여다보는 물건은 본래 예사의 물건은 아니었다. 그것은 이미 어제의 물건이 아니었다.

그는 한층 더 깊은 피로를 느끼면서 거실로 돌아와 술병의 술을 잔에 가득히 부어 단숨에 들이마셨다. 그러자 그는 아주 쓸쓸하고 허무맹랑한 고독감을 느꼈다. 그래서 그는 다시 한 잔을 그득히 부어 연거푸 단숨에 들이마셨다. 술맛은 짜고도 싱겁고, 달고도 썼다.

그는 어디쯤엔가 피다 남은 꽁초가 있을 것이라고 생각하고 서랍을 뒤지다가 말라빠진 담배꽁초를 발견했다. 그는 그것에 불을 붙였다. 술기운이 그를 달아오르게 하고 그를 격려했기 때문에 그는 아동처럼 큰 소리로 노래를 부르기 시작했다.


나뭇잎에 놀던 새여. 왜 그런지 알 수 없네.
낸들 그대를 어찌하리. 내가 싫으면 떠나가야지.

그는 벌거벗은 채 온 방 안을 서성거리기 시작했다. 그는 그것이 일상사인 것처럼 걷고, 그리고 뛰었다. 그는 부엌을 답사하였고 그럴 때엔 욕실 쪽이 의심스러웠다. 욕실 쪽을 보고 있노라면 그는 거실 쪽이 의심스러웠다. 그는 활차(滑車)처럼 뛰고 또 뛰었다. 그러나 그는 아무것도, 아무런 낌새도 발견해낼 수 없었다. 무생물에 놀란다는 것은 부끄러운 일이다라고 그는 생각했다. 그러자 그는 비로소 안심이 되었다. 그래서 거만스럽게 걸어가서 스위치를 내렸다. 그는 소파에 앉아 남은 설탕물을 찔금찔금 들이켜기 시작했다. 그가 스위치를 내리자, 벽에 도료처럼 붙었던 어둠이 차곡차곡 잠겨서 덤벼들고 그들은 이윽고 조심스럽게 수군거리더니 마침내 배짱 좋게 깔깔거리고 있었다. 말린 휴지 조각이 베포처럼 늘여져 허공을 난다. 닫힌 서랍 속에서 내의가 펄펄 뛰고 있다. 책상을 받친 네 개의 다리가 흔들거리기 시작한다. 찬장 속에서 그릇들이 어깨를 이고 달그럭거리며 쟁그렁거리면서 모반을 시작한다.

그것은 그래도 처음엔 조심스럽게 시작되었다. 하지만 그들의 대상이 무방비인 것을 알자, 일제히 한꺼번에 고래고래 소리를 지르면서 날뛰기 시작했다. 크레용들이 허공을 난다. 옷장 속의 옷들이 펄럭이면서 춤을 춘다. 혁대가 물뱀처럼 꿈틀거린다. 용감한 녀석들은 감히 다가와 그의 얼굴을 슬쩍슬쩍 건드려보기도 하였다. 조심해, 조심해. 성냥갑 속에서 성냥개비가 중얼거린다. 꽃병에 꽂힌 마른 꽃송이가 다리를 번쩍번쩍 들어올리면서 춤을 춘다. 내의가 들여다보인다. 벽이 서서히 다가와서 눈을 두어 번 꿈쩍거리다가는 천천히 물러서곤 하였다. 트랜지스터가 안테나를 세우고 도립하기 시작한다. 그러자 재떨이가 박수를 치기 시작한다. 소켓 부분에선 노래가 흘러나온다. 낙숫물이 신기해서 신을 받쳐들던 어릴 때의 기억처럼 그는 자그마한 우산을 펴고 화환처럼 황홀한 그의 우주 속으로 뛰어든 셈이었다. 그는 공범자가 되고 싶은 욕망을 느낀다.

그때였다. 그는 서서히 다리 부분이 경직되어오는 것을 느꼈다. 그
것은 우연히 느낀 것이었다. 처음에 그는 이 방에서 도망가리라 생
각했었기 때문에, 될 수 있는 한 소리를 내지 않고 살금살금 움직이
리라고 마음먹고 천천히 몸을 움직이려 했을 때였다. 그러나 그는
다리를 움직일 수가 없었다. 이상한 일이었다. 그래서 그는 손을 내
려 다리를 만져보았는데 다리는 이미 굳어 석고처럼 딱딱하고 감촉
이 없었으므로 별수 없이 손에 힘을 주어 기어서라도 스위치 있는 쪽
으로 가리라고 결심했다. 그는 손을 뻗쳐 무거워진 다리, 그리고 더
욱더 굳어져오는 다리를 끌고 스위치 있는 곳까지 가려고 안간힘을
썼다. 그러나 그는 채 못 미쳐 이미 온몸이 굳어오는 것을 발견하였
다. 그래서 그는 숫제 체념해버렸다. 참 이상한 일이라고 생각하면
서 그는 조용히 다리를 모으고 직립하였다. 그는 마치 부활하는 것
처럼 보였다.


다음다음날 오후쯤 한 여인이 이 방에 들어왔다. 그녀는 방 안에
누군가가 침입한 흔적을 발견했다. 매우 놀라서 경찰을 부를까고도
생각했지만, 놀란 가슴을 누르며 온 방 안을 조심스럽게 살펴보았는
데 틀림없이 그녀가 없는 새에 누군가가 들어온 것은 사실이긴 했지
만 자세히 구석구석 살펴본 후에 잃어버린 것이 없다는 것을 발견하
자, 안심해버렸다.

그러나 그녀는 곧 잃어버린 것이 없는 대신 새로운 물건이 하나 놓
여 있는 것을 발견했다.

그 물건은 그녀가 매우 좋아했던 것이었으므로 며칠 동안은 먼지
도 털고 좀 뭣하긴 하지만 키스도 하긴 했다. 하지만 나중엔 별 소용
이 닿지 않는 물건임을 알아차렸고 싫증이 났으므로 그 물건을 다락

잡동사니 속에 처넣어버렸다. 그리고 그녀는 다시 그 방을 떠나기로 작정을 했다. 그래서 그녀는 메모지를 찢어 달필로 다음과 같이 써서 화장대 위에 놓았다.

여보. 오늘 아침 전보가 왔는데 친정 아버지가 위독하시다는 거예요. 잠깐 다녀오겠어요. 당신은 피로하실 테니 제가 출장 갔다고 할 테니까 오시지 않으셔두 돼요. 밥은 부엌에 차려놨어요.
<br>당신의 아내가.

(1971년)

# 뭘 잃으신 게 없으십니까

토요일 오후. 나는 학교 앞에서 버스를 탔다. 거리는 햇볕에 일광욕을 하고 있었다. 은전처럼 반짝이는 토요일 오후의 도시가 우쭐거리며 차창에 밀려들기도 하고 쩔렁이며 밀려나가기도 하고 있었다. 나는 빈 도시락 소리가 나는 책가방을 추켜든 채 얼마만큼은 졸려서 발그레 상기하기 시작하는 주말의 대학가를 쳐다보았다. 손님은 점점 불었으나 다들 얼마만큼은 구겨진 채 아무런 말도 없었다. 나는 천천히 눈을 감았다.

내가 그 하찮은 자기(磁器)에 빠져버린 것은 글쎄 내가 사학과 학생이기 때문이라고 단정지어도 무방할지 모른다. 하지만 그 자기에 빠져버린 이유는 가끔 물 바른 흡지를 차가운 탑 겉면에 접착시키고, 부드럽게 두드려 탁본을 떠내는 그러한 일상사 이외에서 규정지어진 행동이었다. 그렇다고 그 자기가 유독 예술성이 빛나고, 더구나 그런 희귀가치로 값이 나가는 물건인 것은 아니었다. 내가 우연히 고대 유물 전시회가 열리고 있는 YMCA 전시장에 들렀을 때 배는 둥글고, 목 부분이 단정학(丹頂鶴)의 그것처럼 우아하게 길었을 뿐, 그 이외엔 아무런 장식도 없고 기교도 부리지 않은 자기를 발견했고, 나는 그 자기에 기막힌 매력을 느꼈던 것이다. 그래서 남의 눈을 피해서 자기의 겉면을 슬그머니 만져보았는데 순간 나는 과장된 표현이 아니라, 누이가 달빛에 앉아 사과를 깎을 때 그 날카로운 칼날 위에서 파랗게 인화되던 월광 같은 싸늘하고 차가운 체온을 의식했던 것이다. 그것은 이미 사라져가는 아름다움이었던 것이다. 내면은 편물기 속에서 실이 직조되듯 기하학적으로 구축되고 있으나, 겉면은 그 감추고 있는 뽐냄을 스스로 눈감고 체념해버리는 그러한 전통적인 싸늘한 느낌을 그 자기에서 나는 느꼈던 것이다.

그래서 나는 그 자기를 사기로 결심했다. 다행히 내겐 중학교 학생들에게 아르바이트를 하고 틈틈이 저축해둔 돈이 한 삼만여 원가량 있었으므로, 그것이 비록 쓰라린 지출이긴 하지만 값진 행위임에 틀림없다고 계속 다짐을 해가면서 전시장 관리인에게 그 자기의 값을 물었는데 그는 얘기를 듣자, 이건 하나하나 팔지 않고 한꺼번에 경매에 의해서 팔린다는 것, 기본 가격은 이만원 정도이니 한 삼만원이면 살 수 있으리라는 것, 하지만 골동품 수집가가 한둘이 아니므로 꼭 그것을 사겠다면 이름깨나 알려진 수집가를 찾아가 그 자기만은 구입 대상에서 빼줄 것을 미리 부탁하는 것이 유리하다는 것을 가르쳐주었다. 나는 그에게서 몇 가지의 언질을 받고 드디어 토요일 오후에 가벼운 모발을 흩날리면서 가을이 무르녹는 도시 속으로, 불확실한 거리의 햇볕으로 행장을 차리고, 입을 꾸욱 다물고 단연 해치우고 말리라는 의지까지 번득이면서 출발했던 것이다. 우선 내가 할 일은 닥터 해리슨을 찾아가서 그 자기만큼은 구입 대상에서 빼어줄 것을 종용시키는 일이었다.

그는 외인 주택지에 살고 있었는데 이달 말이면 임기가 만료되어 고국으로 돌아가야 하는 사람이었다. 꿈결처럼 차장이 졸린 목소리로 버스 정류장을 알리고 다시 버스는 떠나곤 했다. 버스 안 라디오에선 주한 미군이 앞으로 감축되는 것이 아니라 벌써 감축된 상태라는 것을 뉴스로 알려주고 있었다. 시외로 나갈수록 버스는 텅텅 비었다. 내다뵈는 한강은 납색으로 띠를 두른 듯이 흘러가고 있었으며 철 지난 보트가 죽은 곤충처럼 배를 드러내고 모래사장에 누워 있었다.

나는 한강 넘어서 버스에서 내렸다. 내가 내린 정류장 앞엔 방금 김장배추가 트럭에 만재된 채 들어서고 있었으며 가을 김장 시장이 열리고 있었다. 물건값을 깎는 아낙네의 악쓰는 소리와 무단을 세는 장사치의 노랫소리. 한푼 더 받으려는 생선장수와, 한푼 더 깎자는 장을 보는 임신부. 경마장의 말처럼 이리저리 뛰노는 국민학교 어린애들. 좁은 길을 빠져나가는 달구지. 트럭의 경적 소리. 모든 소리는 갑자기 터져 흐르기 시작했고 나는 버스에서 내린 채 잠시 길 잃은 미아처럼 어리둥절해서 서 있었다. 나는 마치 기름 끓는 프라이팬 속에 뛰어든 것 같았다.

그러나 나는 서서히 언덕길을 올라가기 시작했다. 휘파람을 날리기도 하고 책가방을 추켜올리기도 하면서 언덕길을 올라선 순간, 나는 이번에는 내가 진공상태의 실험관 속에 뛰어든 것이 아닐까 하는 착각을 받았다. 아까의 그 악쓰는 소리의 여운이 아직까지 내 귓가에서 사라지지 않았고, 내 몸에선 적어도 김장배추에서 풍겨지는 옅은 분뇨 냄새가 채 사라지지도 않았을 그런 짧은 순간에 나는 아주 판이한 곳에 떨어져 있는 것이었다. 50미터 언덕길의 유희, 그것은 정말 굉장한 것이었다.

길 양 옆의 가로수는 잎을 떨구고 오수(午睡)에 기울고 있었다. 은행잎들은 금가루처럼 포도 위에 쌓이고 있었고, 잔디밭은 융단처럼 부드럽게 빛나고 있었다. 언덕 위에서부터 늙은 외국인 부부가 손수레를 끌고 내려오고 있었다. 하얗게 칸막이 한 목책 사이로 빨간 상의를 입은 외국인 남자가 파이프를 물고, 잔디 깎는 기계를 들고 집 앞을 오르내리고 있었고, 그늘에선 그의 아들딸들이 그네를 타고 있었다. 시야를 막지 않아 투명한 가을의 햇살이 반짝거리는 잔디밭을 뒹굴며 노는 그들의 모습은 한 무리의 양순한 초식동물을 연상하게 했다. 그들의 깔깔대는 환호성은 외인 주택가를 아주 풍요하고, 재치 있게 만들고 있었다.

나는 이 이국적인 분위기 속에서 약간 어리둥절한 채로 고장난 풍향계처럼 우두커니 서 있었다. 그때였다.

"헤이! 미스터. 플리즈 패스 미 더 볼."

나는 누군가 나를 날카롭게 부르는 것을 들었고, 좀 후에는 야구볼이 언덕 아래로 토끼처럼 깡충이며 스쳐 내려가는 것을 보았다. 나는 자신도 모르게 빈 수레처럼 도시락 소리를 내며 쩔뚝이면서 뛰어내려갔다.

도대체 볼은 어디 숨어버린 것일까. 내 근시안은 보물 찾기나 하듯, 그 공이 머물렀으리라 하는 데를 찾기에 번득이었고, 나는 얼마 후에 그 볼이 낙엽 쌓인 하수구 구멍 속에 수줍은 듯이 숨어 있는 것을 발견했다. 나는 그것을 잡기 위해 허리를 굽히었다. 하나 손의 길이가 채 볼에 닿지 않았기 때문에 책가방을 놓고, 온통 온몸을 아스팔트에 붙이다시피하며 공을 쥐었다. 그때 엎드린 내 눈에 메이드 인 유 에스 에이의 추잉껌 껍질이 반짝이고 있는 것이 발견되었다. 그 순간 나는 튕기듯 볼을 잡고 일어났다.

"땡큐, 미스터. 히어. 우즈 유 플리즈 패스 미 더 볼?"

언덕 위 잔디밭에는 빨간 캡을 쓴 프론티어의 후예들이 캐치 글러브를 만세나 하듯 올려쓰고 소리를 지르고 있었다. 그것을 본 순간 내 머리로는 그 공을 잡기에 허우적댔을 자신의 모습이 캐리커처되기 시작했고, 나는 정말 얼떨떨하기도 하고, 슬퍼지기도 하고, 한편 화를 내기도 하면서 있는 힘을 다해 바짝 마른 오른팔을 휘둘러 공을 던졌다. 그러나 공은 그 아이들이 뛰어나와 받아야 했을 정도로 못 미쳐 낙하되었다.

"땡큐. 땡큐 베리 머치."

그들은 다시 캐치볼을 시작했고 나는 비참한 기분으로 가방을 들고, 옷에 묻은 먼지를 털었다. 그러자 갑자기 기운이 솟아올랐으며, 투구벌레처럼 투지가 반짝거리는 것을 느꼈다.

나는 다시 비탈길을 올라서며 닥터 해리슨 씨 집을 찾기로 결심했다.

언덕길에서 자전거를 타고 있던 아이들은 내가 닥터 해리슨의 집이 어딘가고 묻자, 주근깨 박힌 얼굴을 들며 턱으로 길가의 집을 가리켰다. 나는 의족을 휘두르는 상이군인처럼 허우적대면서 고맙다는 표시를 한 다음 닥터 해리슨의 집으로 다가갔다.

해리슨 씨의 집은 야구장 뒤의 네트같이 그물로 엮은 철망으로 둘려 있었는데 울타리를 통해 하이얀 페인트칠을 한 집이 내다뵈고 막 웬 한국 여인이 빨래를 걸으러 나오고 있는 중이었다. 나는 수족관을 들여다보는 것처럼 철망에 안경을 갖다붙이고, 풍선처럼 부유하는 외국인들의 풍경을 멍하니 바라보고 있었다.

그때 어디선가 불독 한 마리가 소리없이 나타나 갑자기 철책 바깥의 나에게 침을 튀겨가며 짖어댔고, 나는 놀란 나머지 낡은 책가방을 떨어뜨릴 뻔했다. 덕분에 한국 여인은 나를 쳐다보았고, 나는 우울하게 그녀를 향해 인사를 했다.

"후 아 유?"

여인은 의아한 눈초리로 나를 노려보았다. 그것만으로도 나는 한 대 얻어맞은 기분이 되어 그녀가 한국 사람 닮은 외국 여인인가 아니면 외국 사람 닮은 한국 여인인가 하는 지극히 상식적인 구별을 하기에도 벌써 피로해졌다.

"아이 엠, 아이 엠……"

나는 갑자기 집으로 돌아가고 싶어졌다. 보이지 않는 견고하고 둔중한 벽이 그녀와 나 사이에 놓여 있음을 의식하자, 나는 그만 울고 싶어졌다.

"전 대학생입니다. A대학의 사학과 졸업반 학생입니다."

나는 더듬거리며 이 여인이 가난한 우리의 모국어를 알아들을까 하는 우려감에 위축되어 있었다.

"미안해요. 우리는 물건을 사지 않습니다."

여인의 목소리는 다행히 가라앉아 있었다. 여인의 눈초리에서 나는 이 여인이 틀림없이 나와 같이 단군의 피를 나눈 퉁구스 족임을 확인했다.

"고학생의 물건은 오전에도 두 번이나 샀어요. 미안합니다."

"아닙니다."

나는 다시 흥분하고 있었다.

"전 고학생이 아닙니다. 전, 전 닥터 해리슨 씨에게 용무가 있어서 왔습니다."

나는 비굴하게 웃었다. 그 여인은 매력적이었다. 이국인처럼 몸의 균형이 잡혀 있었으며 웃을 때마다 내다뵈는 치아는 잘 정돈된 쇼윈도 안의 물건들처럼 가지런했고, 보기 좋았다.

"닥터 해리슨 씨에게 중대한 용무가 있습니다. 정말입니다."

"지금 그이는 외출중이에요."

"아, 아."

나는 낭패해져서 시선을 내리깔았다.

"언제쯤 돌아오시나요?"

“글쎄요.”

여인은 애매하게 웃었다. 별수 없이 나는 책가방을 옆구리에 낀 채 언덕길을 돌아서서 내려오기 시작했다. 그때였다. 나는 그 여인이 부드러운 목소리로 나를 부르는 소리를 들었다. 내가 돌아보자 그 여인은 오후의 볕마당 같은 환한 얼굴이 되어 “아까는 거짓말을 했어요. 들어오세요” 하고 들어오라고 철문을 열어주었다. 나는 주춤주춤 눈짓으로만 한옆에서 여차하면 나를 가만두지 않겠다고 노려보고 있는 불독을 가리켰고, 여인은 조금 홀리듯이 웃었다.

“괜찮아요. 제가 옆에 있으니까요. 자! 들어가실까요?”

“고맙습니다.”

“솔직히 말하면 닥터 해리슨은 제 허즈랍니다.”

여인은 나지막하게 그러나 자랑스럽게 말을 꺼냈다.

“얼마 안 있으면 전 허즈를 따라 아메리카로 가지요. 시부모님이 캘리포니아에서 귤농장을 하고 있거든요. 삼십만 에이커나 되는 큰 귤농장이랍니다.”

“축하합니다.”

나는 얼떨떨한 목소리를 냈다.

“나두 A대학을 졸업했죠. 작년 봄이에요. 영문과를 나왔답니다.”

여인은 걸으면서 활짝 핀 장미의 꽃잎을 쥐어뜯었다. 그러다가 갑자기 신경질적으로 그 꽃잎을 바람에 날려버리면서 나를 쳐다보았다.

“난 그들을 믿지 않아요. 그들은……”

“그들이라니요?”

“우리 민족 말이에요.”

“아, 아.”

“그들은 남의 약점만을 사랑하죠. 시기하구 모함하구 간사하구 언제나 언제나 뒤쪽에서 비난하구. 허지만 당신은 스페셜 케이스예요.

우리 민족을 믿으시나요?"

"예? 우리 민족을 믿느냐구요? 아, 아, 어려운 질문입니다."

얼마 후 나는 응접실로 안내되었는데 해리슨 씨는 스피츠 종의 개를 무릎 위에 안고 버터를 발라 먹이고 있는 중이었다. 벽에는 사냥총 네댓 자루가 엑스자로 걸려 있었고, 그 밑에는 양주병들이 가지런히 놓여 있었다. 커튼을 통해 간접조명을 받은 닥터 해리슨은 매우 혈색이 좋아 보였으며 유쾌해 보였다. 나는 구두시험을 치르는 학생처럼 단정하게 무릎을 세우고 앉아 있었고, 닫힌 방 안에선 고양이의 입김 같은 스팀 기운이 약간 졸린 소리를 내며 새고 있었다. 나는 어디서부터 말을 꺼내야 할지 갈피를 잡을 수가 없었다.

"전, 전, 코리언입니다."

나는 나의 죄나 되는 듯 거의 울 듯이 첫마디를 꺼냈고, 그 소리는 방음장치가 잘 된 방 안에서 가위질한 것처럼 싹둑싹둑 잘리었다.

"아, 알고 있습니다. 제 아내도 역시 코리언입니다."

그는 사람 좋은 웃음을 웃었고, 나는 한참 동안이나 그의 웃음이 나를 경멸하는 뜻인가, 아니면 수긍해주는 뜻인가를 생각했다. 때문에 나는 이런 좌석에서까지 그런 생각을 하고 있는 자신에게 침이라도 뱉어주고 싶은 모멸을 느꼈다.

"전 대학생입니다. A대학 사학과 졸업반에 재학하고 있습니다. 사학과란 역사를 연구하는 과입니다. 제가 오늘 여기 온 것은……"

나는 이상하게도 마음이 가라앉는 것을 느꼈다.

"제가 대한민국 국민으로서 가져야 할 최소한도의 자존심을 제가 저 자신에게 잃어버리지 않기 위해서, 말하자면 저 자신에게 부채를 지기 싫어서……"

"그만."

그는 허공을 향해 손을 내저었고 좀 후엔 자기의 그런 태도가 내게 무시하는 듯한 인상을 주지 않았을까 하는 염려의 눈빛으로 바뀌더니 말했다.

"천천히 얘기해주세요. 전 무슨 소린지 도무지 모르겠습니다."

"아이 엠 쏘리, 써."

나는 유창한 발음으로 사과를 했다. 그와 같은 사과의 영어는 얼마나 우리에게 낯익고, 익숙한 단어였던가. 나는 간밤에 한영사전을 뒤적이며 거의 다 외우다시피했던 준비한 말을 꺼내기 시작했다.

"우선 제가 찾아온 용건을 말씀을 드리기 전에 한 얘기를 들어주셔야 합니다. 제가 지금까지 십여 년 배워온 당신네 나라의 국어를 내 실력껏 구사해서 이제부터 한 부탁을 들려드릴까 합니다."

나는 혁대를 느슨하게 풀고 잠시 눈을 감았다.

"언젠가 제가 어렸을 때 4·19가 일어났고 그리하여 한 떼의 군중들이 부정의 원흉으로 알려졌던 사람의 집을 부수고 물건들을 태우고 난리를 피울 때의 얘기입니다만 그때 저는 몰래 그 난동을 구경하고 있었습니다. 사람들은 모두 제정신이 아닌 것처럼 보였습니다. 초여름에 불을 지피고 그 위에 석유를 끼얹고 가구를, 닥치는 대로 집기를 불태우는 사내들의 얼굴은 땀과 광기로 얼룩지고 있었습니다. 그러나 그때 누군가 그 북새통 속에서도 미국 국기를 찾아내자 미친 것처럼 방화와 파괴에 몰두하던 사람들도 일순 엄숙해져서 그 국기를 고이 모셔서 미국 대사관으로 운반을 했던 일이 있습니다. 그뿐만 아닙니다. 그보다 더 어렸을 적 내겐 미군만 보면 그들의 뒤를 졸졸 따라다니면서 하다못해 껌조각이라도 얻으려고 서투른 영어를 지껄이던 시절이 있었습니다. 참으로 부정하지 못할 것은 당신들의 나라는 우리나라측에서 볼 땐 너무나 고마운 나라였기 때문에 으레 당신들 옆에 서면 그 피부 빛깔과 키 차이만큼의 열등의식을 느끼게 되는 것입니다. 당신네 나라는 우리나라의 전쟁을 위해서 수만의 피를 희생하였으며 우리는 그것을 한시도 잊지 않았고 또한 잊어서는 안 될 것입니다. 그렇게 고마운 당신들에게 한 가지 꼭 부탁할 것이 있어서 이렇게 찾아왔습니다. 그럼 이제부터 제가 찾아온 용건을 말씀드리겠습니다.”

그리고 나는 그 이조자기를 경매일날 구입 대상에서 빼달라는 부탁(여기서 닥터 해리슨은 놀란 눈을 둥그렇게 떴었다)을 했고, 해리슨은 큰 제스처로 나를 감싸듯이 손을 내뻗으며 응낙을 했다. 그리고 그는 스카치를 한 잔 권했는데 그것은 나를 뜨겁게 달아오르게끔 만들었고, 나를 승리에 도취시키게 만들었기 때문에 나는 칭찬받은 유치원 생도처럼 노래라도 부르고 싶은 심정에서 땡큐, 땡큐를 연발하면서 그 집을 물러나왔다. 그는 친히 방금 내리기 시작한 보슬비에 한국인 부인과 같이 우산을 쓰고 나를 언덕길까지 바래다주었다.

밤이 다가온 외인주택가는 크리스마스 카드에서 보던 그런 아늑한 불빛으로 누워 있었다. 보슬비는 잔디밭을 부드럽게 어루만지고 있었고, 철교 위로 정적을 이끌어오듯 기차가 지나가고 있었다. 술 취한 내 얼굴 위를 빗방울은 두드렸고 밤하늘엔 둔한 소리를 내며 비행기가 가로지르고 있었다. 그들은 미국으로 떠나기까지 며칠 동안이나마 자주 놀러 오라고 말했고 부인은 내게 악수를 청했다.

그들과 완전히 헤어져 그 언덕길을 내려올 때 나는 새로 뻗은 고속도로 위로 수많은 헤드라이트들이 장난감 자동차들처럼 구르고 있는 것을 보았다.

나는 휘파람을 날리며 배가 고픈 것도 의식하지 못한 채 아직 파하지 않은 김장시장을 향해서 천천히 행진하고 있었다.


“면회사절입니다. 누구를 막론하고 일체 면회를 금지하고 있습니다.”

호텔 관리인은 내가 채 얘기를 끝마치기도 전에 움직이는 표정이라곤 없이 거부를 했다. 그리고 그는 아예 얼굴을 맞대기 싫다는 듯 뒤로 돌아 내가 얘기를 꺼내기 전의 일을 계속했고 나는 잠시 그를 쳐다볼 수밖에 없었다.

“전 말입니다, 아직 얘기가 채 끝나지 않았는데요.”

내가 겁에 질려 있었던 것은 사실이었다. 사방이 온통 유리로 장식된 호텔 로비는 왼쪽으로 보나 오른쪽으로 보나, 가을비에 약간 젖은 구부정한 내 모습을 비추어대고 있었고, 나는 감기 걸린 사람처럼 편도선이 부어올랐으며 수십 개의 다른 포즈로 투영되는 내 모습에 겁을 집어먹고 있었던 것이다.

“기노시다 씨를 만나뵐 수는 없소이다. 죄송합니다.”

그는 할 수 없이 프런트 데스크 위의 전화를 받을 때만 나를 돌아보았고, 그때 그는 미스터리 영화의 청부살인자처럼 표정 없이 전화를 들더니 내게 똑같은 단조로운 어조로 두번째의 거부를 표했다. 그때 나는 도저히 이 사내를 움직일 수 없을 듯한 인상을 받았다.

“이건 너무하지 않습니까?”

나는 최후를 각오하고, 받아들여질 것을 기대하지도 않으며, 비장한 얼굴로 마지막 항의를 제출했으나, 그는 전화에 입을 대고 ‘예’라든가 ‘준비되었습니다’ 라는 소리를 규칙적으로 반복할 뿐이며 내 소리를 들은 것 같지도 않았다.

별수 없이 나는 실의를 안은 채 비가 내리는 거리로 나서야만 했다.

호텔 로비 낮은 소파에 앉아서 신문을 보고 있던 사내가 황급히 나를 쫓아 나왔다.

“여보세요, 저 기노시다 씨를 만나러 오지 않았습니까?”

“그렇습니다.”

　나는 일말의 희망을 가지고 그를 쳐다보았는데 그는 갑자기 단내를 풍기는 웃음을 소리없이 웃었다.
　"당신도 말하자면 동지로군요. 헛허허."
　"무슨 뜻입니까?"
　우리는 벌써 시청 앞 신호등 앞에 서 있었다. 방금 신호등은 '서시오'를 가리켰고, 우리는 나란히 우산도 없이 '가시오'로 바뀔 때까지 서 있었다. 그는 비를 피하려는 듯 좀전의 신문을 머리 위에 삿갓 쓰듯 올려놓고 있었는데 그 모습은 그를 굉장히 우스꽝스럽고 가난하게 만들어버렸다.
　"어째서 우리가 동지란 말입니까?"
　신호등이 '가시오'로 바뀌자 오랜 친구처럼 어깨를 나란히 하고 길을 건너며 나는 재차 물었다. 그러자 그는 주름살투성이의 왼쪽 눈을 깜작거리며 뭐 다 알고 있는데 그리 시치미 떼지 말라는 듯이 민완형사 같은 웃음을 흘렸다.
　"어쨌든 간에 난 배가 고픈데 당신 늦은 점심을 사지 않겠소? 그 대신……"
　사내는 공범자 같은 낮은 목소리를 내었다.
　"내가 당신에게 기노시다 씨를 만나게 해드리겠소."
　나는 잠시 그를 올려다보았는데 그의 태도는 마치 채권자처럼 어색치 않아, 나는 내기에서 진 사람처럼 웃으며
　"고급은 아니라도 우동 정도는 살 수 있습니다."
하고 말을 했다. 사실 내 주머니에는 학교 강의 교재를 사고 거슬러 받은 십원짜리 몇 장이 들어 있었던 것이다.
　"싸고 양이 많은 데는 내가 알고 있소이다."
　그는 주머니에서 꽁초를 꺼내 입에 물고 성냥을 그어 자연을 뿜어 가면서 콜드 크림을 바른 듯한 아스팔트 위를 거슬러올라갔다.

잠시 후 그와 나는 허술한 대중식사집에 앉아 얼굴을 맞대고 있었
다. 그는 오십원짜리 돈까스를 시켰고, 무엇을 먹겠느냐고 물었다.
내가 좀 주저주저하자 그는 임의대로 같은 돈까스를 시키며
　"돈까스가 이 집에선 양이 제일 많소이다. 헛허허."
하고 너털웃음을 웃었다. 그러나 그의 웃음엔 도무지 우습지도 않으
면서 억지로 지어 웃는 듯한 우울한 비애 같은 것이 엿보였다. 이윽
고 음식이 나오자, 부산스레 나는 섬유질처럼 끈적끈적이고 질긴 고
기를 뜯으며 그에게 말을 걸었다.
　"그럼 이제 제가 점심을 샀으니 기노시다 씨를 만나는 법을 가르
쳐주십시오."
　그러자 그는 주위를 살피면서 말을 했다.
　"난 이 주일 동안 그 호텔 소파에 앉아 기노시다 씨를 만나려고 기
다렸지요. 아침부터 저녁때까지 줄곧 그 소파에 앉아서 말이오."
　"그렇다면 선생님도……"
　"그렇소이다. 나도 실패를 본 사람 중의 한 사람이오. 수많은 사람
들이 그러했듯이……"
　"아, 아."
　"그러나……"
　사내는 침을 뱉었다.
　"나는 기노시다 씨를 만날 수 있는 기회는 가지고 있는 사람이지
요. 이 점이 다른 사람과 제가 다른 점입니다."
　순간 그의 눈빛엔 짙은 집요의 냄새가 번득이었다.
　"이 주일 동안 나는 기노시다 씨의 행동을 유심히 관찰하였습니
다. 몇시에 기상하는가, 조반은 대개 언제 먹는가, 즐겨 먹는 음식은
무엇인가, 담배는 대개 하루에 몇 본(本)을 피우는가, 넥타이는 대개
무슨 색깔인가……그 결론으로는 기노시다 씨는 대개 일곱시쯤 기

상해서 대개 푸른 색깔 계통의 넥타이를 매고, 왜식보다도 양식을 즐겨 먹는다는 사실과 왼손잡이라는 사실까지도 알아냈단 말입니다.”

사내는 갑자기 허공을 노려보았다.

“이 주일 동안 관찰한 결과 틀림없는 사실은 오후 여섯시면 정확히 호텔 아래 레스토랑에서 저녁을 하고 나온다는 것입니다. 이것은 나 혼자 아는 비밀이지요.”

“아아! 그렇다면 선생님은 왜 그를 만나지 않았습니까? 이 주일 동안이나 그를 기다렸으면서도……”

“그것은……”

사내는 말을 끊고 손톱을 이빨로 물어뜯기 시작했다.

“난 나 자신 아직도 일본말에는 자신이 있다고 생각했었소이다. 난 그것을 누구에게도 자랑했었으니까요. 내 나이는 마흔다섯 살이고 더구나 나는 기억력이 좋소이다. 친구녀석들이 부러워할 정도니까요. 그런데……”

그는 손으로 수염난 턱을 쓸었다. 그리고 담뱃진이 긴 이빨을 내보이며 웃었다.

“막상 기노시다 씨가 레스토랑에서 나오는 것을 지켜 서 있다가 마주칠 때면 말입니다, 나는 그만 일본말에는 자신이 없어지고 내가 아는 단어라는 것은 ‘곤방와 사요나라’ 밖에 없는 듯한 착각을 받게 된단 말입니다.”

우리는 잠시 보이지 않는 술렁임이 충만되고 있는 거리를 내다보았다.

“그렇다면 왜 그토록 수많은 사람들이 기노시다 씨를 만나려 합니까?”

“그것은 단 한 가지 이유 때문입니다. 일제시대 기노시다 씨가 한국에서 고등학교를 졸업했습니다. 나와 그는 고등학교 동기간입니다. 그런데 기노시다 씨는 한국에 거대한 자금을 빌려주어 모종의 공장을 설립하려고 하는 중입니다. 말하자면 옛 동창이라는 것을 기회로 한 자리, 거 뭐 좋은 표현이 없습니까?"

그는 갑자기 말을 끊고 화가 난 듯이 포크로 탁상 위의 비닐 덮개를 찌르기 시작했다.

"그렇다면 선생님께서는 왜 말 한마디 할 수 없었으면서도 주욱 지금까지 그 소파를 지켜왔단 말입니까?"

"말하자면……"

그는 순간 어깨로만 웃기 시작했다.

"내가 용기가 날 때를, 그렇소이다, 학생. 용기가 날 때를 기다리는 것이올시다. 내 입이 유창하게 내 실력대로 일본말을 구사할 수 있게 되고 또 그렇게라도 하지 않으면 안 될 만큼 배가 고파질 때를 기다리고 있었소이다."


나와 사내는 레스토랑 앞에서 비를 맞으며 기노시다 씨를 기다리고 있었다. 우리들 옆에는 검은 세단들이 몇 대 누워 있었는데 차 거죽에 비친 우리 둘의 모습은 비틀거리고 있었다.

우리들은 약속이나 한 듯이 빗방울이 차 거죽 위에 송글이 맺혔다가는 주루룩 흘러내리는 모양을 바라보거나 레스토랑에서 손님들이 나올 때마다 차 뒤로 몸을 숨기고 기노시다 씬가 아닌가를 확인하곤 했었다.

이내 저녁은 비와 함께 뿌리어 호텔방들마다 불이 들어와 있었고, 현란한 네온들이 명멸하고 있었다. 사내는 자기가 6·25 때 넓적다리에 관통상을 입었다는 것을 얘기했고, 그러면서 자신의 무용담을 털어놓기 시작했다. 그리고 자기는 예비역 대위 출신으로, 제일 멋진 전투는 강원도 어디어디 전투였다고, 그러나 이런 습기진 날씨엔 그 상처가 저리도록 아파온다고 불평을 했다.

기노시다 씨가 레스토랑을 나온 것은 여섯시 조금 넘어서였다. 웬 키 작은 사내가 레스토랑에서 나오자마자 갑자기 내 옆의 그 사내는 차 뒤로 몸을 숨겼다.

"아, 아, 저 사람이 기노시다 씨입니다. 저 사람이……"

나는 순간 이 사내가 웃고 있지 않나 하는 착각을 받았다. 사내의 퇴색된 신사복은 비에 젖어 있었고 굽혀 차 뒤에 얼굴을 묻은 그의 구부정한 허리 위로는 선뜻선뜻한 감각을 주며 가을비가 그렇게 뿌려지고 있었다.

"아 아, 난 도저히 기노시다 씨 앞에서는……"

그는 비에 젖은 포도 위에 무릎을 꿇을 듯 몸을 파묻었고, 나는 순간 소리를 질러버리고나 싶은 심정에서 총알처럼 기노시다 씨 앞으로 튀어나갔다.

"저, 저는 대학생입니다. 한국의 대학생입니다."

나는 젖은 몸으로 그의 정면을 막아서며 가쁜 숨을 몰아쉬었다. 그러자 기노시다 씨는 놀란 것처럼 몸을 뒤로 피했는데 잠시 후 그는 침착한 눈빛이 되어 레스토랑 앞에 서 있는 보이를 부르기 시작했다.

"부탁입니다. 저는 불한당이 아닙니다. 깡패가 아닙니다."

나의 영어 발음은 그의 보이를 부르는 소리에 위축되었고, 나는 갑자기 벽을 향해 소리를 지르고 있는 듯한 외로움을 느꼈다. 얼마 후 제복을 입은 보이가 계단을 뛰어올라와서 다짜고짜 나를 떼어밀기 시작했다.

"비켜라, 이 자식!"

나는 소리를 질렀다. 하나 보이의 힘은 무척 강했으므로 영양부족인 나로서는 가벼운 짐처럼 그가 미는 대로 밀려가는 수밖에 없었다.

"이 자식, 죽여버릴 테다. 비켜라. 아, 아."

사람들은 곧 모여들었고, 그래서 금방 레스토랑 앞은 이쑤시개를 문 호기심에 가득 찬 부유한 사람들로 가득 차버렸다.

"저 자식은 깡패로군."

"아니야. 취직을 부탁하던 놈이 최후의 애원을 하던 중이었겠지."

나는 보이에게 멱살을 잡힌 채 호텔 문으로 밀려나가며, 나를 향해 수군대는 사람들의 소리를 들을 수가 있었고, 나는 흥분과 슬픔에 거의 울고 있었다. 내가 거의 호텔 문까지 밀려나왔을 때 나는 또하나의 소음이 다른 곳에서 일어나는 것을 보았다. 나와 점심을 나눈 사내 쪽이었는데 그는 미친 듯이 사람들 사이를 비집고 다니며 "잔소리 마라" 하며 손가락을 오므려 둥그렇게 말아쥐고는 그가 옛 기억의 전쟁터에서 그러하지 않았을까 싶게도 "탕, 탕!" 입으로 총소리를 흉내내었고, 또한 그는 "너희들이야 알 수 있나, 이 장님들아" 하고 악을 썼으며, 그러다가 그는 갑자기 자세를 바꾸어 고개를 구십 도 각도로 구부리며 "곤방와 사요나라"를 연발하곤 했다.

나는 호텔 정문 밖으로 쫓겨난 채, 잔뜩 구겨져서 가방을 들고 하늘을 긁어내리는 가을비를 멍하니 바라보았는데 내 안경 위에는 빗방울이 몇 개 맺혀 있었고, 그 때문에 그 물방울 사이의 풍경은 술에 취한 것처럼 비틀거리고 있었다. 나는 내가 취한 것인지 아니면 거리가 온통 취해버린 것인지 분간해낼 수가 없었다.

그때 나는 내 옆에서 클랙슨 소리가 나는 것을 들었고, 피하려고 돌아보니 우연히도 기노시다 씨가 차 안에 앉아 있었다. 그는 들어오라고 차 문을 열어주었다. 나는 차 안으로 들어섰다. 그는 친절하게 담배를 권했고, 나는 추워하며 담배를 태웠다. 차는 이내 시청 앞을 돌아 을지로 쪽을 누비며 달리기 시작했고, 차 안의 공기는 신선하게 맑았으며 진동도 소리도 없었다.

"학생은 내게 무슨 용무가 있었지요?"

　기노시다 씨는 일본인 특유의 콧수염을 손가락으로 말아올리며 늙은 간호원처럼 부드럽게 물었다.

　"자, 주저 말고 얘기해봐요. 난 이해할 수 있으니까요."

　"전 대학생입니다. 한국의 대학생입니다. 당신네 나라의 옛말을 빌리면 전 조센징인 것입니다. 사학과 졸업반에 재학하고 있습니다."

　"그러세요?"

　"그리고 한 가지 부탁이 있어서 왔습니다. 제 생년월일은 1945년 9월 5일입니다. 바로 우리나라가 당신네 나라에서 해방되던 해에 태어났습니다. 말하자면 저는 해방둥이인 것입니다."

　"오우, 축하할 만한 일이로군요."

　"제가 제 용건을 말씀드리기 전에 두 가지 얘기를 들려드리고 싶습니다. 들어주시겠습니까?"

　"좋습니다. 난 한국의 젊은이들을 존경하고 있습니다. 그들은 영리하고 씩씩하며……"

　"투지가 있습니다."

　나는 말을 가로챘다. 그리고 어제처럼 혁대를 느슨하게 풀어헤치고 잠시 눈을 감았다.

　"나의 아버지는 식민지 시대 때 일인 선생에게 매를 맞아 얼굴 위에 상처를 가지고 있습니다. 이유는 간단합니다. 당신네 나라의 천황 이름을 외워오라고 일인 선생님이 숙제를 낸 것입니다. 거의 일백여 개의 일본 천황 중에서 우선 오대까지만 외워오라고 했는데 나의 아버님은 그것을 외지 않았습니다. 간단히 말해서 아버님은 그의 게으름을 조국애로써 캄푸라치하려고 했던 것입니다.

　'진부덴노, 스이제이덴노, 안네이덴노, 이도꾸덴노, 고쇼덴노, 고왕덴노, 고레이덴노……'

나의 아버님은 이것을 외지 않았습니다. 지금 그 이유를 구태여 묻는다면 아버님은 일인 교사에게 지적당했을 때 이상하게도 야음을 타서 북만주로 도망을 가던 소작인들의 그 찡그렁대던 밥그릇 소리가 귀에 낭랑하게 들렸었다고 합니다. 결국 아버님은 '진무덴노'를 택하지 않고 그 지지리도 편협적이고 당파싸움의 화신이었던 '태조, 정종, 태종, 세종, 문종, 단종, 세조……'로 이어지는 이씨조선의 왕조 이름을 택했던 것입니다. 그 모험적이고 어리석은 만용은 학교에서 퇴학처분과 지금도 지워지지 않는 얼굴의 상처라는 기막힌 두 가지의 선물을 얻게 했던 것입니다. 또 한 가지 얘기는 바로 우리 자신들의 얘기인 것입니다. 이른 아침 변두리 다방에 나가보면 바로 당신들 나라의 음악이 울리는 것이 보통인데 그럴 때면 으레 사십대의 우리 민족들은 의자에 머리를 기대고 그 기막힌 일본 음악에 심취하곤 하는 것입니다. 그것뿐만이 아닙니다. 당신네 나라가 뿌려놓은 일본인의 잔재는 곳곳에 자리잡고 앉아 나이 먹은 우리 민족들의 추억을 만족케 하고, 그리고 사각모를 쓰지 않고는 텔레비전 드라마가 될 수 없는 기현상을 초래했던 것입니다. 언젠가 저는 부산에 내려가 소위 당신네 나라의 사무라이 영화를 텔레비전에서 본 적이 있습니다. 그때 텔레비전을 보고 있던 사람들은 소위 당신네 나라 식민지 시대 때 소년기를 보낸 사람들이었는데, 게다를 신은 무사가 칼을 휘두를 때마다 방 안의 분위기는 점점 애수적이고 퇴폐적인 그 1940년대로 돌아가는 것을 느꼈던 것입니다. 말하자면 여인의 겨드랑이 땀내음 같은 그런 분위기 속에서 관객들의 눈빛은 이상하게도 우수와 회상 같은 것에 젖어 있었고, 화면에서 일본말이 나올 때마다 온 방 안에선 먼지 피어오르듯 감탄사들이 신음소리 비슷하게 연발되었으며, 한 사람 두 사람 모두들 그 일본말을 흉내내곤 하는 것이었습니다. 그들의 머릿속으로는 비듬 같은 눈이 내리는 진고개와, 황금정 욕탕을 나오던 게이샤들의 그 안개 서린 듯한 기억도 스쳐 지나갔고, 히로히토 천황의 득남을 알리던 사이렌 소리와 남진하는 일본 군대의 군화 소리와 그리고 군가 소리 방울 소리, 딸랑이던 인력거꾼의 어둠을 녹이는 콧김…… 이 모든 기억이 스쳐 지나가 그들이 함께 모여서 풍기는 추억의 냄새라는 것은, 바로 지금도 음식점에 들어가 음식을 시키면 으레 나오곤 하는 일본시대의 잔재물인 다꾸앙 냄새와 유사한 것으로 보였습니다.”

나는 그의 얼굴을 쳐다보지 않고 윈도 크리너가 차창을 원을 그리며 씻어내리는 모양을 바라보고 있었다. 기노시다 씨와 나 사이에는 그 이상의 아무런 동요도 없었고, 우리는 한참이나 침묵을 지키고 있었다. 우리의 시선은 차가 어두운 곳을 스칠 때마다 부영대는 차창 속 우리들의 어두운 모습에서만 마주 닿곤 했었다. 이윽고 나는 천천히 남은 부탁의 말을 꺼냈다.

그날 밤 나는 그 이조자기를 고수했으며 기노시다 씨는 헤어지는 마당에서 손수 차문을 열어주며 악수를 청하는 것이었다.


그 일이 있은 후, 나는 심한 감기에 걸렸다. 열은 40도 이상으로 나를 괴롭혔으며 나는 도무지 어느 한 곳이 아프다고 꼭 집어 말할 수 없이 전신이 아파왔다. 병의 원인은 물론 늦가을비를 맞은 것 때문이었는데 그것은 꼭 그럴 만한 이유를 끄집어낸 것에 불과한 것이고 나는 늘 아파올 요소를 갖고 있었던 것 같았다.

“저 자식은 상한 짐승 같구나.”

집안 식구들은 이불을 뒤집어쓰고 폭발해버릴 것 같은 열과 그러면서도 히죽히죽 웃곤 하는 내 모습에 그렇게 표현을 했다.

유물 경매날은 날씨가 쾌청했고, 내 몸은 적이 나아졌었다. 그날은 아침에 눈을 떴을 때부터 신방을 꾸미는 신부처럼 안정할 수 없었고,

내 몸은 가벼운 깃털처럼 바람에 날리는 것 같았다. 나는 밀수업자 같은 단단한 복장을 하고 휘파람까지 날리며 의기양양해서 버스를 타고 경매장소인 YMCA로 갔다.

내가 경매장소로 갔을 때 벌써 경매는 시작되고 있었고, 경매인의 악쓰는 소리와 나무토막으로 금액을 알리는 낭랑한 소리가 YMCA 건물 홀 안을 쩡쩡 울리는 경쾌한 소리에 내 가슴은 광란과 같은 기대로 찢어질 것만 같았다.

빈자리는 뒤쪽에 조금 남아 있을 뿐 장(場)은 초만원이었다. 섭섭하게도 아무도 나를 주시해주지 않았지만 나는 개의치 않았다. 방금 경매대상은 벼루였는데 금액은 이만오천원까지 올라가 있었다.

"이만오천원? 이만오천원? 이만오천원?"

경매인은 나무판자 토막을 들고 판정이 났음을 알릴 듯이 위협을 했다.

"이만육천원!"

누군가 옆에서 소리를 질렀다. 모든 사람의 시선이 그리로 쏠렸는데 그 사람은 다름아닌 닥터 해리슨이었다. 그는 한국인 부인과 두툼한 시가를 물고 색안경을 끼고 앉아 있었다. 나는 그때 닥터 해리슨뿐이 아닌 수많은 외국인들이 참석한 것을 처음으로 인식했다. 그들은 연필을 들고 남의 일에 개입하지 않겠다는 서양인 특유의 유유한 몸짓으로 앉아 있었다. 그러나 나는 사방을 둘러보았는데 내 앞에도 옆에도 뒤에도 모두 외국인이 앉아 있는 것을 보았다. 그 순간 나는 이만육천원에 낙찰됐음을 알리는 경매의 판자 소리가 내 가슴의 깊은 곳을 찌르고, 가슴을 섬찟하게 만드는 것을 느꼈다. 나는 잠시 휘청거렸으나, 이내 자세를 고쳐잡고, 금액이 대강 얼마에서 낙찰되는가를 주시하고 있었다. 대부분 이만오천원에서 삼만원 안팎이었으나 나는 경매가 자기에 다가갈수록 불안과 초조에 그 동안 가라앉았던 몸살이 다시 재발하는 것을 느꼈다. 나는 다시 아파오기 시작했다. 편도선이 부어올랐으며 열은 상승하기 시작했고, 열린 시야론 수많은 색깔들이 부동하고 있었다. 나는 동정을 바라는 걸인처럼 쓸쓸한 자세로 헛기침을 하기도 하고, 가쁜 숨을 몰아쉬기도 했다.

이윽고 그 자기를 알리는 경매인의 소리가 났을 때 나는 심한 열과, 통증과, 저미는 고통에 몸을 제대로 가누지도 못하고 경매인의 손에 들려 있는 흰 빛깔의 이조자기를 간신히 쳐다보았다. 그러자 내 가슴엔 쓰라린 슬픔 같은 것이 고여들었고, 내가 겪은 며칠간의 유희가 비극 영화의 마지막을 향해 달려가는 주인공의 코트자락처럼 처절하게 느껴지는 것 같았다.

이조자기의 경매가 시작되었을 때 사방에서 가격을 외치는 소리가 들렸다. "만원!" "만원?" "만오천원!" "만오천원?" "이만원!" "이만원?" "이만오천원!" "이만오천원?" "이만팔천원!" "이만팔천원?" "삼만원!"

나는 목을 비트는 고통 끝에 내는 소리 같은 질식의 소리를 내었다.

"삼만원?"

경매인은 내 소리를 메아리처럼 되받았다.

"삼만이천원!"

그때 내 옆에 앉았던 외국인이 껌을 씹으며 소리를 질렀다. 그러자 사방에서 벌떼 일어나듯 소음이 터져흘렀다.

"삼만이천원?"

"삼만이천원?"

"삼만삼천원!"

"삼만삼천오백원!"

"삼만삼천오백원?"

나는 외국인들의 입이 조리개처럼 반짝거리며 금액을 토해내는 것을 쳐다보았다. 그들의 입은 마치 정밀히 조작된 오토메이션 기계 같았다. 나는 우습기도 하고, 어이없어지기도 했다. 나는 갑자기 즐거워져서 조롱을 벗어난 새처럼 팔을 허우적대었다.

"삼만원!"

나는 학예회의 리본 맨 계집아이의 재롱 피우는 모습으로 소리를 질렀다.

"삼만육천원?"

"삼만원!"

"삼만육천원?"

"삼만원!"

"삼만육천원?"

"삼만원! 삼만원!"

나는 내가 했던 노력이라는 것은 여기에 이렇게 앉아 수도꼭지를 틀기도 하고, 잠그기도 하는 그러한 장난보다도 무의미하고 유치한 것처럼 생각이 들었다.

"좀 조용히 해주십시오. 이건 장난이 아닙니다."

사람들이 웃자, 경매인은 얼굴이 벌게져서 한마디 했고 나는 외국인들의 웃음소리가 외국어가 아닌 우리의 모국어와 같이 '하하하' 라거나, '헛허허' 라는 것을 의식하며 홈이 엇갈린 레코드처럼 같은 소리를 되풀이했다.

"삼만원. 삼만원. 아, 아, 삼만원!"

그러자 떠오르는 웃음에 견딜 수 없는 얼굴 위로는 기이하게도 눈물 같은 것이 굴러떨어지고 나는 얼마 후엔 젖은 헝겊같이 범벅이 된 얼굴로 수도꼭지를 틀거나 잠그거나 하는, 말하자면 손바닥을 뒤집기도 하고 바로 하기도 하는 아주 간편한 말의 유희 같은 행동을 되풀이하고 있었다. 그리고 나는 천천히 일어나, 잘 닦아 미끄러운 바닥에 신경을 써가며 느릿느릿 걸어나왔다. 나는 자꾸 웃음이 나오는 것을 금할 길 없었다.

'그래 그 자식을 보아라. 손에 돌을 들고 알몸으로 바다를 향해 뛰어들려는 철없고 무모한 자식을 보아라. 그래 그 자식을 보아라. 자기 혼자서 잘난 체하고 있지만 무엇을 어떻게 할 셈인가. 모든 것은 일관되게 흐르고 있는데 자기 혼자만 강물을 거슬러올라가려 한다. 바보 같은 녀석. 바보 같은 녀석.'

거리는 러시아워였다. 나는 숨바꼭질하는 어린아이처럼 전봇대에 숨기도 하고 지나가는 사람들을 툭툭 치기도 했다. 어떤 사람이 내가 툭 치자 쳐다보았다.

"뭘 잃으신 게 없으십니까?"

나는 놀리듯이 아무것도 쥔 것이 없는 손을 뒤로 감추고 그에게 물었다.

"글쎄요. 모르겠는데요. 통 기억이 나지 않는데요."

"잘 생각해보십시오."

그는 봉투를 쥐고 버스 정류장에 서서 어제도, 그제도 기다린 버스를 기다리며 사람들의 어깨에 괴로워하고 있었다.

"주민등록증을 말씀하시는 것은 아니시겠죠?"

"아닙니다."

나는 웃었다.

"잘 생각해보십시오."

사내는 늙은이처럼 곰곰이 머리를 숙여 생각하기 시작했다. 이윽고 사내가 얼굴을 들며 불투명한 소리를 내었다.

"모르겠습니다. 내가 무엇을 잃어버렸는지 모르겠습니다."

"내가 아닙니다. 그것은 우리의 문제입니다."

　나는 서서히 뒤쪽의 손을 앞으로 모아서 요술을 부려 참새를 날리
는 사람처럼 천천히 손을 열었고, 그는 호기심에 넋을 잃은 소년처럼
내 손을 유심히 바라보았는데 좀 후에 나는 갑자기 아무것도 없는 빈
손을 펼쳐 보이며 뒷걸음질쳐서 심연의 거리로 서서히 빠져들어가
기 시작했다.

(1971년)

# 침묵의 소리

어젯밤 내 동생은 죽었어. 아니 어젯밤이 아니야. 오늘 아침이지. 새벽 다섯시였으니 말이야. 어떻게 죽었느냐고? 차에 치여 죽었지. 제기랄! 병신자식처럼 하필이면 그 나이에 월남에서 베트콩이나 두어 명 죽이고 전사나 했다면 동작동 국군 묘지에 묻힐 수 있지. 그렇게 야비한 개처럼 죽을 필요가 어디 있느냐는 얘기지, 내 얘기는. 그뿐이냐. 아 녀석 때문에 우리 집안이 잘하면 주택복권 당첨된 셈 치고 돈이라도 생기는 게 아니냔 말이야. 봐라. 골목 입구 담뱃가게집 여편네는 애새끼가 일곱인데 그 둘째아들, 언젠가 내가 담배가 떨어져 담배 한 대 얻어 피운 그 마음 좋던 친구 말이야. 그 친구가 죽더니만 그리고 며칠간은 울고 짜고 하더니만 아 글쎄 담뱃가게가 식료품점으로 바뀌었거든. 그야말로 그 여편네로 볼라치면 장땡이지, 장땡. 아들이야 까짓것 그 여편네 이제 겨우 나이 마흔이겠다, 엉덩이도 크겠다, 또 낳으면 그만 아니냐는 얘기지.

그런데 내 동생녀석은 병신같이 자전거를 쌔벼 타고 무턱대고 한 강 다리를 향해서 돌진한 거야. 그것도 새벽 다섯시에. 그야말로 혈혈단신으로 말이야. 물론 미치지는 않았지. 어떻게 보는 거야, 우리 집 혈통을. 지금이야 우린 좀 가난하긴 하지만 왕년엔 집에 금송아지가 서너 마리 있었는데도. 눈 까뒤집고 봐야 집에 미쳐 죽었다는 사람은 없었으니까. 차라리 지나치게 온전하다는 것뿐이야. 이것 봐. 오히려 좀 광기가 있는 녀석들이 더 잘사는 세상인 줄 나도 알고 있어. 내가 지금 스물두 살이라고 깔보지는 말어. 사람은 적당히는 미쳐야 잘사는 거야. 우리 동네 잡화상 첫째아들 좀 봐. 녀석이야 그야말로 완전무결한 개망나니라고 동리에서 소문났었지. 아 스물다섯 때까지도 하는 일 없이 동리 아낙네 치마 잡아당기기가 일쑤였거든. 하지만 봐. 토지 브로카 해서 한 두어 장 벌었잖아. 나이 삼십에 삼층집 사고 자가용 사고 영화배우 여편네 얻었으면 장땡이지. 이봐, 난 정말 그 자식을 보면 부러워서 미치겠어. 부럽다 못해 존경까지 하고 싶어지거든. 나 같은 것은 섰다 죽어두 영화배우 여편네는 얻지 못해. 이순신이 무어가 훌륭한 사람이야. 물론 남들이 훌륭하다더군. 하니까 광화문에 우뚝 세워놨겠지. 하지만 죽은 다음에 동상 서는 건 하나도 부러운 일은 아니다. 차라리 죽은 다음에 귀가 조금 간지럽긴 하지만 이완용이 봐. 당대에는 얼마나 잘살았어.

뭐라구? 오늘 아침 얘기를 해달라구? 이봐 나를 제발 좀 내버려 둬. 나는 지금 혼이 나가서 울어야 좋을지 웃어야 좋을지 갈피를 잡을 수가 없어. 울긴 울어야겠지만 동생녀석은 사내녀석이 울고 짜고 하는 것은 별로 좋아하지 않았거든.

동생은 나하고 쌍둥이 같았어. 정말이야. 키는 녀석이 나보다 오 센티쯤 더 크긴 했지. 하지만 몸무게는 같았어. 내가 불알이 큰 대신 녀석은 작았거든. 그러니 순 불알 무게 차이였지. 녀석은 나하고 연년생이지. 그러니까 지금 스물한 살이지. 뭐라구, 좋은 나이라구? 한참 좋을 때라구? 좋은 나이 좋아하시네. 뭐가 좋은게 있어야 말이지. 그렇게 우리 나이가 좋아 뵈면 바꾸자구. 정말이야. 나는 차라리 이놈의 나이라는 게 일 년이 하루같이 빨리 가서 마흔 살쯤 처먹었으면 좋겠다고 늘 생각했었거든. 왜냐구? 우리 나이 땐 지지리도 강요되는 게 많아. 좀 우리를 가만히 내버려두면 누가 때린대? 이건 잠시도 참지 못하고 닦아세우는 거야. 머리가 기니 머리를 깎으래, 나이가 찼으니 군대에 가래. 까짓것 군대 가서 뺏다나 실컷 맞고 올까 해두, 가기 전에 하다못해 한 달에 한 번쯤 면회올 수 있는 자가용 계집애라도 만들어놓구 가야 할 게 아니야. 그뿐인 줄 알어? 집에서는 집대로 지랄발광인 게야. 야, 야, 그만큼 없는 돈에 공부시키고 하루 세끼 처먹였으면 밥값 하라는 거지. 말이야 쉽지. 하지만 무얼 가지고 밥값을 해. 뭐가 있어야 밥값이구 떡값이구 할 게 아냐. 엄살 피우지 말라구? 엄살 사랑하시네. 이봐, 요 거리에서 뻥뻥이 장사 하려두 자본이 있어야 하는 거야. 공짜로 돈 버는 일은 거리에서 돈 줍는 일이거나 남의 돈 훔쳐내는 것밖에 없다니까. 그거야 어디 쉬운 일인가.

그럼 내가 몇 푼 줄 테니 거리에서 해삼 장사라두 해볼 테냐 하고 묻는다면 난 역시 사양하겠어. 이것 봐. 도대체 우리에겐 한푼 두푼 저축해서 송아지 산다는 얘기가 구역질이 나. 웩웩. 정말 구역질이 난데두. 언젠가 엄숙한 자리에서 자수성가한 친척 노인네를 만났지. 그 늙은이가 그러더군. 자기는 돈 한푼 아끼기 위해서 하루에 백 리를 걸었다는 거야. 꼬박 백 리를 말야. 그 얘기를 듣고 나는 작년 동짓달에 먹은 팥죽까지 토해버렸지. 정말 야비하고 더럽더구만. 내 말은 그렇게 한푼 두푼 저축해서 어쩌냐는 얘기지.

해삼 장사 같은 것은 일은 많은데 버는 것은 적거든. 하루 온종일 미친개처럼 뛰어봐도 오백원이 남을까 말까 하거든. 이봐, 오백원이래야, 나두 언젠가 한번 주어본 술집 계집애의 팁값보다도 적은 게 아니겠어. 난 큰 인심 쓰고 주었는데도 그 쌍년은 눈만 샐쭉거리며 그 거무죽죽한 남대문과 거북선을 꾸깃꾸깃 젖통 속에 집어넣더군, 망할 년.

난 정말이지 한 열한시쯤 출근했다가 오후 세시쯤 퇴근하고, 초봉 사만원 주는 데 있어도 갈까 말까 해. 나는 도저히 아침엔 일찍 못 일어나거든. 천지가 개벽된데두 열시 이전엔 일어나본 적이 없어. 그건 동생두 마찬가지지. 아침에 일찍 일어나는 놈들이야 새나라의 어린이일 뿐이지. 거참 다 큰 녀석들이 일찍 일어나는 것은 괴상하고도 요상스러운 일 같거든. 그 맛있고 시큰한 아침잠을 빼앗기면 무엇으로 보상할 수 있담.

설사 그런 회사에 취직시켜준다고 해도 나는 사양하겠어. 난 내 위에 계장 있고, 과장 있고, 부장 있고, 상무 있고, 전무 있고, 사장 있는 회사는 싫어. 그 자식들 눈치를 구역질 나서 어떻게 보느냔 말이지.

일확천금을 버는 수가 없을까. 그게 우리들 머릿속의 전부였어. 나는 동생하고도 늘 궁리를 했었지. 일확천금을 버는 방법이 없을까 하고 말이야.

우리는 쉴새없이 얘기를 했어. 웃기지 말라구. 미안해. 서너 시간 얘기하면 우리 눈앞에 금방 이십층짜리 빌딩이 서더군. 그러다간 금세 와우 아파트처럼 무너지거든. 우리는 한때 리어카를 한 대 사서 콜라병을 수집해볼까고도 했었지. 하나에 이원씩 남는다더군. 그건 정말 기발난 아이디어였어. 하지만 한 병에 이원씩 남으면 하루에 만 병 팔아도 이만원밖에 안 남았잖아. 뭐 빠지게 일해두 이만원 말이야. 만 병이라구. 말이야 쉽지. 만 병이면 일렬 횡대로 늘어세우면 서울서부터 부산까지 넉넉히 가고도 남는 거리거든. 그런데두 양복 한 벌 근사하게 뺄 수 없는 금액이라면 말해 잔소리지.

그래서 우리는 별수 없이 부모들이나 욕을 했거든. 아 애쌔기 콘티넨탈 양복 하나 못 해입히구, 스카이 라운지에서 신중현의 〈봄비〉들어가며 그야말로 색 좀 쓰게 키우지 못할 바엔 무엇 때문에 우릴 깔겨놓았냐는 얘기지. 정말이지 거리엔 환장하게두 너무 예쁜 계집년들이 많은 거야. 핫팬츠 입고 지하도 계단 올라가는 계집애들을 봐. 나 같으면 발가락 사이 때를 혀루 핥으래두 핥을 거야. 하지만 그 쌍년들은 우선 주제비를 보거든. 그야말로 좌악 뽑고 주머니에 두어 장 정도 있어야 헤헤거리구, 레스토랑에서 함박 스텍 하나 먹어두 돈 천 원씩 주어야 그만 떨어져서 여관에서, 호텔에서, 처녀두 아닌 게 처녀 행세하려 든단 말이야. 정말 미치겠거든. 코스모스 이층에 올라가서 망할 년들에게 맥주 두어 병 사줘봐. 빨간 등불에 비친 촛불 불빛이 쌍년들 볼에 발갛게 익어가지고 정말 통째로 삼켜도 비리지가 않을 것같이 보인다니까.

그럼 무엇으로 돈을 벌까, 어떤 방법으로 돈을 벌까, 우리는 또 궁리했어. 심사숙고하고, 궁리하고 연구한 끝에 정말 놀라지 말아. 머리털이 다 빠졌을 정도였으니까.

우리는 참 별별 생각을 다 했어. 파이프 장사까지 생각해냈으니까. 그것은 동생 아이디어였어. 녀석은 어려서 가끔 개미가 자라면 파리가 된다는 헛수작을 할 때도 있긴 했지만, 그 생각은 정말 괜찮은 것이었지. 뭐냐 하면 빨뿌리 장사거든. 왜 요새 신문마다 담배의 해독에 대해서 지랄을 하고 있지 않나. 글쎄 피우면 암에 걸리고 심장마비에 걸려 죽기 딱 십상이라더군. 그것도 웃기는 일이야. 미친 자식들. 해롭다고 생각 들고 암에 걸려서 죽고 싶지 않거들랑 안 피우면 그만인데도, 죽을상 해가면서 피우거든. 거기에서 우리는 착안을 했던 거야. 니코틴을 완전 제거할 수 있는 최신형 빨뿌리가 나왔습니다. 종래의 여러분이 사용하시던 빨뿌리는 사용 도중에 부러질 염려가 있었사오나 이 빨뿌리로 말할 것 같으면 저 캐나다에서 수입한 코끼리 상아 콧김을 어쩌고저쩌고 해가면서 빨뿌리를 팔거든. 물론 종래의 빨뿌리와 하나도 다른 게 없지. 다른 거라곤 종래의 빨뿌리에다가 우산을 단다라는 얘기지. 바로 그것이 동생의 아이디어였어. 종래의 빨뿌리는 비가 오면 사용할 수 없었거든. 하지만 이 빨뿌리는 물론 장난감처럼 만든 것이긴 하지만 빨뿌리 끝에 우산을 조그맣게 만들어 달거든. 생각해봐. 우산 달린 빨뿌리를 말이야. 그거야 정말 두꺼비하고 나비하고 접붙인 꼴이지. 비가 오는 거리에 우산 쓴 파이프를 물고 거리를 쏘다니다가 비가 그치면 우산을 접는 꼬락서니를. 그것은 정말 멋진 아이디어였지. 사람은 남들 눈에 띄고, 허영심을 만족시켜줄 만한 물건이라면 사족을 못 쓰거든.

하지만 그 장사를 왜 하지 않았느냐고? 이봐, 생각이야 근사하지만 실제 그런 파이프를 만든다고 생각해봐. 얼마나 귀찮을 거야. 만드는 과정은 얼마나 지겨울 거냐 말이야. 어떤 미친 녀석이 미리 다 만들어서 그럼 팔아봐라 하고 완제품을 주어도 이 망할 기세로 덤벼드는 더운 거리를 쏘다닐까 말까 하는데. 참 너희들은 괴상한 녀석이구나 하고 웃지 마. 그건 우리 나이 또래는 누구나 생각하고 있는 것들이야. 길 가는 계집년을 붙들고 물어봐. 정말이야. 그년들도 마찬가지일걸.

그년들도 이미 완제품을 요구하거든. 결혼할 때 벌써 이층 양옥에 코티나 한 대에, 이집트 풍의 커튼에, 최소한도 번쩍이는 다이아몬드 이 캐럿쯤에 침을 흘리거든. 그런 거야 살아가면서 천천히 해줄 수 있지 않느냐 하고 꼬셔보다가는 따귀 한 대 맞지. 바쁜 세상이야 이 자식아 하는 소리와 함께 말이야.

도대체가 미래의 행복이니, 미래의 낙원이니 그런 게 무슨 밸 빠진 소리냐는 거지. 내 말이 거짓말 같으면 계집년들이 단 며칠을 기다리지 못해서 기성화나 기성복 사 입는 것 보란 말이야. 도대체가 기다리는 것이 싫거든. 하기야 옛날에야 평생이라두 기다렸다지만 어디 요새 년들은 삼 년은커녕 삼 일간만 엉덩이 놀리지 않으면 열녀문 세워야 할 판이니까 말이야. 참 지겹게두 기다려왔으니 말야. 기다리는 것, 기다리는 것투성이니까 말야. 아 글쎄 이건 콜레라 예방 주사 맞을 때까지도 줄을 서야 하는 판이고, 호적 초본 하나 떼는 데도 기다려야 하지 않느냐 말야.

또 이런 게 있거든. 정말 뭐 빠지게 기다려서 쌀 배급을 타려는 찰나에 쌀 다 떨어졌습니다. 내일 오십시오 하는 것 있잖아. 그런 것쯤이야 우리 나이 또래는 늘 겪었던 일이거든. 그러니 도대체 기다리는 것 자체가 환장하고 불안하고 우울한 일이거든.

쌍년들은 그래서 아마 나이 먹은 자식들을 좋아하나봐. 정말이야. 거리에서 나는 무척 보았거든. 집에는 엄연히 여편네에다가 아들 새끼 두어 명 있을 만한 자식들이 우리 나이 또래의 계집들과 팔짱을 끼고 걸어가는 꼬락서니를 말야. 자기네들이 오나시스나 재클린인 줄 알지만 이것은 너무한 일이거든. 마땅히 우리가 책임져야 할 계집애들이 환장을 해도 유분수지. 임자 있는 녀석들과 볼장을 다 보는 셈이거든. 그러니 우리 차례엔 이미 새 옷 입긴 다 틀렸거든. 하기야 우리라고 뭐 새 빠지게 진짜 처녀는 원치도 않아. 하지만 헌 옷이라도 헌 옷 나름이지. 푸대자루 같아서야 어디 시멘트 푸대로밖에는 더 쓸 수 있느냔 말이야, 내 말인즉슨.

이러니 우리의 그 빨뿌리 장사도 공염불이 되고 말았지. 그 대신 아주 기발난 아이디어가 나왔거든. 그것은 순전히 내 아이디어였지. 뭐냐구, 그건 곤란해. 우리들 세계엔 절대 공짜가 통하지 않으니까. 담배 한 대 태우라구. 별수 없지, 그거라두 한 대 태우면서 가르쳐주지. 간단해, 그건. 그건, 부잣집 무남독녀를 겁탈하는 방법이거든.

웃지 말어, 웃지 말라니까. 이보다 더 좋은 방법이 있으면 얘기해보게, 얘기해보라니까. 아마 없을 거야.

물론 우리 형제들 상판은 근사하게 생겨먹었지. 그리고 말도 잘하거든. 내 얼굴은 코가 좀 크긴 하지만 동생녀석이야 그야말로 멋있게 생겼지. 동생이 훌쩍 큰 키에 비록 아버지가 입던 바지를 재생해서 입고, 남대문 구제품 시장에서 칠백원을 육백팔십원에 이십원 깎아산 노랑 티셔츠를 걸치면 제아무리 백운학 할아비라도 내 동생 주머니에 십원짜리 네댓 장밖에 없다는 것을 어찌 알아차릴까 말이야. 더구나 내 동생은 노래도 부를 줄 알거든. 기타도 잘 친단 말이야. 이게 뭐냐 하면 남들은 도서관에서 눈알이 해태가 되도록 공부했을 때, 우리 형제가 배운 유일한 특기인 거야. 공부야 돌대가리라도 붙들고 밤새우면 사십 점은 따논 당상이지만, 노래야 어디 간단히 배울 수 있느냐는 것이지. 그리고 녀석은 정말 노래를 기막히게 하거든. 영어 노래가 전문이란 말이야. 물론 한국 노래도 부르긴 하지. 하지만 한국 노래는 한결같이 궁상맞거든. 울지 마라 금순아 이런 식이야.

계집애들은 이상하게 노래를 부를 줄 아는 녀석이면 기가 막히게 빠져버리데. 그거 이상한 일이야.

하지만 망할 년들이 동생녀석의 노래에 반해서 헐떡댄다고 한들 부잣집 무남독녀가 뭐 하나같이 눈뜬장님일 수는 없지 않나. 도대체 접근할 수 있는 길이 있어야지. 그년들이야 우리가 알기로는 대여섯 살 먹었을 때부터 지 애비들끼리 언약을 하고, 그리고 결혼시킨다는 거야. 도대체가 그 연놈들은 어떤 방법으로 연애를 거는지 모르겠어. 김지미가 나오는 영화 속에서처럼 고급 드레스를 입고 차이코프스키 작곡, 운명 소나타 일악장을 심각하게 듣든지, 만나면 톨스토이가 지은 로미오와 줄리엣 이야기나 심각하게 하겠지.

내가 왜 구태여 로미오와 줄리엣 얘기를 하느냐 하면 정말 낯짝 뜨거워지는 이야기가 하나 있었기 때문이야. 언젠가 안경을 쓰고 블랙커피만 마시는 년하고 소위 시답지 않게 문학 얘기를 한참 하는데 그년이 나보고 로미오와 줄리엣을 읽어보았느냐고 묻는 거야. 원 제기랄. 나는 뭐 로미오와 줄리엣이 롯데 제과에서 나오는 초콜릿 이름인줄 알았지 뭐야.

그래서 나는 로미오는 읽었지만 줄리엣은 시간이 없어서 아직 못읽었습니다 그랬지. 진지하고 아주 엄숙한 표정으로 말이야. 그러자그년은 웃더군. 유머가 풍부하다는 거야. 유머 좋아하네, 유머 사랑하네. 거 뭐 살아가는 데 로미오가 밥 먹여준다든. 내 생각으론 그런골치 아픈 것은 몰라도 그만이야. 우리가 돈이 없어두 물건값 깎지못하는 이유가 거기에 있어. 여하튼 뭔가 계산만 해볼라치면 머리가아파오는 거야.

그런데 얘기가 전부 빗나가는데, 내가 아까 어디까지 얘기했지. 그래 그 부잣집 무남독녀 겁탈하는 장면에서 얘기가 새나갔지. 물론 그제안은 훌륭하고도 멋진 제안이었어. 하지만 구체적인 무엇이 없는한, 그것도 공염불에 그칠 제안일 뿐이지. 어쨌든 두고 보자 하고 우리 형제는 결의했었지. 그래서 어제 아침, 우리는 주머니에 손을 꾸욱 찌른 채 침을 퉤퉤 뱉어가며 명동을, 무교동을 어슬렁어슬렁 걸어다녔지. 도대체가 하루 종일 말이야. 물론 주머니엔 돈이 조금쯤은있었어. 무슨 돈이냐 하면 내가 시계를 팔았거든. 남대문 시계방에있는 새끼가 오천원밖에 안 주더군. 참 더러워서. 아 친구놈이 월남갔다와서 준 시곈데 물 속에서 개지랄해도 끄떡없는 시계로 나는 일부러 세수할라치면 그 시계를 차고 세수를 했거든. 라디오 시보하고거의 십 초밖에 안 틀리는 시곈데도 오천원 주더군. 물론 그 돈으로우리의 거창한 계획이 성사가 될지 어떨지는 모르지만 그날은 정말이지 무언가 꼭 될 것 같은 심정이었어. 그런 심정 알겠나. 아침에 까치가 울면 손님이 온다는 개소리 같은 하찮은 미신에도 운수를 걸어보는 심정 같은 것 말이야. 대체로 우리 형제들은 게으르고(우리는 별로 모르겠는데 남들이 그러더군) 될 대로 되라는 주의지만, 이상스럽게 미신 같은 것엔 철저하지. 나는 그런 의미에서 장님을 보면 기분이 좋거든. 그것도 홀수로 된 장님 말이야. 그런데 그날은 세 명씩 연거푸 두 번을 보았단 말이야.

우리는 대낮부터 거리를 어슬렁거리면서 무슨 갑작스런 괴변이 일어나지 않나 하고 기대를 하면서 걸었지. 정말 산다는 것은 지리하고 지겹고 권태로운 일방통행이더군. 비록 내가 스물두 해를 살아왔지만서두 말이야. 도대체 무슨 변화가 있어야지. 갑자기 우리가 딛은 땅이 푹석 주저앉는다든지, 삼일 빌딩이 곡절 없이 와르르르르르 무너져버린다든지, 느닷없이 어디에서 불이나 났으면 하는 심정 같은 것 말이야.

무교동으로 해서 퇴교로로 빠지는데, 동생녀석이 이럴 것 없이 빠찡꼬로 오늘의 운수를 점쳐보는 것이 어떠냐고 물어왔지. 나는 안 된다고 시치미를 뗐지. 그 망할 놈의 개새끼들을 이겨본 적은 한 번도 없었거든. 간혹 개발에 땀이 나서 잭 팟이 나오는 수는 있긴 하지만 그런 날은 시어머니 죽고 처음이자 마지막이지. 그런데도 녀석은 꼭 천원어치만 하자는 거였어. 눈앞에 수박 세 개가 영감처럼 떠올랐다는 거였어. 물론 그런 수작질이 사고의 원인이긴 하지만 젊은 혈기를 눈물로만 보낼 수가 있는가. 우리는 늠름하게 들어가서 코인을 샀지. 사람은 없는 편이었어. 그래서 기계는 스무 갠데 거의 비어 있더군. 동생녀석은 그중 구석진 곳을 하나 잡고 눌어붙는 기색이었고, 우물을 파도 한 우물을 파야 한다는 개똥 철학을 철저히 신봉하는 주의였지. 그에 비하면 나는 방랑의 무법자지. 각 기계에다 두어 개씩 코인을 처넣고 단거리 경주를 뛰는 육상선수처럼 와르릉와르릉 뛰면서, 한 번씩 잡아당기며 땀을 흘리면서 홀 안을 일순하거든. 그야말로 그것은 오락이 아니라, 무슨 원수놈의 머리통을 부숴버리는 심사거든. 나는 동생하고 다른 것이, 구태여 손잡이를 잡아당기고 세 개의 회전 벨트가 돌아가는 그 꼬락서니를 기다릴 수는 없는 사내거든. 그것은 아니꼬운 눈가림임을 나는 터득하고 있으니까. 나의 즐거움은 하나씩 기계 하나에 일 대 일로 상대해보는 것이 아니라, 수십 명을 한꺼번에 상대하자는 셈에 있지. 물론 센 놈은 끄떡도 안 하지만, 어떤 녀석은 투투투…… 물 먹은 녀석이 인공호흡으로 물을 토해내듯 번득이는 코인을 토해낼 때도 있거든. 물론 나는 짐짓 한 바퀴 돈 후, 눈을 감고 그 소리들을 듣지 않으려고 애를 쓰거든. 그리고는 의연히 걸어서 마치 노련한 치과의사가 충치 먹은 녀석의 이빨을 아가리에 손을 넣어 감지하듯, 하나하나 수금하기 시작한단 말이야.

그날 우리는 망했지. 도합 사천하고도 오백원을 잃었으니까 말이야. 동생은 나머지 오백원으로 원수를 갚자고 했지만 내가 한사코 만류했지. 왜냐하면 세 시간 동안 싸우다보니 배가 고파졌거든. 하다 못해 자장면이라도 먹어야 기동할 수 있는 게 아닌가 말이야. 정말 환장하겠더군. 거리로 나오는데 눈물이 찔끔 나오더군. 분하고 원통해서 이빨이 저절로 빠드득 갈리더군. 하지만 뚜렷한 적의는 없었어. 사실이야. 이 세상엔 뚜렷이 좋은 것도 없지만 그렇다고 뚜렷이 싫은 것도 없으니까.

우리는 별수 없이 명동에 있는 단골 다방에 나갔지. 오랜만이에요 하고 레지가 반기더군. 시어머니 죽고 처음이에요라고 그러더군. 망할 년들. 우리는 구석진 자리 확성기 바로 밑에 주저앉았지. 그건 우리의 단골 좌석이지. 음악이 쾅쾅 부서져나가는 그 좌석 말이야. 음악 그것은 우리가 이 세상에서 밥 먹고 계집애와 자는 것 이외에 제일 좋아하는 것이지. 그렇다고 내가 말하는 것은 어려운 고전 음악을 말하는 게 아니야. 호세 펠리치아노라는 가수의 노래 들어본 적이 있어? 그게 뭐냐구? 칼멘에 나오는 남주인공이냐구? 엣끼, 여보슈, 당신네들이 아는 베토벤보다도 더 유명한 가수이지. 장님이래. 기막히게 노래를 부르지. 녀석의 노래를 듣노라면 나는 까닭 없이 진지해지고 눈물이 나오거든. 동생은 오히려 그룹 사운드를 좋아하는 편이지. 우리가 도통한 모습으로 죽치고 몇 시간이고 꼭 확성기 밑에 앉아야만 하는 이유는 간단하지. 도대체가 음악이란 작게 들어서는 만족할 수 없거든. 음악이 무지무지하게 큰 소리로 아우성치고 왕왕거리고 울부짖고 때려부수고 흐느끼면, 온 세상이 음악으로 채워지는 것이지. 마치 비 오는 풀장 물 속에 코 막고 들어섰을 때 같은 심정, 알겠나. 꼭 그런 기분이지. 언젠가 나는 비 오는 풀장에서 헤엄친 적이 있지. 출렁이며 계집애 몸뚱어리처럼 부드러운 물살이 내 몸을 핥으면 또하나의 간지러운 빗줄기가 벌거벗은 내 몸을 두드리데. 그때의 빗줄기는 정말 아름다운 음악이었지. 바로 그런 기분이야, 음악을 크게 하고 듣는다는 것은. 샤워장의 미지근한 물처럼 머리에서 발끝까지 흘러내리는 거야. 바로 그것이 음악의 비라는 거지. 우리는 음악의 빗속에서 바로 음악 그 자체가 되는 거야. 아 그런 기분 모를 거야. 볼륨을 크게 틀어놓고 돌아가는 음반을 바라보노라면 더이상 크게 틀 수 없는 볼륨 스위치를 원망하다가는 결국 음반 속으로 투신 자살해서 음반 그 자체가 되고 싶은 거야. 그것뿐은 아니지. 레코드와 나 사이에 저 바다가 있다는 것은 정말 미치고 환장할 일이거든. 차라리 내 몸이 손오공 같은 기술이 있다면 레코드 바늘로 변해서 숫제 나 자신이 레코드판의 홈을 긁어내리고 싶을 정도이지. 그러면 온몸에 떨리는 음악이 직수입될 것이 아닌가 말이야. 더구나 음악을 크게 틀어놓으면 우리는 애기할 때에도 소리를 질러야 한단 말이거든. 그건 정말 신나는 일이지. 유리창 하나 앞에 놓고 이 개새끼 하고 욕을 해도 상대편은 그 유리창 때문에 무슨 말을 했는지 모르잖아. 지나가는 양키새끼한테 거지 발싸개 같은 자식이라고 욕을 해도 그 자식이 알아들을 게 뭐냔 말이지. 우리가 아무리 큰 소리로 얘기해도 음악의 비는 그 말을 흡수해버린단 말이야. 그러니 우리는 큰 소리로 소리를 지를 수 있거든. 이봐, 사람이 앉은 곳에서 소리를 지를 수 있다는 것은 굉장히 후련한 일인데, 그렇다고 대로상 종로통 거리에서 소리질러봐. 당장 즉결 재판이라니까. 데모하는 줄로 오해하거든. 하지만 음악은 아무리 크게 튼다고 해도 자신이 음악으로 미끄러져 들어가기엔 여간 힘든 일이 아니거든. 이봐 음악이 제아무리 좋다 하나 당장 우리가 그 망할 놈의 빠찡꼬에게 사천오백원을 강탈당한 것을 잊게 해주지는 못하는 것이 아닌가. 때문에 우리 형제는 가끔 플레이어실에 들어가 헤드폰을 끼고 듣곤 하거든. 헤드폰이 무어냐고. 아, 그거야 머리에 투구처럼 뒤집어쓰고 듣는 기계 말이야. 그것을 쓰고 음악을 들으면 참 근사하거든. 음악이 귀를 통해서 큰골로 들어오는 게 아니라 음악이 큰골로 직수입되거든. 그러면 눈을 감는단 말이야. 바로 그 순간엔 이 세상 모든 녀석들이 모두 내 사랑하는 어린 양이 된단 말이야.

그날 저녁 우리는 저녁 여덟시까지 죽쳤거든. 여덟시면 아무리 여름 한낮이 길긴 해도 거의 해가 질 시간이거든. 우리는 야행성 동물이 돼놔서 빛은 좀 싫어하는 편이지. 빛이란 놈은 언제나 고자질 잘하는 모범생같이 너무 정직해서 탈이니까 말이야.

우리는 긴 머리칼을 나풀거리면서 거리로 나왔지. 왜 나이 먹은 녀석들은 우리의 머리 가지고 운운하는지 모르겠어. 남에게 혐오감을 주고 퇴폐적인 분위기를 조성한다는 거야. 그런데 그런 생각 자체가 웃기는 게 도대체 혐오감을 주고 안 주고의 한계가 어디 있느냐는 거지. 물론 우리의 머리를 가위로 (우리는 가위의 효용성이 좋이나 천

을 자르거나 엿장수가 엿을 자를 때 필요한 것으로 알고 있는데) 자
르고 싶어하는 녀석들이야, 일제시대 때 살아본 녀석들이니까 숫제
쌍팔년도식으로 머리를 빡빡 깎는 게 좋아 뵈겠지만서두 말이야. 도
대체가 녀석들은 호랑이 담배 피우던 시절과 지금을 혼동하고 있거
든. 뿐만 아니라 그들의 사고방식을 우리에게 철저하게 강요하려 든
단 말이지. 차라리 그럴 바엔 야마모도라고 창씨 개명시키는 게 나은
것 같아.

바로 그때 우리는 어떤 계집애들을 끌게 되었던 거야. 아주 멋진
계집애들이었어. 한 년은 밤인데도 장님인가 선글라스를 끼고 있었
고, 또 한 계집애는 혀가 짧은지 좀 언청이 같은 소리를 냈지만 낯짝
은 눈 하나 빼놓고는 캔디스 버겐하고 비슷했어. 시계도 하나씩 차고
있어서 정 급한 경우엔 시계라도 맡길 수 있으니까.

동생이 먼저 가서 수작을 붙였지. 난 동생 수작을 잘 알고 있다니
까. 녀석은 계집애들의 혼을 빼놓는 기술을 가지고 있거든. 이를테
면 이런 식이지. 뒤에 있는 친구하고 내기를 걸었는데 댁들하고 오
분 동안 얘기하면 내가 술을 얻어먹게 되고 오 분 동안 얘기를 못 하
면 내가 술을 사주게 되니까 제발 부탁이니 오 분간만 얘기를 하자는
거지. 그러면 백발백중 다 떨어지지. 왜 하필이면 오 분이냐고. 이봐,
오 분이면 충분한 것이 오 분 동안 숨쉬지 말고 물 속에 코를 처박아
봐라. 십 년처럼 여겨질 테니.

그랬더니 망할 년들이 좋다는 거야. 색을 쓰면서 말야. 우리는 예
민하게 그년들을 훑어보았지. 부잣집 무남독녀쯤은 못 되어도 부잣
집 식모쯤은 족히 넘어 보였지. 우리는 무턱대고 그년들을 맥주집으
로 끌고 갔어. 주머니에 돈 삼백원 남았는데 말야. 힛히히. 맡길 거라
곤 불알 두 쪽밖에 없었는데두 말야.

우선 맥주를 네 병 시켰지. 나는 둘 중에 혀 짧은 계집애가 마음에

들었어. 왜냐하면 그년은 혀가 좀 짧아 바보스럽긴 해두 뭔가 순정쯤
은 있어 보였거든. 내 처지에 순정 운운하는 것은 꼴 사납게 여겨지
겠지만, 그래도 너무 발랑 까진 년들은 싫거든. 정말 요즘 계집년들
은 하룻밤 자고도 꼭 하품 한번 한 셈밖에 안 여긴단 말이지. 그래두
무언가 미련을 보여주어야 할 게 아니냔 말야.

언젠가 어떤 년을 끌고 하룻밤 잤지. 지독한 계집애였어. 자기나
나나 스무 살밖에 안 먹은 주제에 벌써부터 그렇게 좋아하다간 남편
두어 명은 잡아먹어야 직성이 풀릴 년이더군. 하기야 나야 큰소리는
탕탕 치지만 솔직히, 쉿 여기 자네 이외에 내 말 듣는 친구 없겠지?
없다구? 그럼 얘기하지. 난 솔직히 숙맥이지. 난 정말 그 짓이 그렇
게 좋은지도 모르겠어. 하지만 그 짓 하기 직전까지의 장난이 매력적
이거든.

그런데 그년이 내가 혼곤히 잠이 들어 있는데 나를 흔들어 깨우는
거야. 집에 가게 차비를 달라더군. 그래서 내가 큰맘 먹구 오백원을
주었지. 그년은 그것을 받자 새벽에 나가더군. 친구 집에서 자고 왔
어요 그러겠지, 집에 가서는. 도대체 나는 그런 년을 자기 딸이라고
믿고 있는 부모들이 얼마나 덜떨어진 자식들인가 좀 보았으면 시원
하겠어. 어떻게 그런 년을 낳아놓고도 미역국을 먹었는지 모르겠어.
나는 이담에 딸을 낳아서 저녁 일곱시 이후에 들어오면 주리를 틀어
버릴 작정이지. 어쨌든 늘어지게 한잠 자고 일어나니 의자 위에 무엇
이 있어. 무언가 들여다보니 돈이겠지. 자그마치 사백팔십원이었지.
원 제기랄, 난 그것이 이십원의 매춘인지 이십원어치의 정조인지 아
직도 구별을 못 하겠어.

그날 저녁 우리는 진탕 마셨지. 맥주를 한 사람 앞에 다섯 병씩 마
시니까 좀 속이 시원하더군. 계집년들은 이미 돌아서 딸꾹질을 시작
하고 야단이더군. 시계를 보니 밤 열한시야. 오 분이 세 시간이 된 셈

이지, 우리는 어떡할까 생각했어. 난 걱정이 돼서 변소 가는 척하고 도망가자고 했더니, 동생은 몇 개 나지 않은 수염털을 뽑아뜯으면서 무슨 수가 있을 것 같으니 좀 기다려보자는 거야. 그러더니 갑자기 녀석은 스테이지 안으로 불쑥 들어서더니 벽 비치용 기타를 들고 노래를 부르기 시작했어. 물론 그럴 수는 없었지. 그 자리는 소위 가수라는 녀석들이 앉아서 노래를 부르게 되어 있는 자리잖아. 그런데 시간도 늦었고 손님도 몇 없으니 구태여 말리지는 않더구만.

> 아침부터 저녁때까지
> 나는 부둣가에 앉아 있다.
> 배가 들어오는 것도
> 나가는 것도 바라보고 있다.
> 부둣가에 앉아서
> 바닷물의 철렁임을 보고 있다.
> 할 일 없이 따분한 시간을
> 나는 보내고 있다.

녀석의 노래는 정말 기가 막혔어. 새로 갈아입은 팬츠가 아니라면 오줌까지 쌀 뻔했다니까.

나는 저 녀석이 유명한 가수라고 거짓말을 하기 시작했지. 그랬더니 그년들이 즉각 반응을 보이기 시작하더군. 눈을 빛내면서 말이야. 그는 노래를 계속했어. 나는 그 노래가 무슨 노래인지는 모르겠어. 매우 단조로운 음률이었지. 그는 천천히 되새김질하는 양순한 소처럼 바짝 마른 손으로 기타를 퉁기고 있었어. 그가 손을 움직일 때마다 나는 그의 손에 끼워진 모조 반지가 암울한 곳에 빠진 모래 한 알이 순간 번뜩이는 것처럼 빛나는 것을 보았어. 그는 마치 고대

십자군 갑옷을 입은 청동의 기사같이 보였어.

그는 지난 토요일에 죽었다.
창문을 죄 꼭 닫아 잠그고는
가스를 틀어놓은 다음
계속 잠을 잤더니 말야,
그런데 그는 잠에서 영
깨어날 수 없었던 거야.
그래 이웃 사람들은 그에게
욕지거리를 했지.
"원 창피하게 그렇게 죽다니" 하고.

  우리는 그날 저녁 그년들에게 바가지를 씌웠어. 돈이 없다면 시계라도 벗으라고 그럴 판이었지. 이봐, 그런 것은 강도와 다름없는 짓이라고? 강도 좋아하시네. 오히려 위로해준 것은 우리였거든. 그년들의 허영심을 만족시켜주었으니까 말야. 계산이 만원 나왔어. 그중에 한 년이 그것을 지불하데. 정말 놀라운 일이었어. 그뿐인가. 안 보는 척하고 계산하는 그년의 핸드백을 엿보니 글쎄 오백원짜리 뭉치가 오우 하느님, 제가 지금 거짓말을 하고 있지 않다는 보증을 정확히 서주시길 빕니다, 수북했단 말이야. 무엇을 하는 년들인지 집에서 도망쳐나온 년들인지. 혹은 간첩인지도 모르겠어. 왜 요샌 빨갱이들도 계집년들을 간첩으로 보낸다고 하지 않아.
  어쨌든 우리는 술집을 나왔지. 계집애들은 이미 취해서 비틀거리기 시작하더군. 우리 형제는 하나씩 정답게 부축을 해주었지. 집에 가야겠어요. 한 년이 말하더군. 집에 가야겠어, 집에 가야겠어 하고 말야. 마치 애국가의 후렴처럼 삼절이더구만. 하지만 그건 말이야

십 년 수절 과부가 공치사하느라고 헛소리하는 것하구 다를 게 없는 잠꼬대거든. 설사 우리가 그년들을 고이 집으로 보내주고, 영변의 약산 진달래꽃 아름 따다 가시는 길에 뿌린다 한들, 그년들은 집에 가서 원 별 미친 내시 같은 자식들 다 보겠네 하고 욕을 했을 거야.

우리는 그년들을 여관으로 끌고 갔지. 하기야 계집년들은 일단은 반항은 하지. 더욱이 자기 친구하고 있을 땐 더욱 앙탈이거든. 그러니까 우리들은 숫제 그년들을 납치하다시피 했지. 하지만 이상한 일은 여관에 들어가기 직전까지 아우성쳐도, 일단 들어서기만 하면 오히려 더 대담하게 나온단 말야.

우리는 나란히 붙은 방 두 개를 잡았지. 여관 주인이 숙박계 써달라데. 그래 써주었지. 나는 내 이름란에 김진규 하고 썼어. 그리고 각자 각개전투에 들어갔거든.

나는 불을 끄려 했지만 그년은 불을 켜둔 채 그것을 하자는 거였어. 정말 뻔뻔하구 더러운 년이었어. 아까는 어두워서 못 봤지만 가까이서 보니까 순 주근깨투성이였어. 그년은 자꾸 냉수만 찾더군. 그 짓을 하는데도 연신 냉수야. 그러더니 드디어는 웩웩거리더군. 할 수 없이 벌거벗은 채로 그년을 끌고 목욕실로 갔지. 아주 정신이 없을 정도로 취해버린 모양이야. 그년은 드디어 토하기 시작했어. 혼자서 목욕탕 하수구에 코를 처박고 그리고는 동짓달 먹은 팥죽까지 토해내더군. 나는 멍청하니 그것을 보고 있었어. 그년은 토하면서 추워, 추워, 추워 그러더군.

어느 정도 토하길 기다려 나는 그년을 방으로 데려왔지. 그년은 이미 늘씬하게 뻗은 상태였어. 나는 그년의 옷을 벗기기 시작했지. 반항을 하데. 그래서 내가 얘기했지. 이렇다면 애당초 이런 데 뭣 때문에 따라왔느냐구. 그러자 그년은 울데. 처음부터 끝까지 줄곧 고장난 수도꼭지처럼 울고 있었어. 그리고는 버리지만 말아달라는 거였어. 내 참, 내가 자기를 어떻게 한 것두 아닌데 말야. 그렇다구 처녀두 아니면서 말이야. 그래서 버리지 않을 테니 안심하라구, 밀양엿처럼 붙어다닐 테니까 안심하라구 하고는 아주 철든 남편 행세를 했다니까. 원 제기랄 그년은 어둠이 무섭다는 거야. 불을 끄면 누군가 자기를 죽이려 든다는 거야. 미친년도 다 있지. 그리고는 참 우스워서. 우스워서 배꼽이 빠질 뻔했지. 글쎄 나보고 자기 아버지하고 비슷하게 생겼다고 그러더군.

그러다가 그년은 제풀에 잠이 들었어. 눈물 자국이 얼굴에 지저분하게 화장기와 어우러져 일본 지도를 그리고 있더군. 나는 나른한 피곤을 느끼면서 여관 복도에서 비친 불빛이 송판 방문을 뚫고 동전닢만큼이나 반짝거리는 것을 보았어. 그것은 전구 필라멘트 모양으로 빛나고 있더군. 그것은 암흑 고도에 빛나는 한 개의 섬과 같더군. 나는 잠이 들었지.

무엇을 먹는 꿈을 꾸면 감기가 걸린다고 그러더군. 솜사탕 먹는 꿈을 꾸다 잠이 깨었어. 누군가 나를 깨우고 있었지. 잠과 현실이 아직 어릿어릿 교차되는 나는 우울하게 나를 응시하고 있는 동생을 발견했어.

가자, 하고 그는 말했어. 방금 네시 사이렌이 울렸어. 나는 주섬주섬 옷을 입었지. 나는 그년의 돈을 훔쳤어. 동생이 뜨거운 입김을 부으면서 내게 말을 했어. 잘 했어, 하고 나는 웃었어. 계집년은 세상 모르고 잠을 자고 있더군. 양순하게 신의 어린 양처럼 잠만 자더군. 나는 누워 있는 계집애의 입에 키스를 해주었지. 핸드백을 뒤져봐, 하고 녀석이 말하더군. 나는 더듬거려 핸드백을 뒤져 닥치는 대로 주머니에 쑤셔넣었지.

그리고 우리는 거리로 나왔어. 구두는 까짓것 버리기로 하고 실내용 슬리퍼를 끌고 말이야. 치륵치륵 이쑤시개 물고 아침 산보 나오는 기분으로 말이야. 아직 어둠이 깊더군. 수은등이 화안히 비치고 있는데 마치 꿈결 같았어. 간밤의 꿈이 아직 사라지지 않았고, 아직 현실감이 뚜렷하게 다가오지 않을 때, 우리가 박차고 나온 이불의 감촉처럼 부드러운 새벽 온기가 머리를 떨게 하는 거리 위 물 머금은 가로등 그 불빛에 세로 가로 얽힌 긴 그림자, 아직 피로가 사라지지 않은 달착지근한 권태를 느끼면서 힘차게 외출을 시작했어.

이 세상엔 우리들뿐이었어. 정말이야, 우리들뿐이었어. 망할 연놈들은 모두 불을 끄고 묵화 같은 정적 속에서 잠자고 있을 때, 우리는 새벽 이슬에 떨며 걷고 있었어. 우리는 우리의 발소리가 잠든 건물에 부딪치는 건조한 메아리를 듣고 있었지.

정말 희귀한 새벽 산보였지. 이처럼 새벽녘에 일어난 것은 머리에 털 나고 처음이었지. 역시 새벽 공기는 시원하더군.

녀석은 주머니에서 돈을 꺼내서 세기 시작했어. 나도 주머니를 뒤져 돈을 세기 시작했어. 그것은 정말 큰돈이었어. 빠징꼬를 해도 이틀은 족히 하겠더구만. 그때였어.

갑자기 녀석은 웬 빌딩 건물에 몸을 기대더니 토하기 시작했어. 그건 정말 사실무근하고 투정 같은 억지 구역이었어. 먹은 게 있어야 토할 수 있지. 녀석은 눈물을 질질 흘리면서 손가락을 입에 꾸욱 집어넣고 토하려고 애를 쓰기 시작했어. 그러자 나도 구토증이 일어나기 시작했어.

날이 새면 양복이나 근사하게 한 벌씩 뽑자고 내가 토하면서 말을 했어. 시끄러워 하고 녀석이 토하면서 말을 했어.

그 쌍년이 핫하하. 그 쌍년이 자기를 버리지 말아달라구 그러더군, 내가 토하면서 말을 했어. 시끄러워, 하고 녀석이 토하면서 말을 했어. 시끄러워, 시끄럽데두. 그 녀석은 토하면서 핫하하 토하면서 씨부렁거렸지. 얼마만큼 토하고 났을 때 우리는 텅 빈 뱃속과 같은 공

허와 비애를 동시에 느꼈거든. 씨팔, 정말 더럽고 치사한 비애감이
었어.

그때, 바로 그때 녀석이 내게 불쑥 물었던 거야. 이봐 한강까지 여
기서 오 분이면 달려서 갈 수 있을까 하고 말이야. 왜 그래, 하고 내
가 물었지.

그러자 녀석은 아침이 다가오는 한강을 지켜보고 싶다는 거야. 미
친 녀석. 정말 미치지 않고서는 어떻게 그런 말을 할 수 있느냔 말야.
녀석은 돌연 주머니에서 돈을 모두 꺼내더니 내게 그것을 주었어. 왜
이런 지랄 하는 거야 하고 나는 소리쳤지. 그래도 녀석은 막무가내였
어. 정말이야. 정말 막무가내였어. 나는 내가 할 수 있는 데까지는 말
렸었던 것이야. 한데두 녀석은 계속 고집을 부렸거든. 그리고 녀석
은 거리에 세워져 있는 우유배달 자전거에서 우유병 통을 들어 내려
놓더니 글쎄 그 위에 올라타고는 내게 일언반구도 없이 휘웅이 밝아
오는 한강 쪽을 향해 달려갔단 말이야. 물론 그 자전거야 쌔버 탄 것
이지.

그리고 녀석은 죽었어. 정말 야비한 개처럼 죽어버렸어. 원 그렇게
죽는 것이 소원이었다면 왜 하필이면 그렇게 재수 좋은 날 아침에 죽
었느냐는 것이지. 뭐가 그렇게 죽는 것이 급했냐는 것이지. 동생을
친 운전사는 그렇게 말을 했어.

원 죽기를 환장하게 원했던 친구 같았다구. 그런지도 몰라. 아니
그것은 사실이었을 거야. 모르긴 하지만 아마 그 순간 그 녀석은 약
간 돌았던 것 같아. 돌지 않았으면 어떻게 그런 짓을 글쎄 남의 일 보
듯이 해치웠느냔 말야. 아니면 순간 영웅심이 작용했을지도 모르지.

그런데 난 지금도 그것이 궁금해. 그 녀석이 그 기묘한 아침 행군
중에 죽으려고 마음먹었던 것은 차치해놓더라도, 그 녀석의 자전거
가 옆길에서 나온 차와 부딪쳤을 순간 무엇을 보았을까 하는 문제 말

이야.

정말 그것이 무엇이었을까. 나는 그것이 무엇인가 미치도록 알아내고 싶어. 그것은 동생녀석이 그토록 알아내고 싶어하던 한줌의 밝은 진리였을까. 나는 그것을 모르겠어. 만일 그것이 아니라면 죽어서라도 이를 갈 거야. 공연한 짓을 해서 손해만 봤노라고 말이야.

(1971년)

# 미개인

## 1

　……이번에 문둥이의 아이들이 강 너머 이편으로 건너온다. 문둥이의 아이들이, 우리가 가끔 바지를 내리고 오줌을 싸던 강 저편에서 아, 아, 문둥이의 새끼들이 이쪽으로 건너온다. 그애들은 어떻게 생겼을까, 불알이 다섯 갤까, 눈썹이 없을까, 저녁이면 우리들의 가슴을 면도칼로 자르고 간을 빼먹으려 들지도 몰라.

## 2

　월남에서 돌아와 제대했을 때 나는 왼쪽 다리의 중요 부분을 잃고 있었다. 스물여덟 살 젊은 나이에 신체가 부자유스럽게 되었다는 것

은 서글픈 일이었다. 물론 나는 얼마의 보상금을 지급 받았다. 제대
한 후에 나는 최초로 서울 변두리 교외의 작은 국민학교로 부임을 받
았다. 나는 사범학교 출신이기 때문이었다. 나는 부임장을 들고서도
그 국민학교가 어디 있는가를 얼핏 알아낼 수 없었다. 왜냐하면 내가
부임한 곳은 한참 뻗어가는 남서울 근처 어디쯤으로 최근에야 비로
소 서울시에 편입된 곳이기 때문이었다. 하지만 그런 것은 상관없는
일이었다. 나는 약간의 짐을 챙겨들고 부임지로 갔었다. S동, S동에
한번 가본 적이 있는 사람들은 그곳이 어떤 곳이라 말할 수 있을 것
이다. 그곳은 한마디로 요란스런 동리였다. 언제나 땅은 질퍽이고
있었고, 사람들은 생선 장수처럼 장화를 신고 거리를 돌아다니고 있
었다. 한편에선 불도저가 왕왕거리며 산턱을 깎아내리면서 단지를
조성하고 있었고, 그런가 하면 한쪽에선 농촌 특유의 분뇨 냄새가 풍
기고 있는 거리였다. 거리 양 옆엔 간이막사 같은 건물들이 들어섰으
며 삐꺽이는 의자가 있는 다방이 있기도 했고, 석유를 파는 노점이
있는가 하면, 유난히 정결한 느낌을 주는 주유소가 서 있기도 했고,
여관과 터키탕이 세워져 있기도 했다. 그러면서 건물 옆엔 아직 이장
이 끝나지 않은 때문인가 묘지들이 드문드문 양지바른 곳에 누워 있
었다. 나는 그곳에서 매우 엄중한 문구로 몇월 며칠까지 연고자가 없
어 이장되지 않는 묘지는 여하한 일이 있더라도 책임지지 않는다는
경고판을 보았다. 그 경고판은 산비탈길에 우뚝 서서 위엄을 떨치고
있었다. 거리 옆으로는 고속도로가 개통되었다. 시원하고 넓은 고속
도로 위로 매끈한 차들이 씽씽이며 대전으로, 부산으로 달리고 있었
다. 때문에 땅값이 뛰고 있었다. 유난히 질퍽거리다가는 유난히 먼
지가 피어오르는 거리로, 납짝한 세단들이 소달구지를 피해가면서
이곳에 거의 매일이다시피 와서 쑥덕이는 흥정을 하고는 사라져버
리곤 했다. 이곳 주민들은 모두 하룻밤 자고 일어날 때마다 뛰어오르

는 땅값에 반쯤 혼이 나가서 모두들 앞니 빠진 유아 같은 얼빠진 표
정을 하고 있었다. 그래서 그들은 어제까지의 밭을 갈지 않고, 그곳
에 대신 벽돌 공장을 세우거나 그것도 아니면 복덕방으로 전업을 해
버리고 말았다. 처음에 그들은 혹 다음날이면 이 미친 듯이 뛰어오르
는 땅값이 수그러들지 모른다는 불안으로 얼마만큼씩 땅을 처분했
으나 이제는 오히려 그저 쥐고 있는 것만으로도 충분히 돈이, 재산이
불고 있다는 사실을 터득하고 있었다. 버스의 노선은 연장되었다.
그것은 당연한 일이었다. 새로운 소형 문화주택이 밭 가운데 서기 시
작했다. 거리거리엔 살아간다는 사실이 남의 일이 아니라 바로 자신
들의 일이라는 것을 확신이나 하는 듯한 시끄러운 동요가, 아우성이
물결치고 있었다. 이 추세로 보면 그들은 모두 신흥 재벌이 될 판이
었다.

　다행스러운 호경기가, 간밤에 달을 먹는 꿈을 꾸고 주택복권을 사
서 일등에 당첨되었다는 조간신문의 기사가, 먼 곳의 일이 아니라 바
로 곁에서 진행되고 있는 판이었다. 그러나 내 눈엔 오히려 그들이
갑자기 정장한 그 차림새에 반비례해서 더욱 촌스러워 보였고 야만
스러워 보이기도 했다.

　나는 학교 부근에 하숙을 얻었다. 생각보다는 엄청나게 비싼 금액
을 주었는데 이곳 복덕방의 말을 빌리면 오히려 싼값이라는 것이었
다. 내가 구한 하숙집은 푸줏간 안채였다. 주인은 뚱뚱하고 비대한
편이었는데, 낮이나 밤이나 검은 선글라스를 쓰고 있었다. 그래서
그 간이막사 같은 거리 노점 사이에서 유독 돋보이는, 정결하고 변소
속처럼 흰 타일이 발라져 있는 정육점에 앉아 있는 것을 보노라면 굉
장한 모사꾼 같아 보였다. 내 하숙방은 안채 사랑방이었는데, 문턱
위에 낡은 부적이 하나 붙어 있었다. 짐을 정리하며 그 갑각류 동물
의 등 무늬 같은 부적을 보았을 때, 나는 아주 묘한 느낌을 받았다.

그것은 방금 새로운 건설이 번쩍거리는 거리에서 돌아온 내게 무언가 역설적인 기쁨을 불러일으켰기 때문이었다.

내가 하숙방을 정하고 제일 먼저 했던 일은 학교 정 선생의 말대로 미제 열쇠를 사는 일이었다. 그의 말에 의하면 이곳은 도둑 천지라는 것이었다. 도둑도 여느 좀도둑이 아니라, 아주 지능화된 도둑이라는 것이었다. 며칠 전 학교 선생 하나가 집에 가는 길에 웬 술 취한 두 사내를 만난 적이 있었는데, 그 두 사내는 술병 하나 들고 싸우고 있더라는 것이었다. 무심코 그 선생이 지나치려니까 옥신각신 싸우던 사내 중의 하나가 다가오더니, 선생, 저 아 글쎄 이 친구가 자꾸 이것을 술이 아니고 석유라는데 냄새 좀 맡아주시구 심판 좀 해주쇼 하면서 비틀대더라는 것이었다. 그래서 선생이 그 술병을 들고 그야 어렵지 않은 부탁이지요 해가면서 술병 꼭지에 코를 대고 숨을 들이마신 순간, 정신을 잃었다는 얘기였다. 그러면서 정 선생은 주의하시오 최 선생, 차라리 이 거리에선 자기가 만지고 확인할 수 있는 것 이외엔 절대로 믿지 마시오라는 조언을 잊지 않고 전해주는 것이었다.

어쨌든 나는 튼튼하고 견고한 키를 사가지고, 방에 들어와 누웠다. 어디선가 숫돌 가는 소리가 들려오고 있었다. 그 소리는 현실적인 소리가 아니었을는지 모르지만 나는 실상 온 거리에 숫돌을 가는 금속성 소리가 충만되고 있는 듯한 느낌을 받았다.

지나가는 객이 하룻밤 잠자리를 청한다. 그러자 묘령의 여인이 반갑게 맞아들인다. 이윽고 잠이 들었는가 싶은데 문 밖에서 숫돌 가는 소리가 들린다. 창문 틈으로 내다보니 그 여인이 수염 많은 산적과 둘이서 숫돌을 갈고 있다. 달빛 속에 날카로운 칼날이 예각을 그린다. 여인—저 녀석은 아주 맛있게 생겼는걸, 사내—글쎄 몇 근쯤 나갈까, 글쎄 몇 근쯤 나갈까, 몇 근쯤……

나는 옅은 잠이 들었다.

3

그해 한여름은 아무 일도 없었다. 나는 그해 여름을 무엇을 하면서 지냈는가를 이야기할 필요성을 느끼지 않는다. 나는 아이들에게 빨 강에다 파랑을 더하면 보라가 된다는 것을 알려주었다. 빨강에다 하 양을 더하면 분홍이 되고, 빨강에다 노랑을 더하면 주황이 된다는 것 을 알려주었다. 아이들은 충분히 이해하였다.

저녁이면 나는 책을 읽거나, 술을 마시거나, 뒷산의 숲속에서 바람 이 풀숲을 스쳐 지나갈 때마다 풀들이 엮어내는 영롱한 하프 소리를 듣는다는 트루먼 캐포티의 작품 한 구절을 음미하며 어두워질 때까 지 누워 있곤 했다.

최초의 사건이 벌어진 것은 늦여름부터였다. 샛강 건너에는 음성 나환자들이 집단으로 쓰고 있는 개미마을이 있었는데, 그곳에는 열 두 명의 어린 학생이 분교에 수용되어 육 개월마다 파견되는 선생에 의해서 가르침을 받고 있었다. 그런데 그즈음 외국인 선교사가 관계 부처에 탄원한 것이 주효했던 때문인지 가을 학기부터 열두 명의 나 환자 부락의 학생들이 본교에 편입되었다. 나는 지금도 묵묵히 열두 명의 아이들이 그들의 유일한 선생의 뒤를 따라 재빠르게 때로는 느 릿느릿 햇볕에 번쩍이는 강가를, 배추밭을, 파밭을 행렬을 지어 가 로질러 오던 그날의 오후를 기억할 수 있다. 시야를 막지 않아 투명 한 늦여름의 햇살이 파득거리는 사잇길을 조용히 행군해오던 소년 들의 모습은 한 무리의 양순한 들짐승을 연상케 하였다. 열두 명의 아이들 중에 네 명이 나의 반으로 편입되게 되어 있었으므로, 나는 교무실 창문 너머로 그들을 보면서 인계할 준비를 완료하고 있었던 것이다.

　나는 그들에게 강한 호기심을 느끼고 있었다. 내가 처음 부임했던 날 술 취한 정 선생이 가리키던 강 건너 마을, 어둠 속에 잠겨 있는 문둥이 부락을 보았을 때부터, 나는 이 마을 속에 흐르고 있는 이상스러운 공통된 광기는 혹 강 건너의 문둥이 부락 때문이 아닐까 하고 조심스럽게 관찰하였다. 그러나 나는 좀 후에 음성 나환자 부락은 강 하나 간격 이전에 이 마을과는 무관한 곳으로, 그들의 입김이 이 마을의 뜨거운 광기를 부채질해줄 수 없음을 알았다. 왜냐하면 마을 어디에서고, 그 나환자 부락의 영향을 찾을 수 없기 때문이었다. 다만 마을의 약삭빠른 장사치들만 새벽에 문둥이촌으로 숨어들어가, 문둥이가 가꾼 유난히 알이 굵은 채소를 사서 시내로 반입한다는 사실만을 알았을 뿐, 그곳은 아주 무관한 먼 곳이었다. 구태여 내가 이 마을에 일관된, 누룩처럼 끓어오르는 광란의 예감이 어디서 기인된 것인가를 찾아내려 든다면, 그것은 까부수고 뭉개는 자들에게서 흔히 볼 수 있는 집요한 의지 같은 데서 오는 것이 아닐까 하는 느낌뿐이었다.

　나는 언젠가 분묘 이장 공고 기일이 지난 후, 주인 없는 분묘를 불도저가 깎아내리는 것을 본 적이 있었다. 새로운 주택단지를 형성하기 위해서겠지만 불도저가 산비탈을 깎아내리고 있었는데, 나는 우연히 정 선생과 지나는 길에 그것을 보게 되었던 것이다. 죽은 자 위에 산 자가 서는군요 하고 정 선생이 말을 했다. 그 소리는 아주 공허한 느낌으로 울려와서 나는 정 선생을 오랫동안 쳐다보았다. 글쎄, 저것은 파괴일까, 아니면 건설일까. 정 선생은 지나가는 말 비슷이 말을 했는데 나는 그때 어렴풋이 이 마을에 일관된 흔들거리는 광기는 바로 저렇게 무너뜨리고 죽은 자를 딛고 산 자가 일어서는, 죽은 자들 무리에 뿌리를 내리고 새 나무가 자라나는, 무덤자리 위에 산

자의 거실이, 목욕탕이, 꽃밭이 정지(整地)되는, 어제의 것은 산 자에 의해서 사라져가는 그런 데서 기인된 것이라는 느낌을 받은 것이었다.

그런데 이번에 문둥이의 아이들이 강 건너 이편으로 온 것이다. 문둥이의 아이들이. 문둥이의 아이들이. 한 번도 우리들은 문둥이를 본 일이 없다. 우리가 가끔 바지를 내리고 무책임한 오줌을 깔기던 강, 가까운 화력 발전소의 중유가 둥둥 떠서 흐르는 강, 돌팔매질이나 자꾸 무의미하게 던져대던 강, 도대체 흘러가는 것 같지도 않고, 그저 고여 자꾸 썩기만 하는 것처럼 짙은 암갈색의 강 저편에서 문둥이의 새끼들이 강 건너 이편으로 건너오는 것이다.


그 열두 명의 아이들은 각기 학년이 달랐으면서도 늘 같이 무리를 이뤄 학교에 왔으며, 일찍 끝난 아이들도 꼭 기다려 같이 산비탈을 내려갔기 때문에, 언제나 한 다스로 엮은 연필자루 같은 느낌을 불러 일으키게 했다. 먼 곳에서도 그들의 모습은 유독 돋보였으며 그래서 그들은 그 모습에서부터 낯선 이방인이라는 느낌을 주고 있었다. 그들의 차림새는 아주 초라했으며 대부분 자기 학년보다는 숙성했고, 그중 두서너 명은 더욱 나이가 많았으므로 그들 열두 명이 거리를 천천히 완강한 경계심과 숫돌 같은 얼굴을 하고 걸어갈 때마다, 단번에 사이 좋은 친구간이라는 느낌보다는 오히려 무슨 음흉한 공범자 같은 느낌이 들었던 것이다. 그들은 주위 사람들과 얘기를 나누려 하지 않았고, 자기들끼리도 꼭 필요한 말 아니면 가능한 한 삼가고 있었다. 보이지 않는 이물질에 의한 이물감이 온 동리에 충만되고 있었다. 인심 좋은 개들도 그들을 보면 짖었다. 단순히 생각하는 이미지, 즉 문둥이들은 날카로운 면도칼을 손가락 사이에 접고 있다가 가슴을 석류알처럼 짜갠다는 것과, 눈에 눈썹이 없다는 사실이 그 아이들에게는 적용되지 않는다는 것이 판명된 이후에도, 그들은 좀더 주의 깊게 과연 이 새로운 아이들이 도대체 무엇이 우리와 달라 격리된 존재인가를 관찰하려고 시도하고 있었다. 마을 아이들은 조심스럽게 그러다가는 후딱후딱 놀라면서 그들을 관찰하고 있었다. 그들이 조그마한 밀집을 이루면서 펌프물에 머리를 처박고 담수어 같은 움직임을 할 때에도 동네 아이들은 둥그렇게 서서 그 나환자촌 아이들을 관찰하였으며, 몇몇 용감한 아이들은 아무렇지도 않게 스쳐 지나가면서 계집아이의 살갗을 스쳐보기도 하고, 그들의 손가락 사이를 유심히 쳐다보기도 하였다. 간혹 못된 애들은 갑자기 침을 뱉고 물방개처럼 도망가곤 했다. 그럴 때마다 그중 숫제 아이 같지도 않고 거의 성인같이, 낡은 셔츠 위로 제법 유방의 융기가 어렴풋이 드러나 보이는 키 큰 소녀가 완강히 제지하곤 했다. 어른들이 아직 이 조그마한 어린이들에게 주의하지 않고 산비탈을 깎아내리고 있는 동안에, 벌써 아이들에겐 새로운 파괴 대상이, 관심거리가 서서히 부풀고 있었던 것이다. 처음엔 조심스레 관망하고 있던 동네 아이들도 차츰차츰 큰 무리를 이루며 이 작은 세계 속으로 침범해 들어가려고 애를 쓰게 되었다. 그래서 그들은 이제 그들이 펌프 옆에서 고무신을 벗어들고 물로 닦거나, 치마를 들어 얼굴의 물기를 닦을 때마다 난폭하게 덤벼들어 계집애의 치마를 번쩍번쩍 만세나 하듯 들어올리게 되었으며, 그들이 포플러나무 아래로 조용히 걸어갈 때마다, 다리 아래에서 멱을 감던 아이들이 손가락 사이로 다른 주먹을 밀어붙이는 난데없는 욕지거리가 터져나오게 되었던 것이다. 문둥이촌 아이들은 그러나 조용히 아무런 동요도 일으키지 않고 걷는 것을 계속할 뿐이었다. 싫증이 나서 아무리 두드려 부수려고 해도 부숴지지 않는 장난감 같은 침묵이 작은 아이들에게 젖어 있어서, 도저히 동네 아이들은 과일 표피 벗기듯이 아이들의 내면을 드러내 보일 수가 없었다. 그즈음이었다. 그들이 하학길에 동네 어귀에 있는 우물가에서 두레박으로 물을 퍼서 세수를 하려 했을 때였다. 그들 주위에 서서 오랫동안, 참으로 오랫동안 따가운 초가을의 햇살 속에서 흔들거리는 이빨이 빠지려는 짜릿한 아픔과 또 한편의 새로운 쾌감 속에서 뜨거운 침을 삼키던 소년 중의 하나가 갑자기 거들먹거리며 그들 곁으로 다가갔고, 막 두레박을 들어올리는 소년의 손에서 두레박을 빼앗았던 것이다. 안 된다. 소년은 두레박끈을 잡고 뒤로 물러섰다. 그리고 문둥이촌 아이들 중 몸이 큰 소년이 덤벼들었다. 뭐라구 안 된다구? 그래 어째서 안 된다는 거냐. 너희들은…… 소년은 가슴에 힘을 주며 단정을 내렸다. 문둥이다. 문둥이는 전염된다. 뭐라구? 아이는 이를 악물었다. 문둥이라구? 너희들이 우리 우물에서 물을 먹으면 온 동네에 문둥병이 전염된다. 소년의 말뜻이 아이들에게 전달되기엔 조금 시간이 걸렸다. 그 침묵 속에서 두 소년은, 아니 두 무리는 필사적으로 상대편을 노려보고 있었다. 그리고 소년은 아이가 어리둥절해 있는 것을 보자 말을 덧붙였다. 너희 몸에선 냄새가 난다. 그래, 문둥이 냄새 말이다. 뒤의 다른 소년이 동조를 했다. 그 순간 딱정벌레처럼 문둥이촌 소년이 덤벼들었다. 소년의 굵고 질긴 팔은 그들에게 시비를 걸었던 소년을 단숨에 때려뉘었다. 소년의 코에서 코피가 튀었다. 아이는 소년의 얼굴을 이빨로 물었다. 그리고 그는 자기를 겁에 질린 모습으로 보고 있던 동네 소년들을 쳐다보고 분노에 차서 소리를 질렀다. 덤빌 녀석 있으면 또 나와라. 너희들 핏속에 모두 문둥이 피를 옮겨 놓고 말 테다. 이빨로 물어뜯어서 말이다.

　그날 저녁 문둥이촌 소년에게 이마를 물린 소년은 두려움 속에 집으로 돌아왔다. 소년은 몇 번이고 얼굴을 비누로 씻었다. 그리고 거울을 보았으나 아이가 이빨로 사납게 문 이마의 자국은 더욱더 선명

하게 떠오르고 있었다. 소년은 자기가 졌다는 분노보다는 핏속으로
무언가 산기슭에서 옻과 같은 독소가 뛰어들어온 듯한 공포심에 와
들와들 떨어대고 있었다. 언젠가 마을에서 추하고 충혈된 눈을 가진
개가 미친 듯이 뛰어나온 일이 있었다. 미친개다, 하고 어른들이 문
을 잠그면서 말을 했다. 물리면 죽는다. 나가선 안 된다. 소년은 싸리
울타리 너머로 그 개가 비틀거리며, 그러다가는 사납게 짖으며 거리
를 달리다가는, 서서 공허하게 짖는 것을 보고 있었다. 개는 가로수
를 껑충이면서 물어뜯기도 하고, 그러다가는 산 사람의 그것처럼 빛
이 나면서 이쪽을 노려보기도 했다. 그 순간이었다. 파출소에서 나
온 순경이 거리 끝에 서서 개를 향해 총을 들었다. 개는 무표정하게
자기를 겨누고 있는 순경을, 그리고 총구를 쳐다보았다. 뜨거운 여
름 햇살이 거리를 훅훅 끼쳐오르고 있었다. 이윽고 한 방의 총성이
울리자, 개는 선 자리에서 거꾸러졌다. 그러자 온 집의 문이 열리고
미친 듯이 동네 애들이 거리로 뛰쳐나갔다. 아아, 사랑스런 개, 미친
개는 배를 드러내고 죽어 있었다. 아직도 문득문득 다리에 경련을 해
가면서, 그 기억을 상기해낸 소년은 더욱더 공포에 휩싸이게 되었
다. 그래서 그는 황혼이 깃들이는 거리로 뛰쳐나가 주유소를 경영하
고 있는 아버지에게 달려갔다. 그의 아버지는 유리창 너머로 그의 아
들이 눈물이 가득해서 헐떡이면서 달려오는 것을 보았다. 그는 무언
가 수상스런 낌새를 눈치채었다. 그것은 비가 오기 전 유난스레 날갯
짓하는 어린 새들의 침착지 못한 움직임이었던 것이다. 그는 아들에
게서 사건의 전말을 들었다.


　그들은 처음에 교장실로 모여들었다. 그러나 마침 교장 선생님은
시내에 볼일이 있어 출타중이었으므로, 필터 달린 담배를 깨끗이 청
소된 교장 재떨이에 수북이 눌러 끄고는 교무실로 족적을 남기면서

침범해왔던 것이다. 우리는 말입니다. 소년의 아버지가 말문을 열었다. 문둥이 쌔끼들하고는 우리 애들을 같이 교육시킬 수 없습니다. 그들 침입자 다섯 명은 빈 의자에 앉아 오히려 손님처럼 어리둥절해 있는 선생들을 노려보았다. 그들 중에 몇은 선글라스를 쓰고 있었다. 곧 그 아이들을 이 학교에서 나가도록 해주십시오. 뒤에 있던 아낙네가 갑자기 비명 같은 소리를 발했다. 나는 그녀가 로터리 부근에서 목욕탕을 경영하고 있는 여인임을 알았다. 우리는 문화인입니다. 그것은 있을 수 없는 일입니다. 글쎄 그것은 우리들의 처사가 아닙니다. 비대한 침입자들 틈에 끼여서 교감은 한결 왜소해 보였다. 상부의 지시입니다. 교감은 그것이 자기의 책임이 아니라는 것을 강조하기 위해서 지나칠 정도로 상냥한 존대어를 사용했다. 상부의 지시라구요? 그 부인이 다시 비명 같은 소리를 발했다. 아니, 어쩜 그럴 수가 있을까요? 어쩜 그럴 수가 있을까요. 그녀는 마치 노래 부르듯 높고 날카로운 후렴을 되풀이하고 있었다. 자기 애들이 아니라고 그럴 수가 있을까요. 그래 우리 애들이 점점 문둥이가 되어가고 있는 것을 보구서두 소위 교직자들인 당신들은 아무렇지도 않단 말예요? 그애들은. 나는 천천히 목발에 몸을 지탱한 채 그들 앞으로 다가갔다. 나서지 마세요. 갑자기 나서려는 나를 정 선생이 만류했다. 그러나 나는 그 손을 뿌리치고 나섰다. 문둥이가 아닙니다. 그들은 음성 나환자들의 자녀일 뿐입니다. 이번엔 다섯 명의 학부형들이 교감을 향했던 눈을 들어 나를 쳐다보았다. 그들의 선글라스 위로 나의 모습이 조그맣게 비틀거리고 있었다. 뭐라구요? 그 여인은 나를 올려다보며 높은 소프라노 음을 발했다. 음성이라구요? 그렇습니다. 그들은 양성 나환자가 아닙니다. 양성 나환자들은 모두 소록도에 집단 수용하게 되어 있고 사실 위험합니다. 그러나 음성 나환자들은 괜찮습니다. 더구나 그애들은 그들의 아이들일 뿐이지 그렇다고 문둥병이 유전되는 것은 아닙니다. 어려운 말 쓰지 마시오. 다른 사내가 낮고 위엄 있는 목소리를 냈다. 당신은 우리를 무시하고 있군, 난 당신이 이 학교에 최근에 온 신임 선생임을 알고 있어요. 그래서요? 나는 조금 더 앞으로 나갔다. 최 선생은 좀 빠지시오. 교감 선생님은 더운 날씨도 아닌데 손수건으로 이마의 땀을 씻으며 나를 만류했다. 아닙니다. 그것은 밝혀두어야 합니다. 나는 침착하려고 애를 쓰고 있었다. 더군다나 그 아이들은 나환자가 아니지 않습니까. 나환자라구요. 이보시오, 선생. 고상한 말 쓰지 마시오. 당신만큼 우리도 문화인인 것을 알아주시기 바랍니다. 나환자가 아니라 문둥이요. 더럽고 축축한 문둥이 새끼요. 그럼 그렇게 말하겠습니다. 그애들은 더럽고 축축한 문둥이 애들이 아닙니다. 이봐요, 선생. 소년의 아버지가 갑자기 어이없는 듯 껄껄거리면서 말을 했다. 그렇다면 선생은 문둥이하고 악수도 해 보이겠소? 아니 그것보다도 더 심한 것, 일테면 그것이라도 할 수 있겠소? 이러지 마시오, 헛허허. 어디선가 불도저의 윙윙거리는 소리가 났다. 어디선가 갓 도배질한 벽 안쪽에서 서서히 썩어들어가는 강한 부패의 향기가 났다. 무슨 말씀을 그렇게 하십니까. 그애들을 보시면 아실 겝니다. 그애들이 당신네 아이들과 어떻게 다른가를 보여주겠습니다. 정 선생님, 그애들을 좀 불러주시겠어요? 나는 뒤쪽에 서서 웬일인지 눈물을 흘리고 있는 듯한 정 선생에게 부탁을 했다. 이봐요, 최 선생 그만둡시다. 교감이 말을 했다. 아닙니다. 나는 말을 막았다. 그애들을 여러분들 눈앞에 보여드리겠습니다. 그 아이들은 미감아입니다. 문둥병은 유전하지 않습니다. 어려운 말 쓰지 마시오. 여전히 사내가 말을 받았다. 저 사람은 우리를 무시하고 있어요. 갑자기 여인이 자리를 박차고 일어섰다. 우리를 지금 업신여기고 있는 거예요. 죽은 자의 무덤은 서서히 이장된다. 그리고 그 무덤 위에 불도저는 새로운 주택단지를 형성한다. 그 위에 아름다운 소형 주택이 건립된다. 우리는 뛰어나갈 수가 없다. 죽은 자들 유택 위에서 새로이 비상하는 산 자의 거대한 힘. 이윽고 우리들은 열두 명의 아이들이 교무실로 열을 지어서 들어오는 것을 보았다. 그들은 수많은 사람들이 자기들을 주시하고 있는 것을 느끼면서 침착하게 시키지도 않았는데 키 순서대로 열을 지어 섰다. 누구냐, 주유소의 주인이 그들 앞에 섰다. 우리 아들을 때린 애가 누구냐. 어제 그 장소에서 싸운 애 손 들어봐라. 그는 아주 부드러운 소리를 냈다. 그러나 아이들은 아무도 손을 들지 않았다. 거 보세요, 그애들이 아 글쎄 솔직하게 손 들 줄 아세요. 여인이 역시 비명 같은 소리를 내었다. 아이 착하지, 손 들어봐라, 허기야 너희들 중에 손을 들지 않아도 나는 누가 범인인가를 잘 알고 있단다. 그만 합시다. 정 선생이 한마디 했다. 당신은 뭐요. 순간 사내가 정 선생을 노려보았다. 난 이애들의 선생입니다. 선생이라구요. 헛허허 선생이라구, 아주 멋진 말을 썼군, 그래. 아 선생이라면서 자기 제자들에게 남을 때리라구 가르쳤어요? 모독하지 마시오. 그리구 할말 있으면 그 안경을 벗으시오. 별 신경질적인 선생 다 보겠군. 난 당신하구 얘기하구 싶지 않소. 난 지금 이 애들하고 얘기하고 있는 중이란 말이오. 사내는 갑자기 어깨가 굽은 소년을 들어올렸다. 나는 네가 그런 줄 알구 있다. 네가 내 아들녀석을 때린 놈인 걸 알고 있다. 그런데두 바른대로 대답 못 하고. 잘못했어요. 소년은 대답했다. 필요 없어, 이 더러운 문둥이 새끼들. 아주 좋은 세상에 살고 있다는 걸 잘 알아둬라. 그는 소년의 목덜미에서 손을 풀었다. 너희들 부모한테 가서 전해라. 참 좋은 시대에 태어난 기쁨을 감사하라구, 알겠어? 알겠습니다. 소년은 대답했다.

수술대 위에 놓인 에테르에 취한 환자의 긴 혼수 상태와도 같은 노을이 온 마을을 물들이고 있었다. 그러나 그 노을은 어제의 노을이 아니었다. 그것은 무언가 잔인한 기쁨으로 부풀어오른 광란의 노을이었다. 단연코 해치우고 말겠다는 수상함, 양의 껍질을 벗기고 그 피를 종지에 담아 이웃끼리 후후 더운 피를 식혀가며 마셔야겠다는 결의가 짙은 노을 속에서 용해되고 있었다. 고속도로가 달리는 한길 옆에서도 양의 껍질은 벗겨진다. 그리고 새로운 건설자들은 그 양의 더운 피를 식혀 마신다. 질끈 수건을 동여매고 이를 악물고 숫돌에 칼을 간다. 손으로 발로 혀로 눈으로, 그리고는 드디어 온몸으로 숫돌에 칼을 간다. 우리는 이제 무엇을 해야 할 것인가. 정 선생과 나는 술집에 앉아서 술을 마시고 있었다. 정 선생은 왜 아직까지 미혼이십니까? 나는 그에게 물었다. 마흔다섯의 나이로 결혼을 안 한 것은 너무 늦은 감이 있습니다. 헛허허. 정선생은 웃었다. 장가 안 간 것이 아니라 못 갔습니다. 그리고 그는 단숨에 술잔을 비웠다. 나는 그가 굉장한 주량을 가졌음을 알고 있었다. 그는 거의 매일 술을 들었다. 때문에 그의 손은 언제나 조금씩 조금씩 떨리고 있었다. 그는 기운을 낸다는 핑계로 아침에도 술을 드는 수도 있었다. 그것은 선생들 간에 거의 알려져 있었지만 누구든 충고를 하지 않으려 하였다. 말하자면 그는 거의 알코올 중독자처럼 보이고 있었다. 그는 술에 취해 있지 않을 때는 늘 말이 없고 눈동자에 핏기가 서려 있었다. 수염을 말끔히 깎아도 늘 턱엔 수염이 자란 것처럼 초췌해 보인다. 그는 대부분 혼자서 술을 들었다. 내가 가끔 저녁때 산보 삼아 거리에 나와 길을 걷다가 그 술집 안을 보면 정 선생은 돼지고깃점을 앞에 놓고 투명한 소주를 들고 있었고, 내가 술집에 들어서도 그는 별 반가운 내색을 하지 않고 그저 묵묵히 술만 들었다. 그러다가 술이 오르기 시작하면 그는 와락 허물어지듯 횡설수설하기 시작했는데, 오히려 술 취하기 전의 어눌한 그의 모습보다는 훨씬 인간미가 있어 보였다. 우리 나이 또래는…… 정 선생은 귀 뒤에 꽂아두었던 담배꽁초에 불을 붙였다. 참 더럽게 운이 나쁜 시대를 살아왔으니까요. 대한민국, 본의 아니게 마흔 살가량 나이만 주워먹은 친구들에겐 무어라고 할까. 이봐요, 무슨 적절한 말이 없을까. 무슨 적절한 표현이 없을까. 가슴 깊숙이엔 피해의식만 있단 말이에요. 그것은 우리들의 시대에도 마찬가지입니다. 나는 그에게 술을 권하며 대답했다. 허지만 정 선생은 나의 말을 손으로 막았다. 우리들 시대는 마치 상상할 수 있는 최악의 경우를 생각하는 것으로 비롯된단 말이에요. 일테면 아주 즐거운 사람끼리에서두, 아주 애지중지하는 물건들에게서두 상상할 수 있는 최악의 경우만을 강요해왔고, 사실 그런 경우만 눈앞에 전개되어왔던 거예요. 사랑하는 사람의 아름다운 눈동자에서 우리들은 그의 임종을 볼 수 있어요. 갓 피어오르는 꽃에서 벌써 우리들은 꽃의 시드는 모습을 볼 수 있단 말이에요. 도대체가 이봐요, 최 선생. 정 선생은 떨리는 손으로 턱을 쓸었다. 에잇 이런 것 저런 것 집어치우고 우리 술이나 먹읍시다. 우리가 지금 말장난이나 하고 있는 것은 아니니까. 여기 술 한 병만 더 줘요. 나는 휘장 바깥 거리 위로 어둠이 천천히 가라앉는 것을 바라보았다. 그것은 마치 먼지를 가라앉히기 위해서 살수(撒水)하는 것처럼 보였다. 이봐요, 최 선생. 갑자기 정 선생이 흐려진 눈동자를 들고 나를 쳐다보았다. 무섭지 않소? 예, 뭐라구요? 이 거리가, 우리가 하루하루 살아간다는 것이 무섭지 않소? 글쎄요. 나는 대답했다. 난 무섭소. 정 선생은 눈에 힘을 주려고 애쓰면서 단정을 내렸다. 예전에는 설사 위기의식 속에 살아왔어두 나는 최소한도 무섭지는 않았거든. 그것은 무슨 소리인고 하니 위기의식이라는 것은 눈에 보이는 살인과 방화 약탈로, 나는 그것들과 약간만, 눈곱만치만 비껴서주면 무방했단 말이에요. 각도만 약간 달리해주면 그들은 나를 스쳐 지나갔거든. 이봐요, 최 선생. 우리들의 시대란 것은 용감하기도 했지만 비굴하기도 했단 말이에요. 용약 출전해서 전사한 친구도 있지만 마루 밑에 숨어서 쥐처럼 목숨을 견디어낸 친구도 있단 말이야. 전쟁이나 해방이란 것은 먼 바깥의 세상 일이었단 말이거든. 오히려 타인의 죽음, 타인의 슬픔 가운데에서두 우리는 잡초처럼 질긴 삶의 욕구를 터득했었는데, 이봐요. 그는 연거푸 술을 들었다. 좀 천천히 드시지 그래요. 몸을 생각하셔야지요. 무서워서 견딜 수 없소. 점점 우리 성격들이 잔인해져가는 것 같소이다. 최 선생, 소위 천적(天敵)이란 말 알고 있소? 알고 있습니다. 그런데 난 지금 그런 것을 느끼고 있어요. 천적이란 타고날 때의 본능적인 적대 감정이거든, 추상적인 적대의식이 아니란 말이에요. 우리는 뚜렷한 이유 없이 그저 뚜렷한 대상 없이 죽창을 들고 서 있는 셈이거든. 우리는 점점 식인종이 돼가고 있는 것 같단 말이에요. 지금까지만 해두 우리의 적이란 것은 일본놈이라든가 하는 뚜렷한 대상이 있는 상태였단 말이에요. 그런데 이제 우리는 서로가 서로를 잠식하고 있는 것 같거든. 서로가 서로의 귓조각을, 콧조각을, 다리를 베어먹고 있는 셈이지. 정 선생은 웃기 시작했다. 이봐요, 최 선생. 요즘 배운 놈들 소위 인텔리라는 놈들의 머릿속엔 헛허허 최 선생이나 나 같은 나약한 인텔리는 제쳐놓고 이야기합시다. 스카치 테이프만 들어 있는 셈이오. 무슨 소리인 줄 알겠소? 모르겠습니다. 나는 대답했다. 우리는 저주의 소용돌이 속에 살고 있는 셈이오. 우리는 지금 오로지 까뭉개고 부수고, 가진 것을 박살 만들어버리는 시대에 살고 있소. 그런데 그런데 말이오. 우스운 것은 일단 부숴놓은 것은 추린단 말이에요. 부술 때는 언제고, 파편 조각을 들고 울 때는 언제냔 말이에요. 그리고는 스카치 테이프로 합리화를 시키거든. 일단 부숴진 것을 스카치 테이프로 붙인댔자, 이미 견인력이 상실된 것이 붙여지겠소? 무슨 소린 줄 알겠소? 모르겠습니다. 나는 대답했다. 아주 관념적인 이야기입니다. 멋대로 상상하시오. 어딘선가 불도저의 윙윙거리는 소리가 들려왔다. 정 선생은 남은 투명한 소주를 단숨에 들이켰다. 나는 그의 목이 소주를 삼키려고 꿈틀거리는 것을 보았다. 최 선생, 그는 빈 소주잔을 소리내어 탁자 위에 놓으면서 충혈된 눈으로 나를 내려다보았다. 이 거리를 떠나시오. 내가, 나이 먹은 내가 당신에게 말할 수 있는 것은 그것뿐이오. 그것은 왭니까? 나는 큰 소리로 반문했다. 최 선생은 이 거리에 어울리지 않아. 이 거리에 존재하는 것들이란 맹목적인 파괴자나 나 같은 맹목적인 방관자에 불과하오. 난 최 선생이 무서워. 무서워 죽겠소. 이봐요, 이보라니까. 나는 지금 앉아 있는 최 선생의 모습에서 최악의 경우를 충분히 상상해낼 수 있거든. 이것 봐요. 최 선생은 아주 젊구 젊은 만큼 의협심도 있어. 허지만 무엇을 어떻게 하자는 거야. 이봐요, 이제 이곳 주민들은 그애들을 어떻게 할 것 같소. 그애들이라니요? 그 문둥이 아이들 말이오. 글쎄요. 나는 숨을 죽였다. 무언가 선뜻한 냉기가 온몸을 스쳐 지나가는 것을 느꼈다. 나는 오싹하는 본능적인 공포를 느꼈다. 저들은, 정 선생은 혈떡이면서 소리를 질렀다. 그애들을 죽일 것이오. 괴롭히고 장난감처럼 학대하다가 그들의 심장을 긁어갈 것이오. 그만둡시다. 나는 분노에 차서 소리를 질렀다. 그렇게 단정하실 수 있는 이유는 무엇입니까? 나는 알 수 있소. 정 선생은 소리를 낮추어 말을 뱉었다. 아까두 분명 말했지만 나는 그들의 눈에서 살기를 느꼈다니까. 죽는 사람은 말이 없소. 오직 죽이는 것들만이 변명을 합리화시킬 수 있거든. 그건 매우 비겁한 얘기라구요. 정 선생은 내 말을 받았다. 그럼 어쩔 셈이란 말이오? 최 선생, 도대체 어떻게 덤벼들 수 있단 말이오? 나

는 정말 대답하려고 머리를 모았다. 술이 취하긴 했지만 무언가 대답
하고 싶어서 머리를 숙이고, 깊이 생각하였다. 그러나 나는 대답해
낼 수는 없었다.

그때였다. 우리는 그 순간 마을 한복판 동회 앞에서 종을 치는 소
리를 들었다. 그것은 교회에서 치는 종소리와는 아주 다른 금속성 소
리였다. 깡깡깡깡깡깡 메마르고 건조하고 진폭이 짧은 종소리였다.

우리는 놀라서 서로의 얼굴을 응시했다. 나는 이곳에 와서 저 소리
를 꼭 한 번 들은 적이 있소. 정 선생은 담배를 피워물며 말을 했다.
작년에 산불이 났을 때, 그 비상 종이 한밤중에 울었었지. 아주 큰 산
불이었어. 밤이 대낮처럼 밝아오더군. 그럼 어디 불이 난 것은 아닐
까요? 잠깐 나가봅시다. 정 선생은 먼저 일어나 술집 밖으로 나갔다.
거리는 완전히 어두워져 있었다. 언덕 위 동회 앞마당에서 종소리는
간단없이 울고 있었다. 깡깡깡 그 소리는 신경질적으로 울리고, 온
마을을 종소리의 여운 속에 가두고 있었다. 불이 난 것은 아니군. 정
선생은 나지막하게 말을 했다. 동네 주민들은 어느새 하나 둘씩 동회
쪽으로 올라가고 있었다. 아이들은 깡충거리면서 경마장의 말처럼
뛰어가고, 어린애를 업은 소녀들은 입으로 꽈리를 소리내어 불며 언
덕길을 오르고 있었다. 그에 비하면 어른들은 한결 묵묵히 언덕 위를
잔뜩 피로한 얼굴을 하고 몰려가고 있었다. 무슨 일일까요? 나는 좀
불안해서 정 선생을 올려다보았다. 무슨 사고가 난 것은 아닐까요.
가만 있어봅시다. 정 선생은 비틀거리면서 성냥을 그어 담뱃불을 붙
였다. 우리도 올라가볼까요. 나는 부자유스러운 다리를 추켜들며 정
선생에게 동의를 구했다. 정 선생은 끄덕였다. 우리는 언덕 위로 걷
기 시작했다.

우리는 언덕 위 동회 앞마당에 걸려 있는 플래카드를 보았다. 그곳
엔 다음과 같이 씌어 있었다. 우리는 우리들의 귀여운 자식들을 문둥

이와 공부시킬 수 없다. 이것이 철회되지 않는 한, 우리는 우리의 자식들을 학교에 보낼 수가 없다.

그곳에는 이미 많은 주민들이 모여 있었다. 그들은 묵묵히 신문지를 깔고 앉아 있었고, 동회 지붕 위에 켜진 백열등으로 많은 밤 곤충들이 눈처럼 비상하고 있었다. 그들은 밤새 진주한 적병 같은 모습을 하고 있었다. 뛰어놀고 있는 것이란 아이들뿐으로, 그애들은 불빛이 비추는 마당에서 땅뺏기놀이를 하거나 고함을 지르면서 오가고 있었다. 아이들이 움직일 때마다 그들의 그림자는 뱀의 혀처럼 길게 늘어져 이윽고 저 깜깜한 어둠 속으로 빨리고 만다. 그림자의 끝은 어디일까. 밤의 무거운 침묵 속으로 빠져들어가는 아이들의 조그만 그림자는 어느 자리에서 서성대고 있을까. 종소리는 간헐적으로 이어지고 있었다. 깡깡깡. 그 소리는 어지럽고 별스럽게 신경질적으로 우리들의 뒤통수를 긁어내리는 것 같았다. 주민들은 조금씩조금씩 모여들어 잠시 한눈을 팔았다 싶으면 더욱 불어나 있었다. 정 선생과 나는 풀숲에 앉아서 숨을 죽이고 조용히 있었다. 단상에 웬 사람이 올라선 것은 종소리가 그친 조금 후였다. 종소리가 그치자, 온 마을에 이상스런 침묵이 무겁게 가라앉기 시작했다. 날짐승 날갯짓 소리 같은 종소리의 긴 여운이 귓가에 잉잉거리고, 그것은 무언의 압박감을 주어와서 나는 윗단추 두어 개를 풀었다. 여러분, 단상에 오른 강기 있어 보이는 젊은이가 첫마디를 꺼내기 시작했다. 친애하는 S동의 동민 여러분, 여러분들을 이 평안한 오후에 이처럼 모이게 한 것은, 지금 이 비상용 종을 친 제 독단적인 생각 때문만은 아니올습니다. 시민 여러분, 그것은 여러분들 모두가 이곳에 모이기를 요청했기 때문에 제가 대표해서 종을 친 것뿐이올습니다. 친애하는 S동의 여러분, 우리는 며칠 전 우리들의 사랑스러운 아들딸, 그리고 귀여운 동생이 다니고 있는 교육의 전당이요, 성스러워야 할 배움의 터전에, 꿈에도 생각할 수 없는 문둥이 자식들을 편입시킨 것을 잘 알고 있을 것입니다. 그것도 한 명도 아니요 두 명도 아니요 세 명도 아닌, 열두 명이나 되는 많은 숫자의 문둥이를 입학시켰습니다. 병균이 득실거릴 손가락을 가진 더러운 문둥이 자식들을 우리들의 귀여운 아들들 곁에 앉히고, 우리는 자식들이 건강하게 자라기를 바라고 있습니다. 우리는 며칠 전 신문에서 미국에서 일어난 조그마한 사건을 알고 있을 것입니다. 단 한 명의 흑인 소녀를 입학시켰다고 해서, 전교생이 수업을 거부한 사건을 말입니다. 그렇다고 이 사건을 그 사건과 비유하는 것은 아닙니다만, 여러분. 다만 단 한 명의 흑인 소녀 때문에 휴학을 결의한 그들의 높은 문화 수준에 비해서, 열두 명의 병균을 가지고 있는 더러운 전염병 환자들에게 이 우리가 가꾸고 일으켜 놓은 S동을 짓밟히게 하고 있는 우리들의 야만적인 체념감을, 나는 탓하고 있는 것입니다. 친애하는 S동의 여러분. 도대체 왜, 무엇 때문에, 그들이 이곳을 침범하는 것입니까. 친애하는 S동의 여러분. 무엇 때문에 강 건너, 정부에서 지정한 장소에서 살고 있어야 할 문둥이 자녀들이, 우리 땅을 넘보고 있는 것입니까. 그 이유는 무엇입니까. 대답해보십시오. 시민 여러분, 우리는 우리들의 자식들을 더러운 문둥이 곁에서, 계속해서 산수를 배우고 국어를 배우게 할 참입니까. 어찌할 것입니까. 시민 여러분, 저 무서운 병균을 가진 문둥이들과 같이 술래잡기를 하고, 뽈을 차고 손을 마주 잡고, 노래하는 여러분들의 어린이들이 처한 상황을 그냥 두고 보시겠습니까, 시민 여러분. 굉장한 장광설이군요. 나는 옆의 정 선생에게 속삭였다. 저 사내는 약간 돈 사내지. 정 선생은 숨을 쉴 때마다 술기를 내뿜으면서 낮은 목소리를 내었다. 저 사내와 두어 번 술을 마신 적이 있소이다. 아주 위험한 친구였어. 공부는 굉장히 한 모양인데 생각이 건전치 못하더군. 뭣하는 친굽니까? 나는 반문을 했다. 거리 뒤에서 개훈련장을 하고 있지. 그러나 그것보다도 정치 지망생이라 해야 옳지요. 앉아 있는 주민들의 눈빛은 차츰 달아오르기 시작하고 있었다. 담배를 쥔 손이 떨리고 숨이 가빠오고 뜨거운 열기가 무리 속에서 피어오르기 시작하고 있었다. 여러분, 학교에서는 우리들의 자식들에게 다음과 같이 가르치고 있습니다. 밖에 나갔다 들어오면 꼭꼭 손을 씻어라, 아침 저녁 두 번씩 꼭꼭 이빨을 닦아야 한다, 라고 가르치고 있습니다. 하지만 여러분, 과연 그들이 이를 닦고 손을 닦는 것보다도 더욱 필요한 저 더러운 문둥이 자식들을 저 강 건너로 보내버리지 않는 이유는 바로 어디에 있다는 것입니까. 그 이유가 어디 있는 줄 아십니까. 그것은 바로 여러분 자신에게 있는 것입니다. 그냥 앉아서 남의 일을 보듯이 보고 있는 바로 여러분에게 있는 것입니다. 여러분, 우리는 당연한 우리의 권리를 왜 이행치 않는 것입니까. 왜 우리는 분연히 일어서서 저들을 강 건너로 쫓아버리지 않는 것입니까. 여러분, 다같이 일어납시다. 분연히 일어나서 우리들의 자식들을 병균과 더러운 오염에서 구합시다. 그것만이 우리들의 의무입니다. 아버지 된 의무요, 어머니된 책임이요, 형된 자격입니다. 옳소―.

어디선가 숨가쁜 한마디가 울려나왔다. 그리고 이윽고 달려가는 성난 소의 뿔 같은 딱딱하고 견고한 각질의 맹목적인 분노가 덩어리져 터지기 시작했다. 그 광기는 새로운 대상을 찾은 기쁨에 날뛰고 있었다. 부수는 흙, 집, 밭보다도 더욱 쾌감스러운 축축하고 더러운 대상을 발견한 그들은, 소리없이 보이지 않는 낫과 쟁기로 무장하기 시작하고 있었다. 그것은 새로운 반란이었다.


다음날부터 아이들은 학교에 나오지 않았다. 말하자면 그들은 무기한 자기들의 아이들을 학교에 보내지 않는 것으로 시위 행위를 시작한 것이었다. 나는 학교에 출근하다가 새벽에 안개가 깔린 밭이랑 사이에서 책가방을 든 두 소년이 앉아서 땅뺏기놀이를 하고 있다가, 나를 보자 슬금슬금 도망가는 것을 보았다. 거리의 소년들도 웃통을 벗은 차림으로 볼차기를 하고 있다가, 나를 보고는 그만두자 하고는 하나 둘 사라져가는 것을 보았다. 목책으로 얼기설기 담을 쌓아놓은 집 안에서 칫솔을 물고 있던 소녀는 나를 보더니, 천진스럽게 킥킥 웃었다. 내가 가르치고 있던 소녀 중의 하나는 자기 동생을 업고서 샐비어 꽃잎을 쪼고 있던 닭을 보고 있었다. 애, 학교 가자. 내가 부드럽게 말을 하자, 소녀는 갑자기 울기 시작하는 제 동생의 볼을 어르며 학교 안 가요, 아버지가 가지 말랬어요, 우리들은 문둥이들하고는 공부할 수 없대요 하고는 메마른 코를 풀고 짚더미에 손을 쓱쓱 문지르는 것이었다. 학교로 들어가는 길목도 텅 비어 있었다. 평소에는 지금쯤 와글거리는 아이들의 교성이 시끄러웠겠지만, 학교로 가는 길목은 텅 비어 있었고, 철 이른 코스모스가 몇 송이 새벽 공기 속에 피어 있었다. 운동장은 방학 때처럼 텅 비어 있었고, 변소 옆 수돗물도 유난스레 콸콸 쏟아지고 있었다. 선생들은 수업시간 종이 울렸는데도 교무실에 앉은 채 일어서려 하지 않았다. 내가 출석부를 빼들고 교실로 나가려 하자 정 선생이 담배를 권하며 말했다. 최 선생, 그만두쇼. 지금 교실엔 한 명도 없소. 있는 것이란 그애들뿐이오. 그애들이라니요? 나환자 애들 말이오. 나는 잠자코 복도로 나섰다. 어디선가 바둑돌 놓는 소리가 들려왔다. 나는 변명을 하지는 않을 것이다. 거리에 흐르는 일관된 흐름은 어제의 전통이 아니다. 그러므로 나는 변명을 하지는 않을 것이다. 나는 빈 교실에 모여 있는 열두 명의 미감아들을 보았다. 그애들은 각기 학년이 달랐으면서도 한 교실에 모여서, 추워 모닥불을 쬐는 아이들처럼 몸을 굽히고 우울하게 앉아 있었다. 나는 그애들을 데리고 수업을 하였다. 또 나는 그들을 데리고 운동장에 나가 생생하게 밝아오는 초가을의 색소를 일일이 가르쳐주었다. 왜 모든 색들은 햇볕 속에서 투명해지는가, 왜 특히 아침해 뜰 무렵과 해질 무렵에 푸른 나뭇잎들은 날카롭게 빛나오는가, 왜 하늘의 빛은 파란가, 보이는 저 산 근처의 하늘로부터 점점 가까워올수록 진해오는 하늘 빛깔은 무엇 때문인가, 이런 것들을 서로 이야기하였다. 그애들은 충분히 이해하지는 못했지만 크레용 갑 속에 누운 색색가지 크레용처럼 상기되기 시작했다. 나는 왜 크레용 색깔이 보통 열두 색깔인가를 가르쳐주었고, 우리들은 모두 그 색색의 크레용 중의 한 색깔일 수 있다고 웃었더니, 서로 자기가 빨강색이라고 우겨대는 아이들도 있었다. 그러나 한편으로는 내가 아이들을 기만하고 속이고 있는 것이 아닐까 하는 슬픔을 맛보았다. 그러자 나는 부끄러워졌다.

오후 수업은 중단되었다. 오후부터 교직원 회의가 교장 주재하에 개최되었다. 우리는 참으로 지리한 토의를 하였다. 그러나 결말은 나지 않았다. 몇몇 주민들은 간혹 창으로 코를 맞대고 우리들의 토의 광경을 엿보고 있었다. 그래서 우리는 유리창을 닫기로 하였다. 때문에 교무실은 더웠고 공기가 탁했으므로 우리는 웃옷을 벗기로 하였다. 우리는 땀을 뻘뻘 흘리면서 회의를 계속하였다. 그러나 보이지 않는 경계자들이 벽 사이사이에 있는 한 우리는 이미 감시당하고 있는 셈이었다. 그러나 우리는 알고 있었다. 그 열두 명의 아이들은 단지 문둥이의 자식들로, 오직 이유라면 그것일 뿐 손끝에도 발끝에도 나균을 가지고 있지 않은 미감아라는 것을…… 그리고 또 우리는 너무나 분명하게 알고 있다. 도대체 이런 일로 이렇게 오랫동안 애기하고 또 반박하고 다시 주장하는 지리한 토의를 계속할 필요가 없음을. 그러나 그렇기는 하지만 오히려 그런 이유 때문으로도 회의는 진행되었다. 실내의 공기가 탁했으므로, 연신 창가에 앉아 땀을 씻고 있던 선생이 그럼 투표를 하자고 무기명 투표를 하자고 우겨대었지만, 누군가 한 사람 일어나 도대체 이런 중대한 일을 투표로 결정하다니, 이건 투표로 결정할 문제가 아닙니다라고 반박했으므로, 또 그것이 옳았으므로 우리는 다시 한 사람 한 사람 연회에 초대되어 마지못해 유행가나 한 곡 부르듯 지껄이고 있었다. 중대한 일, 그렇다, 이것은 중대한 일인 것이다. 적어도 그들에게 아니면 우리들에게도 결국 그날 결정된 것이란 상부에 보고한 후, 다만 며칠 동안만이라도 좀더 학부형들을 설득하여보고 그것이 식지 않을 땐, 결국 정식으로 상부에 알리자는 결론에 도달하였다. 우리는 담배를 너무 피워, 마치 얼치기 바보 같은 표정으로 그러나 부끄러워하고 있었다. 그래서 서로가 서로의 시선을 피하고 있었다.

다음날 나는 하숙집 푸줏간 주인으로부터 이틀 내에 하숙을 비워 달라는 부탁을 받았다. 그는 완고하게 별다른 이유를 설명하지 않았다. 결국 예기했던 결과가 온 것뿐이었다. 그래서 종일토록 하숙을 구하러 돌아다녔다. 그러나 나는 하숙을 구할 수 없었다. 거리 주민들의 시선 속에서 나는 언제나 이방인이었다. 그들은 애기를 하며 웃다가도 나를 보면 엉거추춤한 표정으로 굳어지곤 했다. 때문에 나는 늘 거리를 감시당하는 기분으로 걸어야 했다. 등허리 부분이 젖어들어오고 있었다. 언제나 어디서나 따가운 시선이 햇살처럼 내 온몸에 달려들고 있었다. 때문에 나는 하루에도 열 번씩 거추장스러운 목발을 던져버리고 싶은 충동을 받곤 했다. 그들은 말하자면 나를 미감아를 보듯이 경외시하고 있는 셈이었다. 결국 정 선생의 집을 한 칸 얻기로 했다. 도배가 끝나는 대로 들기로 하였다.
저녁 무렵에 집으로 돌아오니 두어 명의 방문객이 기다리고 있었다. 할말이 있다고 해서 우리는 가까운 다방으로 나갔다. 박이라는 사내가 내게 당신이 가장 강경하게 문둥이들을 옹호하고 있다는데 그것이 사실이냐고 물었다. 나는 그렇다고 대답을 하였다. 그러자 그는 내게 신을 믿느냐고 물었다. 나는 믿지 않는다고 대답했다. 그러자 그럼 내게 무신론자인가고 물었다. 나는 아니라고 대답했다. 그럼 그는 내게 무엇을 믿느냐고 물었다. 나는 신보다는 거대한 자연 그 자체를 믿는다고 대답했다. 그러자 그는 웃었다. 다방 안은 어두웠다. 썰렁한 다방에 유행가가 단조로운 음정으로 들려오고 있었다. 우리 한번 진지하게 얘기해봅시다, 김 선생 하고 박이 말을 이었다. 나는 김 선생이 아닙니다라고 말을 하면서 나는 웃었다. 그럼 이 선생이십니까? 아닙니다, 전 최입니다라고 나는 대답했다. 그게 무슨 상관 있소 하고 박이라는 사내 옆에 앉아 있던 인상 나쁜 사내가 한마디 했다. 그는 뒷머리를 잔뜩 기른 사내로, 앉은 채 거리에서 파는 골뱅이를 종이 봉지에 들고 앉아서 투투 껍질을 내어뱉어가면서 먹고 있었다. 박이건, 김이건, 최건 무슨 상관 있소. 안 형은 좀 빠지쇼. 박이라는 사내가 나를 보며 흘리듯 웃었다. 미안하게 되었습니다, 최 선생. 이 친구는 성질이 좀 급한 편이라서. 아까 내가 어디까지 얘기했었더라. 그는 커피를 스푼으로 한 순갈 한 순갈 떠서 들고 있었다. 그는 머리에 기름을 발라 단정히 넘기었고 구두를 정성들여 닦았으나 어딘지 투박한 냄새를 벗지 못하고 있었다. 도대체 선생께서 그 문둥이 아이들을 옹호하는 이유는 어디에 있습니까. 그것은, 나는 대답했다. 그 아이들이 우리와 조금도 다를 게 없는 정상인이라는 점에서입니다. 정상인이라구요? 박이 반문을 했다. 어째서 그 아이들이 정상인이라는 거요. 나는 선생이 무엇을 말하려 하는가를 잘 알고 있어요. 휴머니즘, 그들 문둥이 자식들도 인간인 바에야 사랑으로 감싸주고 베풀어주어야 한다는 뜻이겠지요. 허지만 선생. 그는 탁자 위에 놓인 내 담뱃갑에서 담배를 빼어물었다. 오늘날에 엄연히 계급이 존재하고 있다는 것은 인정하시겠습니까? 무슨 뜻입니까, 저는 무슨 뜻인지 모르겠습니다. 나는 대답했다. 무슨 말인고 하니 일등병은 일등병으로서의 문화가 있는 법이고, 하사는 하사로서의 모랄이 있고, 장군은 장군으로서의 문화가 있는 법이란 말이에요. 이를테면 저들은 어쨌든 부모들이 한때 문둥병 환자였다는 게 숨길 수 없는 사실로 되어 있단 말입니다. 여기에 대해서 인정하시겠습니까? 인정하겠습니다. 나는 대답했다. 감사합니다, 선생. 어디선가 불도저의 윙윙거리는 소리가 들려오고 있었다. 그렇다면 정부가 왜 강 건너 사방이 격리된 작은 땅에 그들의 살림처를 구해주었는 줄 아십니까. 그들은 말하자면 남에게 전염될 수 있는 병균을 가지고 있기 때문인 것으로 알고 있소이다. 선생, 선생이 역설하는 휴머니즘이라는 것도 그들끼리의 모랄이 아니겠소. 그들의 자식들이라고 해서 그들 문둥이끼리의 사회 밖, 구태여 정상인인 우리들의 마을로 침범해온다는 것은 악랄한 처사요, 우리들을 비문화인 취급하고 있는 때문이 아니겠습니까. 우리는 우리의 도덕을 가지고 있고 저들은 저들이 지켜야 할 도덕이 있는 것이 아닐까요. 당신은 무서운 오해를 하고 있습니다. 그것은 무서운 결론입니다. 나는 대답했다. 우리 시대에 우리에게 가장 필요한 것은 인간과 인간끼리의 신뢰가 아니겠습니까. 그것은 역설입니다. 뭐, 거 어렵게 얘기를 시작하시는군. 김 선생, 아니 최 선생. 옆의 사내가 못 참겠다는 듯, 배를 튀겨버리고 위협적으로 몸을 반쯤 일으켰다. 이 사람 아주 개똥 철학자 같아. 이봐요, 박 형. 그러길래 뭐 그렇게 어려운 이론을 가지고 따따부따 할 필요가 없다고 내가 말했잖소. 당신은 좀 가만있으쇼. 박이라는 사내가 반쯤 일으킨 옆 사내의 몸을 눌러 앉히면서 말을 했다. 미안합니다, 선생. 이 친구는 성질이 아주 급한 편이 돼놔서 소위 인텔리끼리 통하는 그 복잡해지는 이론에는 영 질색을 하고 있으니까요. 미안합니다. 나는 조용히 대답했다. 나두 인텔리 축엔 들지 못합니다. 헛허허,

선생. 박이란 사내가 빈정거리면서 웃었다. 무슨 겸손의 말씀을. 그러면 우리 얘기를 쉽게 합시다요. 도대체 선생은 이곳에 오신 지 얼마나 되셨습니까. 삼 개월밖에 안 되었습니다. 나는 대답했다. 오우, 아주 오래 되셨군요. 그는 어깨로만 웃었다. 나는 이곳에 삼대째 살고 있습니다. 선생은 이곳의 주민이 어떻게 살아왔는지 잘 알지 못하실 것입니다. 이것 보세요. 이곳 주민들은 아주 천민 취급 받아가면서 농사를 지어가며 살아왔습니다. 나는 지금도 황토벽 토담에 너울거리던 등잔불 밑에서 꽁초를 피우던 아버지의 한숨이라든지, 베틀을 놀리시던 할머니의 소리까지 생생히 기억할 수 있습니다. 물론 이런 감상적인 얘기는 집어치우기로 합시다. 그러던 것이 지금에 이르러서야 빛을 보기 시작하였습니다. 서서히 개화의 빛을 보기 시작한 셈이지요. 이때 저 강 건너의 나병 환자들이 무리져 우리 마을로 들어온다면 무엇보다도 먼저 우리는 애써 싹튼 경기(景氣)의 씨를 스스로 짓밟는 결과를 보아야 할 것입니다. 저들이 눈썹 없는 얼굴로 이 거리를 돌아다니며 활보하는 모습을 상상해보십시오. 이 마을이 문둥이촌 되어버리는 꼴을 말입니다.

　도대체 이 거리 전체를 선생은 우습게 알고 있는 거예요. 난 거리 뒤에서 개를 훈련하고 있소. 수십 마리의 개에게 뛰는 법과 장애물 넘기와 주인이 주는 먹이 이외엔 절대 먹지 않는 법을 가르치고 있소. 그래서 그런지 나는 어떤 때엔 차라리 고집불통인 사람보다도 개가 훨씬 융통성이 있구나 하는 의견을 가지고 있소이다. 이봐요, 김 선생. 박은 손가락을 들어 내 눈을 가리키면서 낮은 그러나 위압적인 목소리로 내뱉었다. 내가 요구하는 얘기를 잘 들어두시오. 문둥이 아이들을 공연한 감상으로 옹호하지 마시오. 아시겠소? 난 김이 아닙니다. 나는 대답했다. 나는 첩니다. 이봐, 그런 건 아무래두 좋다고 하지 않았어. 옆의 사내가 골뱅이를 힘차게 뱉어버리면서 언성을 높였다. 친구, 공연히 잘난 체하지 말어. 어디선가 불도저의 윙윙거리는 소리가 들려왔다. 당신은 좀 빠지라니까. 미안하게 되었습니다, 최 선생. 분명히 말하겠소. 단 하루 동안 생각할 여유를 주겠소. 내일 저녁때까지 곰곰 생각해보고, 그리고 그 결정을 내게 알려주시오. 말하자면 이곳에 남아서 끝까지 문둥이들을 돕겠다든가 아니면 이 거리를 떠나겠다든가 그것도 아니면 아예 이 거리에 주저앉아서 우리들의 요구를 수락할 것인가를 알려주시오. 그는 서부 영화의 악당처럼 웃는 표정이라곤 없이 무표정하게 목소리를 내었다. 잘 들어두시, 최 선생. 분명 얘기해두지만 분명 내일 저녁 다섯시까지요. 그 이후에 일어나는 사태에 대해선. 사내는 말을 끊고 쏘는 눈으로 나의 눈을 들여다보았다. 우리는 책임을 지지 않겠소.

그들은 차값을 지불하지 않고 나가버렸다. 나는 오랫동안 앉아 있었다. 좀 곰곰 생각해보기로 했다. 내가 어째서 이처럼 그들에게 적대시당해야 하는가를 곰곰 생각해보려고 눈을 감았다. 그러나 나는 생각해낼 수가 없었다. 나는 차값을 지불하고 천천히 다방을 나왔다.

그날 밤 나는 정 선생 집을 방문하였다. 달도 없는 캄캄한 밤이었다. 나는 구멍가게에서 소주를 두어 병 사들었다. 공터에서 동리 아이들이 놀고 있었다. 이미 주위의 주택가는 등불을 껐고 오직 술 취한 사내들만 한두 명 오가는 밤중에 누구네집 아이들인가 어두운 공터에서 소리를 지르면서 놀고 있었다. 정 선생의 판자담을 두드리자, 한참 후에야 신발 끄는 소리가 들려오더니, 정 선생의 얼굴이 판화처럼 어둠 속에서 나타났다. 누구시오, 하고 그는 물었다. 접니다. 칩니다. 아, 난 누구라고. 난 밤눈이 어두워놔서. 들어오시오.

어두운 마당엔 평상이 놓여 있었다. 서늘한 밤 한기가 내려앉아 평상 위는 축축이 젖어 있었다. 우리는 평상 위에 나란히 앉아서 무슨 말을 해야 하는가 하는 식의 뻣뻣한 침묵 속에서 조용히 앉아 있었다. 어둡지 않으시오. 오랜 후에 정 선생이 불쑥 말문을 열었다. 내 전등불을 마루로 끌어오리다. 아니 괜찮습니다. 술이나 한잔할까요? 그것 좋지요. 어귀에서 두어 병 샀습니다. 어유 그렇게 많이, 김치라도 가져올까요? 아니 괜찮습니다. 마른 오징어포도 두어 개 샀으니까요. 그래두 잔이 있어야 되지 않겠소. 그냥 조금씩 마시지요, 뭘. 까짓것 그럽시다. 그러는 편이 더 좋지. 나는 소주의 마개를 입으로 따고, 그것을 조금씩조금씩 입 안으로 털어넣었다. 혼자 사시기 외롭지 않으세요? 아니 뭐, 습관이 돼놔서. 굉장히 어두운 밤이군요. 별도 없군요. 술기운이 가슴 밑바닥에서부터 탁탁 피어오르고 있었다. 어디 최 선생 무용담이나 들어봅시다. 무용담이라뇨. 거 뭐 무용담이랄 게 있나요. 깨어보니 후송되었던 것밖에 없었는데요. 그래두 처음엔 글쎄 발가락이 있는 것 같아서 왜 오랫동안 발을 씻지 않으면 발가락 새가 간질거리지 않아요. 그래 자꾸 발가락 사이가 근질거려오는 거예요. 발가락 사이가, 이미 없어져버린 발가락 사이가 근질거려온단 말이에요. 그런 경험 있으세요? 뭐라구요? 지금 최 선생 뭐라구 물었소? 아니에요. 아무런 말두 하지 않았어요. 왜 술을 안 드시느냐고 물었어요. 아, 먹구 있소. 최 선생이 금년에 아마 스물아홉인가? 스물여덟이에요. 좋은 때군, 아주 좋은 때야. 말이 끊겼다. 올 때 길이 질지 않습디까? 아니요, 질지 않던데요. 다행이군. 다시 말이 끊겼다. 우리는 어둠 속에서 바다처럼 큰 하늘을 쳐다보고 있었다. 가장 최고의 쾌락이 무언 줄 아시오. 정 선생이 불쑥 말을 꺼냈다. 모르겠습니다. 인간은 파괴할 때 쾌감을 느끼는 법이오. 기존 질서를 파괴하고 무너뜨리는 성질의 것 말이오. 그러나 그것보다 더 큰 쾌락이 무언 줄 아시오. 그것은 그 파괴의 대상이 인간으로 향할 때 더욱 강렬한 법이오. 네로가 로마를 불태울 때보다는 오히려 인간을

사자와 싸우게 하고 그 인간의 죽음을 보는 것에서 더욱 쾌감을 느꼈
단 말이오. 인간이 인간을 학대할 때의 쾌감은 무너뜨리고, 파괴하
고, 끊임없이 세워나가는 그런 파괴본능 중에서도 가장 원시적이요,
우선적인 쾌감 중의 하나요. 아시겠소? 내 말의 뜻이 무엇인지 알겠
소? 알 것 같습니다. 나는 대답했다. 다시 말이 끊겼다. 우리는 잠자
코 술을 들었다. 술은 이미 바닥이 나고, 성급하게 마신 술이라 곧 기
민한 반응을 보여 온몸을 뒤흔들어놓고 있었으나 정신은 오히려 또
렷또렷 밝아오고 있었다. 술이 비었군. 잠깐 앉아 있으쇼. 내가 나가
서 사가지고 오리다. 아니, 그만 하겠어요. 밤두 늦었는데 가겠어요.
뭘, 웬만하면 같이 자십시다. 아니에요, 가겠어요. 정말 가겠소? 가
야지요. 그럼 내가 바래다드리지. 우리는 어두운 밤 속에 부옇게 떠
오르는 길을 약간 휘청거리면서 걷기 시작했다. 눅눅한 강물을 담은
바람이 불어오고 있었다. 신작로로 나선 갈림길에 서며 나는 정 선
생을 올려다보았다. 이제 됐습니다. 혼자 가겠습니다. 잘 가실 수 있
겠소? 여기서부터 길이 평평하니까요. 그럼. 그럼. 우리는 헤어졌
다. 나는 천천히 신작로길을 따라서 걷기 시작했다. 그때 나는 누군
가 나를 따라오는 발소리를 들었다. 돌아보니 정 선생이었다. 담배
가 떨어졌어. 한 다섯 개비만 빼어주시오. 나는 주머니를 뒤져 그에
게 담뱃갑을 송두리째 주었다. 아니 몇 개비만 있으면 돼. 전 나가다
사지요, 피우세요. 나는 성냥을 그어 그의 얼굴로 들이밀었다. 트럭
이 한 대 지나갔다. 헤드라이트의 밝은 불빛이 순간 우리를 날카롭
게 붙잡았다 사라졌다. 최 선생. 정 선생이 나지막한 소리를 내었다.
난 아무것도 줄 게 없어. 최 선생에게 줄 게 없어. 어디선가 다듬이질
하는 소리가 들려왔다. 우리는 잠시 우두커니 서서 그 소리를 듣고
있었다. 잘 갈 수 있겠소? 그럼요. 그럼. 그럼. 그는 걸어서 사라져갔
다. 나는 오랫동안 그의 저벅거리는 발소리가 밤의 밑바닥으로 가라

278

앉는 소리를 듣고 있었다. 그의 발소리는 마치 무거운 쇠를 박차(拍車)로 얹은 것처럼 서서히 미끄러져가고 있었다. 나는 이윽고 내가 어둠 속에 혼자 있음을 깨달았다. 그러자 엄청난 고독감이 덤벼들어 왔다. 나는 눈을 부릅뜨고 심호흡을 하였다. 그리고 힘차게 목발을 여며쥐고, 두터운 밤의 벽을 뚫고 한 걸음씩 한 걸음씩 헤쳐나가기 시작했다.

다음날 오후 네시쯤 나는 박이라는 사내의 집으로 갔다. 날씨는 초가을 날씨 같지 않게 무더워서 나는 와이셔츠를 팔뚝 위로 걷어붙였다. 개 훈련소가 어디 있는지 몰랐으므로 담뱃가게에서 묻자, 언덕 뒤쪽을 가리켰다. 나는 고맙다고 인사했다. 가을볕은 따갑고 들에선 달착지근한 곡식 익는 냄새가 풍겨왔다. 익은 벼 위로 들곤충들이 푸드득 튀어올랐다간 사라져버리고 있었다. 하늘엔 구름이 한 점도 없었고 중비행기가 한 대 지나가고 있었다. 금속 부분이 햇빛에 반짝거리고 있었다. 나는 초가을 바람이 나의 성근 머리카락을 날리는 것을 이마 위로 느끼면서 휘파람이나 불어보고 싶은 충동을 받고 있었다. 개 훈련장은 신작로에서도 한참 떨어진 곳에 있었다. 들판에서 갑자기 갈라진 외길 끝에 자그마한 농장이 있었고 그 농장 곁에 개 훈련소가 있었다. 나는 개 짖는 소리를 들었다. 개 짖는 소리는 벌판 속에서 공허하게 울리고 있었다. 철망으로 얼기설기 망을 쌓고 있었는데, 그 사이로 개들을 훈련시키기 위한 도구, 일테면 둥근 원판과 사닥다리와 장애물이 코스를 따라 정교하게 만들어져 있었다. 비릿한 개 비린내가 바람에 풍겨오고 있었다. 철망 앞 안내판엔 개 훈련시키는 금액과 자세한 종류별 훈련방법에 대한 안내가 씌어 있었다. 나는 철조망에 얼굴을 붙이고 말뚝에 매인 개와 축사 속에 들어 있는 개들이 혀를 헐떡거리면서 짖는 소리를 듣고 있었다. 그리고 개들이 번갈아가면서 둥근 원 사이를 빠져나가고 사다리를 엄숙하게 기어올랐다간 장애물을 빠져나가는 것을 감탄해하며 보고 있었다. 그러자 누군가 내 등뒤를 툭툭 쳤고, 나는 돌아보았다. 그곳엔 웬 늙은 노인이 서 있었다. 뭐 하는 사람이오? 그는 부드럽게 물었다. 개를 부탁하러 왔나요? 아닙니다. 나는 웃었다. 박이라는 친구를 만나러 왔습니다. 박이라면 오우, 우리 아들이군그래. 그는 늙은이 특유의 인정 후한 웃음을 껄껄거렸다. 그 녀석은 지금 개를 훈련시키고 있어요. 그래서 만나려면 좀 곤란할 거우다. 작업중엔 면회 오는 것을 싫어하니까요. 허지만 어쨌든 따라오시오. 노인은 앞서 걷기 시작했다. 그는 앞서 걷다간 나를 돌아보고 내가 목발을 짚고 있다는 것에 무어라고 한마디 해주고 싶어 못 견디겠다는 것 같은 표정을 하면서도 말을 삼가고 있었다. 나무판자로 엮은 문이 나오자, 그는 눈짓으로 잠깐 기다리라고 말한 후, 그 문을 열고 개 훈련장으로 들어가버렸다. 나는 주머니에서 손수건을 꺼내어 이마에 밴 땀을 씻었다. 그리고 담배를 한 대 피워물었다. 가을바람이 성냥불을 껐으므로 나는 네번째에야 불을 당길 수가 있었다. 들어가보시유. 잠시 후 노인이 나오며 말을 했다. 나는 느릿느릿 그 안으로 들어섰다. 수십 마리의 개가 한 곳에 떼를 지어 있었다. 그 개들 틈에서 박이라는 사내가 더운 날이었는데도 가죽 장화를 신고 가죽 장갑을 끼고 한 손에는 채찍을 들고 우뚝 서 있는 것을 볼 수 있었다. 그는 마치 모피의 가죽으로 무장한 순종(純種)의 개처럼 보였다. 그 주위 말뚝에 매여 있는 개들은 뛰어오르면서, 나를 바라보며 흰 적의를 보이고 있었다. 타액이 튀고 있었다. 그는 순간 허공을, 채찍으로 긁어내렸다. 나는 날카롭고 질긴 채찍이 허공을 휘두르고 메마른 소리를 내자, 그 개들이 갑자기 기를 잃고 주저앉는 것을 보았다. 그러자 그는 나를 보고 웃었다. 그 웃음은 무언가 동물적인 것을 느끼게 하는 웃음이었다. 나는 선 채 그가 다가

오기를 기다렸다. 그의 몸에선 개 비린내가 나고 있었다. 오느라고 수고 많았소. 그는 손을 내밀며 내게 악수를 청했다. 나는 손을 받으며 그의 눈을 보았다. 정장을 한 그의 모습보다는 오히려 이런 가죽옷으로 씌운 그의 모습이 더 강인해 보이고 있었다. 어떻게 잘 생각해보셨나요? 선생 미안하게 됐습니다. 나는 웃으면서 얘기를 꺼냈다. 선생의 말을 세 가지 다 들을 수가 없습니다. 뭐라구요? 그 순간 개들이 짖기 시작했으므로, 사내는 가느다란 눈을 음흉하게 번뜩이더니 되물었다. 노형의 제언을 거부하러 왔습니다. 휙 그 순간 사내의 채찍이 허공을 긁어내렸다. 그러자 그 채찍은 뱀처럼 나뭇등걸을 훑더니 몇 개의 가지를 부러뜨리며 땅으로 떨어져내렸다. 계속하라구. 그는 이쪽을 보지 않고 소리를 높였다. 나는 당신의 요구를 세 가지 다 들어드릴 수 없습니다. 그것을 알려드리겠습니다. 어젯밤 나는 이 동리를 떠나기로 했었습니다. 하지만 아직 떠날 시기는 아닌 것으로 생각이 들었습니다. 그것을 알려드리려고 왔습니다. 도리어 부탁입니다만 학부형을 설득시켜 아이들이 학교에 나오도록 해주십시오. 건방진 사람. 갑자기 그는 휙 돌아섰다. 내 부탁을 들어줄 수 없다구? 그렇습니다. 나는 될 수 있는 한 조용하게 말을 했다. 그는 잠시 햇볕 속에서 나를 노려보고 서 있었다. 가죽으로 행장을 차린 그의 모습은 민첩하고 날랜 들짐승을 연상시켰다. 그러자 이상하게도 개들이, 그의 뒤에서 조용히 앉아 있던 개들이 서서히 짖기 시작했다. 그것은 맹렬한 부르짖음이었다. 마치 그의 주인만 아니라면 일시에 추적할 동물을 발견한 사냥개처럼 덤벼들 기세였다. 나는 땀을 흘리면서 그를 올려다보고 있었다. 입술이 말려올라가 흰 이빨이 드러나기 시작했다. 그는 순간 휙 다시 채찍을 던져 푸른 허공을 긁어내렸다. 그러면서 뜨겁게 소리를 질렀다. 빨리 가라구. 해치우기 전에. 나는 말이 끝나기 전에 돌아서 걷기 시작했다. 뒤돌아볼 생각을 말아라. 나는 문까지의 짧은 거리를 한 발 한 발 세며 걸었다. 문을 나서려는데 사내의 목소리가 날카롭게 날아왔다. 명심해두라구. 분명 나는 얘기해두었었어. 당신 스스로가 선택한 거야.


5


　몇몇 사람들이 공동 투자해서 산 개를 강가 모래 위에 놓고 굽고 있었다. 개는 알맞게 구워져 있었고, 그 옆에는 소주병이 서너 개 놓여 있었다.

　그들의 젊은 부인네들은 인근 밭에서 캐온 흙 묻은 마늘을 까서 작은 접시에 가지런히 놓아두고 있었고 그 강렬한 마늘 냄새에 낯을 붉히면서, 죽은 개의 몸을 자를 칼을 숫돌에 갈고 있었다. 남자들은 이미 전주가 있었는지, 커피색으로 갈라진 목덜미에 강물에 적셔 짠 수건을 걸쳐놓고 꺽꺽 트림을 하고 있었다. 낮의 열기를 머금은 모래는 이내 다가온 밤의 어둠에 차갑게 가라앉아 있었고, 어둠이 다가온 모래사장엔 아직 물 덜 마른 나뭇가지에서 튀기는 탁탁거리는 모닥불이 빛나고 있었다. 그 모닥불 주위에 앉은 사내들은 웃통을 벗고 있었는데 그 벌거벗은 넓은 어깨를 가진 검은 몸 위로 한쪽에서 빛나는 불빛이 투영되어 그들은 마치 온몸에 붉은색을 칠한 것처럼 보였다. 부인네들은 그 한쪽에 앉아서 히히덕거리면서 자기네끼리 얘기를 나누다가도 무언가 후딱 놀라는 기대 속에서 어둠 속에 빛나는 강물을 쳐다보며 이 초가을의 밤 속에 서서히 짙어가는 원시적인 정욕을 침을 흘리면서 길들이고 있었다. 사내들은 요새 돈을 번 사람들답지 않게 모두 노무자들처럼 보였고, 그 옷들에 가리어졌던 굵은 팔뚝들은 한쪽에서만 받은 타오르는 모닥불로 성이 난 독사의 목처럼 부풀어 있었다. 개고기는 이내 기름을 흘리면서 알맞게 구워져 있었는데, 한 여인이 개의 등허릿살을 잘라내자, 한 사람 두 사람 아직 개고기에서 끓어오르는 기름에 혀를 데면서, 그러나 껄껄 웃으면서 개고기에 맵고 달디단 소주를 반주 삼아 술을 마시기 시작했다. 부인네들도 조심스레 남자들이 따라주는 소주를 받아 먹어 이내 확확 단 얼굴을 하고 사내들의 맨살 속에서 확확 끼쳐오르는 쑥내 같은 정액 냄새를 의식하고는 자기네들끼리 음탕한 소리를 해가며 한 사람씩 갈대밭 사이에 속치마를 내리고 소변을 보며 낄낄거리는 것이었다.

이때 그들은 열두 명의 문둥이촌 소년 소녀들이 조용히 언덕길을 내려와서, 갈대밭 사이에 놓아두었던 자기들이 타고 갈 자그마한 배를 찾기 시작하는 것을 발견했다. 아이들은 주민들이 모닥불을 피우고 술을 마시는 것을 보자, 발소리를 죽여가며 갈대밭을 헤치고 배를 찾고 있었다. 그러나 그들이 매어둔 곳에 있어야 할 나룻배는 없었다. 없어졌어, 누나. 가슴 넓은 소년이 키 큰 누이를 쳐다보며 조용히 부르짖었다. 배가 없어졌어. 그 소리는 이상한 느낌을 주었다. 열두 명의 아이들은 그 소년이 공허하게 지껄이는 소리 가운데에서 예민하게 사냥개 같은 후각으로 주위에서 무엇인가 일어나고 있다는 낌새를 알아차렸다. 그 순간 소년은 암갈색의 강물로 뛰어들었다. 배가 없어졌어, 배가. 조, 조용히 하라니까. 소녀는 낮은 목소리로 제지했다. 난 헤엄쳐 갈 테야. 헤엄쳐 갈 수 있어. 그는 윤활유 같은 강물을 발로 차면서 이를 악물었다. 여기 있다간 우리는 모두 당하고 말아. 조, 조용히 하라니까. 말더듬이 누이가 말을 막았다. 애, 애들이 있어. 애들은, 우리가 가만있지 않으면 애들이 불안해하거든. 기, 기다려보는 거야. 무슨 소식이 있겠지. 소녀는 키 작은 아이들을 갈대숲에 앉히고, 자기도 풀밭에 앉았다. 아이들은 멍하니 언덕 위에 앉아, 철 늦은 모기가 벌거벗은 정강이를 쏘고 다시 종아리를 쏘아댈 때마다 타격을 가하면서, 건너지 못하는 강을 쳐다보고 있었다. 난 배가 고파. 가장 나이 어린 소녀가 갑자기 울기 시작했다. 아주 배가 고파. 말더듬이 소녀는 나이 어린 소녀를 자기 무릎 위에 앉히고 달래기 시작했다. 새의 울음소리 같은 소녀의 울음소리는 차차 갈대밭 사이에서 우는 가을 여치 소리에 젖어들어가고 있었고, 투명한 달이 불쑥 튀어나온 모습으로 우울한 강 위에 떠오르는 것을 조용히 그러나 아주 오랫동안 바라보고 있었다. 언덕 아래 모래사장엔 새로운 모닥불이 피어오르고 있었다. 누군가 생나무를 꺾어, 등유를 부은 모닥불 위에 얹었고, 그 강렬하게 타오르는 모닥불은 벌거벗고 주위에 앉은 사내들의 모습을 도금한 듯 찬란하게 채색시켰다. 술기가 탁탁 거리며 온몸을, 혈관을 뛰놀고 날카로운 식칼은 모래사장에 던져진 채 반짝이고 있었다. 그때였다. 남은 소주를 단숨에 들이켠 박이라 는 사내가 일어서서, 이윽고 참았던 일을 해치우고야 말겠다는 의지 의 눈빛을 번득이면서 언덕 위 갈대밭에 숨어 앉아 있는 아이들을 부 르기 시작했다. 애들아, 이리 오렴. 그의 목소리는 술기에 젖어 암흑 의 강 저편으로 사라진다. 이리 오라니까 애들아. 누구 말인가. 다른 사내가 식은 개고기를 집으면서 충혈된 눈을 들었다. 문둥이 쌔끼들 말인가? 그래. 박이 나지막이 말을 받았다. 나는 아까부터 저 쌔끼들 을 보고 있었어. 그리고 사내는 끈적끈적한 타액을 모래사장에 뱉었 다. 나는 저 새끼들의 배를 감추고 있었거든. 사내의 몸은 술기가 올 라 가축의 부드러운 속살처럼 상기되어 있었고, 사내의 몸에선 싱싱 한 정욕의 냄새가 났다. 어어이, 애들아. 이리로 오라니까. 언덕 위 갈대밭 사이에 조용히 앉아 있던 아이들의 그림자는 조금씩조금씩 움직이기 시작했고, 그것은 매우 조심스러운 반응이었다. 어떻게 할 까? 어깨 넓은 소년이 한마디 했다. 내려갈까? 글쎄. 소녀가 대답했

다. 어쩌면 저 사람들은 우리 배가 어디 있는지 알고 있을 거야. 그,
글쎄. 애들아, 이리로 오라니까. 모래사장 쪽에서 웃통을 벗은 사내
가 입에 손을 나팔처럼 대고 소리를 질렀다. 그 소리는 막연한 울림
을 불러일으켜 메아리로 이어왔다. 난 내려가겠어. 나두. 어린 꼬마
들이 말을 했다. 나두 내려가겠어. 그들은 조심조심 갈대를 헤치고
모래사장 쪽으로 걸어가기 시작했다. 어깨 넓은 소년이 앞장을 섰
다. 그는 차갑고 축축한 모래를 발로 찼다. 모래사장엔 술 취한 어른
들이 그들이 어둠 속에서 야행동물처럼 눈을 반짝거리며 다가오는
것을 보고 있었다. 무서워하지 말구, 이리로 오라니까. 어이, 착하
지. 이리로 오라니까. 박이라는 사내가 부드럽게 타일렀다. 문둥이
촌 아이들은 조금씩 다가서서 드디어는 모닥불이 너울거리는 앞까
지 당도했다. 무엇을 하고 있었니, 애. 여인이 마늘을 까서 개고기를
한 점 찍어 먹으며 어린 꼬마에게 물었다. 쥐를 잡아먹고 있었니? 아
니에요. 키 큰 소녀가 대답했다. 배가 없어졌어요. 그러자 갑자기 그
여인은 웃기 시작했다. 그 웃음소리는 어찌나 크고 요란했던지 아이
들은 섬찟거리면서 그 여인을 보았다. 너희들 중에 술 먹을 줄 아는
애 있니? 박이라는 사내가 비틀거리면서 술병을 들고 일어섰다. 없
습니다. 소년이 대답했다. 술을 먹을 줄 모릅니다. 거짓말하지 말라
니까. 박이라는 사내가 흰 이를 보이면서 웃었다. 한잔 먹을 테냐?
싫습니다. 말을 들어라. 먹으라고 할 때 마시는 법이다. 먹을 줄 모릅
니다. 저희들은 배를 잃어버렸습니다. 배라니? 사내가 물었다. 먹는
배 말이냐, 타는 배 말이냐? 타는 배 말입니다. 어깨 넓은 소년이 대
답했다. 그까짓 것은 내버려둬라. 다른 어른이 트림을 해가며 대답
했다. 개고기 좀 먹을 테냐. 싫습니다. 아니 왜? 개고기를 먹을 줄 모
릅니다. 개고기는 먹을 줄 모르고 그럼 사람고기는 먹겠구나. 예? 소
년은 놀라서 어른들을 바라보았다. 그때 소년은 어른들이 자기들에

게 무엇을 하려 하는가를 육감적으로 알아차렸다. 그는 소름이 돋아오는 것을 느끼면서 숨을 죽였다. 보내주십시오. 우리들을 보내주십시오. 뭐라구? 박이라는 사내가 크게 소리를 질렀다. 집으로 보내달라구? 이 문둥이 쌔끼. 가까이 와라. 박은 어깨 넓은 소년에게 비틀거리면서 다가갔다.

소년은 뒷걸음질치기 시작했다. 이 더러운 문둥이 종자 쌔끼, 주둥이를 부숴버린다. 모닥불이 꺼질 만하자, 다시 누군가 등유를 끼얹었다. 그러자 불길이 솟아올라, 모래사장을 환히 밝히고 있었다. 때문에 먼 곳에서 보면 기우제를 지내는 제식처럼 보이고 있었다. 소년은 가쁜 숨을 몰아쉬며 뒷걸음질쳐서 도망가려 했다. 그러나 뒤에 서 있던 사내가 소년의 발을 걸어 모래사장에 넘어뜨렸다. 소년은 모래사장에 넘어져서 발을 바둥거렸다. 박은 소년의 입을 벌리고 술병을 기울여 휘발유처럼 뜨거운 술을 부어넣었다. 소년은 고개를 심하게 젖혔다. 그러나 사내의 손이 소년의 목덜미를 깊게 쥐고 있었으므로 구역나는 술을 피할 수가 없었다.

먹어라, 이 더러운 종자 새끼야. 그 순간 소년은 힘을 모두어 사내의 손을 물어뜯었다. 그리고 사내의 손이 느슨해진 것을 기회로 강물 쪽으로 뛰기 시작했다. 그는 눈물을 흘리면서 이윽고 검고 찬 강물 속으로 뛰어들었다. 개자식. 다른 사내가 소년의 목을 쥐고 강물 속에 처박았다. 소년은 탁하고 진득이는 물 속에 처박혔다. 그는 잔뜩 물을 마시면서 의식이 죽어가고 있는 것을 느꼈다. 그러자 모래사장에 앉아 보고 있던 아이들이 일제히 술렁이기 시작했다. 시끄럽다. 여인이 소리를 질렀다. 빽빽거리지들 마라. 이 문둥이 새끼들아. 소년의 목을 물 속에 처박고 있던 사내는 그의 목덜미에서 위로 솟구치는 힘이 점차 사그라지는 것을 느꼈다. 그러자 그는 소년의 머리를 물 속에서 빼어, 모래사장 위에 아무렇게 내던졌다. 소년은 잠시 젖은 채, 모래사장 위에 누워 있었다. 그는 이윽고 강물을 토하기 시작했다. 사, 살려주세요. 저희들을 사, 살려주세요. 키 큰 소녀가 박이라는 사내에게 매어달렸다. 그러자 박은 소녀의 옷을 낚아챘다. 서슬에 소녀의 윗옷이 찢어졌다.

그때였다. 누워 있던 소년이 뛰기 시작했다. 사내들이 물방개처럼 뛰는 소년의 뒤를 따라붙었다. 소년은 뛰다가는 엎드려 모래를 한 움큼 쥐어서 사내들의 얼굴에 뿌리기 시작했다. 따라오면 죽여버린다. 소년의 얼굴은 눈물로 번질거리고 작고 민첩한 짐승처럼 기민하게 보였다. 술 취한 사내들의 어지러운 발은 독이 오른 소년의 발을 따라붙을 수가 없었다. 그들은 얼마만큼 따라가다가 헉헉거리며 손에 묻은 모래를 털면서 다시 모닥불로 돌아왔다.

이렇게 해서 나는 미친 듯한 소리로 방문을 두드리는 소리를 들을 수 있었다. 나는 문을 열었다. 소년이 젖은 채 물을 뚝뚝 떨어뜨리면서 서 있었다. 모래가 함부로 튀고 있었고 그의 곁에선 술 냄새가 났다. 살려주세요, 선생님. 그는 분노에 목이 메어 목쉰 소리를 내었다. 우리는 당했어요. 우리를 구해주세요. 소년은 큼지막한 돌을 들고 있었는데 그 돌은 소년의 작은 손아귀 속에서 아프게 조여들고 있었다. 빨리 가야만 해요. 어디냐. 나는 비애에 찬 소리를 내었다. 강가 쪽이에요. 이럴 수가 없어요. 가자. 나는 목발을 쥐어들었다. 손이 떨려서, 떨려서 목발을 잘 사려들 수가 없었다. 우리는 거리로 나왔다. 거리는 이미 미쳐가고 있었다. 적어도 우리들 눈에는 그렇게 보였다. 평상 위에 앉은 아낙네들이 우리들을 보고 수군거렸다. 컹컹. 개들도 우리들을 보고 맹렬히 짖기 시작했다. 소년은 앞서 뛰기 시작했다. 나도 뛰려고 했다. 그러나 소년의 걸음을 따라갈 수가 없었다. 그것은 지독한 고통이었다. 소년은 얼마만큼 앞서가다가는 나를 돌아보고, 거리의 가로수를 돌로 두드리면서, 소리를 지르면서,

깡충깡충 몸을 흙바닥에 구르면서, 그러다가는 미친 듯이 머리를 흔들어대면서 울고 있었다. 모래사장엔 아직도 모닥불이 피어오르고 있었다. 소녀는 윗옷이 찢긴 채 불 옆에 앉혀져 있었고, 와들와들 떨고 있었다. 다른 애들은 모래사장에 앉은 채 공포에 떨고 있었다. 나는 천천히 비탈길을 내려갔다. 목발을 짚을 때마다 모래가 튀었다. 이게 무슨 짓입니까. 나는 될 수 있는 한 감정을 낮추어 첫마디를 꺼냈다. 그제서야 술꾼들은 나를 발견하였다. 그들 중에 한 사람이 웃기 시작하였다. 나는 그를 노려보았다. 그는 박이었다. 잘난 체하지 말지, 이 외다리 선생. 그는 모래사장에 떨어진 식칼을 쥐었다. 나는 당신이 보기 싫단 말이야. 죽이기 전에 꺼져버리라구. 칼날이 모닥불에 번뜩이었다. 나는 맹렬한 분노와 슬픔에 온몸이 상한 짐승처럼 달아오는 것을 느꼈다. 나는 그에게로 다가갔다. 난 당신이 가히 이런 폭행을 주동할 만한 사람이란 것을 알고 있었지. 가까이 오지 마라. 박이 소리를 질렀다. 더이상 가까이 오면 네 다리를 마저 없애버리겠다. 웃통 벗은 박의 상반신이 이상하게 부풀어오르고 있었다. 저애에게 옷을 입혀라. 가까이 오지 마라. 박은 뒷걸음질치며 소리를 질렀다. 잘난 체하지 마라. 개백정의 문화 속에서 혼자 잘난 체하지 마라. 가까이 오지 마라. 저애에게 옷을 입혀라. 너는 아주 비겁한 녀석이야. 뭐라구? 순간 뒷걸음질만 치던 박이 칼날을 번뜩이면서 덤벼들었다.

나는 부자유스런 몸으로 그의 몸을 받았다. 아득한 의식 속에서 그의 칼이 들린 오른쪽 손을 잡았다. 나는 뒤로 쓰러졌다. 나는 일어서려 하였다. 정말이지 필사의 노력으로 일어서려고 애를 썼다. 그러나 내가 일어서려 할 때마다 박은 나의 목발을 모래사장 저편으로 발길로 차고 있었다. 나는 모래사장을 기었다. 나는 축축하고 차디찬 모래사장을 기었다. 쓰라린 눈앞에 던져진 목발이 나의 분신처럼 다가왔다. 나는 온몸의 힘을 다해서 길짐승처럼 기었다. 가까스로 목발에 손이 닿았는가 싶었는데 다시 박이 그것을 발로 차서 더 먼 곳으로 던져버렸다. 나는 다시 땀을 흘리면서 기기 시작했다. 엉망이다. 나는 중얼거렸다. 뜨거운 땀이 이마에서 흘러내려 눈알을 쓰리게 하고 있었다. 하지만 나는 발 대신 두 팔이 남아 있는 한 이를 악물고 기기로 했다. 그래서 나는 다시 기었다. 그것이 설사 다가오는 화염의 길이었을지라도 난 기었을 것이다.

 ……그후에 정신을 깨어보니, 나는 별밭 속에 누워 있었던 것일세. 소년이 내 얼굴 위에 강물을 떠다 붓고 있었네. 무아지경 속에서 불현듯 정신이 들었을때, 내가 먼저 본 것은 무엇인 줄 알겠는가. 그것은 내 눈을 바라보고 있는 열두 명의 어두운 얼굴과 그 얼굴 뒤로 가득했던 별들이었네. 모닥불은 이미 사위어갔는데, 나는 의식이 들고서도 아주 오랫동안 누워 있었네. 그것은 후송되어 내 다리를 잃었을 때와 같은 느낌이었지. 다리는 잃었어도 생명은 얻었다는 실감과 같은 것이었네. 나는 많은 것을 잃었지만 또 많은 것을 얻은 기분이었지. 그리고 정말 웃지 말게. 값싼 센티멘털리즘이라고 웃어버리지 말게나그려. 에테르 냄새와 같은 진한 강물 냄새에 파묻혀 눈앞에 가득한 별들을 바라보노라니 문득 안이한 행복 같은 것을 느끼기도 했었지. 그래서 나는 원기를 회복했네. 그리고 힘차게 목발을 집어들었네. 우리는 참으로 기묘한 세계에 던져져 있구나 하는 느낌, 알 수 있겠나. 무언가 엉켜서 뒤죽박죽의 개백정 문화 속에 살고 있는 느낌 말일세. 로마에 가서는 로마인답게 행동하라는 말이 있지 않은가. 그럼 그렇다고 자네는 내가 나뭇잎에 올라가면 푸른 색깔, 땅 위에 내려앉으면 흙 색깔로 동화하는 두꺼비로 변해야 옳다고는 아니하겠지. 건드리면 죽은 것처럼 몇 시간이고 누워 있는 무당벌레. 꼬리를 잡으면 꼬리까지도 떼어주고 도망가는 도마뱀. 나뭇가지에 붙어

꽂꽂이 제 몸을 응고시키는 자벌레. 고슴도치의 날카로운 비늘. 세
포를 가져 세포분열을 하면서도 엽록소가 있어 탄소동화 작용을 하
는 짚신벌레. 이런 것. 이와 같은 기민하고 용의주도한 적응력으로
나 자신을 무장시켜야 옳다고 생각하지는 아니하겠지.

(1971년)

# 처세술개론

노(老)할머님이 아흔한 살로 돌아가셨다. 그날은 어찌나 더운 날이었는지 거리엔 사람이 하나도 없었고, 기온은 삼십오 도를 가리키고 있었다. 그것은 수년 내 최고의 기온이라고 아나운서가 말을 했다.

"삼십오 도라면 실감이 오지 않으시겠지만……"

우스갯소리 잘 하는 재담가가 만담 시간에 익살을 부렸다.

"우리 체온이 삼십육 도가량이니 이런 날씨에 거리를 나다닌다는 것은 여편네 속살을 종기에 고약 붙이듯, 피부에 밀착시키고 다니는 셈이니까요." 운운.

그래서 그 노할머님이 돌아가셨다는 전보를 받았을 때 나는 하필이면 이처럼 무더운 날씨에 돌아가실 게 뭐냐고 투덜거렸지만, 투덜거리긴 노할머님이 선선한 가을 날씨에 돌아가셨다 해도 마찬가지였을 것이다. 왜냐하면 아흔한 살이란 나이는 좀 너무하다 싶은, 거의 일 세기에 걸친 나이기 때문이었다. 그러나 그것보다도 내가 투덜거렸던 이유는 다른 곳에 있다. 그 노할머님의 죽음을 알리는 전보로 내 어린 날의 기묘했던 추억담이 생각나서 씁쓸해졌기 때문인 것이다.

나의 아버지는 키가 크고, 거인이었고 술주정뱅이였다. 술만 먹으면 우리들 형제를 때리거나 공술이나 얻어먹은 날이라야 그 거끌거끌한 수염의 감촉을 누이들 얼굴에 부비곤 했으므로, 우리들은 어려서부터 아버지의 표정을 판독하고 아버님의 발소리를 듣기만 해도 그날의 아버지가 과연 기분 좋은가 기분 나쁜가를 점치는 데 익숙해져 있었다. 그에 비하면 어머니는 키가 아주 작아 두 분이 서 있는 모습은 그 모습에서부터 웃기려는 싸구려 쇼 코미디언처럼 희화적이었었는데 성격도 아주 달라서, 어머니는 그래도 일요일이면 예배당에도 나가시고 주기도문도 외우고 그러다가는 가끔 훌쩍훌쩍 울다가 이내 깔깔 웃기도 잘하는 여인이었다.

두 분은 다산성 동물처럼 기회만 있으면 아이를 낳았기 때문에 어머니는 늘 뱃속에 됫박을 차고 있는 것처럼 애를 배고 있어서 지금은 옛말하듯 우스갯얘기 하지만, 그 한창 시절에 무려 열두 명의 아이들을 순산하셨던 것이다. 연필을 한 다스 사면 꼭 한 개씩 돌아갔고, 축구팀을 짜도 한 명의 후보선수쯤은 낼 수 있는 여유도 있었다. 그러나 축구팀이란 좀 무리인 게 열두 명 중에서 일곱 명은 여자였고 다섯 명만 남자였기 때문이었다.

만약에 그 열두 명이 몽땅 살아서 집 안에 같이 있었다면 정말 무슨 식용동물 기르는 축사 같은 기분이 들었을 것이지만, 다행인 것은 참으로 다행인 것은, 그 열둘 중에서 다섯 명만 살아남아 있다는 것이다. 열두 명 중에서 다섯 명만 살아남아 있다는 것은 참 어처구니 없는 거짓말 같지만 그것은 사실이다.

전란이 있을 때마다 으레 두셋은 죽었고, 제일 멋쩍게 죽은 편이라

면 내 동생으로 겨우 걸음마를 배울 무렵 우물에 빠져 죽었다. 죽음
이란 체에 용케 걸려 남은 다섯 명을 나는 뭐 새삼스레 신의 가호가
두터운 편이라고 변명하고 싶지는 않다.

물론 죽은 사람은 죽은 사람들대로의 이유가 있다. 전쟁통에 전사
한 형으로부터 아기를 낳다 죽은 누이로부터, 무슨 몹쓸 유행병이 돌
때 자꾸 설사를 하다 죽은 동생으로부터 나는 죽음만을 보아왔고 죽
음에 익숙해져 있었다.

어린 나이에 죽음에 익숙해져 있다는 것은 우울한 일일 것이다. 나
는 죽은 형의 옷을 줄여 입고, 죽은 누이의 책가방을 들고 학교에 가
야 했고, 그리고 자라왔다. 때문에 나는 투명한 죽은 이의 혼, 보이지
않는 죽은 이의 감촉과 체취, 언제나 어디서나 조용히 속삭이는 죽은
이의 언어, 이런 모든 것에 익숙해져 있었다. 그래서 나는 어린 나이
였지만 크게 웃는 일도 없이 언제나 과묵하였고 행동이 신중하였으
며, 교회에서는 어린이 합창대의 가장 높은 소프라노 고음을 내는 성
가대원이었다.

아버지는 술을 마신 후 간혹 동리 망나니 같은, 유행가를 흥얼거리
며 길거리에서 시비를 하고 아버지의 반 뼘만큼이나 작은 사내들을
때리고, 욕지거리하는 일이 왕왕 있었는데 으레 그때엔 내가 나갔었
고, 그 떠들썩한 군중들 틈에 끼여 서 있노라면 아버지는 이내 나를
발견하고는

"여어 되련님, 되련님. 저 같은 놈두 죽으면 천당에 갈 수 있을까
요. 회개해주세요. 꼬마 신부님 꼬마 신부님."
하고 사람들이 보거나 말거나 무릎을 꿇고 눈물을 두어 방울 흘리는
시늉을 하다가 그리고는 느릿느릿 집으로 돌아오곤 하는 것이었다.
그래 동리 사람들은 아버지가 술이 취하기만 하면 남의 집 부부싸움
구경하는 것 이상으로 재미있어하였고, 심지어 동리 조무래기들은

졸졸 따라다니기까지 하였다. 그러나 아버지가 나를 꼭 그럴 필요가 없는데도 사람들이 구경하는 가운데 목말을 태우고 신부님 도련님 어쩌고저쩌고 해가며 집으로 왔다 해도, 그것은 형제 중에서 누구보다 나를 사랑하고 있기 때문은 아니었다. 오히려 내가 아버지를 미워하고 있듯이 아버지도 나를 미워하고 있는 것이 사실이었다. 아버지가 진실로 사랑한 아들이라면 우리 형제들 가운데 첫째 형으로, 나는 그 얼굴도 본 적이 없는 친구였지만, 거의 전설에 가까운 일화를 남기고 있다. 그 이야기인즉 힘이 세어서 씨름대회에 나가 곧잘 황소도 끌고 오던 사람이었던 모양으로 그 한창나이에 도박판에서 칼침 맞고 죽었는데, 죽은 지 사흘이 지났는데도 심장이 펄떡펄떡 뛰더라는 관우 장비 같은 일화가 구전으로 전해오고 있었다.

나는 어릴 때 남자답지 않게 예쁘게 생겨서 국민학교 거의 졸업할 때까지 어머니를 따라 여자 목욕탕에 가곤 했었는데 그래서 가끔 차라리 여자로 태어날걸 그랬지 하고 생각할 때도 있을 정도였다. 나는 어머니를 빼다박은 듯 닮아 키는 작았으나 살결이 희었고 입술은 연지를 바른 듯 붉었으며 행동도 예의발라 거리를 지나노라면 동리 사람들이 "아아, 고 녀석, 지 애비하구는 영 딴판으로 생겼네" "거, 지 엄마 닮아서 그렇지 않나" 하는 소리를 듣는 적이 많았다. 그래서 나는 항상 모범생 같은 표정을 짓고 다녔으며, 어머니의 광적일 정도로 강한 애정을 받고 성장했다. 어머니는 언제나 조산원같이 사근사근하셨고 아버지한테 큰 목소리를 한 번도 낸 적이 없으셨지만 내 문제만 나오면 어머니는 큰 소리로 아버지에게 덤벼드셨고, 그럴 때마다 아버지는 좀 어정쩡한 얼굴이 되어 물러서곤 하는 것이었다.

한번은 아버지가 술이 취해서 집 안에 들어와서는 고래고래 창가를 하고, 지금은 아기 낳다 죽은 누이를 붙들고 상소리로 욕을 하다 간 무슨 생각이 났던지 구석진 의자에 얌전히 앉아 있는 나를 보더니

갑자기

　"여어 도련님. 꼬마 신부님. 찬송가 좀 불러주세요. 거 왜 있지 않아요. 나의 사랑하는 책 비록 해어졌으나, 어머니의 무릎 위에 앉아서 어쩌구저쩌구 하는 노래 말이에요."

하고 노래를 청하였는데 내가 쉽사리 응하지 않자, 좀 화가 났던지

　"인마, 애비가 자식새끼한테 노래 좀 듣자는 게 아니꼽냐."

하고 언성을 높였다. 그러나 그때 어머니가 들어오시면서

　"뭐라구요? 노래를 불러보라구요? 이거 어따 대구 술주정이에요."

하며 소리를 지르시기에 나는 그 광경을 쳐다보며 무슨 일이 벌어지지나 않을까 불안해하고 있었지만, 이상하게도 아버지는 풀 덜 먹인 빨래처럼 시선을 피하며

　"난 그저 노래 한번 불러보라구 했을 뿐이오."

하고 수그러지는 것이었다. 그러자 어머니는

　"이애에게 악을 배워주지 말아요, 그 더러운 손으로."

하고는 갑자기 울기 시작하셨는데 오히려 아버지는 술이 일순에 깬 사람처럼 멀쩡해져서

　"난 그저 노래 불러보라구 했을 뿐인데 거 왜 울구 야단이오. 제기 럴, 내가 또 잘못했지. 그저 내가 죽일 놈이지."

하고 거실로 사라져버리는 것이었다. 그때 나는 어머니의 품에 안겨서 그 의미 모를 눈물을 볼에 받으며, 대체로 아버지란 좀 거추장스런 존재여서 차라리 일찌감치 죽어버리고 어머니를 내가 아버지 대신 차지해버리면 어떨까 하는 생각을 하고 있었던 것이다.


　어머니의 큰어머님이 미국에서 오셨는데 대충 얘기를 들으면 구한말 하와이에 사진 결혼으로 이민 간 후 갖은 고생 끝에 무지무지

돈을 벌어, 말년에 고향에 뼈나 묻힐까 하고 그 많은 재산을 모조리 정리하고 오신 모양으로, 그때 나이는 일흔여섯인데 아주 정정하시며, 더구나 재산이 그처럼 많으시면서도 슬하에 자식이 한 명도 없다는 얘기가 우리들 가족들간에 무슨 예수님의 재림같이 떠들썩하게 대두된 것은 바로 그 무렵이었다. 어머님의 생각은 일찍이 남편을 여의고 자기 자식도 없고 오직 있는 친척이라면 그녀 동생의 두 딸, 즉 어머님과 어머님 동생 두 명뿐으로, 더구나 이모는 품행이 나빠 벌써 네 번씩이나 결혼했다가 겨우 나만한 나이 또래의 계집애를 하나 가지고 있을 뿐, 그래도 대부대의 식솔을 거느리고 군림하는 어머니 편에 고무적인 무엇이 있을 게 아니냐는 공론으로, 아버지는 단연 술도 끊고 수염도 깎았으며, 하루아침에 밭 가운데서 유전을 발견한 앞니 빠진 시골뜨기 같은 좀 얼떨떨한 미남자가 되어버렸던 것이다. 며칠 동안 집안은 붐비기 시작했다. 일 년에 한 번 볼까 말까 하는 이모는 자주 집에 드나들면서 같이 공항에도 나가고 아주 붙임성 있게 놀았다. 그 노할머님은 거처가 마땅치 않아 우선 간단한 살림채를 하나 얻고, 연신 들락거리는 아버님 부부와 이모의 접대를 받으며 노후를 즐기고 계신 모양이었는데, 어느 날 밤은 바로 그 노할머님 댁에 다녀오신 이후로 아버지와 어머니는 대판 싸움을 하기 시작했다. 대충 얘기를 들으면 식사중에, 아버지가 좀 주책없게 자식을 열두 명 낳았지만(그것은 아버지의 유일한 자랑거리였고, 빨강머리 이모에 대한 유일한 우월성이었다) 그중 다섯 명만 살아 있는 경위를 자세히 설명했던 모양인데, 그깟것 얘기를 왜 하느냐는 어머니의 반론과, 하면 어떠냐는 아버지의 변명으로 모처럼 엄숙하게 실연했던 모범 부부의 묘가 깨뜨려지기 시작했던 것이다. 어머님 말에 의하면 그때 노할머님이 "에그, 그렇다면 자네가 어디 사람인가, 짐승이지" 하고 낯을 찡그리시자 아버지는 아버지대로 "건 모르시는 말씀입니다요. 애

많이 낳았다고 어디 꼭 짐승인가요" 하고 낄낄거렸다는 것인데, 바로 그것이 더욱 큰 아버지의 주책이었다는 것이 어머니의 주장인 것이었다. 차라리 가만히 있을 것이지 무슨 장한 일이라고 말대꾸는 말대꾸냐 하고 핀잔을 주자, 아버지는 아버지대로 "그건 내 잘못 때문만은 아니야. 당신도 책임이 있어. 좀 건드렸다 하면 뒷박을 차던 것은 바로 당신이었어" 하고 덤벼들어 별수 없이 어머니는 또 그 예의 눈물을 터뜨리셨고, 아버지는 에잇 모르겠다, 찬장에서 소주병을 꺼내 들고 잔에 따라 마실까 말까, 며칠간의 금주를 깨뜨릴까 말까 아주 위태위태하였었다. 그러나 곧 잠잠해졌고 형제들은 자리에 들었는데 어머님이 상냥하게 거의 잠이 들어 있는 나를 깨웠고, 나는 눈을 비비며 아버지가 한결 기분이 좋아져서 껄껄거리고 있는 마루로 나갔었다.

"재가 해낼 수 있을까."

아버지는 침착한 목소리로 귀를 새끼손가락으로 쑤시기도 하고, 또 그것을 톡톡 털어버리는 불결한 행동을 반복해가며 나를 쳐다보았다.

"왜요? 애가 어때서요?"

어머니는 뜨개질을 하시면서, 그러나 정확히 그 올 사이사이로 대나무 바늘을 찔러넣으면서 반문을 했다.

"우리 정아가 어때서요?"

"글쎄."

아버지는 손으로 배를 긁으면서 하품을 했다.

"워낙 그 계집애가 별종이라고 하니 말이야."

"그래두 애라면 문제없어요."

어머니는 강하게 대답하셨다.

"그 계집애가 지 에미를 닮아서 별난 애라 해두 우리 정아는 문제

없어요."

나는 무슨 소린지는 몰랐지만 약간 부끄러움을 느끼면서 얌전히 앉아 있었다.

"얘야, 어디 일어서봐라."

아버지는 부드럽게 늙은 간호부 같은 소리를 냈다. 그래서 나는 일어났는데 아버지는 미술 감상이나 하듯 눈을 가느다랗게 뜨고 이모저모로 나를 훑어보았고, 심지어는 몸까지 만져보더니

"됐다. 그만하면 충분하다. 아주 잘생긴 도련님인데. 그만하면 할머님이 너한테 홀랑 빠져버리실 게다."

하고는 껄껄 웃었고, 어머니도 자못 대견하다는 듯 내 머리를 자신의 무릎 위로 껴안아 올려놓으시며

"얘야, 오늘은 푹 자두렴. 내일 아침엔 노할머님한테 가야 하니까."

하고는 내게 입을 맞추시는 것이었다.

나는 왜 내가 우리집 형제들을 대표해서 다음날 아침 그 노할머님 집을 찾아가야 했었는지 모른다. 그리고 그날 하루 종일 할머님 집에서 저질렀던 실수는 지금도 내 얼굴을 뜨겁게 한다.

물론 부모님들이 다섯 형제 중에서 나를 골라내었던 것은 그중 내가 제일 예쁘게 생기고 공부도 잘하고, 주기도문을 잘 외우는 모범 소년이라는 것 때문이었지만, 할머님의 환심을 사야 하는 일 같은 것에 관해서는 오히려 나는 무자격자였던 것은 숨길 수 없는 사실이었다. 차라리 그것이 목사님 앞에서 예수님의 행적에 대해 교리 문답을 하는 것이었다면 모른다. 아니면 노래를 부르는 경연대회였다면 나는 적격자였겠지만, 거의 반백 년가량 외국에서 고생을 해온 질기고 편협적이고 단순한 할머님의 환심을 사야 하는 일에는 말주변이 없는 나로서는 영 젬병이었던 것이다.

어쨌든 나는 다음날 아침 죽은 누이가 입던 옷을 줄여 갑자기 남성용으로 변조시킨 빨강 색깔에 흰 무늬가 물방울처럼 점점이 있는 옷을 입고 할머님 집으로 갔다. 아버지가 다 큰 애한테 그게 무슨 망할 놈의 옷이냐고 한마디 하셨지만, 어머니는 모르는 소리 말아요, 이 애는 이런 색깔이 어울려요 하고 아버지에게 핀잔을 주셨다.

그리고 우리는 출발하였다. 다음날은 일요일이었으므로 우리는 마땅히 교회에 가야 했던 것이다. 그러나 우리는 밀수업자 같은 단단한 복장을 하고, 찬송가가 울려퍼지는 교회를 지나 할머님 집으로 향하였다.

우리가 할머님 집에 당도하였을 때 할머니는 노인답지 않게 노오란 원피스를 입고 안락의자에 앉아서 주스를 마시고 계셨다. 그 곁에는 갈색 머리를 한 계집애가 앉아 있었는데 나는 그애가 행실 나쁜 이모의 딸인 것을 알아차렸다. 그 계집애는 참으로 이상한 몸매를 하고 있었다. 나이는 내 나이하고 동갑으로 열 살가량이었으나 몇 살은 족히 더 먹어 보였다. 푸른색 원피스를 입고 있었는데 앞쪽엔 희고 큰 단추가 점점이 달려 있었기 때문에 마치 배추벌레 같은 옷차림이었다. 등뒤에는 큰 리본을 매고 있었고 머리는 굉장히 파마를 해서 토인용 가발을 쓴 것처럼 보였다. 얼굴은 붉었는데 그것은 원래 붉어서라기보다는 연극 배우용 화장품을 너무 발랐기 때문이었다. 매우 말라빠져서 할머님이 마시는 주스에 꽂힌 밀짚대같이 보였지만, 그러면서도 이상하게 얼굴만은 살이 쪄 있었다. 손가락에는 모조 반지가 빛나고 있었고 손톱엔 붉은 매니큐어가 칠해져 있었다. 한마디로 말해서 그 계집애는 어미를 닮아서 예쁘고 매혹적이긴 했지만 그러나 제 어미를 닮아서 속되어 보였다.

계집애는 방금 양지바른 황톳길에서 말똥을 굴리는 곤충처럼 재빠른 손짓으로 빵조각을 뜯어 조그맣게 둥근 알을 만들어내고 있는 중이었다. 나는 매우 점잖게 앉아 있었다. 하지만 그 계집애가 나이 먹은 사람들이 하듯 손으로 입을 가리며 웃는다든지, 무용을 하듯 리본을 팔랑거리며 걷는다든지, 한시도 쉬지 않고 곁눈질을 살짝살짝 하거나 할머님이 묻는 말에 아주 진지한 태도로 대답하는 것을 보노라면 어쩐지 슬그머니 겁이 나는 것은 사실이었다.

할머니는 나를 굉장히 반갑게 맞아주셨고 제 어미를 닮아서 아주 예쁘고 착하게 생겼다고 칭찬을 한 다음, 내게 몇 살이냐고 물었는데 나는 그만 조심했던 나머지 내 이름을 큰 소리로 대답해버렸다. 그러나 조금 후에 할머님이 내게 물으신 것이 이름이 아니고 나이라는 것을 깨닫자, 곧 수정해서 나이를 대고는 눈을 내리깔았다. 그 순간 할머님 곁에 앉아 있던 계집애가 킥킥거리면서 웃는 것을 나는 보았다.

"넌 이제 보니 늬 에미를 빼다박은 듯 닮았구나."

할머니는 서너 번이나 그런 얘기를 했고, 그럴 때마다 아버지는 좀 무안해서 헛기침을 큼큼했다.

"교회에 갔다오는 길이에요."

어머니는 조용히 거짓말을 하셨는데 하등 이상스레 보이지 않았다. 그러자 아버지도 거짓말을 하기 시작했다.

나는 어른들 얘기에 귀를 기울이지 않고 얼핏얼핏 내게 적의의 눈빛과 또 한편으로 이상야릇한 유혹의 눈빛을 보내고 있는 계집아이를 쳐다보고 뜨거운 침을 삼키고 있었다. 그 계집애는 참 이상한 계집애였다. 할머님이 얘기 도중에, 얘야 저기 가서 담배 좀 가져온 하고 말을 시키자 그 계집애는 그 넓은 초록색 원피스를 펄렁거리며 발끝으로만 서는 발레리나처럼 탁자 옆으로 가더니 담배를 한 개비 입에 물고, 싸악 성냥을 그어서 자기가 두어 모금 빨아 그 불티를 확인한 다음 할머님께 주는 것이었다.

어머니와 아버지는 그냥 얘기를 계속하고 계셨지만, 그것은 일부러 못 보는 척하는 것뿐으로, 공연히 아버지는 애꿎은 담배만 연신 피우고 있었고, 어머니는 아직 그럴 철이 아닌데도 콧등에 땀이 솟아 있었다.

거의 한낮이 다 되었을 때 어머니와 아버지는 볼일이 있다고 자리를 일어나셨고 나는 그냥 집에 남아 있기로 했다. 저녁때쯤 아버지가 나를 데리러 오겠다고 말하고는, 할머님이 안 보시기를 기다려 내게 잘해보라는 듯 눈을 두어 번 꿈쩍꿈쩍했다.

집은 넓었고 따뜻한 봄햇살이 정원의 잔디밭을 비추고 있어 실내는 좀 무더운 감이 들었다.

그래서 우리는 정원으로 향한 유리문을 모두 열고 안락의자에 앉아 있었다. 꿀벌의 닝닝거리는 소리가 정원 쪽으로부터 들려오고 조춘(早春)의 햇살 속에서 꽃들은 유리 제품처럼 투명하게 빛나고 있었다. 계집애가 내게 주스를 타주었는데, 나는 그것을 흘리지 않으려고 매우 조심스럽게 조금씩 빨아먹었다.

할머니는 아주 기분이 좋아 보였다. 햇볕을 가리려고 챙이 큰 모자를 쓰고 앉아 있었고 움직일 때마다 넓은 블라우스 위로 늘어진 젖가슴이 푸대자루처럼 흔들거리고 있었다. 손과 발이 몸집에 비해 매우 커서 거의 남자의 그것처럼 보일 때도 있었다. 계집애는 앉아서 할머님에게 얘기를 해주고 있었다. 매우 카랑카랑하고 높은 목소리로 얘기를 했는데, 그러자 할머니는

"애야. 이 할미는 아직 귀가 먹지 않았으니까 좀 조용히 얘기해라, 애야."

하고 웃으셨다. 계집아이는 평판이 나쁜 자기 어머니에 대해서 얘기를 하고 있었다. 할머니는 때때로 눈을 감고 있거나 주스를 마시면서 꽤 열심히 얘기를 듣고 있었다.

"세상 사람들이 우리 어머니를 무어라고 욕하는 것쯤은 나두 알아

요. 허지만 세상 사람들이 우리 어머니를 망친 거예요."

계집아이는 연극 배우처럼 강하게 말을 했다.

"어머니는 늘 할머니를 생각하고 있었어요. 건 정말이에요."

"늬 에미 두번째 남편은 뭘 하던 사내였지?"

"밴드마스터였대요."

계집애는 손으로 나팔 부는 시늉을 했다.

"트럼펫을 불었는데 매일같이 술만 마시구 어머니를 때렸대요. 건
정말이에요. 그래서 어머니는 참다참다 못해서 나를 안고 도망쳤대
요. 나는 지금도 그날 밤을 잘 기억할 수 있어요. 그날은 흰 눈이 펑
펑 쏟아지는 밤이었어요. 어머니는 나를 껴안구 끝없이 우셨어요."

"애야. 꼭 영화 같은 얘기로구나."

할머님은 높은 소리로 웃었다.

"정말이에요. 꼭 영화 같은 얘기예요. 어머니가 고생한 얘기는 책
으로 열 권 엮어두 모자랄 지경이에요."

갑자기 계집애 눈에서 눈물이 굴러떨어졌다. 그것은 아주 사실 무
근한 눈물이어서 마치 안약처럼 보였다. 계집애는 그것을 닦을 염도
하지 않고 내버려두었다가 좀 후에 원피스에 꽂혀 있던 손수건을 꺼
내 꼭꼭 집어서 눈물을 닦아냈다. 그것은 참으로 알맞게 흘린 눈물이
었고, 그래서 나는 아주 감동을 하면서 그 계집애에게 일종의 존경심
까지 느끼게 되었다. 하지만 할머니는 여전히 카이카이 웃으시었다.

"애야, 꼭 넌 늬 에미를 닮았구나. 어떻게 꼭 그렇게 닮아버렸냐.
얘기하는 투도 꼭 같구나 애야. 도대체 넌 이 다음에 뭐가 될 테냐?"

할머니는 손녀의 큰 눈을 쳐다보며 부드럽게 물으셨다. 그러자 계
집애의 얼굴은 아주 진지한 얼굴로 되어버렸다.

"전 발레리나가 되겠어요."

계집애는 언제 울었냐는 듯이 아주 생생한 얼굴로 대답했다.

“우리 이쁜이는 뭐가 될 테냐?”

이번엔 할머님이 나를 쳐다보았다.

“전, 전.”

나는 당황해져서 볼 안에 가득 사탕을 문 것 같은 어정쩡한 대답을 했다.

“소설가가 되겠습니다.”

“소설가라구?”

할머니는 순간 쿡쿡 어깨로만 웃으셨다.

“얘야, 왜 하필이면 배고픈 소설가가 되겠다는 말이냐? 건 아주 헐일 없는 사람들이나 허는 게란다. 수염이나 기르구 침이나 탁탁 뱉어 내는 사람들 말이다.”

나는 얌전하게 앉아 있었다. 나는 차라리 의사가 되겠다고 말할 걸 그랬다 후회를 하고 있었다. 하지만 그런 내색은 하지 않았다. 나는 무언가 골똘히 생각하는 듯한 표정을 짓고 앉아 있었다.

“얘, 늬 아버진 아직두 그렇게 술 많이 마시니? 동리에서 소문났더라.”

이번에는 계집애가 아주 지나가는 말 비슷하게 그러나 날카로운 목소리로 내게 물어왔고, 나는 좀 어리둥절했던 나머지 정직하게 얘기해버렸다.

“전에는 조금 마셨지만 할머님이 오신 후부터 끊어버리셨어요.”

“얘야, 늬 엄마한텐 너희 애비가 좀 과했지. 그게 무슨 소린지 아느냐?”

“……모르겠는데요.”

나는 대답했다.

“난 늬 엄마를 굉장히 귀여워했단다. 난 늬 엄마가 거의 걸음마를 배우고 났을 때 미국으로 떠나버렸지만 그때 벌써 늬 엄마는 동리에

서 첫째가는 미인이었지…… 그런데 얘기를 듣자니까, 늬 아버진 뭐
랄까, 늬 아버진 거 술만 마시는 알부랑당이라던데……"

"아닙니다."

나는 조금 분개에 차서 할머님의 말을 막았다.

"아버지는 술을 마시지만 지금은 끊어버렸습니다. 그리구 저희들
두 아버지를 사랑하고 있습니다."

"허기야."

할머님은 떴던 눈을 다시 감으시면서 말을 이으셨다.

"부부 사이가 나쁘다면 새끼를 열둘이나 낳았겠느냐."

나는 그 순간 계집애를 쳐다보았는데 계집애는 손톱을 물어뜯으
면서 내게 유쾌한 웃음을 보내고 있었다.

우리는 그 이외에 여러 가지 얘기를 많이 하였다. 하지만 주로 이
야기는 계집애가 하는 편이었고, 할머니는 듣거나 듣지 않거나 하고
있었다. 얘기에 지치자 할머니는 내게 노래 한 곡 부르라 하셨고, 나
는 찬송가 한 곡을 불렀는데, 원래 고음에 자신 있던 나는 일부러 높
은 음으로 노래를 불렀지만 흥분했던 탓인지 고음에서 삐익거리는
빗긴 음을 발하고 말았다. 허나 할머니는 아주 흡족해하시면서 박수
를 치셨다. 그러자 계집애는

"전 무용을 할 줄 알아요."

하고는 혼자서 마루에 있는 전축에 레코드를 걸더니 이윽고 춤을 추
기 시작했다. 그것은 굉장한 춤이었다. 지금 생각하면 그 춤은 서부
개척시대에나 추었을 그런 폴가 조의 경쾌하고 날렵한 뜀박질 같은
춤이었다. 하지만 어린 내가 보기에도 그 춤은 좀 야한 춤이어서 간
혹 다리를 번쩍번쩍 들 때마다 붉은 내의가, 넓적다리가 들여다보였
고, 그 춤은 어찌나 요란했던지 탁자 위에 놓였던 꽃병이 울림에 떨
어져 깨어졌을 정도였다. 그것뿐만이 아니었다. 노래를 부르다가 계

집애는 간혹 기묘한 함성을 질렀고, 그럴 때마다 더욱 이상한 것은 할머니도 따라 교성을 지르며 마루를 구르고 박수를 쳐대는 꼬락서니였다. 나는 한심했으나 얌전하게 앉아서 세상이 점점 내가 어릴 때 하고 많이 달라져가는구나 하는 격세지감을 느끼고 있었다.

"넌 늬 에밀 닮아서 그저 사내를 홀리는 것이라면 무엇이든지 잘 하는구나."

춤이 끝나자 손수건으로 땀을 닦으시며 할머니는 명랑한 목소리로 말씀하셨다.

그리고 또 우리는 여러 가지 하면서 많이 놀았다. 점심도 먹었고 주기도문도 외웠는데 나는 좀 느릿느릿하게 외울 참이었으나 계집애가 책상 밑을 통해 손톱으로 내 넓적다리를 슬쩍 꼬집어서 빨리 끝내고 말았다. 기도가 끝나 눈을 뜨고 보니 계집애는 아주 천연덕스러운 낯짝으로 아멘 하고 중얼거리면서 나를 보고 웃었다. 나는 원래 포크질을 할 줄 몰랐으므로 할머님이 일일이 가르쳐주셨고 계집애는 혼자서 나이프와 포크질을 썩 잘하면서 이인분이나 먹어치웠다.

점심을 먹고 난 후 우리는 목욕을 했다. 원래 목욕을 하려던 것은 아니었다. 그런데 웬일인지 계집애가

"할머니 제 몸 좀 씻어주시겠어요."

하고 청을 했는데 그러자 할머님은 의외로 천천히 응시하면서 계집애를 목욕탕으로 끌고 가셨다.

그러나 문을 꼭꼭 잠그었는데도 계집애는 내게 뒤로 돌아서 있으라고 목욕탕 안에서 신경질적으로 소리를 질렀고, 내가 좀 무안해서 뒤로 돌아서 있자, 이번엔 거실에 있지 말고 잔디밭에 나가 있으라고 떼를 썼으므로, 나는 우울하게 햇살이 가득한 잔디밭으로 나와 천천히 앉았다.

잔디밭은 아주 아름다워 생생한 생명감이 넘쳐흐르고 있었다. 무

슨 꽃일까, 담 밑에 가득한 꽃 사이로 꿀벌들이 닝닝거렸고, 햇빛이 찬란한 잔디밭 위에 핀 꽃의 순색은 눈이 부시게 눈을 찌르고 있었다. 나는 넓은 정원 속에 혼자 앉아 있었다. 온 정원은 꽃의 향기로 충만되어 있었다. 나는 차라리 작문을 짓느니보다는 그림을 그리는 화가가 되고 싶다고 생각하고 있었다. 그러나 나는 형제가 많은 집에서 자라난 애들 특유의 우울한 비애감으로 그 꽃잎을 뜯어버리고 싶은 충동감과, 누이의 옷을 줄여 입어야 하는 소년 특유의 고집, 질긴 인내를 동시에 느끼고 있었다. 목욕탕에서 유쾌한 물장난 소리가 들려왔다. 또 할머님이 계집애의 엉덩이를 때리는지 찰싹찰싹 하는 소리가 났고, 그 소리에 맞춰 계집애의 높은 비명 소리가 들려왔다. 그리고는 옷을 입는지 좀 조용해지더니 곤충의 날갯짓 같은 수상스런 옷깃 소리가 들려오고 있었다.

나는 참 오랫동안 앉아 있었다. 초봄의 따가운 햇살을 몸 가득히 받으면서, 초조하게 조용히 귀를 기울이고 있었다. 나는 땀을 흘리고 있었다.

"들어와두 좋아요."

한참 후에야 유리창 사이로 고개가 밀려나오더니 우윳빛처럼 환한 얼굴을 하고 계집애가 말했다. 그러나 나는 조금 더 앉아 있었다. 흰 나비 한 마리가 햇빛 속을 열대어처럼 비상하더니 꽃 사이로 사라져가는 모습을 쫓으면서.

"들어오라니까."

다시 계집애의 고개가 나왔을 때야 나는 천천히 마루로 들어갔다. 햇볕에 앉아 있었으므로 어둠에 익숙지 않았는데 갑자기 계집애가 내게 등을 내어밀더니

"얘 자크 좀 올려줘."

하고는 천연덕스럽게 아직 마르지 않은 머리에서 뚝뚝 듣는 물방울

을 함부로 뿌리면서 말을 했다. 내가 좀 우두커니 서 있자 할머니는 카이카이 웃으시면서

"얘야, 동생 자크 좀 채워줘라."

하고 재촉하셨다. 나는 비누 냄새를 맡으면서 쑥스럽고 분한 기분으로 계집애의 자크를 올려주었다.

"넌 어쩔 테냐. 목욕할 테냐?"

"싫어요."

나는 대답했다.

"목욕하지 않겠어요."

"얘야."

할머니는 열린 목욕탕 저편에서 욕조의 물을 뽑으시면서 나를 쳐다보셨다.

"난 손주새끼 목욕시켜주고 싶은데. 자, 부끄러워 말구 이리 들어오라니까."

나는 별수 없이 목욕탕으로 들어갔다. 그러자 할머님은 목욕탕 문을 안에서 잠그시면서 손으로 찬물과 더운물을 알맞게 조종하신 다음, 옷을 벗기기 시작했다. 할머니는 아주 오랫동안 그런 일에 익숙해오신 듯 조금도 주저하지 않으시며 내 단추를 끄르고 옷을 벗기셨는데 할머님의 차디찬 손길이 내 몸에 닿을 때마다 나는 깜짝깜짝 놀라곤 했다. 나는 곧 발가벗기었고 할머니는 내가 옷을 입었을 때보다 발가벗을 때 더욱 기분 좋으신 모습으로, 내 몸을 찰싹찰싹 가볍게 때리시며 우선 나를 뜨거운 물 속에 집어넣고는 향기 나는 비누를 물 속에 가득 풀었고 그 속에 향수를 반 병 넘게 뿌리시었다. 그리고 거품이 자꾸 일어나 이윽고 내가 온통 햇솜 같은 비누 거품 속에 파묻히게 되자, 천천히 거품 속으로 손을 뻗어 노인 특유의 완만한 몸짓으로 내 몸의 때를 벗기기 시작했고, 나는 할머님의 손이 겨드랑이나

목덜미나 아랫부분을 스칠 때마다 간지럽기도 하고 즐겁기도 하고 또 한편 부끄럽기도 해서 몸을 비틀었는데, 할머니는 아주 자상하게 내 몸 구석구석을 문지르고 긁어내리고 그리고는 아주 오랫동안 정성 들여 아랫부분을 닦아주시는 것이었다.

"애야, 넌 꼭 늬 에미를 닮아서 아주 살결이 부드럽구나."

할머니는 내 몸을 문지르시며 몇 번이고 같은 말을 반복하셨다.

목욕탕의 젖빛 유리창으로 스며들어온 회색의 빛 속에서 묵직하게 가라앉아, 나는 점점 배포가 유해져 이미 수치심도 상실하고, 할머니가 요구하실 때마다 몸을 뒤로 젖히거나 옆으로 비켜주고 있었다. 아주 오랜 후에 목욕이 끝나고 나는 샤워를 했는데 할머니는 갑자기 찬물을 내게 끼얹어주시면서

"애야, 저기 마른 타월이 있으니까 그걸로 닦은 후에 옷을 입어라."

하시고는 문을 열고 나가셨다.

나는 벌겋게 상기되어서 욕탕 거울을 쳐다보았다. 수증기 어린 부연 거울 위에 아주 예쁘게 생긴 소년이 부표처럼 떠 있었다. 그것은 참으로 뻔뻔스런 얼굴이었다. 나는 충분히 물기를 닦으면서 그 모범생 같은 모습으로 단아하게 서 있는 자신의 모습에 혀라도 내보이고 싶은 혐오감을 느끼고 있었다. 나는 이미 알고 있었다. 나는 어린아이가 아니다. 그러나 그들은 내게 어린아이이기를 요구하고 있다. 나는 실제로 모든 것에 곁눈질하고 있었지만 겉으로는 모르는 체하고 있을 뿐이었다. 아아, 저 예쁘게 생긴 소년은 나쁜 자식이다. 나쁜 자식. 형편없는 자식인 것이다.

우리는 좀더 이야기를 하였다. 벌써 짧은 봄의 햇살은 어느덧 뉘엿뉘엿 사라지려 하고 정원의 푸른 잎들은 사라지려는 잔영 속에서 날카롭게 빛나고 있었다. 해질녘의 푸른 잎들은 한결 생생한 빛깔로 불

타오르고, 짙은 향기를 풍기고 있었다. 계집애는 다시 자기 어머니 얘기를 하기 시작했다. 그 목소리는 사라져가는 빛을 역광으로 받고 앉아 있는 우리들의 분위기를 매우 천연덕스럽게 가라앉히고 있었다. 할머니는 눈을 감고 계셨는데 아마도 우리 둘을 손수 목욕시킨 후 매우 피로해지신 것 같았다. 우리 셋은 거의 아무런 움직임도 없었다. 나는 의자에 단정히 앉아서 목욕 후의 나른함을 손끝으로 느끼고 있었다.

"어머니가 고생한 얘기는 이것뿐 아니에요."

소녀는 마치 솜씨 좋은 외무사원처럼, 말과 말 사이에 화제를 풍부하게 하는 침묵도 배치할 줄 알았다. 그러다가는 발작적으로 손을 흔들며 목소리를 높였고, 그럴 때마다 일몰하는 빛 속에서 계집애의 모조 반지는 둔중하게 번득이고 있었다.

"어머니는 패션 모델도 했었으니까요. 그것뿐인 줄 아세요. 노래두 부르고, 춤도 추고, 할 수 있는 것이라곤 모조리 했었으니까요."

계집애는 말을 끊었다. 나는 거의 수면상태 속에서 계집애의 얘기를 듣고 있었는데 갑자기 계집애는 말을 끊더니 소파에 누워 있는 할머님의 표정을 살폈다. 할머님은 안락의자에 몸을 파묻고 잠이 든 것처럼 보였다. 그러자 소녀는 살금살금 몸을 떼어 할머니 곁으로 가더니 조심스럽게 "할머니, 할머니" 하고 불러보았다. 그러나 할머니는 조금도 움직이시질 않으셨다. 이번엔 소녀는 손끝으로 할머님의 눈썹을 건드려보았다. 그래도 할머님은 움직이시지 않으셨다.

"잠이 들었군."

할머님이 잠에 완전히 빠지신 것을 확인하자, 계집애는 무언가 즐거운 듯 몸을 크게 움직이면서 중얼거렸다.

"지독한 할망구 같으니라구."

소녀는 이를 악물며 어리둥절해서 앉아 있는 나를 쏘아보았다. 커튼 사이를 통한 우울한 빛 속에서 계집애의 눈은 짐승처럼 빛나고 있었다.

"얘, 넌 참 바보 얼간이같이 생겼구나 얘. 거짓말 잘하는 사기꾼같이 생겼어."

소녀는 갑자기 소파 위에 놓여 있는 스펀지를 내게 던졌다. 나는 피할 길 없이 그 스펀지를 얼굴에 얻어맞았다.

"얘, 너무 젠체하지 마라. 난 다 알구 있다. 이 뻔뻔스런 바보 자식아."

이번엔 계집애는 던져도 깨어지지 않을 플라스틱 접시를 내게 던졌다. 허나 나는 이번에는 주의를 했으므로 맞지 않았다. 플라스틱 접시는 벽에 부딪친 후 마룻바닥에 굴렀다.

"니가 내 친척이라니. 얘, 더럽다 더러워. 가서 그 애 많이 낳는 늬 엄마한테 가서 얘기해라. 이 할망구는 곧 죽을 테니까 염려 말라구."

계집애는 아주 성이 난 듯 보였다. 얼굴은 발갛게 달아올랐고, 목은 성난 뱀의 그것처럼 부풀어 있었다.

나는 주춤주춤 일어났다.

"얘, 너 미쳤니?"

나는 될 수 있는 한 나지막하게 얘기했다.

"미쳤다, 미쳤어. 왜, 고소하니?"

계집애는 이번엔 던지는 것을 중지하고 숫제 몸째로 덤벼들었다. 나는 계집애의 손을 피해 슬슬 뒷걸음질쳐서 거실로 밀려들어갔다. 계집애의 힘은 무척 강했고 독이 올라 있었으므로 마치 쌈닭처럼 사나워 보였다. 계집애는 방 한구석에 쌓아놓은 방석을 차례차례 던지기 시작했다. 나는 얼떨떨해서, 그러나 용케 피하며 그 방석이 벽에 걸린 액자를 깨거나 꽃병을 깨뜨리는 것을 멍하니 바라보고 있었다. 계집애의 행패는 그것뿐만이 아니었다. 처음엔 깨어지지 않는 물건들만을 던졌으나 좀 후엔 손에 잡히는 대로 마구 내어던지고 있었다.

레코드가 날아와서 깨어졌고 스푼이 번득이며 물고기의 흰 배처럼 날았다. 덕분에 유리창이 깨어졌다. 참으로 어처구니없는 일이었다. 나는 조금 무서워져서 엎질러진 꽃병을 바로 세우고 흘러나온 물을 걸레로 훔치려고 했다. 그러나 이러한 나의 성의의 시도는 계집애의 다음번 행동으로 말미암아 무참하게 좌절되었다. 구석으로 몰린 내게 이번엔 계집애의 몸이 달려와서 내 얼굴을 할퀴기 시작했던 것이다. 아주 사나운 기세였다.

정말이지 나는 참을 수 있는 데까지는 참아보려 했다. 그것은 사실이다. 그것은 꼭 이해해주길 바란다. 나는 결단코 형제 많은 집에서 자라난 특유의 질기디질긴 인내성으로 참아나가려 했던 것을 꼭 기억해주길 바란다. 그러나 참는 것에도 한계가 있었다.

나는 유약하고, 신중하고, 주기도문을 외우는 소년이었지만, 비록 처음엔 무슨 영문인지 잘 몰라서 뒷걸음질치는 소년이었지만, 계집애의 손톱이 내 얼굴을 할퀴고 후비고 주먹이 발길질이 내 몸을 향해 돌격해올 때엔 분명히 분노할 수 있는 남자임을 이해해주길 바란다. 그것은 비단 그 계집애뿐만 아니라 온 세상 여자에 대한 최소한도의 우월감 때문이었다.

나는 순간 계집애를 때리기 시작했다. 계집애의 머리칼을 쥐고 머리통을 벽에 두어 번 쾅쾅 부딪쳤다. 그것은 아버지가 가끔 술이 취해서 집에 왔을 때, 누이에게 했던 것으로 구태여 그 방법을 모방했던 것은 아니었다. 그러나 역시 남자가 여자에게 타격을 가할 때는 그같이 하는 것이 제일 손쉬운 방법이라는 것은 내가 실제로 실행해보니까 증명되었다.

"사람 살려요! 이 자식이 날 죽여요!"

계집애는 갑자기 소리를 지르기 시작했다. 그래서 손을 늦추어주었더니 계집애는 엉엉 울면서 마루로 뛰어나갔다. 그녀는 잠들어 있는 할머니를 흔들어 깨우기 시작했다.

"할머니, 할머니!"

할머님은 아주 늦게야 눈을 떴다. 그리고는 머리를 풀어헤치고 얼굴에 멍이 든 채 울고 있는 손주딸을 의아하게 쳐다보았다.

"무슨 일이냐?"

"저 오빠가 날 때렸어요."

"뭐라구?"

할머님이 일어서서 아직 방안에 서 있는 내게로 다가오셨다.

"애들아, 이게 무슨 꼴이냐? 유리는 누가 깨었니? 꽃병은 누가 엎질렀구?"

허나 계집애는 대답하지 않았다. 나도 변명하지는 않았다. 그러나 내가 매우 못된 난폭한 소년처럼 방 한가운데 서서 엎질러진 꽃 몇송이를 들고 있었기 때문에, 범인으로 보이리라는 것은 의심할 여지가 없었다.

"갓뎀."

할머님은 아주 젊은 여자 같은 비명 소리를 내셨다.

"얌전한 줄 알았더니 이제 보니 지 애빌 닮았군. 저 자식이 왜 널 때렸는지 아느냐 아가야?"

"모르겠어요."

계집애는 서럽게 울면서 대답했다.

"할머님이 잠이 드신 바로 직후였어요. 저는 조용히 앉아서 얘기를 하고 있었는데 갑자기 저 오빠가 듣기 싫다고 하면서 날 때리기 시작했어요."

"미친 자식. 꼴두 보기 싫다. 얼른 내 눈앞에서 없어져버려."

할머니는 고래고래 소리를 지르셨다. 그때 우리는 초인종 소리를 들었고, 좀 후엔 아버지가 월부책 팔러 온 외판원 같은 표정으로 정원에 서 있는 것을 볼 수 있었다. 아버지는 할머님께 드릴 생과자를 손에 들고 있었다.

"이리로 들어와보라구."

"무슨 일입니까?"

할머니는 무서운 기세로 아버지께 대들었다.

"무슨 일입니까?"

"애를 똑똑히 교육시키라구. 부랑배 만들지 말구."

"뭐, 뭐라구요?"

아버지는 좀 얼버무리는 듯한 웃음을 웃으려고 했다.

"저자식이 이애를 때렸단 말야. 보라구. 이 상채기를 보라구."

"글쎄요."

아버지는 애매하게 대답하며 나를 쳐다보았다. 나는 서글퍼져서 고개를 숙인 채 서서히 몇 방울의 눈물이 흘러내리는 것을 느끼고 있었다.

"빨리 데리구 가. 이 주정뱅이야."

나는 눈물 어린 눈으로 아버지를 바라보았는데 아버지는 갑자기 결심했다는 듯 뚜벅뚜벅 내게 오더니 좀 우악스럽게 내 손을 거머쥐었다.

"이 생과자두 가지구 가라구."

할머니는 소리를 질렀다.

"안녕히 계십시오."

아버지는 정중하게 큰 목소리로 인사를 했지만 할머니는 인사를 받지도 않으셨다.

"안녕이구 굿바이구, 이젠 얼씬두 하지 말아라."

"알겠습니다."

아버지가 대답했다.

"이젠 다시 오지 않겠습니다."

우리는 거리로 나왔다. 거리엔 어둠이 내려 있어 거리의 상가는 불을 밝히고 있었다. 나는 이미 눈물을 흘리고 있었으므로 거리의 불빛은 번질번질 윤택이 흐르고 있었다.

"울지 마라."

아버지는 무뚝뚝하게 말씀을 하셨다.

"사내녀석이 울긴."

나는 어머니와 많은 동생들과 누이들과 형들이 기다리고 있는 저편의 우리집을 생각해냈다.

"아버지."

나는 변명하기 위해서 입을 열었다.

"난 정말 때리려고는 하지 않았어요. 정말이에요, 아버지."

"다 알구 있다니까."

아버지는 갑자기 웃기 시작하셨다. 어찌나 크게 웃으셨는지 지나가는 사람들이 쳐다봤을 정도였다.

"그래, 그 계집앨 니가 때렸니? 캴캴캴, 정말 니가 그 계집앨, 캴캴캴, 때렸니?"

나는 눈치를 보며 대답했다.

"……때리긴 때렸어요."

"어떻게 때렸니? 캴캴캴, 주먹으로 말이냐?"

아버지는 자기의 커다란 주먹을 들어 보였다.

"……주먹으로두 때렸어요."

"아주 힘껏 때렸니?"

"……예."

나는 무언가 즐거워져서 아버지와 같이 웃었다. 유쾌한 공범의식이 서서히 가슴에 충만되기 시작했다.

"발루두 찾어요."

"자알 했다. 망할 계집애."

아버지는 내 머리를 쓰다듬어주셨다.

"네가 이제부터 진짜 남자가 되는가보다. 팽이하구 북어하구 여자
란 자고로, 캴캴캴, 좀 맞아야 되는 게다. 이제부터 넌 진짜 내 아들
자격이 있다."

길거리엔 술집이 있었는데 아버지는 조금도 망설이는 기색 없이
내 손을 붙들고 그 술집으로 성큼성큼 들어가셨다. 내가 약간 주저주
저하며 아버지의 손을 잡아끌자, 아버지는 크게 웃으시면서 나를 내
려다보시는 것이었다.

"아니다. 오늘같이 즐거운 날은 술 한잔 먹어야 한단다. 제기럴,
젠장. 애, 거 술 며칠 끊었더니만 어디 사람 살겠디? 캴캴캴, 술이나
먹구 노래나 부르자."

(1971년)

# 영가(靈歌)

1

내가 아직 어린 나이였을 때 잠깐 동안 시골에 머물렀던 적이 있었다.

바다와 산이 맞붙어 있는 어촌이었다. 언덕 위에 올라서면 산 아래로 남색의 바다가 펼쳐져 있었고 송진가루가 바람에 흩날리고 있었다.

그러나 바다는 너무나 멀리 떨어져 있어서 나는 한 번도 바닷가에 나가보지는 못하였다. 그저 바다를 보고 싶으면 언덕 위에 올라서 소나무 숲 사이로 새파란 바다를 쳐다보기만 했을 뿐이었다.

어머니가 나를 이 고장으로 데리고 왔을 때는 추운 겨울날이었다. 간간이 눈이 흩날리고 있었고 언덕길을 걸어 올라오려니까 산 아래 바다로 흰 눈이 매화 꽃잎처럼 떨어지고 있었다. 바다를 처음 봤던 내가 어머니에게 저것이 무엇이냐고 묻자 어머니는 그저 큰 강이라고 말해주었다.

그 큰 강 위로 눈이 떨어지고 있었다. 바다와 얼굴을 맞대인 산중 턱에 묘지들이 드문드문 누워 있었는데 어머니는 그것이 우리 집안 식구들의 묘지라고 말해주었다.

묘지. 죽은 사람들이 편안하게 누워 있는 묘지. 참 많이도 누워 있구나 하고 나는 생각하였었다.

그날 저녁 나는 외가의 사람들에게 소개되었고 다음날 아침 어머니는 황황히 눈을 맞으면서 떠나셨다. 떠나면서 어머니는 내게 곧 데리러 오겠다고 하셨다. 그리고는 온통 새하얀 언덕길을 뒤도 안 보시고 떠나버리고 마셨다.


2


내가 살던 그 집엔 많은 사람들이 있었는데 어린 내 눈에도 아주 이상하게 여겨지는 사람들만 살고 있었다.

외삼촌은 얼굴에 수염을 잔뜩 기르고 계셨고 아주머니는 벙어리였다. 나이 제법 든 아저씨는 방 안에 독이 없는 구렁이를 키우고 계셨으며 그의 부인은 반쯤 머리가 돌아 있어서 추운 겨울이었는데도 늘 흰 모시옷을 입고 영원히 웃을 것처럼 얼굴에 기묘한 웃음을 띠고 계셨다. 그리고 집의 구석진 방에는 할머니가 살고 계셨는데 그때 나이가 여든이 넘으셔서 거의 노망이 들어 계셨다.

이 할머니는 내가 인사를 드리려 하자 부끄러워하시면서 무언가 잡수시던 것을 내게 주었다. 그것을 받아보니 해바라기씨였다.

"먹어라."

할머니가 주름진 얼굴에 웃음을 띠시면서 말씀하셨다. 나는 해바라기씨를 먹는 법을 몰랐으므로 그저 입 안에 넣고 우물우물하고 있으려니까 할머니는 손을 내밀어 내 손을 잡으셨다. 나는 무의식중에 손을 피했다.

어린 마음에도 그 주름진 손이 마치 거미의 발처럼 징그러워서 나는 부지중에 몸을 돌렸다. 그러자 할머니는 흐물흐물 웃으시면서 말씀하셨다.

"왜, 이 할머니가 무서우냐? 늙은 귀신 같으냐?"

어두운 할머니의 방안에서는 퀴퀴한 냄새가 나고 있었고 북녘 구석진 방으로 비쳐 들어오는 희미한 불 속에서 할머니의 은발은 우울하게 빛나고 있었다. 입을 벌려 말씀하실 때마다 이빨이 없었으므로 마치 조그마한 검은 구멍이 열렸다 닫혔다 하고 있는 것처럼 보였다.

집안 식구들은 내게 그 구석진 방에 가서는 안 된다고 일러주었다. 내 나이 또래의 친척애는 내게 그 할머니는 늙은 귀신이라고 말해주었다. 빗자루를 오래 쓰면 빗자루 귀신이 되듯이 그 할머니는 너무 오래 살았으므로 이젠 귀신이 되었다고 말해주었다.

나이가 드니까 검은 머리가 새로 나고 이빨이 새로 돋기 시작한다고 그 조카애는 말을 했다.

나는 그 말을 믿었다. 귀신이 있는지 어떤지 나는 믿지는 않았지만 그애의 말투가 아주 그럴듯하였으므로 나는 그 할머니를 귀신이라고 생각하고 있었다.

나는 그 소년애에게 바닷가가 여기서 머냐고 물었다. 그러자 그 소년은 아주 멀지만 산 두 개만 넘으면 된다고 말해주었다. 내가 바다를 모르는 녀석이라는 것을 알자 소년은 바다에 대해서 얘기해주기 시작하였다.

바다는 크지만 제일 깊은 곳이 내 가슴밖에 오지 않는다. 그 바닷속에는 사슴이 살고 노루도 산다라고 말해주었다.

나는 그 소년애에게 그 바닷가로 좀 데려가달라고 부탁하였다. 그러자 그 소년은 눈이 내리기 시작해서 안 된다고 말을 했다. 내가 왜 안 되냐고 묻자, 바다로 가는 길은 너무나 먼데 눈이 내리면 눈벌레가 눈길에 까맣게 깔려 있어서 바다를 가기 위해 걷노라면 자기도 모르게 눈벌레를 밟게 되고 그러면 안 된다고 소년은 얘기해주었다. 그 대신 눈이 걷히면 바다로 데려가주겠다고 소년은 약속하였다.

집안 식구들은 눈이 내리기 시작하자 대문을 꼬옥꼬옥 잠그고는 방 안에만 틀어박혀 있었다. 될 수 있는 대로 목소리도 큰 목소리를 내지 않았고 다들 입을 다물고 조심조심하는 눈치였다.

이 집에서 키우는 늙은 개만 마당에 어슬렁어슬렁거리고 있을 뿐 다들 장지문도 걸어잠그고 움 밑에 파랗게 돋아나는 마늘싹만 핥으며 눈을 맞고 있었다.

나는 다들 잠든 밤이면 홀로 뜰안에 나서서 마당을 거닐었다. 나 혼자 이 집안의 가라앉은 정적을 깨뜨릴 용기가 없었으므로, 귀를 기울여 안채에서 들려오는 기침 소리도 잦아지고 문창호지 사이로 엷은 호롱불빛도 꺼지고 나면 나는 그제서야 신발도 신지 않고 맨발로 눈이 쌓인 마당에 나가 마당을 쏘다니곤 하였다.

어느 날은 혼자 마당에 나가 내리는 눈을 혀로 받아 먹으면서 깊은 땅 밑에서 울려나오는 듯한 산이 우는 소리를 듣고 있노라니 어디선가 조그마한 노랫소리가 들려 오고 있었다.

불 불 불아야. 불아 딱딱 불아야.
불 불 불아야. 불아 딱딱 불아야.
날아가는 학선아. 구름 속의 신선아.
니 새는 어디 새냐. 경상도 재정새지.
불 불 불아야. 불아 딱딱 불아야.

불 불 불아야. 불아 딱딱 불아야.


나는 맨발로 눈을 밟으면서 소리나고 있는 쪽으로 살금살금 다가
갔다. 안채를 돌아 바깥채로 가노라니 그 소리는 바로 할머니의 방에
서 새어나오고 있었다.
동백기름 등불이 창호문에 젖어서 부옇게 비추이고 툇마루 앞까
지 흰 눈이 참다랗게 쌓여 있었다. 노래는 끊어질 듯 끊어질 듯 이어
지고 있었다.


불 불 불아야. 불아 딱딱 불아야.
불 불 불아야. 불아 딱딱 불아야.
고초당초 매는 십 년 무얼 먹고 살았나.
우리 손자 손가락 먹고 살았지.
불 불 불아야. 불아 딱딱 불아야.
불 불 불아야. 불아 딱딱 불아야.


그 소리는 마치 물레를 돌리듯이 조용히 들려와서 눈 덮인 산야를
조금씩 빠져 달아나고 있었다. 새의 울음소리처럼 작으나 분명한 노
랫소리였다.
나는 어느 정도 무서움에 잠겨 있었지만 그 노랫소리를 듣고 있노
라니 무언가 마음이 평안해져서 맨발 벗은 추위도 잊어버리고 문풍
지 앞쪽에 서서 귀를 기울이고 있었다. 가끔 안쪽에서 기침 소리가
날 뿐 주위는 너무나 조용하였다.
그때였다.
갑자기 노랫소리가 뚝 그쳤다. 그러더니 조심스런 낌새가 문창호
지 저편에서 일렁이더니 메마른 할머니의 소리가 들려왔다.

“거 누구냐?”

나는 무서워서, 그제서야 무서워져서 도망치려고 몸을 돌렸다.

그러나 생각대로 다리는 움직여주지 않고 마음만 급할 뿐 다리는 얼어붙은 듯 제자리에서 조금도 움직여지질 않았다.

“누구냐?”

덜컹 문이 열렸다.

그리고 너울거리는 호롱불빛을 받고 할머니의 머리가 문 밖으로 빠져나왔다.

“저예요.”

나는 죄를 지은 것처럼 울 듯이 대답하였다.

“아니, 니가 여기 웬일이냐? 들어와라.”

할머니가 어둠 속에 서 있는 나를 누군가 구별하기에 힘이 드신 듯 한참 쳐다보다가 가느다랗게 말을 하셨다.

“가겠어요.”

나는 큰 소리로 대답하였다.

그리고 걸음아 나 살려라 뛰어서 나의 방으로 돌아와 이불 속에 얼굴을 묻었다. 가슴이 와랑와랑 떨려오고 숨이 가빠서 그대로 까무룩 숨이 넘어가는 것 같았다.

나는 떨리는 가슴을 진정하기 위해서 몇 번이고 숨을 몰아쉬었다. 그러다가 잠이 들었다.

다음날도 눈이 내렸다. 온 산이 날리는 눈발에 가라앉아 부옇게 흐려 있었다. 시야가 닿는 곳은 그저 흰 눈빛깔이었다. 밤이 깊어 온 집 안이 다시 어둠 속에 잠기고 먼 곳의 개 짖는 소리마저 잦아들자 나는 다시 또 눈길 위에 나섰다.

어젯밤의 일이 꿈속의 일처럼 다가오고 그래서 밤이 다가오기를, 밤이 다가와 어젯밤에 귀신에게 홀린 듯한 기억이 사실로 내게 있었던 일인가, 그냥 지난밤에 꾼 꿈에 불과한 것인가를 자신에게 확인해 주고 싶은 기대감에 가슴이 떨려오고 있었던 것이다.

나는 이불 속에 틀어박혀 땀을 흘리면서 어서 밤이 깊어오기를 참을성 있게 기다렸다. 그리고 귀기울여 모든 사람이 잠이 들고 불빛마저 잦아진 것을 확인하자 나는 살금살금 뜨락으로 나섰다. 마른 나뭇가지 위에 쌓인 눈이 바람에 날려 푸드득 흩어지고 있었다.

또다시 노랫소리가 들려오고 있었다.

불 불 불아야. 불아 딱딱 불아야.
불 불 불아야. 불아 딱딱 불아야.
북망산천 가는 길이 저리도 멀고 멀어
이 한 몸 가는 길이 이리도 힘이 들어
불 불 불아야. 불아 딱딱 불아야.
불 불 불아야. 불아 딱딱 불아야.


나는 숨을 죽이고 소리가 나는 할머니가 계신 쪽으로 한 발 두 발 옮기기 시작하였다. 할머니의 방문은 굳게 닫혀 있었다. 그러나 불빛이 창호문에 벌겋게 달아올라 있었다.

"거 누구냐?"

갑자기 노랫소리가 그치더니 기다렸다는 듯 문이 덜컹 열렸다. 그리고 할머니의 주름진 얼굴이 문 밖으로 빠져나왔다.

"니놈이, 니놈이군. 니가 올 줄 알고 기다리고 있었다. 들어와라."

나는 혼이 나가서, 그러나 어젯밤보다는 덜 놀랐으므로 그냥 멍하니 서 있었다. 쿨럭쿨럭, 할머니는 마른 기침을 하셨다.

"니가 올 줄 알고 준비까지 하고 있었다. 들어오라니까 그러네."

"여기 있겠어요."

나는 똑바르게 대답하였다.

"왜, 이 할미가 무서우냐?"

"아닙니다."

나는 당황해서 크게 머리를 흔들었다.

"무섭지 않습니다."

"그럼 됐다."

할머니는 갑자기 몸을 일으키셨다.

나는 할머니가 서 계신 모습을 처음 보았는데 선 키는 마치 조그마한 짐승처럼 작았으며 추위를 막으려는 듯 매우 단단하게 옷을 입고 계셨다. 조바우까지 쓰시고 두루마기를 얌전하게 받쳐입고 계셨다.

"신을 찾아서 툇마루 밑에 갖다놔라."

"예."

나는 이렇게 깊은 밤에, 평소에 듣기는 운신조차 하지 못하신다는 분이 신발은 웬 신발인가 의아해하면서 그러나 고분고분히 눈을 맞고 굴러 있는 고무신을 짝 맞춰 찾아서 툇마루 밑에 나란히 놓았다.

"이 할미 좀 업어다우."

할머니는 비틀비틀 몸을 움직이면서 메마른 소리를 내셨다.

"왜요?"

나는 겁이 나기도 하고 한편 의아하기도 해서 눈을 동그랗게 떴다.

"나들이 좀 해야겠어."

쿨럭쿨럭, 할머니는 기침을 하셨다.

"그래, 다들 잠은 들었겠지?"

"예."

"그럼 됐어. 이 할미 좀 업어다우."

나는 가만히 할머니 앞에 등을 보이면서 몸을 굽혔다. 할머니는 마치 공기처럼 가벼워서, 날리는 눈발처럼 가벼워서 미리 걱정한 만큼

무게를 느끼진 않았다.

"자, 이젠 떠나자. 대문을 나서거라."

"예."

나는 공기처럼 가벼운 할머니를 업었지만 내가 어째 지금 꿈을 꾸고 있는 것이 아닌가 염려스러워서 몇 번이고 허벅지를 꼬집어 뜯어 보았다. 그러나 나는 등에 업힌 할머니의 명령을 거역할 수는 없었다. 나는 눈길을 밟으며 뜰을 지나 대문을 조심스럽게 열었다.

방마다 문이 굳게 닫혀 있었고 불빛조차 싸늘하게 식어 있었다. 우리는 대문을 나섰다.

대문을 나서자 온통 사방은 눈, 눈이었다. 어디가 길인지, 어디가 눈인지, 내다보이는 산야는 흰 눈에 젖어 밤의 어둠 속에 부옇게 떠오르고 있었다. 눈발은 계속 내리고 있었다. 쿨럭쿨럭, 할머니는 기침을 하셨다.

"추우냐?"

"아닙니다."

"그럼 됐다. 그럼 되었어. 아무도 우리가 빠져나온 것을 보지 못했겠지?"

"예."

"잘되었다. 잘되었어."

할머니는 젊은이처럼 소리내어 웃으셨다. 그러더니 조그만 목소리로 노래를 부르기 시작하셨다.


알강 달강. 알강 달강.
한양 가서 밤을 한 되 사와다가
고광(광)에다 감췄더니
앞니 빠진 새앙쥐가 오민가민 다 깨먹고

다믄 한 톨 남은 것을 여물 속에 삶아다가
껍데기는 에미 주고, 버늬(속껍질)는 애비 주고
알키는 손주 주고 이 할미는 뭐 묵을꼬
알강 달강. 알강 달강.


나는 눈길을 헤쳐 걷기 시작하였다. 생각보다 힘들지 않고 무엇에 홀린 기분으로 나는 힘센 말처럼 씨익씨익 흰 입김을 내뿜으며 산길을 지나 숲을 지나 할머니가 가자는 대로 재빨리 걷고 있었다. 나는 언젠가 어머니와 같이 내려오던 언덕길로 접어들었다.

"애야, 좀 쉬었다 가자. 나 좀 내려다우."

언덕길 중턱에서 할머니는 새소리처럼 낭랑한 목소리로 말씀하셨다. 나는 몸을 굽혀 할머니를 등에서부터 내려서 부드러운 눈길 위에 앉혀놓았다.

할머니는 아주 편안하신 듯 나무등걸 그루터기에 앉아서 내리는 눈을 참다랗게 맞고 계셨다.

"참 좋구나, 애야. 이렇게 밖으로 나오니까 정말 살 것 같구나. 그런 걸 니 아저씨는 날 방 속에 가둬놓구 있구나. 애야, 저것이 무엇인지 아니?"

할머니는 손을 들어 흰 눈으로 반사되어 온통 밤이 낮처럼 밝은 숲 사이 무언가 야광의 불빛이 오르락내리락하는 것을 가리켰다.

"저게 도깨비불이란다."

"그런데……"

나는 아까부터 궁금했던 말을 그제서야 꺼냈다.

"지금 어디로 가시는 길인가요?"

"나들이 간다고 하지 않았니. 우리는 지금 니 할아버지한테 가고 있단다, 애야."

나는 깜짝 놀라서 할머니를 쳐다보았다.

"저어, 할아버지는 버얼써 돌아가시지 않았어요?"

"돌아가시다니. 애야, 무슨 소리를 하고 있니."

할머니는 카랑카랑한 목소리로 나를 쳐다보셨다.

"기다리고 계시단다. 버얼써 나하고 만나기로 되어 있어."

"어디서 말입니까?"

"저어기 산 언덕 위에 말이다."

묘지. 죽은 이들이 묻혀 있는 묘지. 어머니의 손을 잡고 허이허이 산마루턱을 올라올 때 바다가 보이는 산 언덕 위에 누워 있던 죽은 자의 묘지. 아직 죽은 이에 대한 실감이 오지 않는 나로서는 그때 눈앞에 보였던 죽은 이들의 둥그런 유택(幽宅)이 마치 우리가 간혹 흙을 한줌 퍼다가 양지바른 곳에 던져놓듯 누군가의 힘으로 듬쑥 퍼다 쌓아놓은 흙덩이 같은 생각만 들었을 뿐 이 한밤중에 할머니가 내게 그 죽은 사람에게로 가자는 말이 무엇을 의미하는가 겁이 나서 나는 곱게 옷을 차려입은 할머니의 얼굴을 쳐다보았다.

"아무에게도 얘기해서는 안 된다. 절대로 안 돼. 오늘밤의 나들이는 너하고 나하고만의 비밀이다. 죽을 때까지라도 절대 아무에게도 얘기해서는 안 된다. 알겠니?"

"알겠어요."

"됐다. 그럼 됐다. 자, 너무 오래 쉬었구나. 빨리 떠나기로 하자."

나는 할머니를 다시 등에 업었다. 그리고 빠르게 눈길을 헤치고 산을 오르기 시작하였다. 산이 우는 소리가 깊은 골짜구니에서부터 퍼져나와 은은하고 맑은 음향을 찡찡 울리고 있었다.

"산이 우누나. 산이 울어."

할머니는 등에 업히신 채 혼잣말처럼 말씀하셨다.

"얼마만큼 왔니?"

아주 순한 어린애처럼 할머니는 등 위에서 물으셨고, 그 소리는 내 몸뚱어리로 파고들어 귀로 듣는 것이 아니라 가슴으로 전전해오고 있었다.

"다 왔어요, 할머니."

나는 눈앞에 보이는 산마루를 손으로 가리켰다. 그리고 내친걸음이라 달음박질하듯이 산정을 향해 뛰어올랐다.

"됐다. 이젠 됐다."

할머니는 기쁘시다는 듯 조그만 신음소리를 내셨다.

"나를 내려다구. 이젠 걸어가겠다."

언덕 위에는 바람이 세차게 불어오고 있었다. 바다가 어디에 있는가 하고 캄캄한 어둠 속을 노려보았지만 바다는 보이질 않았다. 그러나 무언가 물결치는 소리가 바람결에 조그맣게 떨려오고 있었다.

나는 할머니를 등에서 내려놓았다. 할머니는 잠시 비틀거리더니 이윽고 자세를 바로 하고 천천히 눈길을 헤치고 걷기 시작하셨다.

"이제부터 얘기를 해서는 안 된다. 절대 얘기를 해서는 안 된다."

무덤으로 올라가는 길 어귀에서 할머니는 두 손을 모아 합장을 하셨다. 나는 느리게 걷는 할머니의 뒤를 따랐다.

죽은 이들은 그곳에 조용히 누워 계셨다. 며칠 내려 퍼부은 눈길은 아무도 헤치지 않았으므로 고스란히 쌓여 있었고 할머니는 눈길에 몇 번이고 넘어지셨지만 그때마다 자신의 힘으로 일어나곤 하셨다. 할머니의 두루마기가 바람에 흩날리고 있었다.

누구의 무덤일까. 완만하게 누운 무덤 앞에 할머니는 힘없이 무릎을 꺾고 앉으셨다. 그리고 마치 깎은 비석처럼 꼼짝도 않고 조용히 앉아 계셨다.

나는 할머니가 말씀하신 대로 기다리고 계실 할아버지가 어디 있는가 사방을 둘러보았지만 아무 곳에도 사람의 기척은 없었고 그곳엔 다만 가득한 바람 소리뿐이었다.

나는 할머니 옆에 앉아 그 무덤 옆에 서 있는 앙상한 매화나무가 흰 눈꽃을 피우고 서 있는 것을 멍하니 바라보고 있었다. 바람은 마른 매화나무 가지 사이로 불어 그 나무의 가지는 날카로운 휘파람 소리를 내고 있었다.

얼마만큼 앉아 계셨을까. 아주 오랜 시간이 지난 뒤 갑자기 할머니는 몸을 펴고 일어서셨다. 그리고 손을 들고 그 무덤 옆에 서 있는 마른 매화나무의 가지를 만지셨다. 그리고 낮은 목소리로 노래를 부르기 시작하셨다.

불불 불아야. 불아 딱딱 불아야.
불불 불아야. 불아 딱딱 불아야.
북망산천 가는 길이 저리도 멀고 멀어
이 한 몸 가는 길이 이리도 힘이 들어
불불 불아야. 불아 딱딱 불아야.
불불 불아야. 불아 딱딱 불아야.

그러자 놀라운 일이 일어났다. 앙상하게 죽은 매화나무 가지에 갑자기 꽃이 피기 시작하였다.

분홍빛 매화꽃이 놀라웁게도 가지마다 피어서 이내 온 나무에 그득그득 매어달리고 꽃 향기가 가득히 퍼지고 있었다.

나는 뜨거운 침을 삼키며 꽃이 매어달린 매화나무와 꽃 그늘 사이에 손을 얹고 노래를 부르고 있는 할머니의 얼굴을 올려다보고 있었다.

할머니의 노랫소리는 강물이 흘러가듯 이어져 그녀의 깊은 곳에서부터 흔들리고 있었다. 할머니의 얼굴은 이미 할머니의 얼굴이 아니었고 마치 갓 피어오르는 꽃송이처럼 환히 생기에 차오르고 있었다.

나는 손을 뻗쳐 만발한 매화꽃 한 송이를 따서 그 향기를 맡아보았
다. 틀림없는 꽃의 향기가 진동하고 흐드러진 꽃이파리가 제풀에 떨
어져 나풀거리고 있었다.

할머니는 꽃 한 송이를 따서 들고 눈이 덮인 무덤 주위를 돌면서
춤을 추기 시작하셨다.

그 늙은 노인네의 몸 어디에서 그런 기운이 나올까 싶게도 할머니
는 정정하게 춤을 추시면서, 미친 듯이 노래를 부르면서 무덤 주위를
돌고 계셨다. 점점 발이 빨라져서 나중에는 땅을 디디는 두 발이 숫
제 허공을 딛고 훨훨 하늘을 나는 듯이 보였다.

할머니의 춤에 따라서 꽃은 더욱더 만개하여 온 나무가 발갛게 돋
아나더니 이윽고 한 잎 두 잎 꽃이 지기 시작하였다. 쓸리는 바람에
꽃잎은 점점 요란스레 떨어져내려 쌓인 눈 위에 점점이 흩어졌다.

그러자 할머니의 춤은 맥이 풀린 듯 서서히 느려지고 하얀 꽃잎의
낙화로 어지러운 무덤가에 할머니는 마침내 지치시고 만 것일까, 쓰
러지고 말았다.

순식간에 꽃잎이 떨어지고 흩날려 바라본 나뭇가지는 어느 틈에
꽃이 다 지고 또다시 앙상하게 꽃잎을 떨군 채 발가벗고 서 있었다.

산 언덕 위로 싸늘한 빈 들의 바람만 가득하고 달려가는 바람은 무
덤가에 쓰러진 할머니의 머리칼을 한줌 날리고 있었다.

나는 홀로 서서 가만히 어둠을 노려보았다. 싸락싸락 싸락눈이 온
시야를 가리고 있었다. 할머니의 노랫소리는 캄캄한 어둠 속으로 발
빠른 바람에 실려 먼 곳으로 불리어나가고 있었다.

나는 무덤가에 쓰러져 꼼짝도 하지 않고 있는 할머니를 일으켜 세
웠다.

"가자."

할머니는 가느다랗게 말씀하셨다.

"이 할미를 업어다구."

나는 다시 할머니를 등에 업었다. 그리고 온 길을 되돌아서 걷기 시작하였다.

워어이 워어이, 아득히 먼 곳에서 우리를 부르는 듯한 소리가 들려왔다.

"돌아보지 말아라. 절대 돌아봐서는 안 돼."

우리는 묵묵히 아무런 말도 나누지 않고 비탈길을 구르듯이 내려오고 있었다. 한참 만에 할머니가 새 울음소리 같은 말을 하셨다.

"애야, 봤니? 모두 보았니?"

"예."

"오늘밤 이야기는 아무에게도 해서는 안 된다. 절대 이야기해서는 안 돼."

"예."

잠이 드신 것일까, 등뒤의 할머니는 점점 숨소리조차 작아지고 발을 옮길 때마다 할머니의 팔이 제멋대로 흔들리고 있었다.

"할머니, 할머니."

나는 잠자는 사람을 깨우기 위해서라도 자꾸자꾸 말을 시켜 이 추운 바깥에서 잠이 들지 않고 어떻게 해서라도 빨리 집으로 돌아가야 한다고 생각하였다. 그래서 발을 빨리하고 있었다.

"아직 멀었니?"

"이제 다 왔어요."

나는 거의 뛰었다.

자꾸자꾸 등에 업힌 할머니가 가벼워져서, 공기처럼 가벼워져서 나중에는 등에 매화꽃 한 송이만 업고 온 것이 아닌가 염려스러웠고, 이 깊은 한밤에 눈길을 헤치고 업고 온 할머니가 실상은 빈 들의 바람소리뿐이 아닐까 하는 공포심에 나는 몇 번이고 할머니를 여며 메었다.

“아무에게도 얘기해서는 안 된다. 절대로 안 돼.”

“예.”

“니가 이담에 커서 장가간 후에라도 얘기해서는 안 된다.”

“예.”

할머니의 목소리는 화롯불 꺼지듯 잦아지고 있었다.


4


할머니와의 약속은 꽤 오래 지켜졌다. 내가 커서 할머니 말에 따라 장가를 간 후 서로 비밀이 없어야 할 부부지간에도 나는 이야기하지 않았으니까.

그것보다도 설사 내가 이런 얘기를 해본다고 했자 아무도 믿어주지 않을 것이 뻔한 일이기 때문에 나는 아예 입을 다물고 있다.

그러나 나는 이 비밀이 언젠가는 고백될 성질의 것임을 잘 알고 있다. 그렇다고 하더라도 지금의 나로서는 그날 밤 할머니가 내게 굳게 다짐하는 대로 그저 모르는 척하고 있을 뿐인 것이다.

(1972년)

# 현대의 신화
## —최인호 문학의 기원

남진우(시인·문학평론가)


## 1. 동시대 감수성의 풍향계

최인호의 문학을 어떻게 이해해야 할 것인가. 비교적 이른 나이에 문단에 나와 활발한 작품 활동을 개시한 조숙한 작가. 일련의 단편소설로 평단의 이목을 집중시킨 데 이어 신문에 장편소설을 연재, 장안의 화제를 불러일으킨 문제작가. 소설은 물론이고 원작이나 시나리오를 통해 그가 관여한 영화는 무조건 '흥행'에 성공한다는 신화를 낳기도 한 인기작가. 그래서 한동안 도시적 감수성으로 무장한 청년문화의 대변자로 여겨지기도 한 작가. 나이가 들어서는 한일 간의 고대사나 구한말 선승의 일대기, 혹은 조선시대 거상(巨商)을 소재로 한 역사소설로 다시금 대중적 호응을 끌어내며 뛰어난 이야기꾼으로서의 자질을 유감없이 과시하고 있는 작가…… 그의 작품세계나 문학적 여정을 수식할 수 있는 표현은 이 외에도 얼마든지 더 있다.

예컨대 그의 소설에 잠복해 있는 상업주의적 요소를 검출해내고 비판하는 것도 가능하며 반대로 그의 작품이 지닌 탈권위주의적 측면을 높이 평가하는 비평적 시각도 가능하다. 보는 관점에 따라 극히 다양한 진단과 판결이 나올 수 있고 또 이를 예증이라도 하듯 그 동안 극과 극을 달리는 호평과 혹평, 비난과 찬사가 그의 문학을 둘러싸고 제기된 바 있다. 이 작가는 그런 모든 논란의 소용돌이를 통과해오면서 지속적인 글쓰기를 선보여왔다.

아쉬운 것은 아직까진 최인호 문학을 총체적으로 이해할 수 있게 해주는 설명의 틀이 마련되지 않았다는 점이다. 따라서 그의 작품들 역시 수미일관한 체계를 이루고 있다기보다는 무작위적으로 흩어져 있다는 인상을 주기도 한다. 리얼리즘의 기율에 충실한 작품이 있는가 하면 환상적인 동화풍의 작품이 있고 다분히 대중적인 멜로드라마가 있는가 하면 휴머니즘적 시각으로 시대적 모순과 인간의 이중성을 비판한 주제의식이 강한 작품도 있다. 시야를 장편소설에까지 넓힌다면 그의 작품들이 지닌 굴곡과 간극은 한층 더 복잡해지고 명확해진다. 이 작가는 능란한 글쓰기를 통해 다양한 소재와 주제를 가로지르며 상호 이질적인 세계를 종횡으로 탐사하는 유목민적 기질의 소유자로 보이기도 한다. 그는 한 곳에 머물지 않고 끝없이 탈주하면서 새로운 세계와 연속적으로 조우한다.

그러나 그럼에도 불구하고 다채로움을 과시하는 이 작가의 문학 세계를 관통하며 작동하는 일관된 지향점이 없다고는 할 수 없다. 그것은 바로 당대의 현실 저변을 관류하고 있는 모더니티에 대한 민감한 인식과 그런 사회적 현상이 야기한 풍속과 심리의 변화에 대한 날렵한 포착을 가리킨다. 그는 대도시 서울에서 태어나 그곳에서 교육받고 성장한 작가답게 작품 속에서 전형적인 '도회의 아들' 로서의 면모를 보인다. 그 결과 그의 작품은 지방 출신으로 상경하여 고등교

육을 마치고 사회에 진출한 많은 동시대 선배나 동료 작가들의 작품
과 달리 시골, 자연, 부모 세대에 대한 부채감의 노출이 상대적으로
희박하다. 서울내기로서 시대적 흐름의 최전선에서 세상과 대면하
고 변화하는 현실의 기호를 읽어내며 이를 문학적으로 굴절 반영하
는 작업은 그의 득의의 영역에 속한다. 더욱이 그가 작품활동을 개시
한 무렵은 이 나라에 비록 정치적 억압을 동반하긴 했지만 소위 조국
근대화라는 화려한 구호를 내건 채 정권 차원에서 추진한 경제적 근
대화가 본격적으로 개시돼 국토의 지형을 바꿔나가던 시절이었고
따라서 모더니티가 먼 나라의 풍문으로서가 아니라 현실 속의 구체
적 현상으로서 자리잡아가는 시점이었다. 산업화와 도시화가 한창
진행중인 1970년대의 서울은 우리 문학에서 최초로 본격적인 모더
니즘의 출발을 알린 1930년대 식민지 시대의 수도 경성이나 1950년
대 모더니즘의 배경이 된 전쟁과 폐허의 분위기로 가득 찬 전후 서울
과는 다른 물적 조건을 구비하고 있었다. 최인호는 바로 이런 시대
흐름을 누구보다 기민하게 알아차리고 이를 세련된 방식으로 가공
해서 문학적 형상화에 성공한 작가라고 할 수 있다. 최인호의 소설에
이르러 한국문학은 드디어 모더니즘을 관념적 수사적 형태로서가
아니라 살아 움직이는 현실의 징후로서, 그리고 작가만의 독백이 아
니라 독자들과의 교감 속에서 논하고 이야기할 수 있는 단계에 도달
한 것이다.

　이처럼 중요한 현실적 변화가 전개되는 시점에 그가 문학 현장에
시대의 증인으로서 있을 수 있었다는 것은 어쩌면 작가로서 다시없
는 행운이었다고 할 수 있을지 모른다. 그러나 이 행운은 그만이 독
차지할 수 있는 것이 아니라 동시대 다른 작가들과 공유할 수밖에 없
는 것이었고 따라서 그의 문학적 특질은 그가 통과해온 시대 현실 자
체에서가 아니라 그의 작품세계의 근간을 이루는 다양한 요소들의

교직에서 찾아내야 할 것이다. 그렇다면 그를 여타의 이른바 70년대 작가군과 구별시켜주는 특징은 무엇인가. 바로 여기서 눈여겨보지 않으면 안 될 것 중의 하나가 바로 모더니티라는 이 작가의 작품을 관류하고 있는 원리와 대극적인 지점에 위치한 원형적인 요소이다. 즉 이 작가의 작품은 현대사회의 여러 현상에 대해 누구보다 발빠른 접근과 수용을 보여주고 있으면서 동시에 이와 상반되는, 근대 이전의 원시적이고 심층적인 요소들로 가득 차 있다. 이와 관련하여 우리는 그의 작품 속에 숨어 있는 다양한 신화적 모티프에 주목하게 된다. 예컨대 「뭘 잃으신 게 없으십니까」 「잠자는 신화」 연작, 「깊고 푸른 밤」 같은 탐색담이나 「타인의 방」 「개미의 탑」 같은 변신담, 그리고 「무너지지 않는 집」 「두레박을 올려라」나 『내 마음의 풍차』 같은 입사담(initiation story)은 장구한 시대에 걸쳐 동서양의 많은 작품이 애용한 문학적 토포스가 아닐 수 없다. 「진혼곡」 같은 작품에선 아예 작가가 창조–개벽 신화를 새로 창작해서 들려주고 있다.

이는 이 작가가 한편으로 현대성의 발견에 진력하면서 다른 한편으로 원시적이고 고대적인 모티프를 활용한다는 소극적인 차원에 머무는 것이 아니다. 오히려 작가는 현대라는 시대 자체를 원시적이고 고대적인 요소가 작용하는 현장으로 파악하고 있다. 즉 이 작가는 현대라는 시대를 살면서 이 시대의 신화를 써나가고 있는 것이다. 그런 의미에서 그의 소설은 '현대의 신화'라고 할 만하다. 이 점은 그의 소설에 빈번히 등장하는 아키타입(archetype)적 요소와 키노타입(kenotype)적 요소의 상호작용을 통해 논의할 수 있다. 아키타입이 융 계열의 분석심리학자들이나 신화학자들이 가정한 대로 인간의 무의식의 심층에 잔존해 있는 태곳적인 것의 흔적을 가리킨다면 키노타입이란 그와 상반되는 현대의 인공적 현실(artifacts)을 가리킨다. 아키타입이 시대와 장소를 달리해가며 나타나는 인류 공동의 정신적 공통분모로서의 원형을 나타낸다면 키노타입은 현대라는 시공간에서 수다한 문화예술 작품 속에 반복 출현하는 유사한 이미지들을 가리킨다. 즉 한편에 어두운 동굴과 마법과 주술과 관련된 이미지가 있다면 다른 한편엔 지하철과 백화점과 광고에서 유래한 이미지들이 군림하고 있는 것이다. 그러나 이 양자는 서로 분리돼 있는 것이 아니라 종종 겹쳐서 출현한다. 이때 지하철은 용의 아가리로 변주되고 고대의 숭고한 영웅의 모험은 현대의 평범한 젊은이들의 방황과 편력으로 대치된다. 현실순응형의 샐러리맨이 사는 아파트가 고대인이 살던 동굴과 통하는가 하면 아이들이 타고 싶어하는 자전거가 하늘을 나는 양탄자를 대신하게 된다. 바다는 인간의 무의식에 자리잡고 있는 무정형의 혼돈과 가없는 신비, 죽음과 신생을 나타내는 대표적인 원형으로 여겨져왔지만 오늘날 위락시설과 관광단지로 가득 찬, 로맨스와 소비의 공간이라는 키노타입의 한 유형으로도 구실하고 있다.

분명 최인호의 작가적 영감의 근원엔 현대 대도시의 덧없는 일상과 부조리한 삶의 양태가 존재하고 있다. 그러나 그것은 작품 속에서 단독으로, 그 자체로 제시되는 것이 아니라 숱한 시대와 지역에 걸쳐 되풀이되어온 원형적 요소의 현재적 발현이라는 형태로 드러나 있다. 무의식의 심층에 대한 고고학이 현대의 도시적 삶에 대한 고현학(考現學) 못지않게 필요한 것은 그 때문이다. 이 작가의 작품 속에서 은유와 상징은 계속 교환되면서 현실과 판타지, 일상과 전설을 오간다. 그런 의미에서 그의 소설은 지난 연대 우리 사회에 전면화된 모더니티를 누구보다 예민하게 감지한 한 정신의 관찰의 기록인 동시에 그런 현실의 변화를 넘어선 세계에 대한 끊임없는 상상적 고투의 산물이기도 하다. 모더니티의 현재성과 신화의 태고성이 교차하는 지점, 바로 거기에 최인호가 설계한 문학적 투시도의 소실점이 자리하고 있다.


## 2. 현실과 환상의 이중주

이 작가의 소설에선 종종 인간이 주위 현실의 예기치 않은 변화를 목격하고 경이와 혼란에 사로잡히는 순간에 대한 묘사가 나온다. 실존의 물리적 환경을 이루고 있던 자연이나 사물이 살아 움직이며 등장인물을 압도해오는 것이다.

　1) 그것은 그래도 처음엔 조심스럽게 시작되었다. 하지만 그들의 대상이 무방비인 것을 알자, 일제히 한꺼번에 고래고래 소리를 지르면서 날뛰기 시작했다. 크레용들이 허공을 난다. 옷장 속의 옷들이 펄럭이면서 춤을 춘다. 혁대가 물뱀처럼 꿈틀거린다. 용감한 녀석들은 감히 다가와 그의 얼굴을 슬쩍슬쩍 건드려보기도 하였다. 조심해, 조심해. 성냥갑 속에서 성냥개비가 중얼거린다. 꽃병에 꽂힌 마른 꽃송이가 다리를 번쩍번쩍 들어올리면서 춤을 춘다. 내의가 들여다보인다. 벽이 서서히 다가와서 눈을 두어 번 꿈쩍거리다가는 천천히 물러서곤 하였다. 트랜지스터가 안테나를 세우고 도립하기 시작한다. 그러자 재떨이가 박수를 치기 시작한다. 소켓 부분에선 노래가 흘러나온다. 낙숫물이 신기해서 신을 받쳐들던 어릴 때의 기억처럼 그는 자그마한 우산을 펴고 화환처럼 황홀한 그의 우주 속으로 뛰어든 셈이었다. 그는 공범자가 되고 싶은 욕망을 느낀다.(「타인의 방」, 197~198쪽)

　2) 그러자 놀라운 일이 일어났다. 앙상하게 죽은 매화나무 가지에 갑자기 꽃이 피기 시작하였다.

분홍빛 매화꽃이 놀라웁게도 가지마다 피어서 이내 온 나무에 그득 그득 매어달리고 꽃 향기가 가득히 퍼지고 있었다.

나는 뜨거운 침을 삼키며 꽃이 매어달린 매화나무와 꽃 그늘 사이에 손을 얹고 노래를 부르고 있는 할머니의 얼굴을 올려다보고 있었다.

할머니의 노랫소리는 강물이 흘러가듯 이어져 그녀의 깊은 곳에서 부터 흔들리고 있었다. 할머니의 얼굴은 이미 할머니의 얼굴이 아니었고 마치 갓 피어오르는 꽃송이처럼 환히 생기에 차오르고 있었다.

나는 손을 뻗쳐 만발한 매화꽃 한 송이를 따서 그 향기를 맡아보았다. 틀림없는 꽃의 향기가 진동하고 흐드러진 꽃이파리가 제풀에 떨어져 나풀거리고 있었다.

할머니는 꽃 한 송이를 따서 들고 눈이 덮인 무덤 주위를 돌면서 춤을 추기 시작하셨다.(「영가(靈歌)」, 329~330쪽)


한 사나이가 직장 일을 마치고 아파트의 집으로 귀가한다. 마땅히 그를 기다리고 반겨주어야 할 아내가 외출하고 없는 텅 빈 집에서 그는 극심한 피로와 고독을 느낀다. 그런데 어느 한 순간 그는 자신을 둘러싸고 있는 방 안의 사물들이 살아 움직이는 환각을 경험한다. 생물과 무생물의 경계선이 무너지고 정상과 비정상, 현실과 상상의 간극이 사라지는 마법적 순간으로 입문하는 것이다.

「타인의 방」이 이처럼 현대 도시인이 겪는 소외감과 불안감을 신선한 감각으로 포착한 작품이라면 「영가」는 주인공이 유년 시절 맞닥뜨린 환상적인 경험을 그리고 있다. 어린 시절 어머니를 따라 바닷가의 시골에 있는 외가에 온 주인공은 어느 날 밤 외할머니의 명에 따라 그녀를 업고 외할아버지의 무덤을 찾아 나섰다가 꿈같은 경험을 하게 된다. 눈 덮인 겨울 숲의 나무들이 갑자기 꽃을 피우고 운신도 제대로 못 하던 할머니가 춤을 추는 놀라운 광경을 보게 된 것이다.

　이 두 편의 작품에서 작가는 어느 한 인간이 불현듯 겪게 되는 초자연적인 것과의 만남을 그리고 있다. 일상의 질서와 자연의 법칙을 무너뜨리고 등장하는 이런 초자연의 순간은 주인공을 착란이나 경이의 상태에 빠져들게 만든다. 그것은 마술적 세계와 현실적 세계의 융합이자 주체와 대상, 인간과 사물 사이의 전통적 관계의 파열을 알리는 신호가 아닐 수 없다. 1)에서 평소 인간과 무관한 채 냉담성을 유지해오던 사물들이 살아 움직이며 적극적으로 주인공의 감각기관을 침범한다면 2)에선 할머니의 춤과 노래로 자연의 정상적 순환에 일종의 비약이 일어나 현실에선 가능치 않은 광경이 펼쳐진다. 1)에서 사물들이 벌이는 축제는 "황홀한 우주"를 제공하며 2)에서 할머니는 죽음의 계절인 겨울을 꽃피는 신생의 계절로 변환시키는 마법을 부린다.

　그러나 이 두 소설에서 죽은 사물을 살아 움직이게 하는 이런 물활론적 변전의 기적이 야기하는 결과는 전혀 상이하다. 1)에서 살아 움직이는 사물의 세계로 편입되고 싶은 욕망을 느끼는 주인공은 서서히 몸이 경직 마비됨으로써 끝내 사물과 다름없는 존재로 전락하며 2)에서 할머니는 춤과 노래로 자연의 삼라만상과 교호하며 일체가 된다. 즉 도시적 삶의 축도인 아파트의 주민은 상징적 죽음의 상태에 이르는 반면 유년의 기억 속에 자리잡은 할머니는 자연의 신비를 주관하는 무녀(巫女)이며 죽은 자와 소통하는 영매(靈媒)로서 삶과 죽음을 넘나드는 권능을 행사하는 존재가 된다. 1)이 현대 도시인의 비극을 그린 우화라면 2)는 유년의 상상 속에 자리잡은 동화의 재현이라 할 수 있다. 한편에 소외와 고독에 시달리며 사물화의 위협 아래 신음하고 있는 성인의 고통이 있다면 다른 한편에 자연과학적 법칙성에서 벗어나 인간과 세계가 새로운 유대를 맺고 일체가 되는 유년의 꿈이 있다.

최인호의 상상세계는 이러한 양극 사이에서 진동한다. 세계는 그를 유혹하는 동시에 배척하며 삶이란 열정적인 황홀경으로의 초대인 동시에 초라한 잿빛 일상의 연속이다. 그래서 그의 주인공은 끊임없이 자극을 받고 맹렬히 분투하는 모습과 좌절하여 체념과 비관의 우울한 늪으로 빠져드는 양면성을 번갈아 노출한다.


### 3. 유년의 상실과 사라진 여인

「영가」가 우리에게 보여주는 것은 유년 시절의 무후성이 낳은 환상이다. 작가는 이 작품에서 현대인이 잃어버린 천진무구의 상태에 대한 기억을 영상화하고 있다. 삭막한 겨울이란 시간대에 봄을 도래하게 만드는 외할머니의 이적(異蹟)은 영원한 봄과 젊음의 세계에 대한 인류의 오랜 희원을 담고 있다. 그녀는 만물의 어머니이며 대지의 여신이다. 한밤중에 그녀가 손자를 데리고 죽은 남편의 무덤을 찾아가는 여정은 바로 죽은 대지에 새 생명을 불러들이는 제의에 해당한다. 그녀는 고대인들의 수목정령 신앙이 말해주듯 매년 죽어 소생하는 신이며, 황폐해진 세계에서 주술과 춤으로 사람들이 잃어버린 낙원을 회복시키고자 하는 여사제이다. 그 곁에서 이 모든 광경을 목격하는 어린 주인공은 바로 다시 돌아온 외할아버지의 현신이라 할 수 있다. 외할머니에게 그는 현실 속에선 자신의 후손이지만 상상 속에선 연인이며 다시 찾아온 인생의 봄을 의미한다. 깊은 밤 그녀가 부르는 노래 가사 가운데 나오는 "불아 딱딱 불아야. / 고초당초 매는 십 년 무얼 먹고 살았나. / 우리 손자 손가락 먹고 살았지"라는 구절에서 손가락이 의미하는 남근 상징이 말해주듯이 주인공이 할머니를 업고 산길을 오르는 과정은 두 사람 사이의 성적 결합을 나타내고 있다. 겨울에 돌연 현시되는 봄의 풍경은 바로 이런 세대 간의 단절을 뛰어넘는 우주적 성애의 결과라고 할 수 있다.

그런 의미에서 이 작품에서 할머니와 손자는 신화 속에 종종 등장하는, 대지의 생장을 주관하는 여신과 그녀의 아들이자 연인인 젊은 남성을 환기시킨다. 이 두 사람은 아프로디테와 아도니스, 시벨르와 아티스, 이슈타르와 타무즈 등 신화에 나오는 위대한 여신과 그를 따르는 젊은 남성을 그대로 복사한 커플인 것이다. 조모신(祖母神)과 그를 숭배하고 추종하는 젊은 남자, 그리고 다시 찾아온 봄의 이미지는 다른 작품에서도 그 흔적을 찾아볼 수 있다.


1) 나는 어머님의 손끝을 보았다. 그리고 순간 나는 정지하고 말았다. 내가 보았던 것은 그저 한 개의 현란한 색깔더미였을 뿐. 그것이 장미꽃이 만발한 장미원이라는 것을 의식하기엔 약간의 시간이 걸렸을 만큼 나는 그 아름다움에 취하였다.

(……)

꽃에 대한 신앙을 경건한 기도로 올리고 있는 어머니. 이 세상 누구든 용서해주겠다는 듯, 눈을 가늘게 뜨시고, 조용히 꽃 하나하나를 쓰다듬고 어루만지시는 어머니. 꽃에 둘러싸여 어쩌면 화환을 온몸에 가득히 두르고 있는 듯이, 어쩌면 그대로 한 폭의 그림이 되어버린 듯이 꽃과 영혼을 나누고 계시는 어머니. 어머니는 한 떨기의 장미꽃이 되어버리는 것인가.(「순례자」, 90쪽)


2) 나는 곧 발가벗기었고 할머니는 내가 옷을 입었을 때보다 발가벗을 때 더욱 기분 좋으신 모습으로, 내 몸을 찰싹찰싹 가볍게 때리시며 우선 나를 뜨거운 물 속에 집어넣고는 향기 나는 비누를 물 속에 가득 풀었고 그 속에 향수를 반 병 넘게 뿌리시었다. 그리고 거품이 자꾸 일

어나 이윽고 내가 온통 햇솜 같은 비누 거품 속에 파묻히게 되자, 천천히 거품 속으로 손을 뻗어 노인 특유의 완만한 몸짓으로 내 몸의 때를 벗기기 시작했고, 나는 할머님의 손이 겨드랑이나 목덜미나 아랫부분을 스칠 때마다 간지럽기도 하고 즐겁기도 하고 또 한편 부끄럽기도 해서 몸을 비틀었는데, 할머니는 아주 자상하게 내 몸 구석구석을 문지르고 긁어내리고 그리고는 아주 오랫동안 정성 들여 아랫부분을 닦아주시는 것이었다.(「처세술개론」, 307~308쪽)

1)은 대학생인 아들이 어머니를 모시고 집을 보러 다니다 마땅한 집을 구하는 데 실패하고 마는 이야기인데 우연히 어머니가 장미원을 발견하고 잠시 그 동안의 고생을 잊고 몰아에 빠지는 순간을 그린 것이다. 2)는 어린 시절 부유한 친척 할머니의 유산을 물려받기 위한 부모들의 싸움에 휘말린 주인공이 영악한 친척 여자아이의 도발에 넘어가 낭패를 겪는다는 줄거리의 작품인데 위 장면은 할머니에게 얌전한 모범생으로 보이기 위한 주인공의 노력을 부각시키고 있는 장면 가운데 하나이다(이 삽화에 이어 해질녘 봄의 햇살이 내린 정원에 대한 묘사가 나온다). 이처럼 이 두 작품은 유년 시절의 환상을 기초로 한 작품인 「영가」와는 시공간의 설정 자체가 어느 정도 다를 수밖에 없는 성격의 소설들이다. 1)이 보통 사람들의 평범하고 소박한 꿈마저 짓밟아버리는 현실의 야박함과 비열함을 그린 작품이라면 2)는 흔히 순진성과 순수성의 표상으로 여겨지곤 하는 동심의 어두운 측면과 어른들의 이중성을 풍자한 작품이다.

그러나 이들 소설에 공통적으로 나타나고 있는 나이 든 여인과 젊은(어린) 남자라는 인물 구성이나 봄이라는 계절, 꽃─목욕 같은 이미지가 함축하고 있는 은밀한 성적 분위기는 이 작가의 무의식의 향성을 짐작하게 해준다. 꽃이나 목욕은 자연스럽게 생식과 모태 귀환의 상징을 떠올리게 만든다. 그리하여 1)에서 어머니는 살기 위한 집을 찾아 떠도는 평범한 주부에서 돌연 '꽃의 성모'로 승화된 모습을 하고 나타나며 2)에서 할머니는 사사로운 욕망으로부터 초연한, 관대하고 자애로운 형상으로 등장하게 된다. 바로 이같은 장면이야말로 이 작가의 내면 깊숙이 자리잡은, 인간과 세계가 행복한 일체감을 이룬 순간의 풍경이라고 할 수 있다. 그래서 1)의 어머니는 자식인 화자에게 "아아, 난 여기에 집을 짓고 싶다. 오래도록 여기서만 살고 싶구나. 내가 죽을 때까지 말이다"라고 말하기에 이른다. 그들이 찾아헤맨 집은 단순히 지상에 있는 여느 거주지 가운데 하나가 아니라 이처럼 기독교 신화의 에덴 동산 같은 잃어버린 낙원의 환상을 품고 있는 공간이다. 그것은 바슐라르가 말한 바 그대로 "우리들의 최초의 세계이자 정녕 하나의 우주"이며 "우리들로 하여금 평화롭게 꿈꾸게 해주는"(『공간의 시학』) 피난처인 것이다. 눈부신 햇살과 싱싱한 초목, 그리고 뿜어나오는 물살로 이루어진 유년의 낙원은 다른 작품에선 다음과 같이 변주돼 나타난다.

나는 그때 정원에서 물놀이를 하고 있었다. 수도꼭지에 호스를 끼우고 가득한 장미나무 위에 물을 주고 있었다. 강하게 뿜어져나오는 차가운 물은 손가락 사이에서 빠져나간다. 힘차게 뻗어올라가는 물줄기를 보라. 나는 이곳에서 그 물줄기를 저 먼 곳의 오동나무 위까지 올려보낼 수가 있다.(55쪽)

곧이어 유리문이 드르륵 열리는 소리가 났고 이윽고 누군가가 정원 뜰로 내려섰다.

나는 숨죽이고 유리창 너머로 고개를 빼어올렸다. 벌거벗은 한 여인이 비눗방울을 날리고 있었다. 태양을 향하여 오색찬연한 색종이를 뿌

리고 있었다. 불나방의 비늘이 흩날리듯이 햇볕이 튀고 있었다.(58쪽)

「무너지지 않는 집」이라는 소설에서 발췌한 위의 두 대목은 집이라는 유년의 낙원과 환영과도 같은 여인의 존재 사이의 상관성을 드러내고 있다. 집의 상실은 곧 인생에선 유년의 상실이며 계절적으로는 봄의 상실이다. 그리고 집엔 그 집의 정령이자 보호자인 신비의 여인이 어딘가에 숨어 있다. 위 장면에 등장하는 여인은 비록 그 관능성에 초점을 맞추고 있지만 「영가」나 「순례자」 같은 작품에서 만날 수 있었던 대지모신적 여신의 현대적 세속적 변형이라 할 수 있다.[1] 따라서 어린 '나'가 "씽씽하게 팽팽한" 호스로 정원의 꽃과 수목들을 향해 물을 뿜어내는 것은 대지에 사정(射精)하는 것이며 그 여신과 상징적으로 교접하는 것이다(이 이미지는 「사행(斜行)」에서, 화자인 남성이 어느 날 옆집 정원에서 여인과 그 딸이 호스로 물줄기를 뿜어내는 장난을 하는 모습을 보며 "수음을 하는 사춘기 소년처럼 비상한 흥분"을 느끼는 장면으로 다시 되풀이된다). 그러나 대도시에서 자연이 자연스러움을 잃고 도시적 풍경에 동화되어감에 따라 거기 등장

---

1) 이 작가의 또다른 작품 「황진이 1」에서 사내와 황진이는 "소리"를 통해 서로를 유혹하고 한 몸이 된다. 여기서 피리 소리는 천상에서 지상으로 부어져내리는 달빛이며 황진이는 대지에 밀착된 감각적 욕망을 상징하는 뱀으로 나타난다. 따라서 두 남녀의 결합은 천상과 지상, 빛과 어둠, 무형과 유형의 합일을 의미한다. 이 소설을 관류하는 "녹아들고" "스며드는" 혼융의 이미지는 황진이가 모든 존재를 품어안고 받아들이는 '현묘한 암컷(玄牝)'의 의미를 지닌 존재임을 말해준다. 이런 위대한 어머니로서의 여성은 「잠자는 신화 1」에서 왜소한 남자 주인공이 쫓아다니는 거녀(巨女)의 모습에서도 그 흔적을 남기고 있다. 또한 「영가」에서 할머니를 묘사할 때 나오는 "입을 벌려 말씀하실 때마다 이빨이 없었으므로 마치 조그마한 검은 구멍이 열렸다 닫혔다 하고 있는 것처럼 보였다"에서의 구멍-자궁 이미지는 「두레박을 올려라」에 나오는 우물이나 「하늘의 뿌리」에 나오는 기차 터널로 변주된다. 이 구멍-자궁은 관(棺)과 같은 밀폐된 죽음의 공간이자 새로운 생명이 태어나는 풍요로운 재생의 공간이다.

하는 여신의 이미지에도 미묘한 변화가 일어나게 된다. 숭고함과 자애로움의 화신인 조화여신(造化女神)에서 그와 정반대되는, 변덕스럽고 이기적이며 자신을 사랑하는 남성을 파괴하는 타락한 요부의 형상으로의 변화가 발생하는 것이다. 아버지의 사업 실패로 유년 시절 살던 집에서 나와야 했던 주인공은 가난한 고학생이 된 지금 자신들에 이어 그 집에 살던 가족 역시 경제적 실패로 물러나고 그 집이 헐리는 광경을 목격하게 된다. 그러나 인부들이 여러 날에 걸쳐 아무리 노력해도 그 집은 무너지지 않는다. "크레인이 잉잉거리며 벽을 뜯어도 집은 도사리는 자세로 단추를 잠그고 지퍼를 잠갔다"는 표현처럼 무너지지 않는 집은 정복되지 않은 여인의 육체에 비유된다. 그가 그 집에 살다 쫓겨난 여인과 잠을 잔 다음에야 그 집은 비로소 무너진다. 그 여인은 주인공이 한때 누렸으나 이제는 상실한 부유하고 안락한 삶의 은유이자 유년 시절 목격한 정원의 신비스러운 여인의 화신이다. 주인공은 자신의 유년의 욕망을 충족한 동시에 유년의 순결한 꿈을 더럽힘으로써만 유년의 자신과 결별할 수 있었다. "이상하게 끈질기던 녀석(집 — 인용자)이 갑자기 무너지기 시작했다"며 의아해하는 인부에게 주인공이 "왜 그랬는가 가르쳐드릴까요?" 하고서 "그것은 말입니다. 제가 점점 나이 먹어가고 있기 때문입니다. 아시겠어요?"라고 말하는 것은 바로 그 때문이다. 유년의 상실은 집의 상실이며 역으로 집의 무너짐은 진정한 성년의 시작이다. 동시에 그것은 기나긴 타락의 시작이자 잃어버린 자신의 집을 찾기 위한 힘든 고행의 시작이다. 그런 의미에서 모든 현대인은 '집 잃은 아이들'에 다름아니다. 현상적으로 그들에겐 집이 있을지 몰라도 내면적으로 그들은 자신을 안락하게 받아줄 귀소처를 상실한 상태이다.[2] 「타

---

2) '집의 상실과 거리의 아이들'이란 주제는 최인호에 의해 한국문학사에 본격적으로 등재된 후 후배 작가들에 의해 가장 널리 받아들여지고 되풀이되어온 키노타입 가운데 하

인의 방」「술꾼」「미개인」「무서운 복수(複數)」「예행연습」「침묵의 소리」 등 이 작가의 문명을 드높여준 초기 중단편들이 공통적으로 말하고 있는 것은 집─방을 상실한 인간의 비극이다. 그들은 황폐한 불모의 땅에 사는 주민들이다. 그들은 어두운 밤거리를 떠돌며 방황하는가 하면(「술꾼」「침묵의 소리」), 의사소통이 이루어지지 않는 타인들 틈에 끼어 고초를 겪으며(「미개인」「무서운 복수」), 심지어 간신히 도달한 자기 집에서도 평안을 누리지 못한다(「타인의 방」).

또한 집의 상실은 그 집과 동일시될 수 있는 여성(어머니─아내)의 부재를 의미한다. 「타인의 방」에서 아내는 거짓 편지를 남기고 어디론가 사라졌으며 「술꾼」에서 고아 소년은 존재하지 않는 병든 어머니 이야기를 지어내 사람들에게 들려주며 술집을 전전한다. 아이가 찾아헤매는 술은 실은 모유의 대체물인 것이다. 부재하는 아내─어머니는 풍요와 창조의 힘이 고갈된 세계의 불모성을 나타낸다. 그런 세계에서 여인은 주인공에게 동경과 위안의 대상이 되어주기는커녕 그를 유혹해서 파멸로 인도하는 부정적 역할을 하는 존재로 현상한다.

1) 나는 순간적인 그녀의 입술이 주고 간 끈적끈적한 타액을 혀끝으로 핥으며 서 있었다. 내 머릿속으로는 어둡게 빛나는 칼날의 번득임 같은 것과 보지는 않았지만 말은 들어본 남양지방의 이상한 식물 ─ 날아가는 곤충이 꽃잎에 앉으면 주머니 같은 꽃잎이 오므라들어 곤충을 체액으로 융해하여 흡수해버린다는 식물 ─ 같은 것이 뒤범벅되어 떠올라 새로운 아픔이 나를 괴롭히기 시작했다.(「2와 1/2」, 36쪽)

---

나이다. 청바지에 통기타 장발과 생맥주로 대변되는 70년대적 청년문화의 기수들에서부터 오피스텔과 프리섹스 해외여행 등으로 보다 상향조정된 삶을 누리는 90년대적 댄디들에 이르기까지 다양한 작가의 다양한 작품이, 비록 의식하지 않았다 할지라도 최인호라는 한 시대를 풍미한 작가의 문학적 영향권 속에서 탄생했다고 할 수 있다.

2) 그녀는 그때 나이답지 않게 짙은 원색의 스웨터를 입고 있었는데, 얼핏 나는 그녀의 몸매에서 첫눈에 남성의 탐욕을 불러일으킬 만한 익숙하고도 노련한 중년의 몸매를 보았던 것이다. 빨랫줄에서 물방울이 한 방울 두 방울 듣듯 무언가 허물어져가면서도 일순 달디단 양파 냄새 같은 썩는 향내가 가려진 옷 위로 풍요하게 풍겨지고 있었다.(「사행(斜行)」, 134~135쪽)

이들 작품에 나오는 여성 이미지는 성스러움이나 풍요로움과 절연된 채 일탈적 관능으로 남성을 유혹하거나 함정에 빠뜨리는 부정적 존재로 표상되고 있다. 1)에서 여자는 칼날이나 식충식물과 관련되어 남성을 거세하는 형상을 하고 있으며 2)에선 지나치게 농익어 허물어져가고 썩어가는, 그래서 부패와 타락을 전염시키는 못된 존재, "음탕한 암컷"으로 그려지고 있다. 그들은 꿈과 구원의 여성상이기는커녕 불쾌한 현상세계의 일부를 이루고 있는 존재이다.[3] 그들은 무미건조한 일상생활에 갇혀 있는 남성들에게 사디즘적 욕망을 불러일으키거나 잠시 동안 비합리적인 착란 상태에 빠지게 만든다. 그의 작중인물을 사로잡고 있는 탈선적 관능성의 테마는 현대사회에서 소시민들이 직면한 소외의 징후이자 그러한 소외로부터 벗어나고 싶어하는 충동의 구현이란 양면성을 지니고 있다. 2)의 인용이 말해주듯 관능의 '단맛'과 '부패한 향기'는 구분되지 않는 것이다.

---

3) 숭고하고 자애로운 어머니 여신과 육감적이고 불순한 창부―이 두 극단적인 표상은, 페미니즘 비평이 증명해주고 있듯이, 이 작가만이 아니라 남성 일반의 무의식 속에 작동하고 있는 환상이라 할 수 있다. 70년대 대중문학의 신호탄이 되었던 작품인 『별들의 고향』에서 숱한 남자들을 전전하다 버림받고 쓸쓸히 죽어가는 여주인공을 "성처녀"라고 미화하는 것에서도 이런 시각을 엿볼 수 있다.

현대인들은 소외에서 벗어나기 위해 성(性)에 탐닉하지만 그것에 몰
두하면 할수록 소외는 더 가중된다. 이제 유년의 꿈과 낙원에서 벗어
나 비인간적인 도시의 일상으로 진입해야 할 시점이 되었다.


4. 사물들의 반란

　앞에서도 간략하게 살펴본 바 있지만 「타인의 방」에서 주인공이
기대하는 집-방은 쾌적하고 안락한 사적 공간이다. 그는 그곳에서
다음날의 노동을 위한 재충전의 시간을 가질 수 있기를 소망한다. 그
러나 가까스로 당도한 집에서 그를 기다리고 있던 것은 이웃의 의심
스런 눈초리와 아내의 외출, 그리고 사물의 반란이었을 뿐이다. 그
는 타자가 기획한 무대에 등장한 어릿광대이며 속임수에 빠진 가련
한 희생자에 불과하다. 이때 주체는, 라캉의 용어를 빌려 표현하자
면 '타자의 타자(an Other of the Other)'가 된다. 카프카의 『성』에서
K가 그러한 것처럼 이 작품에서 주인공은 영원히 '자기의 방'에 도
달하지 못한다. 혹은 거꾸로 '자기의 방'에 영원히 유폐된 채 사물의
일부가 된다. 이러한 설정은 현대인이 처한 곤경의 한 단면을 적절히
드러내 보인다. 현대인이 몸을 의탁할 수 있는 보금자리로서의 자궁
과도 같은 공간은 존재하지 않는다. 산란한 정신 상태에서 그는 질서
와 안정을 갖춘 일상생활의 코스모스가 붕괴되고 사물들의 카오스
가 발흥하는 것을 본다. 사물이 생명을 얻어 활개를 치며 주체를 압
도하는 반면 주체는 그 사물들의 반란/축제에 휩쓸려들어가 해체되
어버린다.

　그때였다. 그는 서서히 다리 부분이 경직되어오는 것을 느꼈다. 그것

은 우연히 느낀 것이었다. 처음에 그는 이 방에서 도망가리라 생각했었기 때문에, 될 수 있는 한 소리를 내지 않고 살금살금 움직이리라고 마음먹고 천천히 몸을 움직이려 했을 때였다. (……) 그러나 그는 채 못 미쳐 이미 온몸이 굳어오는 것을 발견하였다. 그래서 그는 숫제 체념해 버렸다. 참 이상한 일이라고 생각하면서 그는 조용히 다리를 모으고 직립하였다. 그는 마치 부활하는 것처럼 보였다.(「타인의 방」, 198쪽)

위 구절은 인간의 사물화가 최종적으로 완성되는 순간을 그리고 있다. 사물의 유혹과 도발에 굴복한 인간이 사물의 일부가 되어 사물의 세계에 편입되는 순간 그는 육체적 마비와 경직 상태에 빠진다. 그런 점에서 그가 휴식처로 삼고자 했던 방은 감옥이나 무덤과 동일한 공간임이 드러난다. 여기서 주인공의 육체적 마비-경직이 의미하는 바는 양면적이다. 그 하나는 유기체의 죽음을 의미하고 다른 하나는 "직립"이란 표현이 암시하듯 발기 상태를 의미한다. 즉 그는 인간으로서는 죽은 거나 다름없는 존재가 되었지만 사물로서는 다시 태어난 존재가 된 것이다. "그는 마치 부활하는 것처럼 보였다"라는 문장이 내포하고 있는 역설은 그래서 가능해진다. 그는 부활하지만 그 부활은 정신적 차원에서가 아니라 사물적 차원, 인간성이 거세된 도구적 수준에서 이루어진다. 위 인용에 이어지는 대목에서 그 다음 날 집에 돌아온 아내는 "새로운 물건이 하나 놓여 있는 것을 발견"한다. 일상에서 흔히 "물건"이라는 표현이 남성 성기를 대신하는 말의 하나임을 염두에 둔다면 이 구절이 담고 있는 상징성이 더 확연해질 것이다. 과연 그 물건은 "그녀가 매우 좋아했던 것이었으므로 며칠 동안은 먼지도 털고 좀 뭣하긴 하지만 키스도 하긴 했다"고 진술된다. 그러나 그마저 싫증난 그녀는 "그 물건을 다락 잡동사니 속에 처넣어버"리고 다시 그 방을 떠난다. 인간에서 물건으로, 다시 물건에서 잡동사니로 주체는 끝없이 모욕당하며 전락해간다.

이 작품에서 방의 의미를 보다 확대 해석해서 현대세계로 본다면 그 세계는 끊임없이 인간을 닦달하며 물신의 노예로 만드는 곳이라 할 수 있다. 주체는 진정한 자신의 주인이 아니라 다만 외부의 자극에 피동적으로 끌려다니며 반응하다 해체되고 마는 사물에 불과하다. 주체는 자신으로부터 소외된 채 타자인 자신의 욕망의 포로가 된다. 현실이란 결국 기만으로 가득 차 있으며 일상의 안정은 기만 위에 건설돼 있다. 그렇게 본다면 이 작품에서 아내는 현실 속에서 이런 기만을 생산하며 기만의 질서를 유지 영속화하는 유령과도 같은 존재라고 할 수 있다. 그녀는 실존하는 인물이라기보다는 하나의 허깨비, 남성인 주인공의 판타지 속에 존재하는 환영이다.[4] 작품 속에서 주인공이 이야기하듯 "친정 아버지가 위독"해서 "잠깐 다녀오겠"다는 그녀의 편지는 거짓말에 지나지 않는다. 거듭 반복되는 그녀의 외출과 귀환은 기만으로 이루어진 현실의 끝없는 순환을 나타낸다. 주체는 이런 타자의 기획에 따라 계속 유린당하고 조종당하는 꼭두각시에 지나지 않는다. 주인공에 이어 다시 또다른 주체가 잠시 휴식과 쾌락을 기대하며 그 방을 찾아오겠지만 그 또한 공세적인 사물의 유혹／반란에 휩쓸려들어가 결국 자기를 잃고 말 것이며 "물건"에서 "잡동사니"로의 하강곡선을 뒤따르게 될 것이다.

---

4) 화자이자 주인공인 남성의 설명에 따르면 그의 아내는 "다른 여인과 다른 성기"를 갖고 있다. "그녀의 성기엔 자크가 달려 있"는데 "아내는 내가 보는 데서 발가벗고 그 자크를 오르내리는 작업을 해 보이기 좋아한다. 아내의 하체에 자크가 달린 모습은 질 좋은 방한용 피륙을 느끼게 하고 굉장한 포용력을 암시한다." 이 구절은 자본주의 사회에서 여성의 성기 또한 하나의 인공적 상품과 동일한 형태와 기능을 가지고 있음을 암시한다. 현대 사회에서 다양한 상품 광고가 과시하는 저 나신의 유혹과 무한한 포용력!

지금까지 살펴보았듯이 이 작가에게 집의 상실과 보호자로서 삶의 신비를 주관하는 여성의 부재는 동일한 의미를 지니고 있다. 현대인은 자아를 안전하게 감싸줄 보호고치(protective cocoon)를 상실한 채 삶의 무의미 속에 내던져져 있다. 일상 생활환경의 온전함에 대한 기초적인 신뢰가 붕괴한 상태에서 사람들은 냉소적 비관주의에 빠지거나 체념적 무감각 상태로 도피한다. 주체는 자신의 집-방이라는 믿었던 공간에서조차 사물들로부터 포위 공격을 당하고 육체적 마비 상태에 빠지는 고난스러운 상황에 직면한다. 그것은 곧 개발과 발전을 표방하며 진행된 당대 현실의 허구성과 야만성을 증거한다. 이것이 극단화될 때 「미개인」에 나오는 "개백정의 문화"가 등장하게 된다. 지난 연대에 국가적 차원에서 지상명령인 양 추진되었던 경제적 근대화가 이 땅에 몰고 온 파괴적 양태를 그린 우화라고 할 수 있는 이 작품에서 한 등장인물은 주인공을 향해 "잘난 체하지 마라. 개백정의 문화 속에서 혼자 잘난 체하지 마라"라고 외친다. 겉으로는 문화인임을 표방하는 그들의 의식의 근저에 숨어 있는 "개백정"이라는 자의식은 단지 물질적 풍요를 획득하기 위해 다른 모든 가치를 희생해버린 사회에서 그 구성원을 사로잡고 있는 피해의식과 자기 파괴적 광기를 말해주고 있다.

이 "개백정의 문화"를 지배하고 있는 것이 바로 폭력과 허위이다. 이 작품의 주인공은 월남전에서 다리를 잃고 돌아와 한창 개발중인 서울 변두리 교외의 작은 국민학교 선생으로 부임한다. "온통 시끄러운 동요가, 아우성이 물결치고" "누룩처럼 끓어오르는 광란의 예감"이 떠도는 그 마을에서 사람들은 "서로가 서로를 잠식하고" "서로가 서로의 귓조각을, 콧조각을, 다리를 베어먹"는 것 같은 광태를 연출하고 있다. 만인이 만인에 대해 이리인 그 사회는 인위적으로 자신(우리)과 타자를 구분하고 타자로 인식된 소수의 존재를 향해 노골적으로 박해를 가하는 다수의 폭력을 행사한다. 마을의 샛강 건너 음성 나환자촌에 사는 아이 열두 명이 본교에 편입되어 자신들의 아이와 함께 수업을 받게 되자 이에 불만을 품은 마을 사람들 몇이 수업을 마치고 강을 건너 돌아가려 하는 아이들에게 린치를 가한다. 이들은 그 아이들이 음성이므로 전혀 문둥병 전염의 위험이 없다는 합리적 설명에 귀 기울이려 하지 않는다. "문둥이 자녀들이 우리 땅을 넘보고 있다"는 원색적인 주장의 포로가 된 그들은 "추적할 동물을 발견한 사냥개"처럼 아이들을 자신의 공격욕의 희생물로 삼는다.

이처럼 삶에 미만해 있는 폭력과 허위는 「예행연습」에선 뜨거운 햇빛 아래서의 야만적인 제식훈련으로 변주된다. 외국 후원자의 돈을 노린 일당이 아이들을 모집해 고아로 위장시킨 다음 손님맞이를 위해 제식훈련을 시킨다. 결국 오기로 약속돼 있던 외국인들이 오지 않게 됨으로써 모든 일이 수포로 돌아가자 이들은 아이들 몰래 내빼 버리고 엉뚱하게 아이들 분대장 역할을 한 주인공만 다른 아이들의 분풀이 대상이 된다.[5] "어느 틈엔가 이 세상엔 약삭빠른 사람들로 가득 차버린 것이다. 우리보다 더욱 약삭빠른 사람들이 빨리빨리 승진하고, 빨리빨리 돈을 벌고, 그리고 우리를 껄껄거리며 내려다보고

---

5) 이 작품의 결말에서, 현실의 모순이 백일하에 드러나고 등장인물들의 분노가 최고조에 이를 때, 따라서 현실의 부조리에 대한 구체적 인식과 그것의 개혁을 위한 모색이 행해져야 할 시점에 돌연 주인공이 "의식의 나른함" 속에 빠져들어 자기 육체를 동성애자의 접근에 내맡겨버리는 장면은 작가의 현실의식의 희박 내지 현실의 모순에 대한 인식의 회피를 나타낸다는 점에서 비판을 받아왔다. 물론 그렇게 판정할 여지가 없는 것은 아니지만 그보다는 이 장면을 제식훈련이 말해주듯 여성성이 극도로 억압된 세계, 남성 결사체를 지향하는 파시즘적 사회에서 그 구성원을 사로잡은 병리적 분위기와 뒤틀린 의식 상태의 은유로 받아들이는 것이 합당할 것이다.

있는 것이다"라는 「순례자」의 한 대목이 말해주듯이 세상은 돌이킬 수 없이 타락했으며 인간들은 오염돼 있다. 이 작품에서 어머니는 하마터면 속아서 흉가를 살 뻔하다 그만두게 되고 나서 "아, 아, 쌍것들이다"라고 탄식하기에 이른다. 야만적이고 혼란스러운 이 세계는 "쌍것들의 세계"이자 "개백정의 세계"이다. 그곳에선 자발성을 저당 잡히고 자율성을 박탈당한 인간들이 기만적인 술책과 타자에 대한 냉담함으로 무장한 채 허위적 삶을 살고 있다. 여기서 이 작가의 소설을 관류하고 있는 하나의 기본적인 선율이 흘러나오게 된다. 삶은 하나의 음모이며 우리는 거기에 속아서는 안 된다는 명제가 바로 그것이다.

> "속지 마라."
> "뭐라구?"
> "저건 사기다."
> "사기라니 저 사람이 저렇게…… 죽고…… 있는데두."
> "저건 우리를 속이려는 악질행위다. 속아서는 안 된다. 절대 속아서는 안 된다. 난 안 속는다."(「모범동화」, 117쪽)

"속지 마라" "속아서는 안 된다"는 작중인물의 거듭되는 언명은 역으로 이 세계가 속고 속이는 거대한 사기와 음모의 연쇄로 이루어져 있다는 인식의 소산이다. 그런데 더욱 놀라운 것은 이 작품에서 이런 소리를 하는 당사자가 불과 국민학생에 지나지 않는 아이라는 사실이다. 세상의 질서에 대해, 어른들의 가르침에 대해, 서커스의 요술 같은 볼거리에 대해, 아이들의 용돈을 노리는 자잘한 상업적 유혹에 대해 절대 속지 않겠다고 다짐하는 이 아이는 그리하여 학교 주변에서 아이들을 상대로 장사를 하는 잡화상 아저씨를 끝내 죽음에 이르게 한다.

이처럼 오염된 세계는 그 속에 사는 인간 또한 정신적으로 부패시키고 타락시킨다. 세계의 불모화와 인간의 불모화는 표리 관계를 이루고 있다. 이 작가의 주인공은 대부분 가사(假死) 상태에 있는 공허한 세계의 주민들이다. 사람들은 술이나 섹스 도박에 탐닉하거나 사도마조히즘적 유희에 몰두함으로써 삶의 무의미를 망각하고자 하지만 그것은 쉽게 달성되지 않는다. 「모범동화」나 「침묵의 소리」에 나오는 등장인물의 자살은 실존적 고립(existential isolation)에 처한 존재의 종국적 운명을 말해주고 있다. 이런 세계에서 주인공의 선택은 대조적인 다음 두 가지 방식으로 양분된다. 그 하나가 전통적인 모럴리스트의 그것이라면 다른 하나는 트릭스터의 그것이다.

모럴리스트는 세계의 허위를 투시하고 그것과 맞서 싸우는 사람으로서 흔히 '고뇌하는 지식인' 내지 '깨어 있는 의식인'의 형상을 하고 나타난다. 예컨대 「미개인」에서 온 마을을 뒤덮고 있는 이상 징후를 암시하는 다음 문장, "수술대 위에 놓인 에테르에 취한 환자의 긴 혼수 상태와도 같은 노을이 온 마을을 물들이고 있었다"는 진술은 T. S. 엘리엇의 유명한 시 「J. 알프레드 프루프록의 연가」에서 차용한 것이다. 엘리엇의 이 이미지는 흐릿하고 몽롱한 의식 상태에 사로잡혀 있는 현대인을 가리킨 것으로 현실이란 연옥에서 고통받는 한 이상주의자의 내면 독백이란 시의 주제와 적절한 호응을 이루고 있다. 마찬가지로 최인호의 이 소설 역시 야만적인 상황에 내던져진 한 지식인의 혼신을 다한 분투를 그리고 있다.

모닥불은 이미 사위어갔는데, 나는 의식이 들고서도 아주 오랫동안 누워 있었네. 그것은 후송되어 내 다리를 잃었을 때와 같은 느낌이었지. 다리는 잃었어도 생명은 얻었다는 실감과 같은 것이었네. 나는 많은 것을 잃었지만 또 많은 것을 얻은 기분이었지. 그리고 정말 웃지 말게. 값 싼 센티멘털리즘이라고 웃어버리지 말게나그려.(「미개인」, 289쪽)

대다수 사람들의 방관과 적대자의 위협에도 불구하고 홀로 자기 신념과 사회적 약자의 보호를 위해 일군의 마을 사람들과 싸운 그는 신체적으로 형편없는 지경에 처했음에도 불구하고 좌절하지 않고 "나는 많은 것을 잃었지만 또 많은 것을 얻은 기분"이라고 독백한다. 이 의연한 태도의 근저엔 지식인에게 부여된 고전적인 이미지가 후 광으로 작용하고 있다. 약육강식의 식인적 현실 속에서 그는 유독 인 간의 진정한 가치를 지키기 위해 싸운 투사이자 의인으로 남는다. 「미개인」 외에도 「무서운 복수」나 「뭘 잃으신 게 없으십니까」 같은 작품의 주인공은 시대와 불화하며 자기 희생을 무릅쓰고 투철한 현 실 인식을 위해 노력하는 모습을 보여주고 있다. 이들 작품은 대개 이 작가에 대해 부정적인 평자들도 호평을 아끼지 않는 작품으로서 최인호 문학에 결코 상업적이고 현실도피적인 면만 있는 게 아니라 는 사실에 대한 예증으로서 흔히 거론되곤 한다. 그러나 이런 모럴리 스트적 인물이 주도적 역할을 담당하는 소설은, 작품 자체의 완성도 나 시대적 적실성과 상관없이, 이 작가의 문학적 판도 전체에 비춰보 았을 때 역시 예외적이라는 느낌을 저버릴 수 없으며 이 작가의 문학 적 개성이 가장 잘 발휘된 영역도 아니라는 판단을 내리지 않을 수 없다. 중요한 사실은 최인호'도' 이런 소설을 썼다는 데 있는 것이 아 니라 최인호'만이' 쓸 수 있는 소설이 어떤 것이었느냐에 있을 것이 기 때문이다.

차라리 이 작가가 창조해서 깊은 인상을 남겼으며 이후 많은 작가 들에게 영향을 미친 인간형은 트릭스터(trickster), 바로 악동(惡童) 형의 인물이라고 할 수 있다. 그런 점에서 우리는 이 작가의 작품에 자주 등장하는 '순진성을 상실한 아이들'과 '자동인형 같은 어른들'의 대조를 주목해볼 필요가 있다. 최인호의 소설은 '조로한 아이들의 세계'라고 할 수 있을 것이다. 천진성을 잃어버린, 그리하여 지나치게 웃자란 '애늙은이들' 옆에 심리적으로 미숙한 '덜 자란 어른들'이 존재하고 있는 형국이다. 이상발달한 아이들과 발육저지된 어른들의 이 부조화스러운 동거는 현실의 결핍／초과를 그로테스크하게 반영한 측면도 있지만 현실의 의도적 교란과 전도를 목표로 고안된 설정이라는 점에 주목할 필요가 있다. 작가는 현실의 모순에 정공법으로 대응하지 않고 기지와 익살과 환상을 동원한 기습의 방식으로 대응한다. 마찬가지로 그는 장난기로 가득 찬 트릭스터적 인물을 통해 합리성과 절대성을 가장한 현실을 심문하고 그 허구성을 폭로한다. 그것은 곧 자신의 욕망을 충족시켜주지 않는 세계를 향한 에로틱한 도발을 의미한다.

> "당신에겐,"
> 때묻은 이부자리 속에서 여인은 조용히 내 얼굴을 쥐었다.
> "악마가 있어요. 굉장히 고집 센 악마가 있어요."
> "그것은 비단 나만이 가지고 있는 게 아니야."
> 나는 그녀의 눈 위에 입을 맞추며 속삭였다.
> "우리 나이의 젊은이들은 다 가지고 있는 악마다. 아, 아."
> 외롭고 괴로워서 홀로 혀를 빼물며 수음을 한 후에 그 허탈감에 눈물 흘리던 젊은 날의 내 친구들이여, 그대 가슴속에 숨어 있는 악마를 해방하라.(「무너지지 않는 집」, 65～66쪽)

위 인용에 나오는 악마는 바로 견고함을 과시하는 체제와 제도에 대항해서 모반을 시도하는 젊은 정신을 의미한다. 물론 이 트릭스터의 장난이 체제와 제도 그 자체를 뒤엎지는 못한다. 그러나 이런 장난을 통해서 그는 체제와 제도의 벽을 허물고 바깥을 향한 작은 숨구멍을 튼다. 그는 기성 질서의 입장에서 보면 단순한 일탈자요 탕아에 지나지 않으며 그의 행위 또한 패륜이나 도착적 충동의 소산에 지나지 않지만 이런 시도를 통해 '훈육과 통제의 체계' 인 거대한 현실에 균열을 내기에 이른다. 이 작가의 소설의 주인공들이 한결같이 반(反)-영웅의 형상을 하고 있는 것은 그 때문이다. 그는 현실을 조롱하고 그 권위를 훼손하는 작은 모반을 끊임없이 기도한다. 아이 어른 할 것 없이 그의 소설에 나오는 음주와 도박, 현실에 대한 요설적 불평, 사소한 범죄 등은 자아를 닦달하고 못살게 구는 현실에 대한 내밀한 복수심의 발로이다. 「순례자」에서 어머니를 따라 집구경을 나선 대학생은 자신에 대해 완강히 적대적인 세계에 맞서 "번득이는 영감과 함께 재미있는 소설 소재를 생각해"냄으로써 그 상황에 객관적으로 대응할 수 있는 균형감각을 확보한다. 예를 들어 이런 식이다. "만일 이 양지로 오글오글 몰리는 올챙이떼들 같은 단조로운 삶 속에 고춧가루보다도 매운 최루탄을 뿌린다면 이 귀여운 사람들은 어떤 변화를 보일 것인가. 한 어린애가 한밤중에 혼자서 단꿈을 꾸고 있는 문화주택 초인종에 모조리 반창고를 붙여놓고, 혼자서 대야를 두드리며 '데모다! 데모!' 라고 악을 쓴다면 이 사모님들은 어떤 변화를 보일 것인가." 이 구절은 현실에 대한 불만이 기지와 익살로 가득 찬 상상의 복수를 낳는다는 이 작가의 글쓰기의 단초를 엿보게 해준다. 그는 가식적인 질서와 조화를 자랑하는 세계에 말썽 많은 사과를 내던짐으로써 의도적으로 불화를 초래하는 장난꾸러기이다.

그의 데뷔작 「견습환자」는 바로 이러한 내용을 압축해서 담고 있는 단편이다. 늑막염으로 입원한 주인공은 거대한 병원의 구성원들 전부가 웃음을 잃고 산다는 뜻밖의 사실을 발견한다. 그때부터 의사나 간호원들에게 웃음을 되찾아주기 위한 그의 필사적인 노력이 시도된다. 그러나 그의 계산은 번번이 빗나가고 그의 노력은 수포로 돌아간다. 그는 마지막으로 한밤중에 병원 입원실의 문패를 전부 바꿔다는 장난을 벌임으로써 병원에 소동을 야기하려고 하지만 이마저 실패하고 만다. 이러한 줄거리 소개에서 알 수 있듯이 이 작품은 웃음의 상실로 상징되는 거대 조직사회의 비인간적인 분위기에 맞서 주인공이 가벼운 일탈을 통해 현실 전복을 도모하지만 좌절하고 만다는 내용이다. 아울러 이 작가의 작품에서 트릭스터적 요소가 차지하는 것이 단순하지 않고 복합적이라는 점이 드러난다. 도식화시켜서 대략 세 가지 층위에서 트릭스터적 요소가 작동하고 있다. 첫째, 적대자로 설정된 존재를 골탕먹이기 위한 주인공의 시도라는 층위가 있다. 「견습환자」의 경우, 병원이라는 거대한 조직에 맞선 주인공의 다양한 시도가 여기에 해당한다. 둘째, 트릭스터인 주인공의 '작은 반란'을 교묘히 통제 봉합 진압해버리는 세상의 '거대한 질서'라는 층위가 있다. 「견습환자」의 경우, 병원은 주인공의 문패 바꿔 달기라는 장난을 간단히 무화시켜버리는 질서 유지 능력을 발휘한다. 셋째, 이 모든 과정을 이야기의 틀 속에 배치하며 적절한 반전으로 독자에게 놀라움을 선사하는 작가라는 트릭스터적 존재가 있다. 「견습환자」에서 작가는 마지막 장면에 연인과 함께 즐거운 시간을 보내는 인턴의 모습을 보여줌으로써 다시 한번 상투적 결말을 차단하고 작품에 대한 다양한 해석 가능성을 제공한다.

　폭력과 허위로 가득 찬 세상에서 무력한 개인은 간지와 위장을 통해 체제 제도 관습에 대한 도전을 감행한다. 그것은 체제 제도 관습의 속임수에 대한 대응 속임수(counter-trick)이다. 그러나 트릭스터인 주인공보다 한 수 위의 트릭스터인 세상은 이를 간단히 괄호 속에 가두고 자신의 정당성과 영속성을 공고히 한다. 따라서 주인공의 도전은 성공을 위한 도전이 아니라 실패를 위한 도전이라 할 수 있다. 다만 그 실패의 순환을 통해 독자는 현실이 숨기고 있는 '진실의 얼굴'을 발견할 수 있게 된다. 즉 작중인물이 실패한 그 지점에서 작가는 현실의 감춰진 모습을 드러내는 한 편의 소설을 완성하는 데 성공하는 것이다. 그런 점에서 이 작가의 소설에 자주 등장하는 성숙을 거부하는 트릭스터 형의 인물은 단순히 심리적 퇴행의 산물이 아니라 그 나름으로 당대 현실에 대응하고 개입하기 위한 유효한 방식의 하나로 창안된 것이며 그것은 지난 연대의 문화적 우세종이었던 리얼리즘 소설이 내세우는 교사형 인물과는 다른 차원에서 현실성을 획득하고 있다는 점을 인식해야 할 것이다.


## 6. 맺음말

최인호의 소설은 1970년대 이후 한국문학이 거둔 뜻깊은 성과물로 우리 앞에 놓여 있다. 모더니티의 유동(flux)과 예측 불가능성의 형상화라는 점에서 그의 소설은 향후 우리 문학의 중요한 전범 중의 하나로 남게 되었다. 현대사회가 야기하는 병리적 강박이나 각종 매체들이 일상 영역을 잠식해오며 전파하는 환각적 이미지의 포착, 타자와의 정서적 단절과 무관심, 합리성의 외피 밑에 숨어 있는 원시적 파괴적 욕망과 정념의 분출 같은 우리 시대의 민감한 증세에 대해 그의 소설은 선진적이면서 발랄한 접근을 보여준다. 모더니티가 여전히 '미완의 과제'로 남아 있는 우리 시대에 그의 소설은 거듭 다시 파고들어가 채굴해야 할 풍부한 광맥을 은닉하고 있다.

물적 토대가 극히 빈약한 상태에서 추진된 전 시대의 모더니즘 문학이 '현실과 의식 사이의 괴리'에 대한 고뇌를 노출했다면 그의 소설은 현실에 대한 속도감 있는 접근이 그 자체로 문학적 역동성과 정당성을 창출하는 시대의 개막을 알리고 있다. 그의 등장과 성공 이후 시장의 유혹과 문단의 승인이라는 두 마리 토끼를 동시에 쫓는 것은, 무수한 시행착오에도 불구하고, 소수의 선택이 아니라 일반적 관례가 되었다. 최인호는 현실의 징후에 대한 소설적 탐색을 통해 현실의 징후의 일부가 되기에 이르렀다.

최인호 문학의 진정한 적자는 1970년대와 바로 이어지는 1980년대 작가군에서 찾아지는 것이 아니라 그 시대가 종말을 고한 다음인 1990년대에 들어서서야 비로소 활발하게 출현하기 시작한다. 이 시대에 도도한 흐름을 이룬 위반과 탈주의 서사의 상당 부분은 의식적 무의식적으로 최인호라는 선례를 참조하며 진행되었다고 볼 수 있다. 그 사이에 최인호는 전혀 다른 영역으로 월경해버렸다. 도시적 모더니티를 대신해 지고의 영원한 세계가 그 앞에 펼쳐졌다. 문학적 진화는 중단된 대신 그는 심리적 평안을 얻었다. 그렇게 해서 산출된 작품의 비평적 독해와 문학적 결산은 다른 지면을 요구한다.

나의 십대 시절 최인호의 소설은 나에게 전율에 가득 찬 즐거움을 주었다. 그의 문학세계를 조감하기 위해 다시 그의 소설을 펼쳐든 지금 그의 작품은 예전과 같은 '전율'은 주지 않지만 그 대신 넉넉한 기쁨을 안겨주었다. 30년이란 시대적 격차에도 불구하고 그의 작품은 전혀 낡지 않았다. 그런 점에서 그는 아직도 '젊은' 작가이다.

1945년    10월 17일 서울에서 변호사였던 아버지 최태원(崔兌源)과 어머
          니 손복녀(孫福女)의 3남 3녀 중 차남으로 출생.

1951년    1월 6·25동란으로 인해 부산으로 피난.

1952년    3월 초등학교 입학. 2학기 때 2학년으로 월반.

1953년    서울에 돌아와 영희초등학교로 전학.

1954년    덕수초등학교로 전학.

1955년    아버지 별세.

1958년    서울중학교 입학.

1961년    서울고등학교 입학.

1963년    고등학교 2학년 때 단편 「벽구멍으로」가 한국일보 신춘문예에
          입선.

1964년    연세대학교 문리대 영문과 입학.

1966년    11월 공군 사병으로 군 입대.

1967년    단편 「견습환자」가 조선일보 신춘문예에 당선. 11월에는 단편
          「2와 1/2」로 『사상계』 신인문학상을 수상.

1969년    단편 「순례자」(『현대문학』) 발표.

1970년    단편 「술꾼」(『현대문학』), 「모범동화」(『월간문학』), 「사행」(『현
          대문학』) 발표. 공군을 제대하고 11월 황정숙과 결혼.

1971년    단편 「예행연습」(『월간문학』), 「뭘 잃으신 게 없으십니까」(『신동
          아』), 「타인의 방」(『문학과지성』), 「침묵의 소리」(『월간중앙』),
          「미개인」(『문학과지성』), 「처세술개론」(『현대문학』) 발표.

1972년    단편 「황진이 1」(『현대문학』), 「전람회의 그림 1」(『월간문학』)
          발표. 장편 『별들의 고향』을 조선일보에 연재. 「타인의 방」「처
          세술개론」으로 현대문학 신인상을 수상. 연세대학교 영문과 졸
          업. 딸 다혜 출생. 단편 「전람회의 그림 2」(『문학과지성』), 「영

가」(『세대』), 「황진이 2」(『문학사상』), 「병정놀이」(『신동아』) 발
표. 중편 「무서운 복수」(『세대』) 발표. 장편 『내 마음의 풍차』를
중앙일보에, 『바보들의 행진』을 일간스포츠에 연재. 장편 『별
들의 고향』(전2권), 소설집 『타인의 방』 출간.

1974년　단편 「기묘한 직업」(『문학사상』), 「더러운 손」(『서울평론』) 발
표. 희곡 「가위 바위 보」를 산울림 극단에서 공연. 장편 『바보들
의 행진』, 소설집 『영가』 출간. 세계 13개국 순방. 『맨발의 세계
일주』 출간. 아들 성재(도단) 출생.

1975년　단편 「죽은 사람」(『문학과지성』) 발표. 『샘터』에 『가족』 연재 시
작. 장편 『구르는 돌』 『우리들의 시대』(전2권), 『내 마음의 풍
차』 출간. 영화 〈걷지 말고 뛰어라〉 감독.

1976년　단편 「즐거운 우리들의 천국」(『한국문학』) 발표. 장편 『도시의
사냥꾼』을 중앙일보에 연재.

1977년　「개미의 탑」(『문학사상』), 중편 「두레박을 올려라」, 희곡 「향기
로운 잠」(『문학사상』), 「다시 만날 때까지」(『문학과지성』), 「하
늘의 뿌리」(『문예중앙』) 발표. 장편 『파란 꽃』을 서울신문에 연
재. 장편 『도시의 사냥꾼』(전2권), 소설집 『개미의 탑』 출간.

1978년　중편 「돌의 초상」(『문예중앙』) 발표. 장편 『천국의 계단』을 국제신
보에, 『지구인』을 『문학사상』에, 『사랑의 조건』을 『주부생활』에
각각 연재. 소설집 『돌의 초상』 『작은 사랑의 이야기』 및 산문집
『누가 천재를 죽였나』 출간.

1979년　단편 「진혼곡」(『문예중앙』) 발표. 장편 『불새』를 조선일보에 연
재. 장편 『사랑의 조건』 『천국의 계단』(전2권) 출간. 미국 여행
(3개월간 체류).

1980년　장편 『지구인』(전3권), 『불새』 출간.

1981년　단편 「아버지의 죽음」(『세계의문학』), 「이상한 사람들 1, 2, 3」
(『문학사상』), 「방생」(『소설문학』) 발표. 장편 『적도의 꽃』을 중
앙일보에 연재. 『안녕하세요 하나님』 출간.

1982년    장편 『고래사냥』을 『엘레강스』에, 『물위의 사막』을 『여성중앙』
         에 연재. 단편 「위대한 유산」(『소설문학』), 「천상의 계곡」(『소설
         문학』), 「깊고 푸른 밤」(『문예중앙』) 발표. 「깊고 푸른 밤」으로
         제6회 이상문학상 수상. 장편 『적도의 꽃』, 소설집 『위대한 유
         산』 출간.

1983년    장편 『물위의 사막』, 소설집 『가면무도회』 출간. 장편 『밤의 침
         묵』을 부산일보에 연재.

1984년    장편 『겨울 나그네』 동아일보에 연재. 소설로 쓴 자서전 『가족 1』
         출간.

1985년    장편 『잃어버린 왕국』 조선일보에 연재. 장편 『밤의 침묵』 출간.

1986년    장편 『잃어버린 왕국』, 산문집 『모르는 사람에게 보내는 편지』
         출간. 영화 〈깊고 푸른 밤〉으로 아시아영화제 각본상, 대종상
         각본상 수상.

1987년    장편 『저 혼자 깊어가는 강』, 소설로 쓴 자서전 『가족 2』 출간.
         가톨릭에 귀의(영세명 베드로). 어머니 별세. 〈잃어버린 왕국〉
         KBS 다큐멘터리 촬영차 장기간 일본에 체류.

1988년    〈잃어버린 왕국〉 다큐멘터리 5부작 KBS 방영. 『어머니가 가르
         쳐준 노래』 『생활성서』에 연재 시작.

1989년    산문집 『잠들기 전에 가야 할 먼길』 출간. 장편 『길 없는 길』 중
         앙일보에 연재 시작.

1990년    『현대문학』에 장편 『구멍』 연재.

1991년    장편 『왕도(王都)의 비밀』 조선일보에 연재. 산문집 『사람들 사
         이에 섬이 있다』 출간.

1992년    동화집 『발명왕 도단이』 출간. 중편 「산문」(『민족과문학』) 발표.
         『샘터』에 연재중인 『가족』 200회 기념으로, 가족 1 『신혼 일기』,
         가족 2 『견습 부부』, 가족 3 『보통 가족』, 가족 4 『이웃』 출간. 영
         화 〈천국의 계단〉 시나리오 집필. 『시나리오 선집』 3권 발간.

1993년    『길 없는 길』(전4권) 간행. 가톨릭 『서울주보』에 칼럼 연재 시

작. 〈일본 속 한민족 탐방〉으로 일본 여행.

1994년　교통사고로 16주간 입원 치료. 장편 『허수아비』 출간. 동남아, 유럽, 백두산 여행. 1개월간 중국 답사 여행. 『별들의 고향』 재출간.

1995년　『왕도의 비밀』(전3권) 출간. 광복 50주년 기념 SBS 다큐멘터리 6부작 〈왕도의 비밀〉 촬영. 중국을 6개월간 여행. 한국일보에 『사랑의 기쁨』 연재 시작. 동아일보 칼럼 집필.

1996년　산문집 『사랑아 나는 통곡한다』 출간. 다큐멘터리 6부작 〈왕도의 비밀〉 SBS에서 방영.

1997년　장편 『사랑의 기쁨』(전2권) 출간. 장편 『상도(商道)』 한국일보에 연재. 가톨릭대 국문학과 겸임교수. 장녀 다혜, 성민석군과 결혼.

1998년　『사랑의 기쁨』으로 제1회 가톨릭문학상 수상.

1999년　『내 마음의 풍차』 재출간. 가톨릭신문에 『영혼의 새벽』 연재 시작. 산문집 『나는 아직도 스님이 되고 싶다』 출간. 작은누이 명욱 교통사고로 별세. 소설가 박완서와 15일간 미국의 콜롬비아 대학을 비롯 여러 대학에서 강연.

2000년　산문집 『날카로운 첫키스의 추억』 출간. 월간 『들숨날숨』에 『이상한 사람들』 연재. 『가족』 연재 300회 자축연. 시나리오 〈몽유도원도〉 집필. 소설가 오정희와 15일간 미국의 UCLA 대학을 비롯 여러 대학에서 강연. 큰누이 경욱 별세. 『상도』(전5권) 출간. 외손녀 성정원 출생.

2001년　소설집 『달콤한 인생』, 산문집 『어머니가 가르쳐준 노래』, 동화집 『도단이의 모험』 출간. 장편 『해신』 중앙일보에 연재.

2002년　최인호 중단편 소설전집(전5권), 연작소설 『나의 사랑 클레멘타인』 『어디서 무엇이 되어 다시 만나랴』, 장편 『영혼의 새벽』 (전2권) 출간.

2003년　장편 『해신』(전3권) 출간.

2004년    가족소설『어머니는 죽지 않는다』, 장편『제왕의 문』(전2권), 산문
         집『순례자의 꽃밭』출간.
2005년    장편『유림』(1~5권), 산문집『하늘에서 내려온 빵』출간.
2006년    장편『제4의 제국』(전4권), 산문집『문장(文章)』(전2권) 출간.
2007년    짧은소설집『꽃밭』, 장편『유림』(6권) 출간.
2008년    청소년소설『머저리 클럽』, 산문집『하늘에 계신 우리 아빠』
         『산중일기』출간.
2009년    산문집『가족 앞모습』『가족 뒷모습』『최인호의 인연』출간.
2010년    산문집『천국에서 온 편지』, 동화집『빨리 어른이 되고 싶어』
         출간.
2011년    장편『낯익은 타인들의 도시』, 동화집『빨간색은 어디에 있을
         까』출간.『낯익은 타인들의 도시』로 제14회 동리문학상 수상.
2012년    장편『소설 공자』『소설 맹자』출간.
2013년    장편『할』, 산문집『최인호의 인생』출간.
         9월 25일 침샘암으로 별세.

최인호 중단편 소설전집 1
타인의 방
ⓒ 최인호 2002

1판 1쇄 │ 2002년 4월 30일
1판 7쇄 │ 2024년 3월 13일

지은이 최인호
책임편집 김현정 조연주 장한맘 손미선
저작권 박지영 형소진 최은진 서연주 오서영
마케팅 정민호 서지화 한민아 이민경 안남영 왕지경 정경주 김수인 김혜원 김하연 김예진
브랜딩 함유지 함근아 고보미 박민재 김희숙 박다솔 조다현 정승민 배진성
제작 강신은 김동욱 이순호 │ 제작처 상지사

펴낸곳 (주)문학동네 │ 펴낸이 김소영
출판등록 1993년 10월 22일 제2003-000045호
주소 10881 경기도 파주시 회동길 210
전자우편 editor@munhak.com │ 대표전화 031)955-8888 │ 팩스 031)955-8855
문의전화 031) 955-3576(마케팅) 031) 955-8864(편집)
문학동네카페 http://cafe.naver.com/mhdn
인스타그램 @munhakdongne │ 트위터 @munhakdongne
북클럽문학동네 http://bookclubmunhak.com

ISBN 978-89-8281-498-3 04810
        978-89-8281-497-6 (세트)




**www.munhak.com**